犹太会堂（右）和犹太图书馆（左）

1936年至1939年，由K. 沃尤廷斯基摄于华沙。犹太图书馆在战时曾是犹太自救组织的根据地，现在是伊曼纽尔·林格布卢姆犹太历史研究所。（由波兰的伊曼纽尔·林格布卢姆犹太历史研究所提供。）

延杰尤夫的开拓先锋训练公社成员

摄于1935年，右三为齐维亚·卢贝特金。（由隔都战士之家博物馆的照片档案室提供。）

波兰沃茨瓦韦克的青年卫队成员

摄于1937年的犹太篝火节期间。最下方是托西亚·阿尔特曼。（由以色列犹太大屠杀纪念馆的照片档案室提供。）

托西亚·阿尔特曼

（由青年卫队遗迹档案馆提供。）

汉奇·普沃特尼卡

摄于1938年在巴拉诺维采接受开拓先锋训练期间。（由隔都战士之家博物馆的照片档案室提供。）

比亚韦斯托克开拓先锋训练公社的战士们

摄于1938年。右二为弗鲁姆卡·普沃特尼卡。（由隔都战士之家博物馆的照片档案室提供。）

古斯塔·戴维森（左）和明可·利贝斯金

摄于1938年的阿基瓦。她们都是克拉科夫隔都犹太战斗组织的成员。（由隔都战士之家博物馆的照片档案室提供。）

提玛·施耐德曼、贝拉·哈赞和隆卡·科齐布罗德斯卡（从左往右）

摄于1941年的盖世太保圣诞派对。（由以色列犹太大屠杀纪念馆的照片档案室提供。）

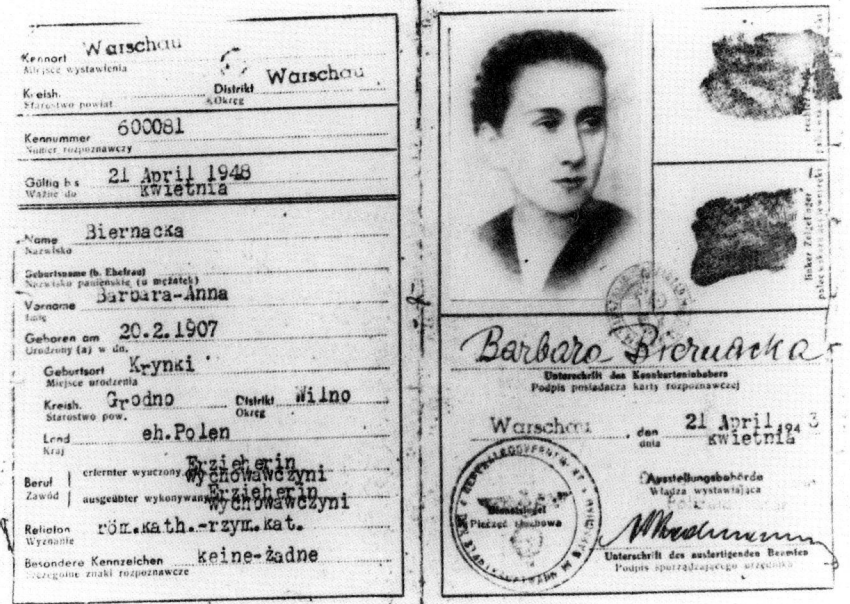

隆卡·科齐布罗德斯卡伪造的一张雅利安人身份证

摄于1943年。（由隔都战士之家博物馆的照片档案室提供。）

玛格雷·特雷克敦斯坦画家

蜡笔画《入睡的女孩》，由杰拉·塞克斯坦绘制。（由波兰华沙的伊曼纽尔·林格布卢姆犹太历史研究所提供。）

莎拉·库基尔卡

摄于1943年。（由隔都战士之家博物馆的照片档案室提供。）

海依卡·克林格尔

摄于二战时期。（由隔都战士之家博物馆的照片档案室提供。）

在本津农场参与训练的青年运动成员

他们正在跳霍拉舞,为诗人哈伊姆·纳赫曼·比亚利克庆生,摄于1943年。(由隔都战士之家博物馆的照片档案室提供。)

青年运动成员

战争期间,青年运动的成员在本津的农场开会。海依卡·克林格尔坐在中间。(由隔都战士之家博物馆的照片档案室提供。)

克拉辛斯基广场的游乐场

位于华沙隔都旁。由扬·利索夫斯基摄于1943年4月。（由波兰华沙的伊曼纽尔·林格布卢姆犹太历史研究所提供。）

犹太战斗组织为1943年的华沙隔都起义准备的地堡

图为其中的休息区，由纳粹拍摄。最初的德文标题翻译为："所谓用于居住的地堡"。（来自美国大屠杀纪念馆，由美国国家档案和记录管理局提供。）

学生时代的尼塔·泰特尔鲍姆

1936年摄于罗兹。她在战时被称为"扎辫子的小旺达"。(由隔都战士之家博物馆的照片档案室提供。)

伪装成基督徒的情报员赫拉·舒佩（左）和阿基瓦领袖索莎娜·兰格

1943年6月26日，摄于华沙雅利安人区。(由隔都战士之家博物馆的照片档案室提供。)

维拉德卡·米德

1944年摄于华沙雅利安人区的剧院广场。（来自美国大屠杀纪念馆，由本雅明·梅济尔热茨基·米德提供。）

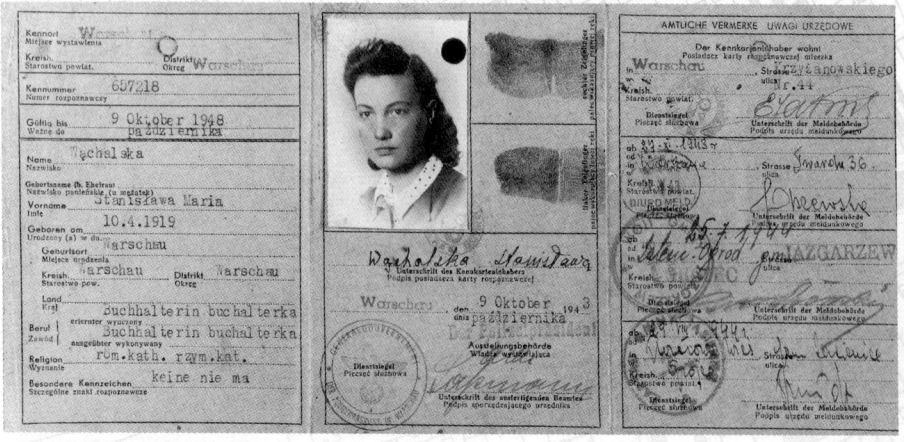

维拉德卡·米德的假身份证

该证发行于1943年，她的化名为斯坦尼斯瓦夫·瓦查尔斯卡。（来自美国大屠杀纪念馆，由本雅明·梅济尔热茨基·米德提供。）

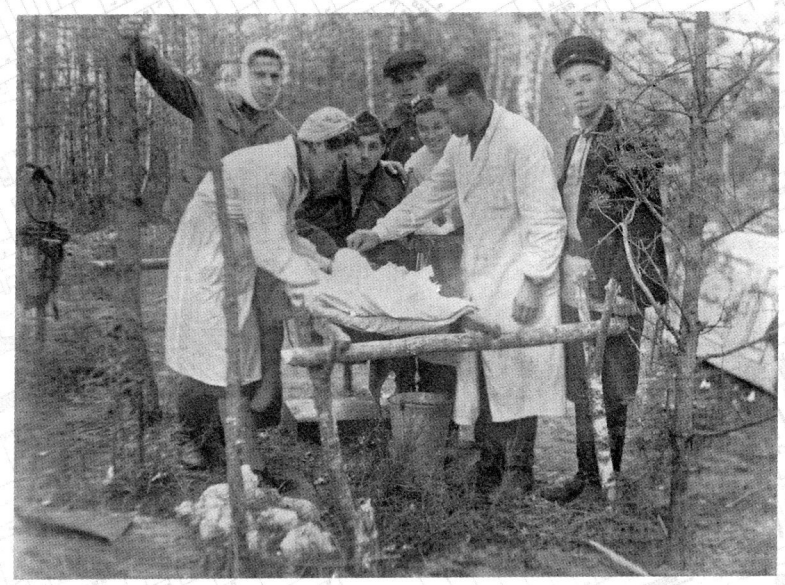

法耶尔·舒尔曼协助受伤的游击队员做手术

(来自美国大屠杀纪念馆,由白俄罗斯的伟大卫国战争历史国家博物馆提供。)

维特卡·肯普纳、卢什卡·科尔恰克、泽尔达·特雷格尔(从左往右)

(由以色列犹太大屠杀纪念馆的照片档案室提供。)

鲁德尼基森林里的一处游击队安全屋

摄于1993年。(由利夫卡·奥格菲尔德提供。)

阿拉·格特纳在本津时的肖像（1930年至1939年）

（来自美国大屠杀纪念馆，由安娜·埃尔曼和约书亚·埃尔曼提供）

普罗米卡街41号和43号

位于华沙的雅利安人区。1944年的华沙隔都起义之后,齐维亚·卢贝特金和战友们藏身于这里的地下室。(由隔都战士之家博物馆的照片档案室提供。)

在布达佩斯的青年战士们

摄于1944年。包括雷尼亚·库基尔卡(下排右一)、哈卡·伦茨纳(下排左一)、马克思·菲舍尔(上排左一)、伊扎克·菲什曼(上排右二),以及小穆尼奥什(莫尼克·霍普芬伯格,下排左二)。(由隔都战士之家博物馆的照片档案室提供。)

在布达佩斯的雷尼亚·库基尔卡

摄于1944年。(由梅拉夫·瓦尔德曼提供。)

伊扎克·楚克曼(安特克)

摄于1946年。(由隔都战士之家博物馆的照片档案室提供。)

齐维亚·卢贝特金和伊扎克·楚克曼

摄于二战后。（由隔都战士之家博物馆的照片档案室提供。）

齐维亚·卢贝特金在亚古尔基布兹讲话

摄于1946年。（由隔都战士之家博物馆的照片档案室提供。）

华沙隔都战士及其家人在隔都战士之家（1973年）

其中包括：齐维亚·卢贝特金（下排左一）、维拉德卡·米德（上排左二）、普宁娜·格林斯潘（弗里梅）（上排左三）、本雅明·米德（上排右五）、伊扎克·楚克曼（上排右六），以及玛莎·福特米尔赫（上排右二）。（由隔都战士之家博物馆的照片档案室提供。）

雷尼亚·库基尔卡及其长孙女梅拉夫·瓦尔德曼

2008年摄于以色列,在梅拉夫妹妹的婚礼上。(由梅拉夫·瓦尔德曼提供。)

白昼之光

二战中的犹太少女与她们的隐秘战线

[加拿大] 朱迪·巴塔利安 (Judy Batalion) 著
卢隽婷 谈天星 关蕊 译

浙江大学出版社
·杭州·

图书在版编目（CIP）数据

白昼之光：二战中的犹太少女与她们的隐秘战线／（加）朱迪·巴塔利安著；卢隽婷，谈天星，关蕊译. 一杭州：浙江大学出版社，2025.3. -- ISBN 978-7-308-25743-5

Ⅰ．I711.45

中国国家版本馆CIP数据核字第20250T1S77号

ITHE LIGHT OF DAYS. Copyright ©2020 by Judy Batalion. All rights reserved. Printed in the United States America. No part of this book may be used or reproduced in any manner whatsoever without written permiss except in the case of brief quotations embodied in critical articles and reviews. For information, addr HarperCollins Publishers, 195 Broadway, New York, NY 10007.
Simplified Chinese translation copyright ©2025 by Hangzhou Blue Lion Cultural & Creative Co., Ltd.
Published by arrangement with The Gernert Company, Inc. through Bardon-Chinese Media Agency.

白昼之光：二战中的犹太少女与她们的隐秘战线

（加）朱迪·巴塔利安（Judy Batalion） 著；卢隽婷 谈天星 关 蕊 译

策　　划	杭州蓝狮子文化创意股份有限公司
责任编辑	顾　翔
责任校对	朱卓娜
封面设计	王梦珂
出版发行	浙江大学出版社
	（杭州市天目山路148号　邮政编码310007）
	（网址：http://www.zjupress.com）
排　　版	杭州真凯文化艺术有限公司
印　　刷	杭州钱江彩色印务有限公司
开　　本	880mm×1230mm　1/32
印　　张	13.25
插　　页	8
字　　数	337千
版 印 次	2025年3月第1版　2025年3月第1次印刷
书　　号	ISBN 978-7-308-25743-5
定　　价	88.00元

版权所有　侵权必究　印装差错　负责调换

浙江大学出版社市场运营中心联系方式：（0571）88925591；http://zjdxcbs.tmall.com

谨以此书纪念我的奶奶泽尔达,
也献给我的女儿泽尔达和比莉。

薪火相传……坚强勇敢。[①]

谨以此书向波兰所有反抗纳粹政权的犹太女性致敬。

---

① 此句原文为希伯来文。——译者注

华沙用哭泣的表情，
在街角写下墓志铭，
她比敌人拥有更长久的生命，
她将继续战斗，
直到看见黎明。

——《祈祷》

一首献给华沙隔都①起义的歌，
在隔都歌曲创作比赛中获得一等奖，
其作者是一名年轻的犹太少女。
这首歌写于少女遇害之前，
发表于1946年出版的《隔都女性》（*Freuen in di Ghettos*）。

---

① 在第二次世界大战期间，德国人将犹太人集中到某些城区并迫使他们在极端恶劣的条件下生存，这些城区便是隔都。——译者注

出场人物

（按照出场顺序排列）

雷尼亚·库基尔卡（Renia Kukiełka）：出生于延杰尤夫（Jędrzejow），是本津①（Będzin）自由会（Dror）的交通员。

莎拉·库基尔卡（Sarah Kukiełka）：雷尼亚的姐姐，是负责照顾本津犹太孤儿的一名自由会同志。

齐维亚·卢贝特金（Zivia Lubetkin）：出生于拜顿（Byten），是犹太战斗组织（Jewish Fighting Organization，ZOB）和华沙隔都起义的一名自由会领导人。

弗鲁姆卡·普沃特尼卡（Frumka Płotnicka）：出生于平斯克（Pinsk），是领导本津犹太战斗组织的一名自由会同志。

汉奇·普沃特尼卡（Hantze Płotnicka，英语发音为Han-che）：弗鲁姆卡的妹妹，同样也是一名自由会领导人兼交通员。

托西亚·阿尔特曼（Tosia Altman）：青年卫队（the Young Guard）的领导人，最活跃的交通员之一，常驻华沙。

---

① 波兰西里西亚省下辖县。——编者注

维拉德卡·米德（Vladka Meed）：原名费格勒·佩尔特尔（Feigele Peltel），华沙的一名崩得①（Bund）交通员。

卢什卡·科尔恰克（Ruzka Korczak）：维尔纳犹太战斗组织（Vilna's Fghting Organization，FPO）青年卫队的领导人，也是一名森林游击队领导人。

海依卡·克林格尔（Chajka Klinger，英语发音为Hay-ka）：青年卫队和本津犹太战斗组织的一名领导人。

古斯塔·戴维森（Gusta Davidson）：阿基瓦（Akiva）的交通员和领导人，常驻克拉科夫（Kraków）。

赫拉·舒佩（Hela Schüpper）：阿基瓦的交通员，常驻克拉科夫。

贝拉·哈赞（Bela Hazan）：自由会交通员，常驻格罗德诺（Grodno）、维尔纳（Vilna）和比亚韦斯托克（Białystok）。曾与隆卡·科齐布罗德斯卡（Lonka Kozibrodska）以及提玛·施耐德曼（Tema Schneiderman）一起工作。

哈希亚·别利茨卡（Chasia Bielicka）、**哈伊卡·格罗斯曼**（Chaika Grossman）：青年卫队交通员、比亚韦斯托克反法西斯行动组织成员。

---

① 崩得，意第绪语的音译，意为联盟，也可被理解为犹太工人总联盟"（又称"犹太社会民主主义总联盟"）的简称。——编者注

法耶尔·舒尔曼（Faye Schulman）：摄影师，后来成了一名游击队护士和战士。

维特卡·肯普纳（Vitka Kempner）：维尔纳犹太战斗组织青年卫队领导人，也是一名森林游击队领导人。

泽尔达·特雷格尔（Zelda Treger）：青年卫队在维尔纳和森林之间的交通员。

安娜·埃尔曼（Anna Heilman）：被同化的华沙青年卫队成员，参加了奥斯威辛（Auschwitz）的抵抗运动。

> 引言

巾帼英雄

大英图书馆的阅览室弥漫着旧书页的味道。我盯着自己借来的那摞关于女性的历史书,安慰自己道:也不算太多,不会太难以承受。底下那本是最不寻常的:硬壳,被包裹在磨损的蓝色织物中,带有发黄的毛边。我首先打开了这本书,发现里面有200张写着微小文字的手稿——是用意第绪语写的。我会意第绪语,但已经有15年没有使用过了。

我差点没读就把它放回书堆里。但某种冲动在促使我阅读,所以,我翻了几页。然后又翻了几页。我本以为会有乏味的、圣徒般的哀悼,以及关于女性力量和勇气的模糊的、塔木德式的讨论,但相反,我看到的是女性、破坏、步枪、伪装、炸药。我找到了一部惊悚片。

这有可能是真的吗?

我惊呆了。

我**一直在寻找**强大的女性。

我在二十多岁的时候,当时是21世纪初,住在伦敦,白天是艺术史学家，晚上是喜剧演员。然而，学者、画廊经理人、观众、演员同行和制片人都常常对我闪米特人的外表和举止做出含沙射影、开玩笑的评论。渐渐地，我开始明白，对英国人来说，如此公开、随意地展示我的犹太身份是令人不安的。我在加拿大一个紧密且团结的社区长大，然后在美国东北部上大学。在这两个地方，我的背景都不算特殊，也没有私人人格和公共人格之分。但在英格兰，如此"出格"地展示我的另类身份，看起来就很嚣张，而且会引起别人的不适。发现了这一点，我感到非常吃惊，并且极不自在。我不确定该如何处理这种事：忽略它？开玩笑回击？心生警惕？过度反应？没啥反应？隐藏自己，然后假装拥有双重身份？逃离这里？

我试图通过艺术和研究来解决这个问题，并撰写了一部关于女性身份和遗留的创伤感受如何代代相传的戏剧作品。我的犹太女性榜样是汉娜·塞内什（Hannah Senesh），她是第二次世界大战中为数不多的没有被历史遗忘的女性抵抗者之一。小时候，我上的是一所非宗教的犹太学校——它的价值观植根于波兰抵抗犹太运动——我们学习希伯来文诗歌和意第绪语小说。在五年级的意第绪语课上，我读到了22岁的汉娜如何加入英国伞兵队，与纳粹作战，并返回欧洲支持抵抗运动的故事。她没有成功地完成任务，但被成功地激发了勇气。在被处决时，她拒绝被蒙上眼睛，并且坚持直视子弹。汉娜勇于面对真相，她为信念而生，为信念而死，并以公开地坚持做自己为荣。

2007年的春天，我在伦敦的大英图书馆寻找关于汉娜的信息，寻找关于她性格的详细论述。结果发现关于她的书并不多，于是我借来了所有提到过她名字的书。其中一本碰巧是用意第绪语写的。我差点把它放了回去。

还好，我拿起了这本1946年在纽约出版的《隔都女性》，并翻阅了几页。在这本185页的选集中，汉娜只在最后一章中被提及。在此之前，有170页都写满了其他女性的故事——数十名身份不明的年轻女性，主要从波兰的隔都内部，向纳粹发出抗争。这些隔都姑娘收买盖世太保、卫兵，把左轮手枪藏在面包里，还帮助搭建地堡（地下掩体）。她们与纳粹调情，先用葡萄酒、威士忌和糕点收买他们，然后再悄悄地开枪杀死他们。她们为莫斯科执行间谍任务，分发假身份证和地下传单，并传播有关犹太人遭遇的真相。她们帮助病人并教育孩子，轰炸德国铁路线，摧毁维尔纳的电力供应。她们装扮成非犹太人，在镇上的雅利安人那里当女佣，还挖墙洞、爬屋顶，帮助人们通过管道和烟囱逃离隔都。她们贿赂行刑者、撰写地下无线电公告、鼓舞集体士气、与波兰地主谈判、哄骗盖世太保搬运装满武器的行李，还吸纳过一批反纳粹的纳粹分子，当然，还要负责大部分的地下行政工作。

尽管我接受了多年的犹太教育，但也惊讶于每天都在发生的非凡工作的细节，我从未读过这样的描述。我不知道有多少犹太女性参与了抵抗运动，也不知道参与到什么程度。

这些文字不仅让我惊讶，还触动了我个人的情感，颠覆了我对自身历史的理解。我出生于一个波兰犹太大屠杀幸存者的家庭。我的奶奶泽尔达（这个名字后来传给了我的长女）并没有参加犹太抵抗运动，她成功但悲惨的逃亡故事塑造了我对生存的理解。我的奶奶长着高颧骨和扁鼻头，看起来不像犹太人——她逃离了被纳粹占领的华沙，游过许多条河流，在修道院里藏匿，和一名睁一只眼闭一只眼的纳粹调情，然后跟着一辆运送橙子的卡车一路向东，最终偷渡进入苏联。在那里，她保住了性命。我的奶奶像牛一样强壮，但她失去了父母和三个姐妹，他们全部都留在了华沙。每天下午我放学后，她都会向我重复讲述这个可怕的故事，眼中满含泪水和愤怒。我所在的蒙特利尔社区主要由大屠杀幸存者家庭组成，我和邻居们都有很多类似的充满苦难和折磨的故事。我的基因里被打上了创伤的烙印——甚至，就像现在的神经科学家所指出的，我的基因被创伤改变了。我在受伤和恐惧的氛围中长大。

但是，在《隔都女性》这本书中，却有一个不同版本的战争中的女性故事。这些充满主观能动性的故事让我讶异。这些女性以彪悍、坚韧甚至暴力的方式采取行动，她们夹带走私、收集情报、开展破坏行动并参与战斗，她们为自己火焰一般的激情感到骄傲。这些女性并没有要求怜悯，而是展现了积极主动的英勇无畏。她们往往忍饥挨饿、倍受摧残，但却又是如此勇敢而硬气。其中一些人有机会逃脱却没有这么做；有些人甚至在逃脱后选择重新战斗。我的奶奶是我的英雄，但如果当初她决定冒着生命危险留下来战斗呢？我被这个问题困扰着：在类似的情况之下，我会怎么做？是战斗还是逃走？

一开始，我以为《隔都女性》一书提到的应该就是所有内容了。但是当我一接触到这个话题，关于女性战士的非凡故事就从每一个角落蔓延了出来：历史档案、名单目录、陌生人通过邮件给我发来的家庭故事。我发现了数十本由小型出版社出版的女性回忆录，以及数百份来自20世纪40年代至今的波兰语、俄语、希伯来语、意第绪语、德语、法语、荷兰语、丹麦语、希腊语、意大利语和英语的证言。

大屠杀研究者一直在争论什么"能算作"犹太人的抵抗行为。许多人采取的是最广泛的定义：任何肯定犹太人人性的行为；任何违反纳粹政策或意识形态的行为——哪怕是无意识的，哪怕仅仅是为了活着。而其他人则认为，过于空泛的定义会削弱冒着生命危险积极反抗政权的那些人的功劳，而且抵抗和坚强之间是有区别的。

在我关注的国家波兰，我发现犹太女性的抵抗行为涵盖了不同的范畴，从涉及复杂策划和精心布局的行动——如引爆大量炸药，到那些自发的、简单的甚至类似闹剧的行为，包括乔装打扮、撕咬抓挠，以及身姿摇曳地从纳粹怀里挣脱。对于许多人来说，抵抗的目标是拯救更多人；而对于另一些人来说，则是能够带着尊严死去。《隔都女性》重点描绘了女性隔都战士的抵抗行为，这是一类脱胎于青年团体并在隔都活动的地下工作者。这些年轻的女性是战士、地下公告的编辑和社会活动家。尤其是，女性扮演了绝大多数的"交通员"这一特定角色，在许多行动中发挥了核心作用。她们伪装成非犹太人，在封锁的犹太隔都和城镇之间穿梭，偷偷运送人员、现金、文件、消息和武器，其中许多都是她们自己缴获的。

除了隔都战士，还有一些犹太女性逃到森林里加入游击队，执行破坏行动和情报任务。有些抵抗行为属于"无组织"的一次性事件。几位波兰的犹太女性加入了外国抵抗组织，而其他人则与波兰地下组织合作。妇女们建立救援网络，帮助同胞藏匿或逃脱。最后，她们还进行着道德上、精神上和文化上的抵抗——隐藏身份、分发书籍、在运输过程中讲笑话缓解恐惧、抱着营房室友取暖，以及为救济孤儿开设粥舍。最后这项活动有时是有组织、公开且非法的；有时则是个人和私密的。

在研究进行了几个月后，我收集到了比我能想象中的还要多的、令人难以置信的抵抗故事。这对于一个作家来说，既是财富也是挑战。我怎么才能缩小范围，选出我的主要人物呢？

最终，我决定参照我的灵感读物《隔都女性》，关注来自青年团体"自由会"和"青年卫队"的女性隔都战士。《隔都女性》的核心内容，也是最长的一篇，是一位署名为"雷尼亚"的女交通员写的。我被雷尼亚深深地吸引了——并不是因为她是最著名、最好战或最有魅力的领导人，而是出于恰恰相反的原因。雷尼亚既不是理想主义者，也不是革命者，而是一个出身中产家庭的少女，碰巧置身于一场突如其来且残酷无情的噩梦之中。由于受到内心深处的正义感和愤怒的驱使，她选择挺身而出。她那些令人敬畏的偷渡穿越边境、走私手榴弹的故事，以及书中对她执行地下任务时的详细描述，都让我深深着迷。在雷尼亚20岁那年，她用波澜不惊、充满哲思的散文笔触，记录了自己过去5年的经历，内容十分生动，人物刻画利落，感受表达坦诚，甚至充满机智。

后来，我发现雷尼亚在《隔都女性》里的作品摘自她的一部长篇回忆录。该回忆录用波兰语写成，并于1945年以希伯来文出版。她的书是最早的关于大屠杀的完整个人叙事之一（也有人说就是第一本）。1947年，纽约市中心的一家出版社发行了它的英文版本，并请一位著名翻译家撰写了前言。但不久之后，这本书和它所描绘的世界就陷入了默默无闻。我只在一些顺便提及过它的内容或学术注释中看到过雷尼亚的名字。在这里，我要将她的故事从脚注挪动到正文中，揭示这位不知名的女性所表现出的惊人勇气。我将雷尼亚的故事与来自不同地下运动、拥有不同使命的抵抗者的故事交织在一起，以展现女性勇气的广度和深度。

传说中充满了以弱胜强的故事：大卫（David）和歌利亚（Goliath），让法老感到头疼的以色列奴隶，击败希腊帝国的马卡比（Maccabee）兄弟。

它不是那种故事。

从军事胜利、纳粹伤亡和所拯救人民的数量方面来看，波兰的犹太抵抗运动都只取得了相对微弱的胜利。

但他们为抵抗做出的努力比我能想象的还要多，也更有组织。与我从小到大听到的关于大屠杀的叙述相比，他们的努力可以说是巨大的。犹太地下武装团体在九十多个东欧隔都运作。各类小型行动和起义在华沙以及本津、维尔纳、比亚韦斯托克、克拉科夫、利沃夫（Lvov）、琴斯托霍瓦（Częstochowa）、索斯诺维茨（Sosnowiec）和塔尔努夫（Tarnów）等地发生。至少5所主要的集中营和死亡营——包括奥斯威辛、特雷布林卡（Treblinka）和索比布尔（Sobibor），以及18个强迫劳动营，都爆发了犹太抵抗运动。3万名犹太人加入了森林游击队的各个小分队。在华沙，犹太人网络为1.2万名藏匿的同胞提供了经济支持。除了这些，还有数不清的种种日常抵抗行为的例子。

我一直问自己，为什么我从来没有听说过这些故事？为什么我从来没有听说过，有数百名甚至数千名女性参与了这场反抗运动的方方面面，而且往往还是其中的掌舵人？为什么《隔都女性》是一本鲜为人知的书，而不是大屠杀阅读清单上的经典之作？

我逐渐了解到，许多因素，包括个人的和政治的，都在引导着大屠杀叙事的发展。我们的集体记忆被塑造成一种压倒一切的、对于抵抗的抵触。沉默是一种影响感知和转移权力的手段，也是一种应对和生存的技巧。

即使讲故事的人违背常规，呈现出抵抗的故事，也很少关注女性。在少数情况下，当作家们将女性纳入作品时，她们通常被描绘成刻板叙述模式中的形象。2001年上映的电影《华沙起义》（Uprising）讲述了华沙隔都的故事。在电影中，女战士虽然存在，但其形象却被导演以一种经典的方式歪曲了。女性的领导人被设定为次要角色——男主人公的"女朋友"。唯一一个女性主角是托西亚·阿尔特曼，尽管电影确实表现了她走私武器的无畏，但她被描绘成一个漂亮、害羞的姑娘，眼睛总是睁得大大的，温顺而又无辜；她照顾生病的父亲，被动地扮演了抵抗者的角色。而实际上，早在战争前，托西亚就已经是青年运动青年卫队的领导人了；她的传记作者强调她是一个脾气火暴的"魅力女孩"，而且"放荡不羁"。电影通过改写故事背景，不仅扭曲了她的性格，还抹去了孕育她的整个土壤——女性的教育、培训和工作。

无须赘述的是，在波兰，犹太人对纳粹的抵抗并不是一种激进的、只有女性参与的女权运动。男性也是战士、领导者和战斗指挥官。但由于女性具备性别优势和善于掩饰犹太身份的能力，她们特别适合一些十分关键但有生命危险的任务，尤其非常适合担任交通员。正如战士哈伊卡·格罗斯曼所描述的那样，"犹太姑娘是这场抵抗运动的神经中枢"。

华沙犹太隔都著名的编年史学家伊曼纽尔·林格布鲁姆（Emanuel Ringelblum）如此描写当时的女交通员："她们毫无抱怨、毫不犹豫地接受并执行最危险的任务……有多少次，她们曾直面死亡？……在这场战争中，犹太女性的故事将成为犹太民族史上的辉煌一页。"

出版《隔都女性》的根本目的，就是向美国介绍犹太女性在隔都中所做出的惊人努力。几位撰稿人完全相信，这些女性的名字将变得家喻户晓，认为未来的历史学家一定会丈量和书写这片令人难以置信的领域。战士卢什卡·科尔恰克写道，这些女性抵抗故事是"我们民族的伟大宝藏"，并将成为民间传说的重要组成部分。

七十多年过去了（截至2021年），这些英雄仍然鲜为人知，在永恒的记忆之书中，她们仍然是未被书写的一页。直到现在。

> 序章

长话短说——是自卫还是自救

从上面往下看，这个小镇有着闪闪发光的城堡、淡雅柔和的建筑和糖果色的街景——人们可能会误认为，这是一个有魔力的王国。本津自9世纪以来一直是人类的聚居地，但它最初是作为一座要塞城市被建立起来的，以守卫基辅（Kiev）和西方之间古老的贸易路线。像波兰的许多中世纪城市一样——尤其是在森林覆盖的南部地区——本津的景观十分壮丽。这片翠绿的风景并没有一点分裂、死亡、无休止的战斗和裁决的痕迹。从远处看，人们永远也不会猜到，这座高耸着金色塔楼的皇家小镇，是犹太人几乎全部灭绝的一个象征。

本津位于波兰的萨格勒比（Zaglembie）地区，成为犹太人的家园已经有数百年的历史了。自13世纪以来，犹太人在该地区工作并蓬勃发展。在16世纪后期，国王授予本津的犹太人拥有祈祷所、购买房地产、从事无限制贸易、屠宰动物和分销酒精的权利。在超过200年的时间里，只要犹太人缴纳税款就能受到保护，能建立强大的贸易关系。在19世纪，该镇先后受到了普鲁士和俄国的严格统治。20世纪时，当地经济蓬勃发展，在现代化学校成立之后，本津成了新兴的哲学中心，特别是社会主义的中心。新的哲学思潮带来了激情澎湃而富有成效的内部冲突，政党、教授席位和新闻媒体开始蓬勃发展。与全国许多城镇一样,犹太人占总人口的比例不断增长,犹太人的影响错综复杂地深入日常生活的方方面面。讲意第绪语的居民成了该地区的重要组成部分;反过来,萨格勒比也成了他们身份认同的基础。

1921年,本津被称为"萨格勒比的耶路撒冷"。当时有672家当地的工厂和车间是属于犹太人的。几乎一半的本津居民都是犹太人,并且很多人都从事着很富有的职业:医生、律师、商人和制造业工厂主。他们是自由开明的、世俗化的、温和的社会主义者,他们在山上有避暑别墅,他们会去咖啡馆,喜欢享受探戈之夜、爵士乐和滑雪,认为自己是欧洲人。工人阶级和宗教性质的犹太群体也在蓬勃发展,不但有数十个祈祷所,而且在议会中有一系列可供人们选择投票的政党。在1928年的镇政府选举中,有22个政党参选,其中17个是犹太政党。本津的副镇长是一个犹太人。当然,这些犹太人并不知道他们建立的这个充满活力的世界将很快被彻底摧毁——还有,他们将不得不为自己的传承和生命而战。

1939年9月,入侵的德军占领了本津。纳粹分子焚毁了该镇宏伟的罗马式犹太会堂——一座曾经骄傲地矗立在城堡下坡处的重要建筑——然后谋杀了数十名犹太人。3年后,2万名佩戴六芒星(Star of David)臂章的犹太人被迫走进镇子外面一片狭小的居住区,几家人一起挤在一间棚屋或单人房里。曾经享受过几个世纪的相对和平、繁荣、社会融合和文化的人,被塞进了几个凌乱不堪的街区。本津出现了一口新的深井,一口黑暗潮湿的深井——隔都。

萨格勒比地区的隔都是波兰最后一批被清理的隔都之一,希特勒的军队在后期才到达这里,完成了他们的"最终解决方案"。许多隔都居民都拥有工作许可,他们被送往德国武器工厂和车间劳动,而不是立即被拉到死亡营。在本津,邮政通信仍然是可能的。

这些隔都与苏联、斯洛伐克、土耳其、瑞士和其他非雅利安人的领土都有着联系。于是，即使在这些黑暗的深井里，也还是出现了犹太战斗组织。

在一片拥挤的房屋中，在惊慌、不安和恐怖的气氛中，有这样一栋特殊的建筑。这栋坚强挺立的大厦依靠的不仅仅是坚固的地基（实际上，它很快就会以地堡的形式存在），还有在里面居住的人，他们的头脑、心灵和身躯。这里就是本津当地犹太战斗组织的总部。这是一种积极的抵抗，珍视犹太人的能动性、土地劳动、社会主义及平等的思想。这些志同道合的人在体力劳动和女性赋权的独特养分中成长起来，而这里也成了青年运动的一个中心。

1943年2月，隔都被寒冷笼罩，空气沉重如铅。繁忙的公社大楼异常安静。过去的声音，那些文化项目——语言课程、音乐表演、关于心灵与土地之间关联的研讨会——都消失了。再没有言论，再没有歌声。

雷尼亚·库基尔卡，一名18岁的犹太女性、犹太抵抗运动的新战士，从洗衣房走了出来。她走到总部一楼的大会议桌旁，大家正在那里开会，他们最重要的规划就是在此地制订的。这是一个大家都熟悉的地点。

"我们弄到了几份证件。"赫谢尔·斯普林格（Hershel Springer）宣布。

每个人都倒吸了一口气。它们是金灿灿的门票——离开波兰，生存下去。

今天是做出决定的日子。

长着一双黑眼睛，眉头紧皱的弗鲁姆卡·普沃特尼卡站在桌子的一头。弗鲁姆卡来自平斯克一个贫穷的宗教家庭，十几岁时加入了运动，当时还是一名内向的少年。凭借与生俱来的严肃性格和分析性思维，她在运动中崭露头角。随着战争的爆发，她迅速成为青年团体的一名领导人。

她在本津"部队"的领导人赫谢尔·斯普林格在桌子的另一头。赫谢尔深受所有人的喜爱，他身上有着"太多普通老百姓的特点"，从马车夫到屠夫，他与任何有同样出身的人都能展开坦诚的交流，听他们唠叨最琐碎的那些事。一直以来，他温暖而又憨厚的微笑都有一种舒缓人心的力量，能够抵消破坏的力量。肮脏的隔都正变得越来越空旷，到处是无边的沉默。

雷尼亚在他们两人中间找到了桌旁的位置，与其他年轻人坐在一起。

想到自己的遭遇，她常常错愕到难以置信。在短短几年内，她从一名拥有6个兄弟姐妹和一对挚爱父母的15岁少女，变成了一个孤儿，甚至不知道自己有多少兄弟姐妹还活着，或者可能在哪里。雷尼亚曾经和家人一起在满是尸体的田野中穿行。后来，她完全靠自己一个人跑出了田野。就在几个月前，她从一辆行驶的火车上逃脱，并伪装成波兰农村女孩，在一个有德国血统的家庭担任女佣。作为掩饰，她坚持要和他们一起去教堂。但第一次去的时候，她做每一个动作时都在颤抖，担心自己搞不清楚什么时候该站起来，要怎么坐下，在哪里画十字。这名少女变成了一名演员，每时每刻都在表演。家里的主人喜欢她，并称赞她干净、勤劳，甚至还受过教育。"当然啦，"雷尼亚撒了一部分小谎，"我出生在一个很有文化的家庭。我们家很有钱。只是在父母去世以后，我才不得不从事体力劳动。"

那家人对她不错，但当雷尼亚终于能够秘密联系上姐姐莎拉之后，她就知道，她必须和姐姐在一起，因为那是她仅剩的家人了。莎拉安排人偷偷把雷尼亚送到本津，来到她所属的自由会的中心。

雷尼亚现在是一个受过教育的洗衣工，只能躲在后方了。她在这里是非法的，是闯入者之中的闯入者。纳粹分裂了被征服后的波兰，将其划分为不同的领地。雷尼亚只有总督府的证件，而总督府是一个充当"种族垃圾场"的地方，拥有无数的奴隶劳工——最终，也是欧洲犹太人被大规模屠杀的地点。她没有可以进入萨格勒比地区的证件，因为这里已经被第三帝国吞并了。

现在，雷尼亚的右边坐着弗鲁姆卡的妹妹汉奇。与姐姐正相反，她那活力满满和永不懈怠的乐观主义精神点亮了这个暗沉沉的房间。汉奇喜欢告诉同志们，她是如何通过装扮成信仰天主教的妇女来欺骗纳粹，在他们的眼前招摇过市，一次又一次地愚弄他们的。莎拉也在场，她脸上的颧骨较为突出，长着深邃到能穿透一切的眼睛。她与赫谢尔的女朋友阿莉扎·奇顿菲尔德（Aliza Zitenfeld）一起照顾着隔都的孤儿。面带稚气的海侬卡·克林格尔当时也可能坐在桌旁，她是一个喜欢直言不讳的、不好惹的姐妹会领导人，随时准备好为她的理想——真理、行动、尊严——而战。

"我们弄到了几份证件。"赫谢尔重复道。每份证件只允许一个人进入集中营，即只允许一个人活下去。这些假护照来自关押着德国人的同盟国。同盟国护照的持有者会被纳粹关押在特殊的集中营，用于与那些国家交换德国人——这是过去几年他们听说过的众多护照伎俩之一。他们希望，也许，这一次是合法的。获得这些文件需要几个月的时间，这是一个费用非常昂贵和危险的过程，涉及发送带有照片的密码信给专业的伪造者。谁会拿到一份这样的证件呢？

还是，大家都不该拿？

是自卫还是自救？是战斗还是逃走？

这是一场自战争初期以来就一直在进行的辩论。少数几个犹太人，带着更少的几支枪，并不能推翻纳粹，那么抵抗的意义何在？

他们之所以战斗，是为了死得有尊严，为了给后世带来荣光，还是为了对敌人造成破坏，为了解救生命？如果是后者，那要救谁呢？是个人还是整个群体？是孩子还是成年人？是艺术家还是领导人？犹太人应该在隔都还是在森林战斗？以犹太人的身份还是与波兰人一起？

现在必须做出一个真正的决定了。

"弗鲁姆卡！"赫谢尔直视着她的黑眼睛，从桌子对面叫她。

她同样坚定地看着他，但保持着沉默。

赫谢尔解释说，他们在华沙的尊敬的领导人齐维亚·卢贝特金发出了一项指示。弗鲁姆卡将使用护照离开波兰，前往海牙，那里是联合国国际法院所在地。她将代表犹太人民，把真相告诉全世界。然后她将出任纳粹暴行的官方证人。

"离开？"弗鲁姆卡问道。

雷尼亚看着弗鲁姆卡，心跳加速。她能感觉到弗鲁姆卡也有点发晕，几乎能看到在她平静的表情下，睿智的头脑正在飞速运转。弗鲁姆卡是他们的领导人，无论男女，所有人都依靠着她。她会要求谁和她一起去呢？没有了她，他们会变成什么样子？

"不。如果必须死的话，就让大家死在一起吧。但是，"在这里她停顿了一下，用坚定但温柔的方式表示，"让我们争取死得英勇。"

听到她的话，一屋子的人都明显地叹了口气。仿佛整栋楼都复苏了一样，队员们开始轻轻地抖脚，有些人甚至露出了微笑。弗鲁姆卡把拳头放在桌子上，动作简单迅速，仿佛那是一把锤子。"是时候了。是时候振作起来了。"

就这样，他们得出了一致通过的答案：自卫。

雷尼亚早就准备好了，一下子从座位上跳起来。

目录

第一部分 隔都姑娘 / 1

01 波林 / 3

02 烽火连天 / 15

03 女性战斗的确立 / 19

04 活到明天——隔都的恐怖 / 34

05 华沙隔都——教育与言论 / 47

06 从精神到血肉——犹太战斗组织的形成 / 56

07 流浪的日子——从无家可归到成为管家 / 72

08 心如磐石 / 88

09 黑色乌鸦 / 94

10 被历史铭记的三支队伍——克拉科夫的圣诞惊喜 / 111

11 1943,新的一年——华沙的小型叛乱 / 124

第二部分 魔头或女神 / 137

12 预备 / 139

13 间谍女孩 / 147

14 盖世太保内部 / 155

15 华沙隔都起义 / 166

16 女匪 / 177

17 武器，武器，武器 / 192

18 绞刑架 / 201

19 自由之林——游击队 / 208

20 梅利纳斯、金钱和救援 / 226

21 血花 / 237

22 扎格伦比的耶路撒冷在燃烧 / 246

第三部分 "什么边界都拦不住她们" / 253

23 地堡内外 / 255

24 盖世太保之网 / 273

25 布谷鸟 / 287

26 姐妹们，复仇！ / 302

27 黎明时分 / 318

28 大逃亡 / 322

29 "永远别说最后的路在眼前" / 339

第四部分　情感遗产 / 351

    30　对生的恐惧 / 353

    31　被遗忘的力量 / 369

尾　声　失踪的犹太人 / 382

致　谢 / 394

第一部分　隔都姑娘

英勇的姑娘……她们勇敢地在波兰的城市和小镇里来回穿梭……她们每天都处于致命的危险之中。她们能够仰仗的只有自己那张"雅利安人"的脸，以及一条用来遮头的农民汗巾。她们毫无抱怨、毫不犹豫地接受并执行最危险的任务。有人愿意前往维尔纳、比亚韦斯托克、伦贝格（Lemberg）、科韦利（Kovel）、卢布林、琴斯托霍瓦或拉多姆（Radom）偷运违禁品，比如非法出版物、货品和钱吗？姑娘们自愿前往，仿佛这是世界上最自然的事情。在维尔纳、卢布林或其他城市，有需要被解救的同志吗？她们会接下任务。没有什么能挡住她们。没有什么能阻止她们……有多少次，她们曾直面死亡？有多少次，她们曾被捕、被搜查？……在这场战争中，犹太女性的故事将成为犹太民族史上的辉煌一页。而海侬卡和弗鲁姆卡们也将成为这段历史中的领导人物。因为这些姑娘永远不屈不挠。

——伊曼纽尔·林格布鲁姆，日记内容，1942年5月

01

波林

雷尼亚
1924年10月

1924年10月10日，星期五，当延杰尤夫的犹太人在安息日^①（Sabbath）前夜安顿下来，打烊店铺、关闭柜台、在家烹煮切炸时，摩西·库基尔卡（Moshe Kukielka）从他的店里冲了出来。他的家位于修道院街（Klasztorna）16号，是一栋石头造的小房子。这条街是一条郁郁葱葱的主干道，拐弯处是一座以绿松石和镀金内饰闻名的宏伟的中世纪修道院。今晚房子里特别热闹。随着日落的临近，秋光染红了凯尔采（Kielce）地区繁茂的山谷和起伏的山丘。库基尔卡家的烤箱正在加热，勺子在叮当作响，炉子嘶嘶地吐着火舌。在教堂钟声的背景下，一家人正在用意第绪语和波兰语叽叽喳喳地说话。接着，一个新的声音冒了出来：婴儿的第一声啼哭。

摩西和利娅（Leah）既很现代又严守教规，他们家三个大点的孩子也是如此。他们参与到波兰的文化中去，但也重视民族的传统。摩西习惯了在此时赶回家中，或是去一间祷告室（shtiebel），享用安息日晚餐并进行祷告。在路上，他可以轻快地穿过开阔的小镇广场，看到一排排色彩柔和的建筑，看到身边经过的并肩生活、

---

① 犹太历每周的第七日，也就是星期六。犹太人谨守安息日为圣日，安息日不许工作。——译者注

携手工作的犹太商人和信仰基督教的农民。这个星期，秋天的空气格外凉爽，让他赶路的脚步变得更加匆忙了。按照传统，人们会点燃蜡烛，把安息日作为新娘迎入家中；但那天，摩西有一位新的客人要迎接，一位更美好的客人。

他赶到家里，看到了她——他的第三个女儿，她立即成了他最珍爱的掌上明珠。她的名字在希伯来语中叫里夫卡（Rivka），它的词根有多种含义，包括**连接**、**联合**，甚至**迷人**。在《圣经》中，里夫卡是犹太人的四位女族长之一。当然，在这个被波兰文化部分同化的家庭中，这个新生儿也有了一个波兰名字：雷尼亚。作为姓氏的库基尔卡很像波兰语中的库基洛（Kukielo）——库基洛家族几代以前就在当地经营殡仪馆了。犹太人经常在波兰人名后面添加诸如"ka"之类的有趣词尾来构建自己的姓氏。库基尔卡的意思是"提线木偶"。

那是1924年，距离新波兰最终得到国际社会承认、确立边境线才过去一年；在此之前，波兰拥有的是多年来分裂和不断波动的边界。（有这么一个古老的笑话。一个男人询问自己的镇子现在是波兰的领土还是苏联的领土。有人告诉他："今年，我们在波兰。""谢天谢地！"这名男子惊呼道，"我再也受不了苏联的冬天了。"）社会经济运转良好，尽管延杰尤夫的大多数犹太人都生活在贫困线以下，但摩西还是成了一名成功的小商人，经营着一家出售纽扣、布料和缝纫用品的"艺术商店"（gallenteria）。他养育了一个中产阶级家庭，让孩子们接触音乐和文学。家里的安息日餐桌，是由库基尔卡家的两个大女儿和亲戚们在那个星期布置的。而利娅则在别的地方忙碌，负责供应当天的美味佳肴。这些都是摩西负担得起的食物：甜酒、姜饼、洋葱炒肝、犹太炖肉（一种有豆子和肉的慢煮浓汤）、土豆和甜面条炒布丁、李子和苹果的果脯，还有茶。鱼饼几乎在每个星期五都能吃到，以后它将成为雷尼亚的最爱。毫无疑问,这个星期的饭菜格外丰盛。

有时候,人的性格在生命最初的时刻就会显现,甚至已经是非常清晰的了;一个人的心理特征,早就深深地烙印在灵魂之上。当摩西第一次抱着雷尼亚,用他的温柔、智慧和深邃包裹住她的时候,有可能他就知道,他的精神将引领着她,踏上一段在1924年几乎无法想象的旅程。当时他有可能就知道,他那长着绿色大眼睛、浅棕色头发和精致脸庞的小雷尼亚——那个小小的、迷人的木偶娃娃——是一位天生的表演者。

延杰尤夫是一个"shtetl",这个词意第绪语的意思是"小城市",指的是拥有大量犹太人口的波兰集镇。雷尼亚的出生,让拥有4500名犹太人的城镇又增添了一条新的生命,而这些犹太人构成了总人口的近45%。很快还会再增加3个——她的弟弟和妹妹:亚伦(Aaron)、埃丝特(Esther),还有雅科夫(Yaacov),也就是小扬克勒(Yankel)。犹太社区基本上很穷,它成立于19世纪60年代,当时犹太人刚刚被允许在该地区定居。大多数犹太人是推销员、小贩,还有在微风习习的小镇广场或周围开商店的小企业主。其余的主要是工匠类:鞋匠、面包师、木匠。延杰尤夫不像与德国接壤的本津那么现代,但即使在这里,也有少数的当地精英,他们是医生、急诊医务人员和教师,还有一个犹太人成了法官。镇上大约10%的犹太人是富人,拥有木材厂、面粉厂和机械车间,还有地产。

与波兰其他地区一样,延杰尤夫现代文化蓬勃发展,而此时,雷尼亚也渐渐成长,时间来到20世纪30年代。当时,仅华沙就拥有数量惊人的180种犹太报纸:130种是意第绪语的,25种是希伯来语的,25种是波兰语的。同样,人们通过延杰尤夫邮局订阅着数十种杂志。当地的犹太人口不断增长。为了适应各种教派风格,延杰尤夫还设立了不同的祷告室。即使是在这个小镇上,也拥有3家犹太书店、一家出版社和多家犹太图书馆;戏剧团和文学朗读会不断涌现；政党也蓬勃发展。

雷尼亚的父亲从事文化和慈善事业，为穷人提供食物，与切夫拉·卡迪沙（Chevra Kadisha）殡葬协会一起照顾死者，并担任当地的领唱人。他梦想着有一天能让全家人搬到"应许之地"。

各党派组织了讲座和政治集会。可以想象雷尼亚是如何陪伴她心爱的、留着络腮胡的父亲，参加一些大规模的市镇会议的。雷尼亚穿着波兰女学生的蓝白色水手服、百褶裙和及膝袜子，一向喜欢散步的她挽着摩西的手，经过两座新落成的图书馆，走向那场热闹的聚会。在那里，数百名犹太人在争辩和讨论着——他们被身份归属的问题激怒了。当波兰人在刚刚稳固的家园为自己争取新身份时，犹太人也是如此。他们该如何融入这个新的国家，这个他们已经连续居住了一千多年，却从未将他们视为波兰人的地方？他们首先是波兰人还是犹太人？对流散身份这一现代问题的关注在此刻达到了极点，特别是在反犹主义逐渐流行的当下。

库基尔卡家的摩西和利娅非常重视教育。波兰涌现了大量的犹太学校：非宗教的希伯来语学校、预科的意第绪语学校、单性别的学校。在延杰尤夫的400名犹太儿童中，有100名在慈善性质的塔木德研究所（Talmud Torah）学习。这是一种犹太托儿所，也可以说是雅各之家①，是女子初级学校在当地的分校，里面的学生都穿长袖和长袜。因为离家近——也因为传统教育费用昂贵，而且往往只供给儿子——雷尼亚像许多犹太女孩一样，就读于波兰的公立学校。

这也没关系。她在班上35名学生中成绩名列前茅。雷尼亚的朋友主要是波兰人，她在校园里能说一口流利的波兰语。当时她还不

---

① 希伯来文，意为"House（of）Jacob"，是全世界出身犹太家庭的女孩上的正统犹太教全日制小学或初中的统称。Jacob是《圣经》中以色列民族的祖先雅各。——译者注

知道,这种对本地文化的沉浸,包括她能够用没有犹太口音的波兰语开玩笑的能力,对她未来的地下工作而言将极为关键。但是,尽管雷尼亚表现得如此出色,甚至已经被当地文化同化,但她却并没有完全被当作自己人。在一场学业颁奖仪式上,当别人叫她上去领奖时,一个同学把铅笔盒扔到她的额头上。所以,她到底应不应该进一步融入波兰文化? 骑虎难下的她,亲身经历的是一道几个世纪以来一直未解的难题——"波兰犹太人身份的问题"。

波兰一直在发展演变中。由于地理上的界线不断变化,其民族的构成也各不相同,新的社群混居在波兰境内。中世纪犹太人移居到波兰,因为它是远离西欧的避风港,在波兰可以免受迫害和驱逐。犹太人如释重负地来到这片宽容的、充满经济发展机会的土地。这个国家的希伯来语名字是"波林"(Polin),由"波"(Po)和"林"(Lin)组成,意思是"在这里,我们留下"。波林给他们提供了相对的自由和安全,提供了一个未来。

华沙的波林博物馆是一家波兰犹太人的历史博物馆,那里展出了一枚12世纪早期的硬币,上面印有希伯来字母。那时讲意第绪语的犹太人已经成为波兰经济体中一个庞大的群体,从事银行家、面包师和法警等不同的工作。早期的波兰是一个共和国,波兰通过宪法的时间与美国差不多。由少数贵族阶级选举产生的议会削弱了王权。犹太社群和贵族之间达成了一致的安排:贵族保护在城镇中定居的犹太人,给予他们自治权和信仰自由;作为回报,犹太人缴纳高额税款,并从事信仰基督教的波兰人被禁止从事的经济活动,如贷款和有利息的资本借贷。

1573年的《华沙联盟协约》(Warsaw Confederation)是欧洲第一个由法律规定,对宗教保持宽容的文件。但是,尽管犹太人正式融入了波兰文化,与波兰人共享同样的哲学思想、民间传说、服装风格、食物和音乐,但他们仍然感到自己是格格不入、受到威胁的。犹太人的群体变得紧密相连,开始在传统习俗中寻求力量。而犹太人和波兰人之间还存在着一种相互推拉的关系,他们的文化在彼此互为参照中发展。比如,犹太哈拉面包(braided challah),是一种柔软且富含鸡蛋的面包,是犹太安息日的神圣象征。这种条状面包在波兰叫作哈卡(chalka),在乌克兰叫作卡拉(kalach)——根本搞不清哪个版本是先出现的。同时发展的传统的、纠缠不清的社会,在苦涩而甜腻的外表下相互连接在一起。

然而,在18世纪后期,波兰解体了。波兰政府很不稳定,国家同时被普鲁士、奥地利和俄国入侵,然后被分成了三个区域——每个区域由一国侵略者统治,他们会推行自己的习俗。出于民族主义,波兰人保持了团结,并保留了自己的语言和文化。波兰的犹太人则在占领者的统治下,经历了改变:普鲁士占领区的犹太人学会了撒克逊语,发展成受过良好教育的中产阶级;而奥地利统治区(加利西亚)的犹太人则遭受着可怕的贫困;大多数犹太人最终都被俄国统治,这个帝国将它的经济影响和法令强加于大部分工人阶级。边境线也发生了变化。例如,延杰尤夫最初属于加利西亚,后来俄国接管了它。犹太人感到惴惴不安——尤其是在经济上,因为不断变化的法律影响了他们的生计。

在第一次世界大战期间,波兰的三个占领国在波兰本土相互争斗。尽管损失了数十万条生命,经济也被摧毁,但波兰仍然取得了胜利——第二共和国成立了。统一的波兰需要重建其城市和身份。政治格局产生了分化,长期以来摩拳擦掌的民族主义以矛盾的方式表达了出来。一方面是怀旧的君主主义者,他们呼吁恢复旧时的多元化波兰,那个由多民族组成的国家(新国家中有四成公民是少数民族);另一方面,有人将波兰设想成一个民族国家——由单一民族组成,主张波兰人血统纯正性的政党迅速崛起。该政党的整个纲领都与诋毁波兰犹太人有关,波兰犹太人被指责为国家贫穷和政治问题的罪魁祸首。波兰从来没能从第一次世界大战，或之后与邻国的冲突中恢复过来；而犹太人被指控站在了敌人那边。这个政党推行一种新的波兰人身份，它被特别定义为"非犹太人"。几代人的定居，还有正式的平等权利，都没能带来任何帮助。这个政党轻率地采纳了纳粹宣扬的种族理论，认为犹太人永远不能成为波兰人。

中央政府颁布了一项星期天休息的规定，并在公共就业政策中歧视犹太人，但其领导层并不稳定。仅仅几年后，在1926年的一次政变中，波兰被约瑟夫·毕苏斯基（Józef Piłsudski）接管，他认可的是一种君主制度和社会主义制度的奇特混合体。这位前将军兼政治家倡导建立一个多民族的国家，尽管他并没有特别帮助犹太人，但在他的半独裁统治下，犹太人比在代议制政府时期感到更安全。

然而，毕苏斯基有许多反对者，当他于1935年去世时，雷尼亚才刚满11岁，此后右翼民族主义者轻松控制了政权。由他们执政的政府反对直接暴力和大屠杀（却还是发生了），但鼓励抵制犹太人发展商业。教会谴责纳粹的种族主义，但却在促进反犹情绪。在大学里，波兰学生拥护希特勒的种族意识形态。按民族限制配额的制度开始实施，犹太学生被关在讲堂后面的"长凳隔离区"。具有讽刺意味的是，犹太人接受的传统波兰教育最多，许多人都说波兰语（有些人甚至只说波兰语），并阅读波兰语报纸。

即使是像延杰尤夫这样的小镇，也在20世纪30年代滋生了反犹主义，包括从种族诋毁到抵制企业、砸碎店面和挑起斗殴。雷尼亚在许多个夜晚紧盯着窗外，心生警惕地担心反犹的流氓可能会烧毁家里的房子，伤害她的父母，而她总是对父母非常关心。

著名的意第绪语喜剧双人组合济甘和舒马赫（Dzigan and Schumacher）在华沙拥有自己的歌舞剧团，他们开始在舞台上探究反犹主义。在预见性强到令人不安的幽默小品《波兰最后一个犹太人》中，他们描绘了一个突然失去犹太人后，因经济和文化崩溃而陷入恐慌的国家。尽管社会风气的不宽容日益增长，但也有可能是受到这些不适和内心希望的激发，犹太人在文学、诗歌、戏剧、哲学、社会行动、教义学习和教育方面反而经历了一个创造力极强的黄金时代——所有这些内容，库基尔卡家的人都非常喜爱。

波兰的犹太社区流传着众多主流的政治观点，每种观点都对这场排外危机有自己的回应。人们对于做二等公民已经失去了耐心，雷尼亚经常听到她父亲谈论，需要搬到一个真正的犹太人能作为整体民族发展的家园，而不必受阶级或教派的束缚。宗教团体忠诚于波兰，主张的是减少歧视，使犹太人像其他公民一样受到公平的对待。许多共产党人则支持同化策略，上层阶级的许多人也是如此。随着时间的推移，崩得成了最大的政党，这是一个推行犹太文化的工人阶级社会主义团体。崩得分子最乐观，他们希望波兰人能清醒过来，看到反犹主义无法解决国家的问题。流散的崩得分子坚持认为，波兰是犹太人的家园，他们应该留下来，继续说意第绪语，得到他们应有的地位。崩得组织了自卫部队，打算原地不动。

是战斗还是逃走，一直是个问题。

随着雷尼亚进入青春期早期，她可能陪伴姐姐莎拉参加过青年团体的活动。莎拉出生于1915年，比雷尼亚大9岁，是她崇拜的一位英雄。莎拉有着锐利的眼神和总是微笑的精致嘴唇，她是无所不能的知识分子、通情达理的行善者，雷尼亚很容易感觉到她的权威。可以想象姐妹俩充满责任感和活力地并肩快步行走，两人的打扮在当时都是非常时髦的：贝雷帽、合身的夹克、及膝长裙，还有利落地夹在脑后的短发。雷尼亚是一个时尚达人，从头到脚都打扮得整整齐齐，这是她一生都在坚持的标准。在两次世界大战之间，波兰的着装风格受到女性解放理念和巴黎时装的影响，珠宝、蕾丝和羽毛被简单的剪裁和舒适性所取代，裙子变短了。化妆品越发大胆：眼影是深色的，口红是鲜亮的。发型也变短了。（"能看到整只鞋子！"当时一位讽刺作家写道。）一张莎拉在20世纪30年代的照片显示，她穿着低跟厚底鞋，这样她就可以快步走路——这非常有必要，因为那个年代的女性经常步行，她们长途跋涉去工作、去上学。毫无疑问，当姐妹俩走进会议室的时候，所有人都会转过头来对她们行注目礼。

在两次世界大战之间的几十年里，日益增长的反犹主义情绪和贫困导致了波兰犹太青年的集体抑郁。他们感到被自己的国家疏远；与先辈相比，他们的未来是不确定的。犹太人不被允许加入波兰童子军，所以有10万人加入了与不同政党有关联的犹太青年团体。这些青年团体提供了存在主义的道路和对未来的希望。延杰尤夫的年轻犹太人也加入了蓬勃发展的青年团体。在一些照片中，成员们穿着深色衣服，摆出严肃知识分子的姿势，双臂交叉；而在另一些照片中，他们则站在户外的开阔地带，紧握耙子，肌肉紧绷，皮肤晒得黝黑，充满了生机。

莎拉属于自由会——一个非宗教的、崇尚社会主义的劳动团体。该团体主要由中产阶级组成，他们追求世俗生活，希望找到一个家园，在那里聚居生活、说希伯来语，并有一种归属感。虽然他们鼓励阅读和辩论，但身体力行也被视为一种"否定懒散"的知识分子神话和提升个人主观能动性的方法。从事体力劳动并为集体做出贡献是至关重要的。他们将土地的耕作理想化，认为农业上的自给自足与集体和个人的独立性息息相关。

有几个不同的青年团体——有些更加崇拜知识分子或秉持非宗教的观念；而有些则致力于慈善、游说或多元主义——但所有这些团体都采纳了民族主义、英雄主义和个人牺牲的传统波兰价值观，并赋予了它们犹太人的语境。自由会专注于社会行动，其独特之处在于，它吸引了说意第绪语的工人阶级成员。该团体建立了夏令营、训练营（hachshara）和基布兹①（kibbutzim）作为移民的准备，传授艰苦劳动和合作生活的方法——这常常令做父母的感到沮丧。摩西不仅为自由会的过于解放和不够精英而感到悲哀。在自由会，"同志"的优先级被置于生身家庭之前，自由会的领导人被成员们视为人生榜样——几乎像替身父母一样。与童子军或体育类的组织不同，这些青年团体涉及成员们生活的每一个部分，它们是身体、情感和精神的训练场。年轻人根据所属的团体来定义自己。

莎拉倡导社会平等与正义，她特别热衷于为年幼的孩子提供咨询。"隔都战士之家博物馆"（the Ghetto Fighters' House Museum）收藏了几张1937年她在波兹南市（距延杰尤夫200英里②）的训练营中的照片。其中一张，她站在雕像前昂首挺胸，穿着一件高领的定制西装，帽子时髦地歪向一边；她拿着一本书，严肃而坚定。现代世界在她面前唾手可得。

受到积极主义教育哲学和第一次世界大战的推动，波兰的女性既扮演传统的角色，又扮演进步的角色，后者将她们推向了就业。在新的共和国，初等教育是强制性的，对女孩来说也是如此。大学也向女学生开放。波兰妇女在1918年获得了投票权，比大多数西方国家都要早。

在西欧，犹太家庭大多是中产阶级，由于受到更宽泛的资产阶级道德约束，妇女被限制在家庭生活的领域。但在东欧，大多数犹太人都很穷，出于生存的必需，妇女要在家庭之外工作——尤其是传统上可以接受男人只学习而不劳动。因此，犹太妇女在公共领域介入颇深：1931年，44.5%有工资收入的犹太人是女性，尽管她们的收入低于男性。平均结婚年龄推迟到将近30岁，甚至三十多岁，

---

① 犹太人的平等的集体经济公社。——译者注
② 1英里相当于1.609千米。——编者注

主要的原因就是贫困。这造成了生育率的下降，反过来又导致妇女进入职场。事实上，在某种程度上，她们平衡工作与生活的状况与现代的性别范式非常相像。

在几个世纪以前，犹太妇女就被赋予了"认知权"。印刷媒体的发明使面向女性读者的意第绪语和希伯来语书籍激增；教义允许妇女参加礼拜；新的犹太会堂包含了一栋女性专用的附属建筑。犹太妇女已经成了诗人、小说家、记者、商人、律师、医生和牙医。在大学里，女学生中有很大一部分是犹太人，她们就读人文和科学类的专业。

政党当然不是女权主义的——例如，妇女无法获取公职——但年轻女性在社会主义青年的范畴里体验到了一定程度的平等。一个叫作"青年卫队"的青年团体，也就是雷尼亚的哥哥兹维（Zvi）所属的青年团体，创立了"亲密团体"的模式，并采用了双重领导的结构。每个片区都由一个男人和一个女人领导。"父亲"是学习的领导，"母亲"是情感的领导，两人同样强大，互为补充。在这个家庭模型中，"孩子们"就像"兄弟姐妹"一样。

这些团体既学习卡尔·马克思（Karl Marx）和西格蒙德·弗洛伊德（Sigmund Freud）的思想，也向罗莎·卢森堡（Rosa Luxemburg）和艾玛·戈德曼（Emma Goldman）这样的女性革命者学习。他们明确提倡情感讨论和人际关系分析。其成员主要是十八九岁的青年，在这个年龄段的许多女性比男性更成熟，因此她们成了组织者。女性领导了自卫的训练；她们被教导要有社会意识，要自信、坚强。"开拓者"（Hechalutz）联盟①（以下简称为开拓者），是一个包含了几个青年团体的集团组织。为了身体力行地生活，他们推崇农业培训；为了应对万一被征召加入波兰军队

---

① 开拓者联盟与延杰尤夫的开拓先锋训练公社不是同一个组织。——编者注

的事情发生，该组织有一个应急的B计划，而这个计划只由女性负责。无数张20世纪30年代青年的照片，都显示女性与男性站在一起，穿着相似的深色外套，或类似的工作服和裤子；她们同样用捧奖杯的姿势举起钐刀，又像持剑一样握住镰刀，为艰苦的体力劳动做着准备。

莎拉的妹妹、雷尼亚的姐姐，贝拉，也加入了自由会；而兹维则精通希伯来语。雷尼亚因年纪太小而无法加入，因此在10岁出头的这段时间，她一直在感受哥哥姐姐们的热情。可以想象，在各种会议、运动会和庆祝活动中，她会突然出现——一个跟在别人身后的小妹妹，睁大眼睛吸收着眼前的一切。

1938年，14岁的雷尼亚完成了初等教育。只有一小部分犹太学生能在延杰尤夫男女同校的地区中学接受普通中等教育，因此她没再上高中。在雷尼亚的一些叙述中，她将这归咎于反犹主义；在其他时候，她又解释说，因为她需要挣钱而不是继续学业。许多当时的年轻女性的回忆录都谈到了想成为护士甚至医生的抱负，但也许是因为延杰尤夫的环境较为传统，或者是出于迫切的经济需求，她开始寻求秘书的职业。她报名参加了速记课程，希望过上在办公室工作的生活。而她不知道的是，她很快要从事的那份工作，将是一种完全不同的性质。

青年团体纷纷组织了夏季活动。1939年8月，年轻人聚集在夏令营和座谈会上，他们跳舞、唱歌、学习、阅读、运动、露营，并举办了无数次研讨会。他们讨论了最近英国白皮书限制犹太人移民的问题，并考虑了重新安置的方法。他们渴望继续为集体的理想——拯救世界而工作。9月1日，暑期项目结束后，成员们刚刚回到家中，体会着从自组家庭到生身家庭、从暑假到学校、从大自然到大楼、从乡村到城市之间的过渡。

而就在那一天，希特勒入侵了波兰。

02
烽火连天

雷尼亚
1939年9月

  传言满天飞。传说纳粹正在烧杀掳掠，他们挖眼割舌、谋杀婴儿、切下女人的乳房。雷尼亚不知道该怎么想，但就像镇上的每个人一样，她知道德国人要来延杰尤夫了。她知道，他们是来抓犹太人的。每个家庭都被愁云笼罩，被恐慌席卷。没人知道能去哪里。所有的房屋都紧闭了门户。所有的背包都被塞得满满当当。平民带着孩子成群结队地从一个镇子走到另一个镇子，正好与撤退的波兰士兵的队伍一路并肩而行。没有火车能坐。

  库基尔卡一家和许多邻居一起，决定向东前往赫梅尔尼克（Chmielnik），一个位于尼达河（Nida River）对岸的与延杰尤夫差不多大的小镇，希望在那儿可以摆脱德军的控制，也相信波兰军队仍在那里坚守。库基尔卡一家在赫梅尔尼克有亲戚，所以什么都没带在身上。他们加入人群，步行出发了。

  在这条21英里长的公路上到处都是人和牛的尸体——全都是由纳粹的无情空袭造成的。德国飞机向四面八方投掷了炸弹。雷尼亚被腐臭的气味熏得透不过气来，还经常被遭遇火海的一个个村庄吓得手足无措。但她很快就学到，炸弹落下的时候原地不动更安全，镇定就是她的防护盾。又是一次爆炸，接着有一架飞机开始低飞，并用机关枪向下扫射。子弹的呼啸声是她唯一能听见的声音，除此之外就是婴儿的啼哭声。母亲们把孩子紧紧搂在怀里,自己却被杀死了。"她们的身体变得软弱无力,只留下幸存的婴儿和蹒跚学步的孩子划破天际的尖啸",她后来描述道。经历了一天一夜的地狱,他们到达了赫梅尔尼克。

但雷尼亚一眼就能看出来,赫梅尔尼克不是安全的避难所。这个镇子已经是一片废墟。烧得像焦炭一样半死不活的人,正从碎石瓦砾中被拖拽出来。而他们还算是幸运的。原来,这里的人都逃到延杰尤夫去了,以为在那边能够安全。"每个人都是刚出泥潭又进火坑。"

赫梅尔尼克因为遭受的暴行而倍受煎熬。来自家乡的生动传言让人心惊胆战:纳粹已经占领了延杰尤夫,他们不但无差别地乱开枪,而且还在小镇广场——他们曾经光鲜亮丽、车水马龙的生活中心——围捕并射杀了10名犹太人。这一行为是对当地犹太人的警告,向他们表明如果有人不服从会是什么下场。赫梅尔尼克的人知道自己会是下一个目标。

在那个时候,人们还以为,像过去发生过的所有战争一样,只有男人会遭遇危险,而妇女和儿童是不会的。因此许多犹太男人,包括雷尼亚的父亲摩西,都离开了这个镇子逃往布格河(Bug River)。苏联的军队正向那里推进,他们希望能在乡下找个地方躲起来。雷尼亚后来写道:"女人在与家中男人分别时爆发的哭喊声简直让人无法忍受。"我们只能想象她当时有多恐惧——告别了深爱的父亲,而天知道他会去什么地方,需要待多长时间,又会遇到什么样的事情。

雷尼亚听说,赫梅尔尼克的有钱人都租了马匹逃到苏联去了,只剩下空空的房子。

该来的终于来了,虽然在意料之中,但仍然恐怖至极。一天晚上,雷尼亚远远地看到了德军的坦克。她自豪地记录下:整个镇子上唯一一名敢与他们英勇对抗的犹太男孩冲了出去，开了枪，但纳粹的子弹把他撕成了碎片。雷尼亚写道："不到10分钟，纳粹就开始在镇子里扫荡起来，他们闯入民宅和餐馆抢劫吃喝，连破衣烂衫也要夺来刷洗马匹。完全为所欲为。"

雷尼亚和家人躲在了阁楼里，她透过一条缝往外偷看。她看到附近的街道被燃烧的房屋照亮了。人们蜷缩在阁楼和地下室，门窗紧锁。雷尼亚听到机枪不停地扫射，墙壁轰然倒塌，还有呻吟声和哭喊声，她伸长了脖子试图分辨出别的声音。整个镇子都被大火吞没了。

这时候，有人敲门。那是一扇铁门，用铁门闩封死了。但这并没有阻挡住德国士兵，他们打碎了窗户。雷尼亚听到了他们走进房间的脚步声。她的家人悄悄地把通往阁楼的梯子迅速收了上来。雷尼亚屏住呼吸坐在那里，听着楼下的德国人在自己家里翻箱倒柜。

接着是一片沉默。纳粹离开了。

库基尔卡一家安全了，雷尼亚的家人没有被发现，至少目前是这样。然而，许多邻居的家已经被洗劫一空，男人和男孩都被抓出来，枪杀在院子里；镇上最富有的犹太人被锁在宏伟的犹太会堂里，会堂被浇上汽油化作火海；有当地人想从燃烧的建筑里跳出来，却在跳到半空时被击毙。

第二天早上9点，一些人家开始打开房门。雷尼亚小心翼翼地走了出来，察看周遭的伤亡情况。作为一个犹太人数量曾经占总人口80%的城镇，赫梅尔尼克1/4的人口都被活活烧死或枪杀了。

这才是第一晚。

整整10天，当雷尼亚从震惊开始慢慢变得习惯的时候，她新生活的轮廓也渐渐清晰。口渴的犹太人被禁止外出上街寻找水源。路上到处都是腐烂发臭的尸体。但在那之后，纳粹承诺恢复常态，承诺只要服从就没有杀戮。生活和工作恢复了，但饥饿已经进入了他们的生活。面包——现在变成了发灰、坚硬且苦涩的物质——是配给的，而且即使大多数面包师是犹太人，纳粹还是把犹太人推到了排队等候的队伍的末尾。想想看，雷尼亚曾经多么害怕每年这个时候的庄严肃穆。她喜欢逾越节（Passover）和五旬节（Shavuot）时欢乐的春日庆祝活动，而对秋天的崇圣日（High Holidays）的悲伤和祈求、忏悔、禁食的那一套感到反感。现在，她愿意忍受这一切，只想换回一只犹太新年（Rosh Hashanah）时吃的哈拉面包。

老天保佑，她的父亲回来了——他和其他男人一起走到另一个镇子，却意识到那里和赫梅尔尼克同样危险。他一回来，库基尔卡家族立即决定回到延杰尤夫。在整整一天步行回家的路上，"与之前在一路上看到饥肠辘辘、衣衫褴褛的波兰军队怯战逃跑全然不同，现在我们看到的，是一支傲慢无比、斗志昂扬的德国军队"。

雷尼亚写道："没过多久，我们就开始了解德国人是什么样的了。"纳粹占领者赶走并谋杀了知识分子，还枪杀了一群被指控拥有武器的男人。他们在一栋几乎完全由犹太人居住的大型公寓楼里提前放了一支枪，然后作为对私藏手枪的惩罚，在每户都带走了一个男人。他们下令让镇上的每一个犹太人都来观看死刑。纳粹整天高悬着无辜之人的尸体，让尸体在中央大街两侧的树杈上来回摇晃，永远地划破了小镇的宁静。

03
女性战斗的确立

齐维亚和弗鲁姆卡
1939年12月

　　那天是除夕夜，齐维亚·卢贝特金在波兰的东北地区，一个已经被战斗摧毁的小镇奇热夫（Czyzew）的郊外。冷风拂过她的脸颊，令她**举步维艰**。在黑暗中，她爬上蜿蜒的小路，满身积雪，下巴也冻僵了。每个角落，每次转弯，都有可能是生命的终点。齐维亚是这里唯一的女人，也是唯一的犹太人。同样被这名"蛇头"带着的穿越苏联与德国在波兰的势力边境的波兰学生们，希望即使自己被抓，也是被德国人抓住。但齐维亚想到被纳粹抓住的情景就害怕得发抖。黎明来临，他们顺利抵达了德国领土。而齐维亚回到了她的波兰。

　　大多数犹太人的梦想是逃离纳粹，而齐维亚却回来了。

　　当雷尼亚开始经历德国占领延杰尤夫的恐怖时，一个具有前卫想法的新群体，一个最终将改变她生活的新群体，正在波兰的其他地区发展壮大。尽管有战争，但犹太人的青年运动仍在继续。1939年9月，当同志们从夏季静修中回来的时候，他们并没有解散，实际上反而还加强了联系，在少数热忱勇敢的年轻领导人的带领下，不断重新部署和执行任务。许多领导人本来可以轻松地逃跑，但他们没有。他们留下来，甚至返回来。可以说，是他们塑造了其余的波兰犹太人。

其中一位领导人就是齐维亚，一位害羞而严肃的年轻女性，她1914年出生于拜顿小镇的一个中下阶层的宗教家庭。煤油灯照亮了这个小镇唯一的一条道路。齐维亚的父母希望她能在波兰找到舒服的工作，所以把她送到了波兰国立初级学校；在课外的希伯来语班上，她也是老师的明星学生，很快掌握了流利的语言。齐维亚很聪明，她的记忆力很出色，在六个兄弟姐妹中，她是父亲最信任的人。她没有上高中，而是在他的杂货店工作。但她被自由会的理想主义所吸引，为它平等主义的哲学和强健体魄的事业而活。很快她就穿上了宽松的衣服和皮夹克（这是社会主义者的服装标识）。当她违背父母意愿加入基布兹后，再回家探望时，他们几乎都认不出来她了。

出于对社会主义的饱满热情，以及高度的自制力和职业道德，齐维亚（在希伯来语中意为"瞪羚"）在青年运动中取得了快速进步，尽管她胆小局促，但还是被提升为领导。（她的家人曾经叮嘱她放轻松。来客人的时候，他们强迫她站在厨房的椅子上练习发表演讲。她脸红了，几乎说不出一句话。）在21岁时，她被派去领导正在衰败的"凯尔采"基布兹，这个社区挤满了想移民但又不赞同自由会原则的"冒牌货"。她的成功来之不易，并且是所有人都有目共睹的；在感情方面她也有了进展，遇到了她的第一个男朋友，什穆埃尔（Shmuel）。

齐维亚对别人、对自己都很严格，不怕得罪人，总是喜欢说出真相。她自己的情绪，包括对自我的怀疑，却几乎从未透过强硬的外表流露出来。因为能轻松解决他人的纠纷，她出了名，即使是那些被她的诚实弄得很恼火的人也很敬重她。每天晚上，在完成行政职责以后，齐维亚都会跟着女同志一起在洗衣房干活儿，或者用烤箱烤面包；同时，她也坚持尝试男人的劳动，比如修建铁路线。她曾经单枪匹马地击退了嘲讽同志的一伙流氓。她手拿一根棍子不断威胁他们，直到他们逃跑。齐维亚是"大姐姐"，承担着整个家庭的责任。

齐维亚被晋升为开拓者的协调员，在什穆埃尔的陪同下搬到了华沙。英国的白皮书严格限制了犹太人移民的条件，这给齐维亚的工作带来了更大的挑战。渴望移民的年轻人在基布兹里做准备，但同时也在徘徊中失去了士气，而她则设法延续教育项目并推动了更多签证的落实。1939年8月，她前往瑞士参加会议。她喜欢日内瓦，喜欢沿着优雅的街道漫步，欣赏修剪整齐的草坪、商店的橱窗和穿着得体的女人。"如果我齐维亚有一天决定写小说，"她说，"我会把书名叫作《从拜顿到日内瓦》。"但是，尽管这座城市令人眼花缭乱，25岁的齐维亚仍然渴望与她的学生——贫困的孩子们团聚，帮助他们走上实现个人成就的道路。参会代表们感到前方的政治前景艰难，许多领导人想方设法从瑞士逃离欧洲。齐维亚获得了一份特殊证明，这份证明使她能够离境，从而完全避开即将到来的战争。

她却没有使用。

法国关闭了边境，道路封锁，火车改道。齐维亚好不容易才回到了波兰，但她抵达华沙时是1939年8月30日，正好赶上了希特勒发动战争。在混乱的战争早期，齐维亚前去关闭青年运动的农场和研讨会的站点。开拓者的B计划生效，她和同为女性的运动领袖们成了掌舵人。

但随着波兰军队的撤退，为了应对不断变化的政治现实，就像许多其他的计划一样，这个计划被撤销了。齐维亚和同志们被告知要向东行进，经过布格河，前往苏联——和雷尼亚一家逃跑的方向一样。几个月以来，青年运动以苏联控制的城镇为基地，因为年轻人在那里有相对的自由。在遭此剧变的时期，这些团体蜕变成了强大而有组织的队伍。齐维亚在确保自由会坚持自身理想的同时，还要学习如何处理新的状况。她学到了新技能：因势利导，因地制宜。

早在1939年11月，自由会的几十个分支就已经活跃在苏联，持续宣传社会主义和开拓者的价值观了。在四位主要领导人中，有两位是女性：管理通信和情报的齐维亚，以及协调教育活动的辛德尔·施瓦茨（Sheindel Schwartz）。辛德尔与另一位领导人伊扎克·楚克曼（Yitzhak Zuckerman）正在交往，后者以假名安特克（Antek）而为人所熟知。

常驻科韦利的齐维亚在这个地区转了一圈，联系各地的同志。"面对无休止的致命危险，我们像疯子一样四处奔跑，试图找到失联的和地处偏远的青年运动成员。"她后来写道。她帮助同志们获得食物和安慰，但也专注于识别逃生点，尝试带人通过罗马尼亚非法出境。为了满足她的社会主义目标，齐维亚发起了地下运动，即便她的上司不让她这么做，她也非常执着。"不这么做，对我们来说是不可能的。"

她把男友什穆埃尔送到了她组织的一条逃跑路线上，但他被抓了，随后被关了起来，然后失踪了。悲恸欲绝的齐维亚将感情埋在心底，更加全身心地投入工作。

齐维亚很受青睐。严肃的弗鲁姆卡已经回到了华沙，领导着那里的年轻人。她写信给自由会领导层，请求她亲爱的朋友齐维亚也回到这里，称她是与新的纳粹政府打交道的最佳人选。所有资历深厚的人都已经逃离了华沙，只给这座至关重要的城市留下了第二梯队的掌舵人，而他们完全没准备好与德国当局或波兰人斡旋。

齐维亚本应该被迁至维尔纳，一座被立陶宛控制的城市，她感觉这是自由会保护她的方式。她抗拒这种呵护，坚持要去华沙帮忙指导青年运动，去安慰那些生活突然陷入混乱的年轻人，去推进开拓者项目。像往常一样，她为自己做出了决定，一头扎进了战火之中。

1939年的除夕夜，自由会举办了一场通宵集会，一半算是过节，一半是第一次正式的地下会议。"我们吃东西，醉酒，玩得很开心，"齐维亚后来写道，"喝酒喝到一半，我们讨论了青年运动和它未来的发展方向。"在一名成员在利沃夫的公寓里，齐维亚享用了巧克力、香肠、黑面包和黄油，并听领导人重申在苏联地区和波兰的德占区"坚持犹太人的人性光辉"的重要性。

那天晚上，虽然安特克不断恳求——这位高个子、金发的英俊同事，已经与齐维亚越来越亲密——但她还是朝着纳粹占领的波兰的方向走去了，尽管她的内心对即将遭遇的事也感到害怕，也怀疑自己是否能够承受在新政权之下的生活。这里的同志与她一起度过了几个月暴风雨般的日子，一起从事过危险的工作；而在艰难任务的最后关头，她也总是依赖他们来接她。要离开这些朋友，她感到很难过，但齐维亚下定了决心。"当我仍然沉浸于这些阴郁的想法时，"她在后来的证言中说，"火车已经轰隆隆地驶向了站台，人们已经挤进了车厢。"她感到了温暖的手和温暖的泪，然后她离开了，步履蹒跚地远离了她的同志。

齐维亚在弗鲁姆卡的计划安排下，被偷偷送回了纳粹的领土。她忍受了漫长的火车之旅，还与一群试图回家的波兰男学生一起，在白雪皑皑的夜晚通宵徒步跋涉。当这群人抵达边境小镇的时候，他们对齐维亚的礼貌态度就发生了变化。在苏联的土地上，拥有犹太同伴是一种资产；但是在纳粹的领土上，齐维亚就变成了低等的存在。在车站里，他们看到一名德国人在扇一群犹太人耳光，前者认为后者不能与波兰人和雅利安人在同一候车室里等车。齐维亚的同伴抱怨说，她也应该被带走，但她没有做出任何反应。"我咬紧牙关，没有挪动分毫。"齐维亚必须生长出一种新型的内在力量——在被贬低的阴影中昂首挺胸的能力。火车车厢几乎是漆黑一片,车内没有照明,每个人都在躲避德国人。一个男人深深地叹了一口气,接着齐维亚就看到他残忍地遭到了一群波兰人的袭击,他们指责他发出了"犹太人的叹息"。他被扔出了车厢。

现在是1940年,是全新的一年。身为犹太人是一种全新的经验——从骄傲变得屈辱。还有,全新的华沙——当火车经过林荫大道和露天广场上啄食的鸽子,驶入中央车站时,她想。

犹太人到华沙的时间相对较晚。法律从中世纪开始禁止他们进入华沙,直到法国皇帝拿破仑一世在19世纪初征服了这里。犹太人资助他发动战争,开创了该市的犹太银行文化。到了19世纪中期,在俄国的占领下,犹太人口增加,一小批由被同化的犹太人组成的"进步"阶层在这个大都市中发展起来。这座城市沿着维斯瓦河两岸郁郁葱葱地伸展开,它有着熙熙攘攘的往来小贩和电车,最高处是一座引人注目的中世纪城堡。

1860年以后,当来自栅栏区(Pale of Settlement)——允许犹太人定居的俄国领土——的犹太人被准许进入城市时,人口开始激增。到了1914年,犹太人已经是华沙实业的主导力量,并最终获得了在任何想要的地方定居的权利。犹太文化借由戏剧、教育、报纸、图书迅速发展。繁荣社区的象征是这里的犹太会堂,一座于1878年祝圣[①]的宏伟建筑。作为世界上最大的犹太会堂,它是由华沙领先的建筑师设计的,具有俄式风格的元素。它不是传统的祈祷所,它接待的是一批精英的会众,拥有一架管风琴、一个合唱团,还有用波兰语讲道的拉比。这栋壮观的大厦是犹太人经济繁荣和文化适应的标志——也标志着波兰的宽容。

齐维亚所知道的华沙,是所有犹太人战前生活的中心。当纳粹入侵时,37.5万名不同背景的犹太人都以它为家,占据了首

---

① 将人或物奉为神圣的仪式。——译者注

都人口的大约1/3。（作为对比，在2020年，犹太人约占纽约人口的13%。）

齐维亚离开华沙还不到四个月，回来的时候就看到了戏剧性的分裂形势：非犹太人的华沙和犹太人的华沙，现在是两块不一样的领土。她立即注意到街道上人满为患——全是波兰人。华沙被占领后立即为反犹主义立法，每天都有新的歧视性法规通过。

未经特别许可，犹太人不再被允许在基督教工厂工作或乘坐火车。大街上只能看到少数犹太人，他们被迫戴着白色袖章——"耻辱徽章"——飞快地走路，眼神警惕地张望着，以确保自己没被跟踪。齐维亚吓得僵住了。她怎么会习惯这样的情况？但后来她又想，犹太人公然戴着袖章，会不会是在暗暗表达对压迫者的蔑视？她坚定着这种想法，以此来让自己放心。

路上停满了优雅的汽车、马车和红色有轨电车，但是齐维亚宁愿走路也不愿坐车。她想近距离看看她离开时的那座充满活力的城市。她回忆起这座城市的咖啡馆露台，装饰着鲜花的阳台，以及郁郁葱葱的公园。公园里有成群的母亲、保姆和豪华的婴儿车。她听说过这座城市被毁的传言，但现在，当她刚刚踏进城区，发现除了几栋被炸毁的建筑外，这座城市看起来和以前没什么两样。波兰人挤满了街道，商业一切如常。"空气中弥漫着一种愉快的感觉，"她回忆道，"好像什么都没发生。"唯一的变化是德国车队开进了街道，惊恐的人群四散而去。

然后是古老的犹太社区。齐维亚直奔开拓者总部。她看到的是一堆废墟。到这里，她才明白，时代已经变了。齐维亚正在重新进入一个新世界——在这个世界里，犹太人躲在阴影中，他们害怕露天的环境，依靠房屋的庇护，避免与德国人接触，以免遭受任何可能的羞辱。

为了寻找拥有"不同气概"的犹太人，齐维亚前往位于英勇街

（Dzielna Street）34号的自由会总部，许多成员在二战前都住在那里。英勇街有四栋围绕一个庭院而建的三层建筑，虽然这里一直是个热闹的地方，但齐维亚还是被眼前拥挤的人群惊呆了，其中包括数百名从小城镇设法赶到华沙的同志。同样，这些人看到她也是既震惊又高兴。负责伙食的男子为她举办了一场自发的聚会，宣布这是"官方节日"，还端出了额外的面包和果酱。齐维亚和弗鲁姆卡深情地拥抱在一起，回顾纳粹袭击以来发生的一切，包括他们做了什么，以及最重要的，下一步必须做什么。

人们可以想象弗鲁姆卡看到她的老朋友、值得信赖的同志齐维亚走进总部时的喜悦。几个月来，她一直是华沙自由会运动的主要领导人，尽管发生了这些新的恐怖事件，但她一直在帮忙把英勇街重建为一个家庭，一个充满温暖、希望和激情的地方。

弗鲁姆卡·普沃特尼卡出生在以犹太人和知识分子为主要居民的东部城市平斯克附近，与齐维亚同龄，都是25岁。突然间她们成了组织中年龄最大的一批成员。弗鲁姆卡的外貌特征明显，她长着高高的额头和直发，出生在一个贫穷家庭，是三个女儿中的老二。弗鲁姆卡一家所崇尚的价值观包括直截了当和追求完美。弗鲁姆卡的父亲曾经接受过成为拉比的培训，但为了养家糊口，他成了一名商人，家族生意是替人操盘贸易。不幸的是，他不是一个天生操盘手。弗鲁姆卡的父母负担不起她的教育费用，所以她由姐姐兹拉特卡（Zlatka）来教，后者思维敏锐，在文理中学（波兰的预备学校）表现出色。兹拉特卡是一个共产主义者，善于控制自己的情感。

弗鲁姆卡也很像她们的母亲：勤劳、忠诚、谦逊。她在17岁时加入了自由会，而且非常忠诚——这对一个家庭需要帮助的贫穷女孩来说，是一种额外的牺牲。尽管她是一个善于深入分析的思考者，但很难相处，举止严肃而神态忧郁。她曾经很难与人建立联系，也很难维持友谊，因此对青年运动观望了一段时间。然而，通过参加活动，弗鲁姆卡宣泄了她汹涌的情感和天生的同情心。她关心同志，坚持让生病的成员留在训练营，而不用回家；她管理静修班，组织从课程到餐饮的一切事务；她管教年轻人，劝服懒惰的人工作，拒绝接受当地农民的施舍。在危机中，她大放异彩，对道德准则坚定不移。

"平时，她蛰伏在角落里，"一位资深特使提到她时说，"但在关键时刻，她却挺身而出。突然之间，她展现出了比任何人都伟大的美德。她的道德力量、理性分析总能带来行动。"

他继续写道，弗鲁姆卡有一种独特的能力，可以"将她分析生活经验的潜能与温柔、爱和母亲般的操心结合起来"。另一位朋友则解释道："她的心从来不会跟随小事的节奏跳动。她似乎在等待一些重大的时刻，这样的时刻能让她敞开内心。"

弗鲁姆卡通常会穿着羊毛外套，在房间的一个黑暗角落里，听着别人说话。她真的在听。她记得每一个细节。在一些时候，她会突然用她的"神奇口音"——一种通俗却又书面的意第绪语——对整个房间的人说话。一位同志回忆起她即兴发表的一次演说时说："她讲述的是一个犹太女孩的恐惧，讲她找到了要走的路，但仍然没有找到内心的平静。她用简单和真诚抓住了所有人的注意力，她脸上的红晕变成了烈火。"一位朋友写了一篇与她一起在比亚韦斯托克的公共花园共度时光的故事，提到弗鲁姆卡是如何从鲜花丛中穿过，为花儿的美丽而着迷的。

弗鲁姆卡柔软的下巴让她鲜明的五官显得丰满圆润，展现出她的温暖之处。同志们欣赏她的沉着和热情，经常有人向她征求意见。和害羞的齐维亚一样，弗鲁姆卡也是一个顺从、内向的人，她能担任领导角色也同样让家人感到惊讶。如果说专心做实事的齐维亚是这个青年团体的大姐姐，那么富有同情心、温柔的弗鲁姆卡就成了"die mameh"（意第绪语中的"母亲"）。

在一级一级地慢慢晋升、巡游全国各地举办教学研讨会之后，弗鲁姆卡搬到了华沙，与齐维亚一起为开拓者工作。在1939年夏天，活动激增，同时弗鲁姆卡开始担任更高级的领导者。那年夏天她本该"回归"（aliyah，移民），但领导层要求她等到秋天。她尽职尽责地接受了，尽管她被自己回归的渴望淹没，怕自己永远也实现不了。确实，这年秋天并不太平。

战争爆发后，弗鲁姆卡按照指示向东进发。但是逃离危机并不适合她，她立即请求自由会领导让她离开家人居住的地区，返回被纳粹占领的华沙。她的同志们都惊呆了。弗鲁姆卡是第一个回来的人。

现在齐维亚也回来了。

弗鲁姆卡和齐维亚在一个安静的房间里找到了一个隐蔽的角落，弗鲁姆卡把她过去三个月在英勇街取得的成就向齐维亚一一道来。华沙的基布兹为逃离城镇的青年提供了避难所，大多数公社的居民都是妇女。弗鲁姆卡领导她们制订了援助倡议，她因为在这些饥饿、混乱、家人离散的时刻为人们提供食物、就业机会和安慰而在镇里变得远近闻名。自由会的气质已经发生了转变：它不再仅仅关注自己的运动和开拓者的目标，而是关注如何帮助受苦受难的犹太群众。一直支持社会平等的齐维亚立即加入了进来。

在美国联合分配委员会[①]的支持下，弗鲁姆卡成立了一所公共粥舍，为600名犹太人提供食物。她还成立了学习小组，带头与其他运动团体合作，并将非运动成员安置在可用的房间里。就在因残暴出名的臭名昭著的帕维亚克监狱（Pawiak Prison）对面，一片

[①] 美国联合分配委员会（the American Joint Distribution Committee，简称JDC），成立于1914年，旨在援助世界各地的犹太人。——译者注

充斥着警察、间谍和致命枪击的区域,这个如蜂巢一般的革命组织被激发了新的思想和行动。根据一位女性自由会青年团体顾问的说法,"开拓者们渴望活着,渴望行动,渴望实现梦想……在这里,人们没有逃避真相,也没有与之和解……这项工作伤了身体、毁了精神,但到了晚上,当所有人都聚集在位于英勇街的房子里时,我们不再感到愤怒"。有了弗鲁姆卡和她周围的年轻女性,齐维亚感受到在这个空间里充满了温暖的友情和积极的精神。

弗鲁姆卡还在英勇街以外,甚至在华沙以外工作过,因此对推进远距离联络的必要性有着先见之明。她打扮成非犹太人,用头巾遮住脸,前往瓦吉(Łódź)和本津打探消息。本津的自由会基布兹经营着一家洗衣房,这是帮助当地难民的一个中枢点。瓦吉的基布兹则几乎完全是由拒绝逃离的妇女领导的,其中包括弗鲁姆卡的妹妹汉奇,还有里夫卡·格兰茨(Rivka Glanz)和利娅·珀尔斯坦(Leah Pearlstein)。妇女们为德国人缝补衣物,并曾多次遭到威胁要没收她们的设备。每一次,顽强负责的利娅·珀尔斯坦都站出来勇敢地面对纳粹。她总是能赢。

第一天的晚上,齐维亚和弗鲁姆卡与其他自由会的领导人一起,决定根据他们的目标,重点寻找前往巴勒斯坦地区的逃生路线,以及提供社区援助。要做到这两点,她们需要维护该运动的价值观,同时保持区域性基布兹的强大。

为了不被弗鲁姆卡比下去,齐维亚在出发前几乎没有在英勇街休息过一刻。首先,要与犹太居民委员会(Judenrat)建立联系并开始进行游说。

早些时候,纳粹决定让犹太人与犹太人相互内斗。他们颁布法令,让隔都由犹太人自己管理和塑造——不是由治理了犹太社区数百年的民选的卡哈尔①（Kahal），而是由纳粹控制的议会，或者叫作犹太居民委员会。每个犹太居民委员会都负责登记所有犹太公民的信息，发放出生证明和商业许可，征收税款，分发配给卡，组织劳动力和社会服务，监督自己的犹太警察或民兵。在华沙，这些戴帽穿靴、挥舞橡胶棒的犹太民兵主要是受过教育的中产阶级男性，通常是年轻的律师和大学毕业生。对包括雷尼亚在内的许多人来说，这些犹太民兵是"最糟糕的那类人"，他们尽职尽责地履行盖世太保的命令，监视、管控和搜查犹太人。一些犹太人声称他们是顶着被杀害的风险被迫加入犹太居民委员会的；另一些犹太人则希望通过自愿参与，拯救自己的家人（但并没有），甚至帮助更多的人。作为一个机构，犹太居民委员会是镇压犹太人的工具，但就里面的许多个人成员来说，他们的主观意愿各不相同，在不同隔都的风格也不一样。他们是成分混杂的异质性群体，从英勇的好帮手到与纳粹合作的通敌者，不一而足。

与害怕犹太居民委员会的其他人不同，齐维亚没有把他们视为盖世太保的傀儡，她纠缠着他们，向他们索要额外的口粮配给许可。她成了几个主要犹太社区组织的大厅里的常客，她不梳头，一根香烟永远挂在唇间，烦恼仿佛溶解在她吹出的烟圈中了。她在特洛马克（Tlomackie）大街5号的犹太自救组织度过了整整一天，那里有白色的大理石柱和宏伟的露天走廊。该建筑建于20世纪20年代，毗邻犹太会堂，曾是华沙的犹太图书馆，也是欧洲第一个同时专注于神学和世俗研究的犹太研究中心。在战时，这里成了犹太人互助的中心。

在那里，齐维亚花了几个下午与联合分配委员会以及福利组织

---

① 相当于本地犹太社区的议会或决策委员会，管理宗教、法律、公共事务。——译者注

的负责人讨价还价,与青年团体领导人交换情报,交易地下出版物,说服有钱的犹太人把数目可观的钱出借给她。她负责管理寄给华沙青年团体的资金,并负责接收国外各个单位的秘密信件。到了晚上,齐维亚会和女同志们在洗衣房里一起辛苦工作。她自己吃得很少,瘦得让人担心,却不断地给成员们打气,倾听他们的烦恼,当然,她直率的话语也会震惊到他们。年轻的同志们很欣赏她的毫不做作,以及迅速做出的决策和坦率的建议。

在饥饿和耻辱的环境中,齐维亚觉得有责任为年轻人提供食物和住房,并尽最大努力保护他们不被绑架,不被送往劳动营。在华沙,所有12岁至60岁的犹太人都会被强迫劳动,这种遭受暴力和虐待的处境是他们一直都担心的。为了获得工人劳动力,德国人会封锁街道,强行掳走所有碰巧在那条街上的犹太人——其中有些人甚至手里正拿着一片面包,想跑回家带给孩子吃。人们像牲畜一样被赶上卡车,然后挨着打,挨着饿,被逼迫去做苦工。齐维亚多次介入并释放了被俘的同志,一缕缕香烟的烟雾描摹了她的每一次行动。

她的一个主要项目是为基布兹的农场进行重建和维护的谈判——到目前为止,这些农场还没有被纳粹破坏。二战期间,格罗胡夫(Grochów)和切尔尼亚科夫(Czerniaków)的农场成了重要的劳动场所,雇用了原本可能会被绑架的年轻人在田间、花园和奶牛牧场干活。它们还承担了教育中心的角色,时常有人在这里举办唱歌和跳舞的活动。她特别喜欢这里绿树成荫的风景;到了晚上,她还可以毫不顾忌地展示自己的犹太人特征,陶醉在相对的自由之中。只有在这些时刻,她才能够从华沙的饥饿、虱子和猖獗的流行病中逃离出来,更不用说还有随时随地的枪杀和日常的折磨。

在战争后期,齐维亚曾贿赂过一名犹太警察,然后翻过隔都的围墙,经由墓地离开。然后,她会为离开这里浪费了很多时间而生气。这也是齐维亚陪伴流亡者走出隔都的方式：在适当的时候把现金塞过去，然后拿着公文包穿过大门，看起来就像一名自信的女学生，正大步走在街上，准备开始一天的功课。

但就目前而言，华沙还没有被围墙围起来的隔都。尽管绝望、困惑以及有零星的暴力插曲，但人们对即将到来的监禁和谋杀甚至完全没有预感。年轻人最担心的是，当纳粹不可避免地失败和撤退时，波兰会爆发大屠杀。目前，这些年轻的犹太人只不过是忙碌的社会活动家，通过教授历史和社会理论来传递前卫的价值观。目前，他们正忙于加强基层单位的组织，而这些单位很快就会为一个完全不同的神圣目的而服务。

1940年的春天，齐维亚回到英勇街，那里正与平时一样举办着各类活动。安特克也来了。

他也回到了纳粹占领的领土。有人怀疑他跟踪了齐维亚。为了保护自己的情感，齐维亚没有写过任何关于他们个人关系的内容；安特克则在后来回忆过两人最初相处的点滴。有一次，回到科韦利后，齐维亚生病了，他在泥地里辛苦跋涉，给她带去了鱼和蛋糕。她非但没有表示热烈的感谢，反而斥责他看上去如此邋遢。"我惊叹于她这么有脾气，"他说，"她说话的时候像个妻子。"几个月后，他看到她热情地挥舞拳头，发表了一篇慷慨激昂的演讲——他坠入了爱河。

安特克加入齐维亚和弗鲁姆卡的行列，成了领导人，他们在华沙和各省建立了自由会的分支。尽管弗鲁姆卡长着犹太人的鼻子，磕磕绊绊地说着波兰语，但她仍在华沙与波兰各城镇之间帮助大家维持联系，提供支持并招募新成员。为了领导研讨会，维护青年运动的跨国联系，她出差的次数越来越多；但也有人猜测，她这么做是为了避开安特克和齐维亚。她很喜欢安特克，但也越来越清楚他的恋爱心思全部给了她最好的朋友。

在英勇街，齐维亚（有时还有弗鲁姆卡和安特克）在傍晚时分会分享一则白天的轶事、一首安静的歌曲或一出短剧——所有的表演都以窗帘为幕布，这改善了大家的心情。这个群体从犹太历史上勇敢的故事中汲取了勇气。他们读书，学习希伯来语，进行激烈的讨论。在一个充满恐怖和谋杀、人人为己的世界里，他们保持着对同情他人和社会行动的信念。他们希望打造出能够在战争中存活下来的强大的犹太人（他们仍然认为大多数人都可以变得强大）。他们正在为一个仍然相信着的未来做准备。在成员中存在着一种轻松的情绪——正如在英勇街生活和教学过几个月的著名诗人伊扎克·卡泽内尔森（Yitzhak Katzenelson）说过的那样，这是一种"自由的精神"。

"齐维亚"成了整个运动在波兰的秘密代号。

04
活到明天——隔都的恐怖

雷尼亚
1940年4月

虽然对大屠杀的恐惧确实来自一系列的微妙演变——每一步与前一步相比都只是轻微升级,直到最终发展成大规模的种族灭绝——但对雷尼亚来说,战争早期的恐怖就足以把她的生活无可挽回地分成了"战前"和"战后"。她成功找到的法院秘书的工作没有了,她对未来的希望也消失了。雷尼亚的生活发生了翻天覆地的变化。

1940年,波兰各地的社区,包括小镇延杰尤夫,通过了一项又一项法令。这些法令旨在孤立、羞辱犹太人和削弱犹太人的力量。此外,也是为了识别出他们。德国人无法区分波兰人和犹太人,所以雷尼亚和所有10岁以上的犹太人都被迫在肘部戴上了一条白色缎带,上面有一颗六芒星。如果缎带脏了,或者宽度不正确,他们就可能会被处以死刑。犹太人在经过纳粹身边时必须摘下帽子,而且他们不能在人行道上行走。看着犹太人的财产被扣押,然后被赠送给了"德意志裔人"(volksdeutsch)——有一部分德国血统的波兰人可以申请获得这一崇高的身份——雷尼亚感到恶心。她写道,突然间,最贫穷的波兰人成了百万富翁,而犹太人成了仆人,不但要被迫缴纳租金,还要教"德意志裔人"如何管理自己以前的豪宅。然后,犹太家庭被彻底抛弃,成为街头的乞丐。他们的商店被接管。他们的财物，尤其是黄金、毛皮、珠宝和贵重物品，这些没来得及藏在花园里或松动的厨房瓷砖下的东西，都被没收了。利娅把她的胜家（Singer）牌缝纫机和精美的烛台交给了一位波兰邻居保管。当波兰人在小镇中穿行时，雷尼亚无意中听到他们在浏览商店橱窗，幻想接下来哪些东西会变成自己的。

1940年4月，一个被迫组织的"犹太街区"成立了，许多犹太人希望这一举措能有助于保护自己。雷尼亚的家人——除了莎拉，她已经加入自由会的一个基布兹，也除了逃到苏联的兹维——被告知，他们要在两天的时间内，将全部的生活物品搬到离小镇广场几条马路的一片区域。那里污秽不堪，只有矮小的低层建筑和逼仄的小巷，以前是镇上的流氓住的地方。他们不得不放弃所有的家具和财产，只带了一个小书包和一些亚麻布。一些记录描述了母亲们如何整晚都没睡，疯狂地收拾行李，就连孩子们也来回奔跑，把所有背得动的东西都扛到背上或放到篮子里：衣服、食物、锅、宠物、肥皂、外套、鞋钉、缝纫用品和其他用来谋生的材料。他们会隐蔽地贴身存放珠宝，比如在毛衣的袖子里缝上一只金手镯，还会在烤饼干的时候把钱藏在夹心里。

这里拥挤到不可思议。每套公寓都住着好几个家庭，大家睡在地板或临时搭的床铺上——而雷尼亚则睡在一袋面粉上。50个人可以硬挤在一个小小的家里。关于隔都住宅的罕见照片显示，多个家庭同住在一个前犹太会堂的圣殿中，一排排兄弟姐妹睡在诵经台和长椅下。人们几乎没有办法伸展手臂，个人空间也根本不存在。有的犹太人很幸运，认识住在隔都内的某个人，于是搬过去一起住；然而，大多数人不得不与陌生人住在一起，而彼此往往有着不同的习惯。来自周围村庄以及不同阶层的犹太人被迫待在一起，这加剧了关系的紧张，扰乱了正常的社会秩序。

即使人们带来家具，也没地方放。临时床位在白天要被拆除，为洗漱和吃饭腾出空间；衣服挂在墙上单独的钉子上；小澡盆除了用来清洗身体部位，还兼洗衣服的作用，用完后在邻居的屋顶上晾干；桌子和椅子一块儿堆在外面。随着时间的推移，雷尼亚的家人把过去生活中的主要物品都当作了柴火。"物质基础"变成了火海。

总的来说，德国人在波兰建立了四百多个隔都，目的是通过疾病和饥饿毁灭犹太人，以及把犹太人集中起来，这样他们就可以很容易地围捕犹太人，然后把他们送到劳动营和死亡营。这是一次大规模的行动，每个隔都的规则和特点都略有不同，这取决于当地的犹太文化、当地纳粹的统治方式、隔都所在地的自然风貌，以及隔都内部的领导层。尽管如此，隔都政策的许多要素在全国各地都是统一的，不论是在偏远的城镇还是更偏远的村庄，甚至包括监狱。

起初，库基尔卡一家还能按照规定顺序离开隔都，出去工作和购买食物；同样，波兰人也可以进入隔都大门，把面包带进来，以换取贵重物品。但很快，所有隔都的对外通道都关闭了，犹太人只能凭犹太居民委员会颁发的通行证离开。从1941年起，任何跨越隔都边界的行为都不被允许——无论是犹太人还是波兰人。一道实实在在的围栏封锁了隔都的一部分区域；而一条河流则拦住了剩下的部分。最终，踏出边界几乎意味着面临死刑。

尽管如此……

雷尼亚穿上了一层又一层的服饰：一双长袜，再加另一双，外面套一条裙子，跟波兰农民穿得一样厚。埃丝特穿着两件外套，戴着一块头巾。贝拉在黑暗中笨拙地摸索着，帮两个妹妹系紧衣服，然后把几件衬衫折起来塞到自己的腰带里，假装孕肚。每个人都在口袋里塞满了小东西，一层套一层，为的是给商品覆盖伪装。每个人都像重写本①（palimpsest），只不过全部都书写在身体上。雷尼亚提醒自己，这就是可以帮到母亲、弟弟和整个家庭的方法。

有那么一秒钟，这名少女的思绪闪回到了一片遥远的土地上，其实它和现在只隔了几英里的距离。几个月之前，她的中产生活还没有瓦解。她做了个白日梦，梦见母亲用一种很自然的力量，把一切照顾得妥妥当当：煮饭、打扫、管钱。曾经，他们的波兰邻居在跟利娅交谈时发出了难以置信的感叹。"你赚这点钱，是怎么让七个孩子都穿上好衣服的？是怎么让他们看起来这么有钱的？"在意第绪语中，利娅这个名字代表的形象是一位精通家务的主妇，她总是能让孩子很有教养、行为端庄，能把朋友们招呼好，同时还能奇迹般地把家里保持得整洁有序。而她随时可以回答："要买贵的衣服，因为能穿好久。然后大的穿完给小的穿。给每个孩子买一双手工鞋——一双超大码的鞋，留下长大的空间。"

你能穿什么，其实是怎么穿的问题。而现在，三个姑娘穿衣服，既是为了掩饰，也是为了生计。快到晚上9点了——到了出发的时间，她们快速挥手告别，并一起沿着街道走出隔都。雷尼亚从没透露她是如何离开这个隔都的，不过，她有可能贿赂了一名警卫，也有可能从松散的板条和栅栏中钻了出去，还有可能爬过围墙、穿过地窖、越过屋顶。这些都是夹带者——主要是女性——进出波兰犹太人限制区所用到的方法。

因为犹太男子经常被绑架，所以一般都待在家里。而女性，不论是出身贫困家庭，还是来自上流社会，她们都扮演起了觅食者的角色。她们贩卖香烟、胸罩、艺术品，甚至出卖自己的身体。儿童也更容易爬出隔都寻找食物。隔都造成了一连串的角色转换。

---

① 由于书写材料短缺，人们将不需要的字迹覆盖再利用，形成重写本，尤指莎草纸或羊皮纸的底稿。——译者注

库基尔卡家的姐妹成功进入了村子，开始走街串巷。雷尼亚步伐敏捷，她想到了以前是怎样在每周五和妈妈一起去面包店挑选饼干的，想起了那些颜色和形状。现在，买面包必须有配给卡——每天100克或1/4个小面包。如果卖的面包超出了允许的数量或价格，则意味着死刑。

雷尼亚走向一栋房子，她踏出的每一步都是风险，天知道有谁会看到她站在那里。波兰人？德国人？犹太民兵？无论是谁开门，都有可能举报她。或者射杀她。又或者，这个人可能会假意购买，然后干脆不付钱就好了，只要威胁说要把她交给盖世太保，就能白吃白拿。然后她又能怎么办呢？想想雷尼亚曾经在法院工作，法院有律师，有正义，有讲道理的法律。一切都不同了。一晚接一晚，女性就像这样走出了门，包括母亲们也试图通过这种方式养活自己的家人。

其他的女孩，则通过为市政府或私营企业执行强迫劳动来帮助家人。所有14岁至75岁的犹太人都必须工作。有时年幼的女孩为了看起来比实际年龄大一些而穿上了高跟鞋，因为她们想要食物。一些犹太人被迫成为裁缝、成衣匠和木匠；有些人则被派去拆房子、修路、打扫街道，以及从火车上卸下炸弹（有时会走火炸死他们）。即使犹太妇女走了数英里的路去做碎石的工作——通常是在膝盖深的积雪和刺骨寒冷的泥泞中，她们饥肠辘辘，衣服也被磨损了——可是如果她们请求休息，还是会被无情地殴打。人们只好隐瞒伤势，然后因为感染而变得奄奄一息。身体各个部位都被冻僵了，骨头也被打断了。

"没有人说一句话。"一位年轻的女工是这样描述她在清晨4点时在纳粹警卫的包围下被押送去上工的情景的。"我小心翼翼地尽量不踩到我面前的人的脚后跟，尝试在黑暗中预估他走路的速度和步幅的宽度。我在他呼出的气息、衣服没洗的气味，以及夜间过度拥挤的住宅带来的恶臭中一路前行。"等她们终于到家的时候，已经很晚了，她们浑身是伤，身体僵硬，却失望地发现连一根胡萝卜都没能偷给家里人，因为隔都大门那里会搜查。尽管害怕被殴打，可第二天，工人们——包括母亲们——还是会丢下孩子，回到工作地点。不然还能怎么办呢？

照顾隔都里的家庭，在身体和精神上培养下一代是作为一名母亲的抵抗形式。男人们被掳走或逃跑了，但妇女们却留下来照顾孩子，常常还照顾孩子的父母。像利娅一样，许多妇女都熟练掌握预算管理和食物分配的技能，只不过现在，她们不得不在极度贫困的条件下工作。一天的粮票只能采购像苦玉米面包那样的食物——它由谷粒、根茎和叶子做成——还有一些燕麦、少许盐、一把土豆，根本无法提供足够的营养，即使光做一顿早餐也不够。

雷尼亚指出，穷人遭受的痛苦最大，因为他们买不起黑市商品。一个母亲为了避免看着她的孩子挨饿——这是一种"最糟糕的死亡方式"——愿意做任何事情，雷尼亚后来回忆道。因为无法获得基本的生存所需，她们只好四处搜刮有营养的食物，还要在没有药物的情况下尽可能地治疗疾病。隔都中的妇女一向容易受到性侵害，但她们还是要外出工作或干走私夹带的买卖，冒着被抓和把孩子独自留在世上的风险。她们把孩子藏起来，以免他们遭受暴力和后来的驱逐（她们在躲藏点帮孩子保持静默，有时甚至被迫把自己哭泣的婴儿闷死了）。还有一些妇女则把孩子交给波兰人照顾，通常还留下了一大笔钱，可是有时，她们不得不远远地看着孩子被虐待。最后，无数原本可以因为工作而免于死亡的母亲，终于还是和她们的孩子一起去了毒气室，因为她们拒绝让孩子孤独地死去——她们安慰和拥抱着孩子，直到最后一秒。

当丈夫留在家里的时候，婚姻冲突经常爆发。可以说，男性对饥饿的容忍度较低，无论找到什么食物，他们都倾向于马上吃掉。

妇女们则不得不藏起一部分口粮。在狭窄的宿舍里，在两具饥饿的身体之间，性爱通常是没有可能的，而这也加剧了关系的紧张。根据瓦吉隔都的记录，许多夫妇提出离婚，尽管单身使人更容易被驱逐和处以死刑。在许多情况下，他们是第一代享受自由恋爱而不是包办婚姻的人，但是浪漫随着长期的饥饿、酷刑和恐怖瓦解了。

接受过家务技能培训的妇女还会非常小心地除虱、打扫和保持仪容整洁——这些技能帮助她们在情感上和肉体上得以生存。有些人说，对于女性而言，不卫生甚至比饥饿还要痛苦。

尽管人们尽了最大的努力去应对，但食物不足、拥挤、缺乏自来水和卫生设施还是导致了斑疹伤寒在延杰尤夫隔都的大流行。每栋受感染的房屋都被关闭了。因为疾病是通过虱子传播的，病人被送到了特别设立的犹太医院。在特殊浴室对人体和衣服消毒，经常让衣服变得穿不了。雷尼亚听到传言说德国人禁止治疗斑疹伤寒病人，还下令对病人下毒——纳粹有出了名的恐菌症。在克拉科夫，未感染的犹太人混在传染病医院为病人救命。大多数患者都死于缺乏治疗。

饥饿，感染，未清洗过的尸体发出的恶臭，缺少工作和任何的日常安排，以及对被掳走强迫劳动和被殴打的永恒恐惧，这就是每一天的现实。孩子们在街上玩纳粹大战犹太人的游戏。一个小女孩对着她的小猫喊，没有证件不要离开隔都。大部分人都没有钱买光明节（Hanukkah）蜡烛或安息日面包，就连富裕的犹太人也把带进隔都的钱和卖东西得来的钱都花光了。当他们把自己的东西以几乎不名一文的价格卖给波兰人的时候，黑市的东西却卖出了天价。犹太人要买华沙隔都的一条面包，花费的钱相当于今天的60美元。

现在，别人的家门口就是雷尼亚的机会，她极度渴望赚钱。像全国许多的犹太女性一样，她不认为自己是一个政治人物，她不属于任何组织，但是她却出现在这里，冒着生命的危险行动。虽然每一次敲门,都可能引来一发子弹,但她还是伸出了拳头。

一个女人来开门,打算买点送上门的便宜货。**她们买得很开心**,雷尼亚心想,**她们没有别的地方可以花钱了**。她匆忙捧出少量的煤炭,向这个女人要了几枚硬币,这样的价格远低于她用来包煤炭的祖传蕾丝垫布的价值。达成交易后,雷尼亚迅速走开,心脏怦怦直跳。她用手指戳了戳口袋里的零钱——少得可怜,但至少她做了点什么。

一天早上,可怕的敲门声响起。是犹太民兵。他们来传令,指示犹太社区必须选择220名强壮、健康的男性到城外的强制劳动营。雷尼亚的弟弟亚伦在名单上。

库基尔卡一家恳求他不要去,但他害怕不遵守规定带来的危险:全家处决。雷尼亚看着他满头金发的高大身影消失在门外,内心像被烈火焚烧一样。一行人聚集在消防站,被医生检查,被盖世太保折磨,被迫唱犹太歌曲、跳犹太舞蹈,被迫互相殴打直到流血,然后看得盖世太保哈哈大笑。在公共汽车抵达后,盖世太保就要把他们带走,这时如果有人胆敢拖延,带着恶犬和机关枪的盖世太保就会猛烈地殴打他们,其余的男孩只能把这些人抬上车。

雷尼亚的弟弟后来告诉她,他本已确定,他们把自己带走后会实施处决,但令他惊讶的是,他被送到了利沃夫附近的一个强制劳动营。这里可能是亚努夫斯卡(Janowska),它是一个中转营,带有一个工厂,犹太人在那里作为免费苦力做木工和金工。纳粹成立了4万多个集中营、劳动营,以及混合了这些类型的混合营,以方便谋杀"不受欢迎的人种"。党卫军①将部分劳动营出租给私营公司,而后者按照奴隶的人头数给前者付费。女性成本更低,因此许多公司更喜欢"租赁"她们,让她们从事费劲的艰苦劳动。在波兰

---

① 纳粹党中执行调查审问、治安勤务的编制之一。——译者注

各地的国有和私有劳动营,条件是极其恶劣的,人们死于饥饿、持续殴打、不卫生的环境所造成的疾病,以及过度劳动带来的劳累。战争初期,劳动营囚犯因被迫执行羞辱性的、通常毫无意义的任务,例如碎石,从而使意志陷入了消沉;随着时间的推移,越来越多的工作是让工人帮忙满足德国军队的需求,变得和平常任务一样劳累。在劳动营,每日饮食是一片面包和一碗用野豌豆制成的黑汤——野豌豆是一种用来喂牲畜的农作物,尝起来像煮熟的胡椒。犹太青年对于在劳动营中被奴役的生活前景感到恐惧。

尽管国家经历了彻底的崩溃,但邮政网络仍在运转。有一天,雷尼亚收到了一封信。雷尼亚浑身颤抖地打开信件,发现亚伦还活着。但他恐怖的生活震惊了她。男孩们睡在马厩里从来不换的稻草上。他们从黎明工作到黄昏,又饿又冻,只能吃从地上捡来的野浆果和杂草。他们每天都会被殴打,只能由朋友用肩膀扛回家。晚上,他们被迫做体操,如果跟不上——死路一条。虱子啃噬着他们的血肉。没有洗脸池,也没有厕所。宿舍臭气熏天,简直要命。然后,痢疾来了。意识到能活命的日子屈指可数,许多男孩都逃了。因为在寒冷的冬天穿的衣服太显眼,他们不得不避开城镇,穿行在森林和田野中。盖世太保开始追捕逃跑的人,同时折磨那些留下来的男孩。

雷尼亚立即给弟弟寄去了补给物资。她把钱缝在衣服口袋里,再把衣服放进包裹,这样一来,如果他得以逃脱,就能买一张回家的票。她每天都注意观察每一位回来的逃亡者。他们的样子令人作呕:瘦得皮包骨,浑身长满溃疡和皮疹,四肢肿胀,衣服上全是虱子。男孩们一下子看起来像虚弱的老人。亚伦在哪里呢?

有那么多的犹太人被送到未知的地方。"父亲、兄弟、姐妹或母亲,"雷尼亚写道,"每个家庭都少了一个人。"

雷尼亚很快就会知道,只"少了一个人"是好事,甚至"活了一个人"也意味着是很幸运的。

雷尼亚知道，她必须自己创造这种幸运。

一天晚上，落日映照在隔都摇摇欲坠的屋顶上，隔都的犹太人迎来了一则通知。每一条口信，每一个单薄的音调，都有可能永远改变你的生活，粉碎任何你为了应对困境而设法营造的脆弱的安慰。现在，库基尔卡一家，以及隔都的其他399户最富庶的家庭，都要被迫在午夜之前离开镇子。

雷尼亚看到富人是如何试图通过花钱绕开法令的——他们贿赂犹太居民委员会，让工人代替自己，或是雇用劳动者替自己工作。人们用自己所知的方式来面对困难，以一贯的做法来钻规则的空子——只不过，现在的游戏并没有规则。富人只能受到其他犹太人的尊重；德国人并不在乎。最富庶的家庭也尝试过用花钱摆脱被迫离开的命运，但犹太居民委员会的金库已经被以前的贿金填满了——事实上，他们还给了每个富裕家庭50兹罗提①（złoty）的搬家费。

库基尔卡一家疯狂地将财物打包到一架雪橇上，连夜动身了。他们被扔在沃济斯瓦夫（Wodzisław），那里很冷。雷尼亚推断，这是德国人计划的一部分：将犹太人从一个城镇赶到另一个城镇，仅仅是为了羞辱和折磨他们，除此之外没有其他的原因。雷尼亚浑身发抖地把外套拉得更紧了些（幸好还能有这么一件），歇斯底里的母亲们则眼睁睁看着襁褓中的婴儿冻得发青，而雷尼亚也只能无助地旁观。沃济斯瓦夫的犹太人让母亲和半死不活的婴儿进入后院的羊圈，这至少在一定程度上保护了他们不受外面呼啸狂风的侵袭。

---

① 兹罗提是起源于中世纪波兰的一种传统货币单位，1兹罗提相当于当年的33美元。——译者注

最终，所有的犹太人都被赶到寒冷的犹太会堂，在集体厨房喝汤，那里的墙上还挂着冰柱。作为曾经在社区中最富有、最有影响力的人群，他们现在接受了这样的现实：活下去才最重要。"结果，德国人把犹太人的心变硬了，"雷尼亚一边写，一边感受自己正在变得坚硬的内心，"现在每个人都只关心自己，情愿从同胞们的嘴里偷食吃。"关于随着时间的推移，在华沙隔都发生的灵魂长茧子的事，一名幸存者是这样评论的："如果你在街上看见死尸，就会拿走它的鞋子。"

在所有的隔都，法令都只会变得越来越野蛮。

"有一天，德国人发明了一种杀害犹太人的新方法。"雷尼亚写道。还有可能比现在更令人害怕吗？不知为何，尽管已经这样了，但震惊的感觉还是没有消退。每一次对施虐方法的创新都在雷尼亚的心头梦魇似的挥之不去，让她感到更深层次的无限恶意，因为施虐方法已经多到数不清。一天晚上，一辆公共汽车抵达，载着满满一车醉得不省人事的盖世太保。他们带着一张写有30个名字的名单，把上面的男人、女人和孩子从屋里抓出来，殴打和枪杀他们。雷尼亚听到喊叫和开火的声音，然后在第二天早上，看到了散落在小巷里的尸体，它们被鞭打成了青黑色。家人们难以忍受的哀号让雷尼亚感到心碎。每一次，她都会想象自己的家人可能就是下一个。在这些事件之后，整个社区花了好几天时间才平静下来：是谁制定了这份名单？必须小心身边的谁？你觉得谁是坏人？人们甚至吓得不敢说话。

就这样，隔都中的犹太人开始感受到什么是彻底的占领。他们的领土，他们的身体发肤，甚至他们的思想，都受到了威胁。无论做了或说了什么——哪怕是最小的移动或动作——都可能导致自己和整个家庭被处决。他们的身体和精神的每一个元素都受到了监视。"没有人能在没人看到的情况下呼吸、咳嗽或哭泣。"一位年轻的女性隔都居民这样描述。谁可以信任？谁又在偷听？想要与一位老朋友说点掏心窝的话，需要预先安排一个会面地点，然后两人一起边走边说，就像做家务时那样。波兰的犹太人担心，就连自己做的梦都会以某种方式背叛自己。

有时盖世太保会在晚上抵达隔都，光是开枪杀人。一夜之间，整个犹太居民委员会的人和他们所有的家人，都被处决了。在另一些难忘的夜晚，几辆公共汽车载来的盖世太保强迫犹太人半裸身体走出门，绕着积雪覆盖的市场奔跑；盖世太保挥舞橡皮棍追赶着他们，或者吩咐他们在雪地里躺30分钟，或者强迫他们用鞭子抽打自己的犹太同胞，或者叫他们躺在地上，让一辆军车从他们身上碾过。纳粹在快要冻死的人身上浇水，逼他们爬起来站军姿。

白天的噩梦开始了。机枪声在森林中回响。纳粹让犹太人自掘坟墓，让他们在坑里唱歌跳舞，直到被开枪杀死。他们强迫其他的犹太人埋葬受害者——有时，甚至是活埋他们。年长的犹太人也要被迫唱歌跳舞，纳粹一根一根拔掉了他们的胡须，扇他们耳光，直到他们掉落牙齿。

"你从来不知道第二天早上还能不能活着醒过来"，这就是雷尼亚面对的新现实。

隔都是一个封闭的社会，不允许使用无线电，但雷尼亚四处探查着消息。数百名妇女被带到未知的地方，再也听不到她们的情况。一个坦率的士兵向她透露，这些女人被派往前线充当妓女。她们感染了性病，然后被活活烧死或枪杀。他说有一次，他看到了数百名年轻女性的反叛——她全神贯注地听着。她们袭击纳粹并偷走了刺刀，还打伤了他们，挖出了他们的眼睛，然后一边尖叫着永远不会被逼为娼，一边自杀了。剩下还活着的那些女孩最终都被制服，被强奸了。

一个15岁的女孩能做什么呢？雷尼亚保持警惕，她本能地知道自己必须收集信息、面对真相。她听到从其他城镇来的传言。遍地的人群饿得要死了，只讨到一些土豆皮和残羹剩饭。犹太人纷纷自杀，还杀死了自己的孩子，这样他们就不会落入德国人的手中。一批批的人被运走——有时是1万名犹太人——他们被迫从隔都走到火车站；他们离开了城市，去往未知的地点。人群被划分类别，据说是要带他们去工作。犹太社区收到了少数几个天选之子的消息，但他们认为，这些人是德国人故意留着来误导他们的。大多数人就这样消失了。"他们就像掉进深渊一样离去了。"雷尼亚写道。他们都去哪儿了？

纳粹的做事方式是集体惩罚。党卫军下令杀死任何帮助犹太人的波兰人。隔都的犹太人害怕，如果逃走，出于报复，全家人都会被杀。该留下来保护你的社区，还是跑掉呢？**战斗或逃走**。

屠杀是连绵不断的。灭绝委员会（extermination committees）开始工作了——他们由"德意志裔人"组成，在雷尼亚的笔下，他们是"乌克兰野蛮人"，以及"年轻、健康的德国人，对他们来说，人类的生命毫无意义"。"他们一贯嗜血，"雷尼亚如此解释纳粹及通敌者，"这是他们的本性，就像对酒精或鸦片上瘾一样。"这些"黑狗"穿着黑色制服和饰有骷髅头的帽子。他们表情严峻、眼睛凸起、牙齿硕大，就像准备生扑过来的野生动物。当他们出现的时候，所有人就都知道，有一半的人口会在当天被处决。他们一进入隔都，人们马上匆忙躲藏。

"对他们来说，"雷尼亚写道，"杀人比抽烟还容易。"

05
华沙隔都——教育与言论

汉奇和齐维亚
1940年10月

在1940年的赎罪日（Yom Kippur），英勇街34号的餐厅坐满了从农场前往华沙开会的同志。然而，这里一片沉寂，人们都被一场讲座吸引：弗鲁姆卡的妹妹汉奇正在用她甜美的声音发表演讲。她布道的内容关于犹太人的骄傲，关于坚守人性的重要性。

小了4岁的汉奇在很多方面都与弗鲁姆卡截然不同：她的金发与弗鲁姆卡的黑发不同，她的活泼与弗鲁姆卡的紧绷相反，她的热爱交际与弗鲁姆卡的一本正经相反。"和其他人一起开会，我从未有过如此兴奋、激动的感觉，"著名的以色列政治人物拉谢尔·卡泽内尔森（Rachel Katzenelson）后来是这样描述汉奇的，"她的笑声和她的动作仿佛有种魔力。她的身上有种东西超越了单纯的美——开放的态度，愿意接受生活带来的一切的随性，还有乐观主义——太令人着迷了。"

作为一个热情洋溢的魅力女孩，汉奇从交朋友到学语言，许多事都做得很容易。她从小就带着当地的孩子跳绳、爬树，她总是那个带头的人，平时也总爱笑。汉奇很受父亲的宠爱，当一家人在安息日晚餐后为政治争论时，她总能化解家庭成员——笃信宗教的父亲，作为共产主义者的兹拉特卡（她也是汉奇的老师），信奉锡安主义的哥哥伊莱亚胡（Elyahu）——之间的紧张关系。弗鲁姆卡不动声色地思考，但汉奇却喜欢开玩笑。两姐妹在一起通常被叫作"汉奇和弗鲁姆卡"，汉奇的名字在前。每当她们一同进入一个新环境时就会这样，妹妹的活力抢走了大家的注意力。

当汉奇只有14岁时，伊莱亚胡发现她异常早熟，因此就在他前往巴勒斯坦之前，把她介绍给了自由会。尽管内心充满了幼稚的快乐，但这个姑娘同样也表现出了心智上的深度和接受挑战的愿望，她高雅的审美品位和对诗歌的热爱让同志们感到惊讶。她成了一名活跃的成员，还用哥哥寄来的钱参加了研讨会和其他各种活动，虽然这并不总是让她感到开心。在训练营写的一封信中，汉奇表达了她的孤独和不安——其他女孩在以为她睡着时谈论她。（"她人有点疯……但长得漂亮。"）她对成为男孩关注的对象感觉矛盾，并且对自己和一个叫作伊扎克的人的朦胧恋情感到不太确定："他答应编辑我的诗集，而我正在大刀阔斧地删改他的短篇小说。"姐妹俩既有温情，也有冲突。她们互相崇拜，但汉奇有时又会因为弗鲁姆卡的担心而感到窒息。生活在一起可能会很困难：弗鲁姆卡喜欢孤独，汉奇则热爱"青年运动，人群，生活"。

在战争的最初几周里，自由会派汉奇去东边的利沃夫提升运动的活跃性。她用她的活力激励了每一个人，提醒他们能在苏占区这边有多么幸运，并在总体上鼓舞了士气。在平斯克，她带着激进的消息探望了父母。一位朋友写道："我将永远记得，汉奇告诉父母她决定回到被纳粹占领的波兰领土的那一刻。突然间，屋子里变得很安静。活跃的气氛被打破，一切仿佛都被石化了。当她艰难地宣布这一想法的时候，你甚至看不到她父母脸上有最微小的表情变化。在一片可怕的沉默之后，她的父亲完全惊醒过来，说道：'好吧，我的小女儿，如果你觉得必须去，那么你就去吧。'"她当然要去。汉奇第一次偷越边境的行动失败了——她本来应该从冰冷的河流中游过去，但一下水她就冻僵了——可她坚持要再试一次。

现在，在犹太年中最神圣的一天，在自由会在华沙的餐厅里，远离家乡的汉奇正甩着和平时一样的辫子，戴着头巾，身穿带泡泡短袖的花卉衬衫，发表一篇关于尊严的演说——就在这时，她的姐姐弗鲁姆卡冲进了门。

弗鲁姆卡传达了一个消息：华沙的犹太区（Jewish Quarter）要封锁了。他们会失去与外界的联系，失去与工作、与其他组织、与食物、与一切事物的联系。成员们很熟悉各省的隔都，但没有想象过这也会发生在华沙——欧洲的一个首都城市。齐维亚和弗鲁姆卡知道，青年运动将需要重新部署资源、重新组织、重新培训，以及再一次，经历新的转折。

当犹太区的大门被锁上，四十多万名犹太人被限制在了一个小小的区域内，被又高又厚的围墙困住，而墙顶上覆盖着碎玻璃。此时，自由会对援助、教育和文化活动的关注不仅没有减弱，反而增强了。齐维亚认为，这就是他们保持精神信仰和抵御德国占领的方式。

自由会并不孤单。许多团体举办了文化和援助活动。成千上万的隔都犹太人冒着生命危险参加表演：有业余的，有专业的；有操意第绪语的，有操波兰语的；有排练过的，有即兴的。犹太人在咖啡馆表演讽刺节目，在剧院表演教育节目。为了额外赚些钱，演员们还参加了在地下室的秘密演出。华沙隔都有一个"百老汇"，仅在一条街上就有30个表演场所。崩得也主办了音乐会。他们开设了7所粥舍和两所茶房，建立了一个大型的学校系统，有日间活动营、体育组织、一所地下医学院，还有举办文学活动的场所和社会主义红十字会。鉴于举行政治会议是非法的，集体厨房成了许多聚会的秘密场所。

对自由会来说，教育是优先事务。尽管犹太居民委员会反对，但英勇街在1940年至1941年还是举办了三次大型研讨会。第一次会议有50人参加，他们来自波兰的23个分支机构，其中还有一些杰出人物，包括诗人伊扎克·卡泽内尔森、历史学家和社会活动家伊曼纽尔·林格布鲁姆，以及教育家雅努什·科尔恰克（Janusz Korczak）和斯泰法·维尔钦斯卡（Stefa Wilczynska），他们都是齐维亚的朋友，从犹太居民委员会的通道过来。在为期6周的时间里，与会者研究和思考着未来。英勇街持续提供的文化项目包括《圣经》研究、文学阅读、科学演讲，还有一个戏剧小组会定期举办活动。

由于所有的犹太学校都被强制关闭了，齐维亚担心隔都的孩子们会变得游手好闲、粗鲁无礼，作为应对，自由会建立了地下的初中和高中，为120名学生提供服务，其中最年长的学生是汉奇。13名教师在没有教学用品、没有固定教室、没有工资保障的条件下工作，教世俗科目和传统科目。他们从一套公寓走到另一套公寓，挤进一个个狭小的房间——一个房间被迫住着这一家所有的人。教官们饥肠辘辘，因为冬日寒冷，腿都冻得肿胀了，但他们还是讲授着经文研究、生物学、数学、世界文学、波兰语和心理学。他们教那些浑身颤抖、饿得浮肿的学生"如何思考"。诗人伊扎克·卡泽内尔森激励他的学生热爱自己的传统。这所"飞行学校"存在了两年，甚至还执行考试制度。这是哺育未来地下战士的温床。

照顾年幼的儿童也是优先事务。英勇街开设了一门照顾小孩的培训课程，托儿所和幼儿园的专家们开办了一个日托中心。以前由波兰政府监管的孤儿院年久失修，因此自由会的姑娘们收集了衣服和写字工具，教孩子们戏剧、故事和民歌，并安排节日庆祝活动。许多的隔都儿童都流落街头，靠买卖商品或乞讨面包为生。齐维亚、安特克和其他青年团体的人组织了一个"儿童厨房"，为男孩和女孩提供食物，教他们用希伯来语和意第绪语阅读和写字。

"我们竭尽全力，试图还给他们一点甜蜜的童年和一点欢声笑语，"一位女同志写道，"十一二岁的孩子学会了像成年人一样躲起来，行为方式和年龄完全不符。"自由会的儿童合唱团和戏剧团吸引了成千上万寻求情感寄托的犹太人。

英勇街的地址在犹太街道里很有名。自由会的社区主要由女性管理，它拥有一千多名成员。同志们会花几小时和孩子一起唱歌，带他们出去散步，在田野里玩耍——就是在围墙与围墙之间剩下的废墟中玩耍。年长的人会站在那里看着孩子们开心地玩，把这当作希望的火花。

为了所有的这些教学活动，自由会需要书籍。

早期抵抗运动的一个组成部分是文学。占领区的德国人取缔并烧毁了意第绪语和希伯来语的书，还有犹太作家和政治对手的文章。不用说，反纳粹的出版物是被禁止的，即使只是携带一本，也会导致监禁或死亡的结果。写日记，以及汇编针对纳粹的证据，同样也会受到惩罚。一向被认为是读书人的犹太人，通过写作来抵抗，他们传播信息、记录事实、进行个人表达；而读者，则通过阅读和传播这些故事来表达反抗。

由于没有新书出版，大多数旧书也不再可用，因此自由会组成了自己的印刷社。他们的第一本书以油印本出版，是一本历史文学选集，收录的全部是犹太人的苦难和英雄主义的故事。他们想向年轻人展示关于勇气的有力榜样。数百份复印件被偷运到全国各地的分支机构。他们出版了教育手册，以及伊扎克·卡泽内尔森的《圣经》题材戏剧《约伯记》——这是他们的戏剧小组出品的。当安特克开始复印时，参加青年运动的孩子们就用最响亮的声音唱起歌，以掩盖机器的噪声。

面对纳粹实施的信息封锁，互通音讯至关重要。来自各个派别的犹太人纷纷印刷地下期刊或报纸，在全国范围内分发，提供关于隔都和集中营的信息。自由会用波兰语和意第绪语出版了一份地下报纸，讨论了时下的问题。后来，成员们创办了一份意第绪语的周报，传递他们通过秘密电台听到的消息。正如历史学家伊曼纽尔·林格布鲁姆所说的那样，"政治出版物像雨后春笋一样遍地萌芽。如果你每个月发表一次文章，那我就每个月发表两次文章"。总共算来，约有70种包含政治辩论、文学作品和隔都之外新闻的期刊，人们通过基士得耶（Gestetner）牌的循环式复印机，用能收集到的任何纸张，以波兰语、希伯来语和意第绪语进行秘密印刷。印刷量虽然很小，但每份复印件都有多人阅读。

阅读是一种逃避形式，也是批判性知识的源泉，拯救书籍是一种文化和个人的救赎行为。

图书馆被禁，因此一位女性成员解释了在华沙创建自己的编目图书馆的想法："如果不允许我们把书集中在一个房间里，那我们就把在每栋房子里找到的书都列成清单，提供给所有居民。"

在波兰各地，许多其他的人都发展了秘密的家庭图书馆。瓦吉隔都的年轻崩得分子海尼亚·莱因哈茨（Henia Reinhartz）解释说，一群崩得分子从该市的意第绪语图书馆中拯救出了成堆的书籍，并将它们带到了她家的公寓。她和姐姐以及几个朋友一起整理了这些书，然后又搭建书架来存放它们。"我们的厨房由此变成了隔都图书馆，"她后来解释说，"它是一个地下图书馆，这意味着它是秘密的，所以隔都的管理者和德国人都不会知道。"海尼亚把她对阅读的热爱带到了隔都。"阅读意味着逃到另一个世界，"她写道，"过着男女主人公的生活，分享他们的喜怒哀乐——一个正常世界里的喜怒哀乐，不像我们这里，充满了恐惧和饥饿。"她在躲避一次驱逐时读了波兰语的《飘》。

由于许多人失业或失学，被困在狭小的空间里，饥饿而又倦息，孤立而又无聊，因此写作成了一种方便又常见的消遣。犹太人撰写个人叙事是为了维持自己的人性和对生活的能动性。自传式的写作记录了心路历程，通过自省确认了身份、强化了个性。就像著名的安妮·弗兰克（Anne Frank）的例子，或者另一位不那么出名的本津少女鲁特卡·拉斯基尔（Rutka Laskier）的日记所写的那样，犹太女性探索了她们处在变化中的观念和性欲，她们的恐惧和对社会的分析，她们在追求者和母亲那里受到的挫折。安妮和鲁特卡像许多其他的女性一样，受过良好的教育，可她们相信的自由人文主义已经被摧毁了。写作提供了一种对自己命运的控制感，一种对可怕的社会衰败进行驳斥、对信仰和秩序进行维护的尝试。通过写作，她们在毫无意义的残暴中寻找意义，希望找到一个方法，来修复她们崩溃的世界。

在距离英勇街几个街区的地方，每个星期六，伊曼纽尔·林格布鲁姆都会与"欢乐安息日"（Oneg Shabbat）团体见面。他们由一群知识分子、拉比和社会工作者组成，他们感到对犹太人负有责任，出于从犹太人视角见证和记录战争的需要而聚在一起。纳粹通过摄影和电影对波兰犹太人进行了无情的记录。"欢乐安息日"决心不让德国人对事件的偏见成为唯一的历史。他们的成员为后人汇编了大量的档案，还有关于华沙隔都生活的物品和著作，后来他们把这些东西全部埋藏在了牛奶罐中。幸存下来的物品中有一张蜡笔素描，名为《入睡的女孩》，画的是一名打瞌睡的幼童正蜷缩在臂弯里侧身躺着，由幼童的母亲、画家杰拉·塞克斯坦（Gela Seksztajn）绘制。这种亲密的描绘，展示了罕见的平静时刻。"我不要求赞美，"艺术家在自白中写道，"只希望我和我的女儿被人记住。她的女儿名叫玛格雷·特雷克敦斯坦（Margolit Lichtensztajn）。"

华沙隔都的条件迅速恶化。过度的拥挤、孤独和对谋生的担忧折磨着大家，一位女同志写道："犹太人把这一切拿到了台面上。犹太人成群结队地走来走去，说出自己的心声。"疾病猖獗，沿街布满尸体。犹太企业被关闭，人们很难找到工作。鼓胀的肚子和对食物的绝望乞求是不变的场景。孩子们讨要面包的哭声整夜都能听到，这让齐维亚倍受折磨。

齐维亚和弗鲁姆卡更重视对犹太人的精神鼓舞，同时她们也在继续经营粥舍。同志们把清汤寡水匀出来分给每个新成员，用自己午餐省下的剩饭去填充一长排的盘子。可是过了一会儿，他们自己的饥饿感却变得过于强烈，于是只能停止这个惯常的做法。

无数犹太女性站起来领导并帮助华沙的同胞。近2000个"内务委员会"（House Committees）提供医疗服务和文化活动——它们几乎全都是由女性志愿者组织的。"欢乐安息日"的成员拉黑尔·劳尔巴赫（Rachel Auerbach）是一位杰出的记者、小说家和哲学系毕业生，她经营着一所粥舍。葆拉·阿尔斯特（Paula Alster）则凭借她"希腊人的外表和大气的姿态"，使自己经营的一所粥舍成了地下活动的一个中心。巴西亚·贝尔曼（Basia Berman）是一位慷慨激昂的教育家，她从零开始建立了一所儿童图书馆。崩得分子玛尼娅·瓦塞尔（Manya Wasser）和地下领导人索尼娅·诺沃格鲁茨基（Sonya Novogrodsky）经营着一间工作室，她们改造废弃衣物，把它们拿给流浪儿童穿，并为他们提供食物和医疗照顾。谢恩道尔·黑希特考普（Shayndl Hechtkop）是华沙大学法学院的荣誉毕业生，也是自由会的活跃成员，她经营着佩雷茨（Peretz）图书馆，领导着一个人民厨房，还组织了学术会议。当她被纳粹俘虏时，组织上要安排营救她，但她却拒绝离开母亲。

随着华沙在过去一年中的情况恶化，自由会的工作在城外继续开展。各运动团体合作并建立了全国性的方案，来帮助生活在恐惧中、失去能动性的青年。齐维亚经常离开华沙去做青年团体的协调工作，她为了节省时间，在火车站与当地活动家会面。对她来说，建立可以跨越隔都围墙的沟通渠道很重要，把这件事放在优先位置上是非常有远见的，并且很快就会得到回报。

为了实现这一目标，齐维亚把同志们从华沙派到各个城镇，广泛派遣同志也是弗鲁姆卡一直在做的大胆工作。这些信使是年轻的姑娘，通常具有雅利安人的外表，她们与当地的接头人联系，并指示他们创建"五人小组"：一支由五个人组成的小分队，执行开拓性的工作。哈尼亚·热尔巴（Chana Gelbard）是一位早期的交通员。在最初的任务中，齐维亚给了哈尼亚伪造的波兰证件。她假装自己是一名游商，而实际上她是在分发运动刊物。当时，即使对波兰人来说，坐火车出行也很困难，于是哈尼亚乘马车去。她非常谨慎，对每个人都持怀疑态度，包括对她的犹太同胞。每当这位年轻女子收到中央指挥部发来的地址，她都要煞费苦心才能确保自己在与正确的人交谈，确保对方既不会把她引进陷阱，也不会把她当成盖世太保的卧底。在分发任何材料之前，她都会先查问一番。

姑娘们的来访是很受欢迎的，特别是当她们带来关于青年运动的充满希望的话语时。在华沙之外的第二次任务中，哈尼亚带着一只手提箱，里面塞满了地下刊物：写着犹太历史、工人文学和民族节日的书籍章节。"带着这样的故事出行很危险"，她回忆道，但她决心传播这些材料。在一次旅途中，哈尼亚写道，一个五人小组无法集合，但两个五人小组就可以集合。他们全部坐在一间木屋里。在黑暗中，她告诉这10位同志自由会的活动情况，强调并非所有的一切都被摧毁了，以及应该从历史中汲取力量。年轻人屏息倾听。后来，他们分散开来。虽然每个人都回到了自己的角落，要面对自己的烦恼，但也焕发出了新的勇气。哈尼亚的金句带来了知识和喘息的机会，帮助年轻的犹太人在这个暴风雨的时代，感到"拥有了抵御乌云的力量"。

这些被称为"齐维亚的姑娘"的女孩，很快就会成为犹太抵抗运动中最重要的角色之一。

06
从精神到血肉——犹太战斗组织的形成

托西亚、齐维亚和维拉德卡
1941年12月

1941年12月,维尔纳的雪,轻盈而蓬松,在风中旋转着。六个月前,纳粹的战争机器隆隆作响地向东推进,夺得了该地区的控制权。齐维亚和青年们在1939年时逃至的那些城镇已经不再安全,曾经在那里,她们在苏联和立陶宛的统治下进行着崩得组织活动。在1941年之前,犹太人仍然有工作,青年运动和教育都相对自由。(事实上,许多女性对于在苏联统治下得到的优越教育表示感谢。)但这一切全都戛然而止了。隔都化、反犹太法和酷刑的立即实施,让犹太人的生活陷入黑暗的深渊。

然而,纳粹的蚕食占领并不能阻止托西亚·阿尔特曼。反倒可以说,这次任务是她最关键的任务之一。

这位23岁的青年卫队队长抵达了维尔纳。雪花落在她浓密的金发上,随着她轻盈的脚步一起蹦蹦跳跳。为了到达位于旧犹太区的狭小隔都,她穿过了令人生畏的涅里斯河(Neris River)、白雪皑皑的公园、沿鹅卵石街道建造的中世纪建筑,以及图书馆、会堂、教学院和档案馆。这个有着数百年历史的小镇有很多这样的地方,它是波兰的意第绪语诗歌、拉比学问和才智的一个中心。当战争开始时,托西亚也曾逃到过维尔纳,所以她了解这座城市。在过去的两年里,她花了大半的时间在纳粹统治的波兰各地马不停蹄地穿梭，她的行程图看起来像一幅疯狂的涂鸦，无法辨别出行次数。与维尔纳的德国人打交道，只不过是她习以为常的工作。

托西亚在战前就已经是青年卫队的领导人，而且与齐维亚和弗鲁姆卡一样，也是该组织B计划的关键人物。活泼好动的托西亚出生于一个富裕、有教养和充满爱的家庭，在波兰中部的一个小镇弗沃茨瓦韦克（Włocławek）长大。天文学家尼古拉·哥白尼（Nicolaus Copernicus）曾经也在这个小镇上学。几个世纪后，她的父亲在那里拥有了一家珠宝与腕表店，并深度参与了社区活动。托西亚也开始在青年运动中积极表现，并凭借好奇心、社交能力和对成为青年运动核心的渴望迅速晋升。因为被任命为华沙青年卫队的青年教育负责人，她个人的回归之旅被中断了。当时她认为波兰的那些略微年长的领导人同事们有点太严肃了。然而，随着时间的推移，她理解了他们。

托西亚被认为拥有一种时尚的波兰风格。她是一个"魅力女孩"——一个受过良好教育、口齿伶俐、穿运动装的年轻女子，也是一个有很多男朋友的"野丫头"。其中，她特别痴迷富有创造力、才智超群的于雷克·霍恩（Yurek Horn）（她父亲不喜欢他的高傲）。她喜欢浪漫，也是个书虫——她会一直盘腿坐在角落，把脸埋在书卷里。托西亚害怕狗和黑暗，所以为了克服焦虑，她会强迫自己在大屠杀的夜晚走出去散步。她会哼曲子，而且总是喜欢一边笑一边露出她大号的珍珠般的牙齿。作为一个容易交朋友又爱开玩笑的人，她总是小心翼翼地避免社交时的争论，也很容易受到被人误解的困扰。

弗鲁姆卡是曾经最早返回华沙照顾留守同志的自由会成员，而托西亚则被青年卫队选为该组织第一批返回的成员之一。她不是一个权威的理论家，她之所以被选中，既是因为她的热情、活力，以及与各个年龄段的人交往的能力，也是因为她闪闪发光的蓝眼睛和看起来很有钱的、非犹太人的外表。她立即同意了这项任务,在各隔都间传递消息,因为在智识上她接受了组织生活优先于个人生活的价值观。然而,私下里,这引起了她巨大的情绪动荡。她只向她最亲密的朋友哭泣,为自己不得不离开维尔纳而感到难过。但不管怎样,她还是兴致勃勃地走了出去,尽管尝试了3次才越过边境,可最终还是成功到达了华沙。凭借她迷人的金发还有流利的波兰语——用给她写希伯来语传记的作者的话说,叫作"刚柔并济"——她很快成为青年卫队的主要信使,不断地在县里奔波,联系分会、带来消息、组织研讨会,并鼓励秘密的教育活动。她灿烂的笑容和飘动的发丝对每个接待者来说都是一种享受。托西亚经常打扮得像个乡下女孩,她穿上层层的裙子,把违禁品藏在裙子的褶皱里。她在工作中也遇到过挫折,但这位年轻女子的泼辣性格、虚张声势的能力和敏锐的直觉,通常来说能够使她相对得以安然无恙。在一段描述中,她在琴斯托霍瓦被一名纳粹抓获,但她从他怀里挣扎了出来,徒步跑了15英里,到了扎尔基(Żarki)的一个农场。

无数同志在回忆录中讲述了托西亚到达华沙隔都的那一天。她的出现为他们黑暗的生活注入了阳光,使每个人都如"触电般激动",他们欢欣鼓舞、哭泣、紧紧拥抱着她。她带来了温暖,带来了"取之不尽的乐观主义",也带来了一种与他人产生联结的感觉,一种总算没有被遗忘的解脱感,还有一种"事情可能总会好起来"的错觉。即使在战争中,托西亚也会教同志们"生活的艺术",以及不要一直保持紧绷的方法。

现在,在维尔纳的冬天,情况是类似的。这段旅程特别残酷——漫长、危险,到处都是检查站。托西亚在冰冷的污秽环境中度过了一个个不眠之夜,手里握着一堆假身份证。到达目的地之后,她花了点时间唤醒冻僵的身体,但随后就马上变回了以前快乐的老样子。"如果你没和我们一起在隔都的围墙下生活过,你根本无法理解什么叫跨越了隔都边界的'现象',"维尔纳的青年卫队领导人卢什卡·科尔恰克写道,"托西亚来了!就像快乐的源泉!人们口口相传:托西亚是从华沙来访的,就仿佛我们周围没有隔都,没有德国人或死亡,仿佛每个角落都没有危险一样……托西亚来了!带来了满满的爱和光明!"

托西亚看到同志们睡在桌子和被卸下来的门板上。怀着莫名的幸福感和青春洋溢的热情,她向他们讲述了华沙的故事——虽有恐怖和饥饿,但同志们仍在继续工作。"她为我们打开了一个新的、几乎令人难以置信的世界,"卢什卡后来回忆道,"我们听到,在华沙黑暗的隔都生活中,响起了一首充满活力的新歌。"即使经历了整整两年的纳粹占领和不人道的环境,他们也并没有崩溃,而是仍然信仰着一个更高的意义。

每一次访问隔都,托西亚都会带来新闻。今晚,在维尔纳,她也要为大家确认消息的真假。她与几名自由会交通员同时被派到了这里。关于华沙,大家听到了大规模处决的传言。但这是真的吗?她会做些什么?她准备帮助维尔纳的组织搬迁到华沙,同志们认为那里更安全。

第二天晚上,当地的青年卫队领导人阿巴·科夫纳(Abba Kovner)召集了一场参与者是来自几个青年运动的150名隔都青年的会议,这是青年们第一次以新年派对为幌子,在犹太居民委员会大楼的一个点着蜡烛的潮湿房间里举行群众集会。在所有人都到达后,阿巴用意第绪语读了一份传单。然后他立即向托西亚示意,让她用希伯来语演说一遍,以表明这位来自华沙的领导人认同他的激进思想。她被她听到的和必须转述的内容惊呆了。

一名年轻的维尔纳女子萨拉(Sara)被带到波纳里(Ponary),那里曾经是一个很受欢迎的度假胜地。现在它是一个大规模的杀戮场,在接下来的3年时间里,7.5万名犹太人将被剥光衣服,在20英尺①深的大规模深坑旁边被枪杀,然后尸体落入深坑。萨拉被射杀,但没有死,她在冷冰冰、死尸成堆的壕沟中醒来,赤身裸体地盯着她死去的母亲的眼睛。她一直等到天黑,然后爬了出去,在森林里躲了两天才跑回维尔纳。她抵达的时候一件衣服也没穿,而且一副歇斯底里的样子,转述着她目睹的这场屠杀。犹太居民委员会的负责人不相信她,至少是声称不相信她,并警告她不要告诉别人,以免大家惊慌失措。

萨拉住院了。在医院,阿巴·科夫纳见了她。阿巴真的相信她,对他来说,纳粹杀害所有犹太人的计划非常明确。在除夕夜的会议上,托西亚宣读了她的结论:"不要相信那些欺骗你的人……希特勒密谋要灭绝欧洲所有的犹太人。"她的结束语,是后来成了阿巴著名抵抗宣言的那句话:"让我们不要像羊一样走向屠宰场!"阿巴坚持认为,必须警告所有的犹太人,以及必须反击。唯一的答案是:自卫。

作为一个有计划的人,托西亚从来不在一个地方待太久。现在,她需要前往各个隔都,不是去传达组织的安慰之言,而是传达这则可怕而紧迫的消息。纳粹计划杀死所有的犹太人。所有的。

是时候反抗了。

听到自己将要被杀的消息,你会做何反应?是试图保持乐观,为了维护理智而坚守错觉,还是会直面黑暗、直视子弹?

当齐维亚从托西亚和自由会交通员那里听到这个消息时——犹太教信徒和波兰活动家带回来的也是同样的消息——她没有一秒钟怀疑。其他从海乌姆诺(Chelmno)等死亡营中逃脱的犹太人,回到隔都也分享了令人震惊的故事。对于希特勒的威胁,她曾经不屑

---

① 1英尺相当于0.305米。——编者注

一顾——他们曾经都不屑一顾，认为那是"一个傲慢的疯子说的空洞的话"，但现在它却在突然间成了刺耳的真话。

齐维亚反倒是被猛烈的内疚击中了。这种事**当然**正在发生。为什么她没有看得更清楚点呢？为什么她没有意识到，纳粹已经制订了一个令人作呕的系统性计划来消灭犹太人？为什么她回避了社区的领导层，而只关注年轻人，总是假设那些更资深的人会主动承担责任？为什么她没有把重点放在自卫和采购武器上？为什么她不早点做些什么？宝贵的时间都被浪费了。

齐维亚试图解释这些遗憾。谁能知道纳粹正在策划什么暴行呢？尤其是，他们为了避免报复和全球谴责还煞费苦心地做了保密工作。遭受痛苦的少数人怎么能与征服整个国家的军队作战呢？饥饿和生病的人怎么能制订军事行动的战术计划？如果他们早些年没有集中精力提升自尊、教育水平和同志情谊，可能就没有形成战斗力的精神、信任和品质。可是她仍然被遗憾所吞噬。

包括弗鲁姆卡在内的众多交通员散布了波纳里大规模处决的消息，以及犹太战斗组织对"最终解决方案"的理解。逃跑的目击者也在犹太社区领导人的大型集会前做了证。但他们常常不被相信。许多犹太社区不愿意接受那些看起来可怕到无法消化的故事。他们拒绝相信类似的暴行会在波兰西部发生，尽管那里的生活条件很令人痛苦，但一点也没有大规模谋杀的迹象。波兰西部为第三帝国提供了不可或缺的劳动力，如果纳粹处决他们所有的人，在经济上是没有意义的。

许多犹太人抱有一种幻想，认为仍然有可能生存下来。他们想相信最好的情况，拼命地想活下去。没有人愿意想到自己的母亲，自己的兄弟姐妹，自己的孩子会在不经意的情况下被运走，然后被屠杀；同时，如果他们自己因妨碍罪被驱逐，也几乎必然意味着死亡。而华沙，无论怎么看，都可以算是欧洲的中心腹地。他们怎么可能驱逐整个首都的人？波兰犹太人以前在种族隔离中生活了好几个世纪，他们从未想过希特勒的隔都是杀人机器的一部分。犹太人已经为他们所知道的情况——第一次世界大战——做好了准备，不幸的是，这一次不一样。

在落款日期为1942年4月7日的托西亚寄出的最后一封信中，她写下了由看到这种毁灭却无法阻止所导致的折磨："犹太人在我的眼前死去，我却无能为力。你有没有试过用头砸墙？"

在一段叙述中，一位年轻的犹太女性讲了自己登上前往奥斯威辛集中营的火车的经历。突然之间，她看到一张便签卡从车厢厢体板里，通过木条之间的缝隙塞了进来。她读道："（这）列火车会把你带到最坏的死亡营……不要上这列火车。"

但女人没有理会这个警告。这听起来太疯狂了，令人难以置信。

然而，齐维亚知道："这百分百是有计划的谋杀。"在交通员回来后的几天里，她在热闹而又焦虑的隔都里走来走去，已经想象到每个人都死了。唯一让她免于自杀的是，她感到自己有一种使命：也许不是为了拯救生命，而是为了挽回荣誉，为了不要悄无声息地离去。先把感情放到一边，齐维亚知道要行动。她的自由会同志们也知道了真相，组织不得不再次调整方向，将自卫当作现在的主要目标。但建立一支与希特勒作战的抵抗队伍是极其艰难的，这是出于资源和经验的原因，还有内部冲突的原因——与犹太居民委员会的冲突，青年团体彼此之间的冲突，以及青年团体内部的冲突。

作为一个青年团体，自由会与日益壮大的波兰地下组织没有联系，齐维亚担心他们不会那么热衷于帮助犹太人，而同志们需要"成年人"的帮助。一方面，几个青年团体的领导人召集并会见了社区负责人，希望他们正视威胁并负起责任。但这些作为"成年人"的社区领导人因为恐惧和愤怒而脸色发白。"他们责备我们不负责任地在人民中散播绝望和混乱的种子。"齐维亚后来写道。她和安特克被联合分配委员会的负责人警告要保持克制。她解释说,虽然这个男人明白这些谋杀行为的重要含义,但他还是警告他们,仓促的行动将导致严重的后果,并且犹太民族永远不会原谅他们。另一方面,华沙犹太居民委员会的监督员要么不相信传言,要么根本不做反应,他们担心任何行动都会激起纳粹更大的暴力。他们希望通过低调行事和遵守规则可以保住犹太社区——也许还有他们自己。中年人在有家庭和孩子的情况下,不想因为一些年轻人对游击队的理想主义愿景而让所有人陷入危险,毕竟他们又没有受过训练。

随着这些没完没了的会议,自由会成员变得非常激动。在感到沮丧、无助以及愤怒的同时,齐维亚和她的同志们知道,必须靠自己。首先,他们需要群众的支持。他们将不得不亲自把可怕的现实揭露给犹太同胞。"我们有责任诚实地看待真相",齐维亚认为。对她来说,我们最大的敌人是虚假的希望。公众永远不会反抗甚至躲藏,除非他们接受死亡迫在眉睫的事实。

自由会的同志们知道如何通过发表地下公告来传达信息,但通常对如何组建军队不知所措。正如齐维亚所说,"德国人有武装、有实力,我们却不知道该怎么做,而且我们只有两把左轮手枪"。战前,崩得已经组建了自卫联盟。但自由会主要接受的训练是围绕社会理论进行辩论。他们学习如何自卫,但并没有组织起来战斗过。自由会需要有关系或经过军事训练的盟友。

齐维亚一直坚持不懈。凭借多年磨炼的谈判技巧和韧性,她继续做着社区领导人的工作,但一次又一次地遇到政治党派的阻挠。1942年3月,在崩得的厨房里,她帮忙发起了一场来自各个党派的犹太人的会议。代表自由会的安特克恳求领导人们理解做出回应的紧迫性，并提出了一个关于犹太人集体防卫运动的计划。会议结束时没有取得任何实际的成果。主要的政党领导人们斥责了青年运动，指责他们是天真和草率的危言耸听者，当兵的经验为零。此外，想与装备精良的青年团体"贝塔尔"（Bctar）达成一致也是不可能的。

青年们无助到难受极了，试图自己联系波兰地下组织。然后他们参加了犹太共产党人发起的反法西斯集团（the Anti-Fascist Bloc）。共产党人想在隔都外与苏联红军合作，但担任领导职务的齐维亚主张进行内部防御。在他们就前进的方向达成一致之前，共产党那边的领导人就被捕了，整个联盟分崩离析。现在，自由会的成员不知道从哪里才能得到武器。就连齐维亚也被难住了。

然后她意识到：已经太晚了。

说现在已经进入倒计时阶段都是一种过于轻描淡写的说法。1942年的夏天，主要的"行动"（aktion）——纳粹对大规模驱逐和谋杀犹太人的委婉说法——在华沙隔都发生了。它始于4月，在"血腥安息日"（Bloody Sabbath）当天，党卫军部队夜间入侵隔都，按照预先准备好的名单，召集并谋杀了知识分子群体。从那一刻起，整个隔都变成了杀戮场，被恐怖所统治。6月，弗鲁姆卡带来了存在另一个死亡营索比布尔的新闻，索比布尔位于隔都东面150英里远的地方。

维拉德卡·米德，一位帮助印刷地下崩得报纸、运营非法青年团体的21岁崩得分子，后来写下了1942年7月在隔都发生的事：关于厄运即将来临的传言，遭遇围捕的故事，不断发生的枪击事件。一个小男孩，也是夹带走私者，告诉维拉德卡墙的另一边包围着德国和乌克兰的士兵。害怕。混乱。

然后海报出现了。

犹太人挤在原本空无一人的街道上，当面阅读这张海报上的通知：任何不为德国人工作的人都会被驱逐。有几天时间，维拉德卡在隔都发疯发狂似的乱跑，到处寻找工作证——自己和家人的"活命证"。数百名痛苦的犹太人在灼热的高温中醒来，挤进人群中，在工厂和车间门口等待，渴望得到任何工作、任何证件。一些幸运的人紧紧抱着自己的缝纫机，希望能更容易被雇用。证件贩子伪造工作文件，贿赂也十分猖獗，连传家宝都被拿出来换取正式工作了。母亲们在恍惚中徘徊着，不知道该如何安置他们的孩子。那些有工作的人——生命暂时安全的人——出于内疚会躲避任何谈话。货车经过，里面装满了从父母身边被带走的哭泣的小孩。

"对未来的恐惧，"维拉德卡后来写道，"让我们变得迟钝，除了自救之外，什么都想不到。"

维拉德卡意识到，站在无尽的队伍里等待是徒劳的，这时她很高兴地收到了一位犹太战斗组织朋友的消息。只要带上自己和家人的照片出现一下，她就能收到工作证。她跑到了那个地址。里面是浓浓的烟雾和混乱。维拉德卡发现了崩得的领导人、历史学家林格布鲁姆，她听说了他们获得假工作证的过程，也听说了他们正试着设立一些新车间——都是为了拯救青年。但领导人们觉得躲起来仍然是最好的选择，即使被纳粹发现意味着必死无疑。"怎么办？"他们喃喃自语。

然后，恐慌来了：大楼被包围了。维拉德卡跑过去抓起假工作证，设法紧紧跟在一群贿赂了犹太警察的人身边——随着越来越多的犹太人被抓走，这成了常见的景象。维拉德卡注意到，他们也一直在抵抗，虽然并不成功。女人们与把她们推上卡车的犹太警察发生了肢体冲突，她们试图从卡车上跳下来，尽管这通常是徒劳的。维拉德卡为什么没能为她们做点什么呢？

驱逐行动仍在继续，德国人和乌克兰人加入了犹太警察的围捕行列。犹太警察每天必须逮捕多少名犹太人是有指标的——如果不干,他们自己以及家人就会被带走。在抓走孩子和老人、没工作的人和上名单的人之后,驱逐行动是按街道开展的。人们惊恐地等待着自己的街道被封锁;然后很多人尝试了躲藏,或是爬到屋顶上,或是把自己锁在地窖和阁楼里。维拉德卡的假证件不再有效了。她没有安全的藏身之处。纳粹敦促犹太人主动到乌姆施拉格(Umschlagplatz)广场——犹太人被驱逐到死亡营的出发点,领取三公斤面包和一公斤果酱。人们再一次相信并期待会有好的结果。许多人又饿又惨,渴望和家人在一起,于是就去了——然后被带走。"就这样,犹太人的生命变得只值一片面包而已。"一名犹太战斗组织领导人写道。

然后,是她所在的街道。维拉德卡跑去躲藏,但就在士兵砰砰敲门的时候,一起躲藏的一个同伴决定把锁上的门打开。维拉德卡只能听天由命了,她一边在人群中寻找家人——他们藏身的地方跟她隔了几栋房子——一边被驱赶着加入了"甄别"的队伍。她递出了一张朋友给的潦草的工作证。出于某些原因,它被接受了。她被赶到右边,可以活。她的家人,则到了左边。

她麻木地走到一个仍然开着的车间去工作——不停地劳累,不停地等待、担心、被殴打、肿胀,还有因为饥饿而生病。有限的工作机会总是受到威胁,总是有检查和围捕,任何人被抓到无所事事、试图躲藏,或者看起来太老或太小——都是个死。人们瘫倒在缝纫机前。甄别完又甄别。在大楼被包围时,维拉德卡正试图购买一张官方身份证。随后她在橱柜里躲了几小时。

隔都正在被清空,隔都的人每天都在减少。

清算和封路是每天的常事。雅努什·科尔恰克和斯泰法·维尔钦斯卡消失了,与他们照顾的那些孤儿一起被杀害。维拉德卡在一位崩得领导人的家里藏身,在一次夜间袭击时,她从窗户看到他们被带走。街道上空无一人,除了破损的家具、旧的厨房器皿、雪花般的羽绒、被"开膛破肚"的寝具——还有死去的人。夹带走私已经不可能了。全面的饥荒开始了。把孩子从持有工作证的母亲身边扯开时,他们的尖叫声划破了寂静的天空。当维拉德卡听到八岁大的孩子试图说服母亲在自己走后继续活下去,并再三保证自己会找到躲藏的方法时,她的心都碎了。"不要担心,"他们重复说着,"不要担心,妈妈。"

5.2万名犹太人在华沙隔都的第一场行动中被驱逐。

第二天,自由会成员与社区领导人见面讨论了应对措施。自由会成员提议用棍棒攻击犹太警察——没有武装的犹太警察。他们还想煽动大规模示威。同样,社区领导人再次警告他们不要仓促反应惹恼德国人,并警告说,数千名犹太人可能被谋杀,而这个结果将算在这些**年轻同志**的头上。

现在,面对如此大规模的杀戮,青年团体认为成年人的过度谨慎是令人发指的。谁在乎他们的行动是否会晃动这条船?船只已经失事,并在迅速下沉了。

1942年7月28日,齐维亚和所有的青年团体领导人同事在英勇街会面。

不再做更多的讨论了。

没有成年人或波兰地下组织的支持,他们建立起了自己的队伍:犹太战斗组织。意第绪语叫作:Yiddishe Kamf Organizatsye。希伯来语叫作:EYAL。波兰语叫作:Zydowska Organizacja Bojowa,或ZOB。犹太战斗组织不是什么厉害角色。除了那两把手枪之外,它没武器;它也没有钱;对自由会派出的交通员来说,甚至在当地连一个藏身之处都没有。(该组织将140名成员藏在了一个农场里。)但无论如何,他们有一个愿景:组织犹太人抗争。作为犹太人,为了犹太人,他们在战斗。他们将通过齐维亚已经精心建立的联系,采取一场全国性的行动。现在,她要派遣年轻的女交通员冒生命危险去执行任务，但目的不再是散发教育材料或新闻，而是做好自卫的准备工作。（虽然齐维亚有一个假身份叫作"塞琳娜"（Celina），但因为显眼的犹太人长相，她自己必须停止"旅行"。）队伍的建立缓解了某种内疚和焦虑——齐维亚觉得他们终于可以走在正确的道路上了。但因为没有经过使用武器或其他军事方面的训练，随之而来的是关于如何继续推进的许多内部争吵。随着越来越多的犹太人被带走和屠杀，气氛也越来越紧张。

齐维亚是犹太战斗组织中唯一当选的女性领导人。她是一个战斗组的成员。她学会了使用枪支。她接受了站岗的训练。她还做饭、洗衣服，并负责让年轻战士保持乐观和神气。其他的女性领导人——托西亚、弗鲁姆卡、利娅·珀尔斯坦——则被派到雅利安人那边去建立关系和采购武器。

在等待武器的同时，犹太战斗组织决定标记自己的领土。一天晚上，成员们从位于帕维亚克监狱对面的总部出发，分三组深入死寂的隔都，开始执行第一次任务。

第一组需要通知隔都居民，这支新队伍将代表他们的利益战斗。他们将在广告牌和建筑物上张贴海报，说明从跟过火车的信使那里了解到的情况——去特雷布林卡意味着必死无疑，以及犹太人必须躲起来，青年人必须自卫。"在隔都被杀也好过死在特雷布林卡！"他们的口号是这样的。

第二组要放火烧毁废弃的房屋和存放被抢物资的仓库。纳粹让专业人士对被驱逐的犹太人的财产进行了盘点评估，然后强迫活着的人把有价值的东西缜密地整理存放了起来。

第三组要做的是杀人。第三组的一位双重间谍，一个名叫伊斯拉埃尔·卡纳尔（Israel Kanal）的年轻人——他既是犹太战斗组织的成员，也在犹太民兵中做卧底——要去干掉犹太警察局局长。犹太战斗组织想要的是复仇，但也想在这些执行纳粹法令的犹太民兵中散布恐惧。

齐维亚是第二组的成员。她的心在黑暗中狂跳。她用出汗的手掌抓着梯子，一步一步地爬了上去，建筑物的砖块擦过她身体的一侧。又爬了几步，她终于爬上了墙头，到达了目的地。

她和战友们放下了燃烧材料。但出了点问题。房子没有着火。他们决定把所有易燃物快速堆积起来，用它们生火。"成功了！"她后来写下，"火焰席卷成风暴，在夜里噼啪作响，在空中跳舞和打转。当我们看到内心燃烧的复仇之火在现实中的表现，我们感到非常高兴，这就是犹太抵抗运动的象征，为此，我们已经渴望了许久。"

几小时后，所有人在英勇街34号碰头，三个任务都已经完成。在卡纳尔对犹太警察局局长开枪（但没能杀死他）之后，犹太警察甚至因为害怕而没能制住他。然后，那天晚上，苏联人第一次轰炸了华沙。对于齐维亚来说，那是一个彻头彻尾的欢欣之夜。

然后，奇迹发生了。到了1942年的夏末，一位领导人把五支枪和八枚手榴弹从雅利安人那边偷偷运入了隔都。托西亚用犹太战斗组织的钱购买了几枚手榴弹和几支枪，放在装钉子的箱子里运送。有些人说，弗鲁姆卡是第一个把武器带进来的人。她混在一组回家的劳工队伍中，身上背了一个装满土豆的大袋子——土豆下面是枪。维拉德卡则接受了一个崩得伙伴的请求，开始在雅利安人那边工作。她成了主要的武器来源，并最终将炸药运入了隔都的临时武器实验室。走私夹带者或是自己爬进隔都的围墙，或是收买波兰警察，接着对着里面的战士悄悄说出暗号，后者会爬上墙去拿包裹。他们还会通过沿隔都边界的房屋的窗户把武器带进来。每一次军火的充实都带来了强烈的喜悦。接下来，伏击德国人的计划开始了。他们会躲在建筑的入口，扔手榴弹攻击纳粹，然后在一片混乱中把他们的枪支偷走。

然而，成功的喜悦被一系列新的挫折所削弱。华沙的犹太人并没有因为犹太战斗组织的成就而一起上船，反而被他们的行为吓坏了。社区里的恐惧和偏执是非常普遍的心态，因此许多人认为最近的叛乱行为只是德国人的伎俩，是他们栽赃然后惩罚犹太人的借口。犹太人很高兴有人试图暗杀犹太警察局局长，但他们认为这一企图来自波兰地下组织，而不相信自己的同胞有这样的力量或勇气。当看到焦虑的犹太人撕毁犹太战斗组织的海报、殴打试图贴更多海报的同志时，齐维亚吓坏了。

许多战士被派到隔都之外，前往森林游击队。那里有更好的武装，但大多数人都在途中被杀。当时的青年卫队领导人约瑟夫·卡普兰（Josef Kaplan）在武器库被俘获并遭到杀害。另一位受人爱戴的领导人去救他，也被抓住并枪杀。沮丧的青年团体决定将藏匿的武器转移到英勇街。雷吉娜·施奈德曼（Regina Schneiderman），一名年轻的女性成员，把武器装在篮子里就出发了，却被德国士兵当街拦下，找到了武器。（正如安特克后来所反思的那样："你可以想象一下，如果一个女孩能把武器装在篮子里，我们的'军火库'规模能有多大。"）这接二连三的悲剧是"一种惊人的打击"，齐维亚说。团队失去了士气、指挥官和行动计划。

犹太战斗组织继续辩论：是立即战斗还是仔细制定战略？谈话持续不断。同时，在3个月内展开的3次驱逐行动中，有30万名犹太人从华沙被运往特雷布林卡的毒气室，其中有99%来自华沙隔都的儿童被杀。看起来，犹太人不会有未来了。"留在隔都墙内的6万人无法直视彼此的眼睛，因为他们还活着"，齐维亚后来写道。

在驱逐行动的最后一晚，9月13日，几十位同志一起坐在米拉街（Mila Street）63号。那些被激怒的、渴望得到回应的人，被送到了另一个房间。年长些的成员，也就是那些二十多岁的人，留下来讨论下一步该怎么做。谈话很令人沮丧。"我们走到一起坐下来，"齐维亚写道，"一边哀悼一边流血。"大家的共识是，这一切发生得太多了，人们遭受的创伤太重了。是时候进行这样的任务了：他们会带着汽油、煤油和唯一剩下的枪，放火烧了德国人的仓库，射杀一些纳粹分子，然后再被人杀死，但要带着光荣死去。

作为一名悲观主义者，齐维亚直言不讳：是时候去死了。

是安特克出言反对了他的同事兼爱人。他先是低声细语，然后大声地说道："我反对这项提议……危机是巨大的，耻辱也是巨大的。但你的提议是一场绝望的行动。这样死去，不会有任何回声。对于我们每个人来说，在个人层面这样做是有好处的，因为在这种情况下，死亡可以成为救赎。但是一直使我们坚持到现在、激励着我们活跃行动的力量，会想让我们选择美丽的死亡吗？无论是在我们的战斗中还是在我们的死亡中，我们希望的是挽救犹太人的荣誉……我们有无数失败的历史，但我们应该留下一段击败敌人的历史。我们必须重新开始。"

他的话对战士们的情绪造成了冲击，激起了不可思议的愤怒——认为他在毁灭他们唯一的机会。但最终，那些渴望激烈英雄行为的人，也无法反驳安特克的逻辑，因此惨烈的计划被放弃了。齐维亚知道，同志们必须手拿武器昂首阔步地去战斗。最重要的是，他们的价值观相信集体胜于个人。从现在开始，抵抗就是存在的理由，即使这会让他们死亡。

齐维亚着手将青年团体重新聚集在一起，为下一阶段做准备：组建民兵。

07
流浪的日子——从无家可归到成为管家

雷尼亚
1942年8月

  1942年8月一个温暖的早晨,在华沙隔都的大规模屠杀期间,沃济斯瓦夫的太阳正在散发橙色的炽热光芒,空气清新。17岁的雷尼亚从睡梦中醒来。噩梦使她不安:在一片动荡中,她"在战斗,但随后像苍蝇一样坠落",只剩下虚弱。但这个灿烂的早晨抚慰了她,使她重新焕发了活力。"我的脑袋迸发灵感,我对生命如饥似渴……我的脸闪闪发光。我还活着。我是无敌的!"

  但在看一眼父母之后,她的心情就改变了。他们把脸埋在手掌中,看起来像疯了似的。那天晚上,附近的凯尔采有一场驱逐行动,试图逃跑的人被枪杀或活埋,无论年龄,无论性别。纳粹曾经承诺不再驱逐犹太人,而且在英国要求不要伤害犹太人之后,还承诺过遣返所有的被驱逐者。

  全都是谎言。

  "我和你父亲也曾有过快乐的人生,"雷尼亚的母亲像往常一样,一针见血地对她说,"但是这些可怜的婴儿,他们做错了什么?我很乐意死在这里,现在就死,换这些婴儿活命。"45岁左右的利娅,发疯似的把她最年幼的孩子藏起来,好拯救他,使他远离死亡。

  在过去的几周里,暴行比比皆是。来自附近村庄的逃亡者躲过了被德国人枪杀、被波兰人告发的环境，来到沃济斯瓦夫，因为他们听说这里的犹太人还活着。这些人几乎站都站不住，除了破旧的书包和可怕的传闻之外什么都没有带在身上。这些传闻经常是关于孩子的。

又过了一天，雷尼亚看到了一群精神几乎错乱的女人，邋遢、脸色苍白、嘴唇发青，身体像柳枝一样颤抖。在歇斯底里的抽泣中，这些饥饿的妇女告诉她，她们的镇子被包围了，这些女人几乎半裸，穿着睡衣、光着脚，逃到田野和森林里，向善良的农民妻子乞讨食物，漫无目的地流浪。

另一群人出现了，有17个。在一起逃跑的180人中，只有他们幸存了下来。他们遭到了波兰人的袭击，所有的东西都被抢了，还受到了被举报的威胁。这些男人只穿内衣，或是只用手帕盖住自己；孩子们则一丝不挂。他们渴得要死，好几天没吃没喝了，所有人看上去都半死不活。不过，他们还是很高兴——他们避开了死亡。其他人都已经丧生，或者为了不落入德国人手中而割断了自己的血管，或者干脆失踪了。年轻人的头发在一夜之间变白。

看到他们，雷尼亚吓了一跳，于是开始分发衣服和食物。她必须做些什么来为他们提供帮助，任何事都好。

雷尼亚最难受的体验是，她遇到了一家五个年幼的兄弟姐妹。他们说，当他们的母亲意识到德国人正在围捕犹太人时，她把他们藏在了壁橱、床底和毯子里。几分钟过后，他们就听到了德国人踩着军靴砰砰走路的声音。孩子们陷入了一片冰冷的沉默。一名纳粹分子拿着步枪走进他们的房间开始搜查。他找到了所有的人。

但他没有杀死他们，而是悄悄地给了每人一片面包。"不要动，一直躲到夜幕降临。"他叮嘱他们。他答应说，他们的母亲会回来和他们一起逃走。孩子们的感激之情溢于言表，而这名纳粹大笑起来，然后开始哭泣。他轻轻拍着他们的头，说他是个父亲，他的心不允许他杀害孩子。

他们的母亲再也没有回来。黎明时分,姐姐拉着其他人的手,带他们从窗户逃出去寻找邻居,一路上一直觉得母亲就走在身后。她领着弟弟妹妹跑出城,向农民讨面包,在地上睡觉,躲避向他们扔石头的农场男孩。女孩只告诉农民,母亲死了,别的什么也没说。他们听说沃济斯瓦夫仍有犹太人活着,所以来到这里。他们光着的脚因为走路被割破了,脸和身体都肿了,衣服又破又脏。他们害怕和任何人说话,以防他们可能是伪装的德国人。"妈妈肯定在找我们,肯定在哭。如果我们找不到她会怎么样?可怜的弟弟妹妹没法停止哭喊'妈妈在哪里?妈妈在哪里?'。"孩子们被富裕的家庭收留了,但是,雷尼亚问道,他们现在会去哪里呢?任何从刽子手手里逃脱的人都要经受这种流浪,都要光着脚,赤身裸体,疯狂地去乞求一片面包。

恐慌,彻底的恐慌。在雷尼亚看来,形势在一分一秒中瓦解。对于他们的生命来说,每一刻都是最关键的。她活下来的每一天都纯粹靠运气。晚上没有人睡觉,这可能是最好的办法了,因为那是纳粹通常会做事的时候。"智者突然失去了智慧。拉比们没有忠告可给。他们剃掉了嘴唇和下巴上的胡子,但看起来还是像犹太人。"雷尼亚后来写道,"他们能去哪里呢?"

每个人都试图离开。但是去哪里呢?什么才是安全?如何藏身?一天到头,成群的人挤在街上执迷不悟地询问。有哪个城镇还有犹太人吗?如果落入德国人之手该怎么办?他们没有武器,什么都没有。人们用家具换面包。雷尼亚发现自己已家徒四壁。所有东西都卖给了波兰人,却只换来几个硬币,她担心剩下的一点点东西也很快就会被人偷走。

一天晚上,大批犹太人逃离隔都,跑入森林和田野。富人贿赂城里的波兰人,让他们把自己藏到阁楼、地窖和棚屋里,但大多数犹太人开始四处流浪，没有方向，也没有目的地。最后，大多都被杀了。

　　雷尼亚知道，翻越隔都围墙是有风险的，而在外面生存也是极其危险的。在雅利安人的领地上，其中一种生存的方法就是把人藏起来。具有闪米特人外貌特征的犹太人经常向愿意藏匿并喂养他们的波兰人支付高昂的费用。一些波兰人表现得很仁慈，他们冒着生命危险提供帮助；但另一些则在经济上（甚至在性方面）勒索犹太人，威胁要将他们交给警察。躲藏的地方经常被发现，所以在任何时候，犹太流亡者都可能必须在深夜匆忙出逃，重新找地方安置自己。

　　第二种方法是把灵魂藏起来，采用一个新的身份。这些犹太人扮演非犹太人，这是许多被同化的犹太人都曾反复用过的方法——淡化人种之间的差异。现在，犹太人不得不淡化那些犹太特征，并尽可能强调他们的非犹太特征。

　　雷尼亚拥有一笔巨大的财富，比实际的财富还要金贵——她长得像波兰人。可以说，那些看起来不像犹太人的犹太人，有潜力通过考验并"重生"为基督徒。有钱、有关系的人如果认识波兰官员，就会购买伪造的旅行证件或昂贵的真实证件。他们会搬到新的城市，没人会认出他们。如果幸运的话，他们可以用新名字登记，找到工作，重新开始生活，没有人会想到他们的真实身份。这对女孩来说更容易些，有人在办公室或商店找到了工作，有人当起女演员或家庭女佣。从未做过一天体力劳动、受过教育的女性也急切地从事起了家政工作。有些人则加入了修女院。这对男性来说更困难些：如果德国人怀疑一个男人是犹太人，就会命令他脱下裤子。因为一名接受过割礼的男婴，全家的人都可能被抓住。整形外科医生开发了一种逆转割礼的手术——根据雷尼亚的说法，手术要花费10,000兹罗提。在儿童中，恢复包皮需要手术干预、特殊按摩和负重练习。一些男人获得了虚假的医疗证明,声称由于生殖器有问题,他们在出生时就接受了割礼。规模很小的华沙鞑靼穆斯林协会(Association of Tartar-Muslims)也向一些犹太人提供了虚假文件,帮他们解释包皮被切除的问题。

即使是那些成功被认为是雅利安人的"冒牌货",生活也很艰难。"勒索者"(schmaltzovniks,字面意思是"油头党")会在街上接近伪装过的犹太人,威胁说如果不给钱就去告密。波兰人比德国人更清楚谁是犹太人。如果一个犹太人要离开隔都短途出行,他就必须携带一沓现金,好在路上分发给油头党。波兰黑帮勒索犹太人、偷他们东西、殴打和威胁他们,还会递匿名纸条,要求他们把钱放在随机的地点。有时他们会在一段时间内勒索同一个犹太人,专门靠他维生。或者,他们拿了钱之后,还是会把他交给盖世太保。因为每活捉一个犹太人都会得到一些小额奖励,比如一点现金、两磅糖或一瓶威士忌。一些油头党直接为盖世太保工作,和他们一起瓜分战利品。

一些犹太人没有跑到城市去,而是跑进了森林。他们假装自己是波兰人,试图加入游击队,或是花几个月甚至几年的时间,只是四处流浪。儿童被安置在孤儿院,通常是为了要贿赂。小孩子在雅利安人的街头干活,卖报纸、香烟和鞋油,还要躲避可能认出他们、鞭打他们并告发他们的波兰孩子。

尽管困难重重,但雷尼亚别无选择。有传言说,驱逐行动随时都会发生。这一次,没有人能从名单上被删除。唯一被允许留下来的是那些被选中拆除隔都、整理犹太人财产的人。一个从附近的凯尔采驱逐营逃出来的男人在逃走前警告他们:他目睹了纳粹折磨年轻人,还强迫他们给家人写信说假话,说自己很好,说被驱逐不代表死亡。那些拒绝服从的人被当场枪决。这名男子确信,他所看到的挤满人的一趟趟火车,驶向的必定是死亡。

库基尔卡一家需要逃走。他们把出售家具所得的所有现金收集到一起,平均分给了孩子们。雷尼亚的父母和小弟弟小扬克勒将逃往森林。她的两个姐妹会伪装成雅利安人前往华沙,与亲戚住在一起,然后再尝试把利娅和摩西接过去。"不管发生什么,"摩西嘱咐孩子们,"向我保证,你们永远都是犹太人。"

雷尼亚将独自出发。这将是她在自己家里度过的最后一晚。

1942年8月22日,星期六。多亏了弟弟,雷尼亚成功来到了森济舒夫(SÉdziszów)郊区的一个纳粹管理的犹太劳动营。亚伦从第一个劳动营逃出来,假装是一个在树林里游荡的波兰人,回到了家中,然后来到这里修建铁轨。他在劳动营中特别受欢迎,所以才安排雷尼亚加入他的行列。劳动营由500名才华横溢的犹太男孩组成,他们为得到工作支付了数千兹罗提,因此相信自己是不会被驱逐的。他们身边有20名犹太女性,她们做一些轻体力活,比如数砖块。

雷尼亚是和一位隔都的朋友约奇莫维茨(Yochimovitz)一起来到这里的。她感到松了一口气,但还是沉浸在与父母别离的心情中。利娅和摩西跟她说再见的时候都要发疯了。雷尼亚忍不住想起父亲的眼泪、母亲的哀号,想起自己如何一步步松开了他们的手臂、他们的手、他们的手指头。还有小扬克勒,他的小眼睛被泪水淹没了,他用小小的手指抓住她的背,传递着温热。不,她不能让那一次见面成为最后一次的见面,绝不,绝不。

因此,在开始从事铁路桥梁工作后不久,雷尼亚就说服主管,允许她的父亲和姐妹入营。

但为时已晚。

几天后,在一个阳光明媚的早晨,雷尼亚醒来准备上班,突然,一则消息像闪电一样击中了她。就在几小时前,在下午4点的时候,一场驱逐行动在沃济斯瓦夫展开了。雷尼亚将无法再与家人通信。他们及时离开了吗？

但问题不只有这个。纳粹集中营的指挥官走到女孩们身边。他把雷尼亚叫了过来，轻声细语地告诉她，以后将不再允许女性在营里工作。盖世太保已经要求他，将她们添加到下一批被送走的名单当中。"快逃，"他轻声催促雷尼亚，"到任何你能去的地方。"

逃？离开？再一次？

不，不，不。绝望的感觉太压抑了。

但他极力劝服她。"你还年轻，"这个德国人说，"跑吧，也许你能活下来。"

那约奇莫维茨怎么办？雷尼亚拒绝独自离开。

德国人说，如果能由他做主，他会希望她们都留下。如果不是因为有着巨大的危险，他也会亲自把她们全部藏起来。"祝你好运，"他坦诚而温柔地说，"现在快走。"

8月27日，雷尼亚开启了人生的下一个阶段——流浪。她现在成了那些没有方向、漫无目的、到处乱走的犹太人之一。亚伦和他的朋友赫尔曼（Herman）为她和约奇莫维茨提供了帮助，帮女孩们取来了擦洗用的水，还从德国人那里拿来了一包食物。接着，他们把两人带到森林里，到他们工作的地方附近就离开了。

现在只剩下雷尼亚和约奇莫维茨。该去哪里？

突然，她们听到尖叫声、枪声、犬吠声从四面八方传来。

随后有人用德语对狗发出命令："把该死的犹太人拦住，雷克斯！咬！"

两个女孩想逃，撒腿就跑。几分钟后，她们被两名警察抓到，警察指控约奇莫维茨是犹太人。她们被带到一间火车乘务员的小屋，那里还关着其他被抓住的犹太人。雷尼亚在屋外就听到了从地下室传出的尖叫声。

雷尼亚当时就下定决心，她绝对不会走进那间地下室。

"你有孩子吗?"她问警察。

"有,四个。"

"我也是爸爸妈妈的女儿。我也有姐妹兄弟。"当其他官员催促他把两个女孩带到楼下的时候,雷尼亚恳求他,"你真的认为我是犹太人吗?"

"不,"他流着泪说,"你长的是波兰人的样子,说的也是波兰语。你是我们的人。走吧,快点。带上你的朋友。"

两个女孩动作飞快地跑起来。可是情况不妙。约奇莫维茨的长相有问题。这个朋友是累赘吗?雷尼亚会不会必须抛下她?

有时候,问题会自己找到答案。

雷尼亚听到枪声。她转过身。

在她面前的地上。

约奇莫维茨死了。

在1942年的纽约,18岁的女孩们正在探索崭新的成人生活:有些人向亨弗莱·鲍嘉(Humphrey Bogart)暗送秋波;有些人一边在街角的药店门口喝着奶昔,一边唱着宾·克罗斯比(Bing Crosby)的热门单曲《白色圣诞节》。在伦敦,雷尼亚的同龄人正随着舞厅的节奏,摇摆着身体,穿过光滑的地板。即使在雅利安人占领的华沙,年轻人也在寻求战争之外的娱乐,比如在公园散步,在骑音乐旋转木马的时候相互调情。但在森林里,在雷尼亚18岁生日的前几周,她的成年礼却在以一种完全不同的方式上演。

"从那一刻起,"她后来写道,"我只能靠自己了。"

1942年9月12日。

今晚的夜色真美。月亮闪耀着最皎洁的光芒。我躺在田野里的土豆中间,冷得发抖。我在回忆最近的经历。为什么?为什么我要受这么多苦?

但是，我仍然不想死。

黎明时分，雷尼亚醒了。她日夜都在田野里无所事事，四下无人，只能听到零星的犬吠声。突然，她意识到不能只待在那里，啃食从地上捡来的谷物。她需要动身去找一个犹太人还能生存的地方，一个自我观念还能存在的地方。雷尼亚的双腿像灌了铅一样沉重，她不知所措，为她的朋友感到悲伤。独自经历这种艰辛实在太难了。在流浪了几小时后，她终于来到了一个小村庄。

雷尼亚拼命地修饰自己的外表——现在外表就意味着一切——然后她找到最近的火车站，登上火车前往一个城镇，在那里她认识一名铁路工人，他曾是她父母店里的顾客。下车后，尽管极度疲惫，但她还是连忙赶路。雷尼亚此时就是疯狂想冲个澡，想变得像周围的人一样。

突然间，奇迹发生了。地上有一个女式钱包。雷尼亚把它翻了个遍，找到了一点钱。里面还有更重要的东西：钱包主人的护照。雷尼亚紧紧抓住它，她知道这是她旅行和逃亡的通行证。

雷尼亚穿过小镇，终于敲响了熟人的门，她的双手因疲劳和恐惧而不住地颤抖。男人打开门，露出一处温暖、干净、舒适的住所——另一种生活。男人和妻子很高兴见到她，也被她的勇气和外表震惊到了。"里夫秋①（Rivchu），你的样子很吓人。"他们问候道。

"我的脸松松垮垮，"雷尼亚写道，"但谁在乎？"这对夫妇喂了她番茄汤面，给了她干净的衣服和内衣。三个人坐在厨房里，为她的母亲、他们的朋友——不可思议的利娅——而哭泣。

就在那时，透过窗户，他们无意中听到年幼的儿子告诉邻居，一个叫作里夫秋的女孩正在家里做客，他们家曾经从她那里买过衣

---

① 雷尼亚的希伯来文名字"里夫卡"的变形。——译者注

服和袜子。

"真是个奇怪的名字。"魁梧的邻居表示。

"好吧,"男孩说,"她是个犹太人。"

雷尼亚的熟人从座位上跳起来,把她推进一个碗柜,用一堆衣服盖住她。雷尼亚能听到敲门声,还有低声的指责。

"不,不,不,"夫妇俩嘲笑了孩子的想象力,"来的是个客人,不是犹太人。"

那天晚上,雷尼亚的熟人给了她钱和一张火车票。在半安全状态下进行了短暂的喘息之后,她并没有让自己深陷其中,而是重新出发了。只是这一次,她有了新衣服和一个新名字:文达·维杜霍瓦(Wanda Widuchowska)。这个名字可能是她捡到的那个皮夹子的主人的名字;在另一段描述中,雷尼亚转述了与她们家有通家之好的朋友夫妇如何向牧师寻求帮助,以及牧师如何给了他们最近去世的文达·维杜霍瓦的证件——她是一位二十多岁的本地女性。那位丈夫用记号笔模糊了原来的指纹,然后把雷尼亚的指纹印在了上面。

波兰犹太人的假证件包括身份证(kennkarte)(每个人都必须携带)、出生证明、旅行许可证、工作证、居住证和食品证,以及洗礼证明。大多数犹太人都持有各种证件,特别是当他们在不同地区需要不同身份的时候。第一等的假身份是真实的身份,它们来自已故的人,有时甚至是活着的人。(盖世太保有时会打电话验证一个人是否收录在城镇通讯录当中。)像雷尼亚一样,犹太人会将原来的照片和/或指纹替换成自己的;有时候需要复制全部或部分的图戳,因为它可能与原来的照片有重叠。第二等的假身份是真实的证件上写着虚假的姓名。要获得这些证件,必须窃取或购买空白表格、图戳和印章,并向市政厅提交申请。一些伪造者用橡皮擦刻出印章,或通过邮寄索取市政文件——回信信封上有印章,他们会保存下来使用。

而大多数犹太人的假身份，都是彻头彻尾捏造出来的。伪造者只收到一张照片，然后不得不发明一个身份。名字和姓氏最好都与那个人实际所在的阶层相关（他们经常使用与犹太名字拥有类似发音或类似含义的名字）；杜撰出来的职业最好与人们的外表相关，如果可能的话，最好也与其真实职业相关；出生地最好是某个他们熟悉的地方——比如，对华沙人来说，瓦吉就是一个不错的选择；如果有人有明显的波兰口音，那么制证人可能会把他设计成来自东边的白俄罗斯人。捏造的证件最不可靠，因为拙劣的造假会引发对持有者是犹太人的怀疑——这比没有证件还要糟糕。

获得假身份的最佳方法是通过朋友（女性往往更擅长请求帮助），或通过黑市。但通过黑市获得的假证质量不太可靠，而且尽管费用昂贵，但伪造者并不总是可信的。例如，一个年轻有教养的男子，给他伪造的新身份是一个中年鞋匠。你要他怎么扮演这个角色？而且黑市交易也让人容易受到勒索，因为你必须向一个完全陌生的人透露你的真实身份。而正如雷尼亚所学到的，这种情况是要尽一切努力来避免的。

又是新的一天，又来到一个小村庄。一个完全未知的地方。有人给雷尼亚提供了一份在豪宅里当管家的工作。她短暂地考虑了片刻，但她怎么可能去呢？她感到如此疲倦、如此虚弱，而且非常害怕被发现。她的证件只适用于一小片市政区域。在这里登记身份则意味着死亡。

又一次漫长而艰难的徒步，又是一个火车站。那天晚上特别黑，月亮躲起来了，星星和她一样疲倦。

雷尼亚用出色的波兰语买了一张去大卡齐米日（Kazimierza Wielka）镇的车票，她听说那里还有犹太人居住。她需要找到一个落脚点，然后弄清楚她的家人是否还活着。

火车突然开动，雷尼亚浑身的血液一下子变冷了。

一个男人正盯着她的眼睛。她马上就知道他来自延杰尤夫。他认出了她。

令她欣慰的是，他走开了。但有一段时间，人们不断地从她的座位旁边走过。"对，就是她，"她在黑暗中无意中听到，"她很容易做到。她长得不像犹太人。"

雷尼亚僵住了。一切都变得模糊。她确信自己就要晕倒了。无论往哪边看，她看到的都是自己的加害者。她被包围了，很快就要被淹没。

雷尼亚站起来，走到火车尽头一个延伸到室外的小平台上。寒冷的空气拍打着她的脸颊。烟囱里的火星子毫不留情地向她扑来。她深吸了一口气。但仅仅吸了一口。车厢门打开，列车员出现了。"晚上好。"

她立刻知道他是想试探一下她的口音，看看她是不是犹太人。

"外面这么冷，火星子很危险，"他说，"你为什么不进来呢？"

"谢谢你的好意，"雷尼亚回答，"但车厢里太拥挤、太闷热了。我宁愿呼吸点新鲜空气。"

他看了看她的车票，检查了她的目的地，然后钻回车厢里。毫无疑问。在下一站，他会把她交给纳粹，然后可能会得到几兹罗提的报酬。

火车在开始爬山时减速。没有时间思考、感受。现在不做，就永远没机会了。

雷尼亚把她那只小小的手提箱往外扔，然后紧跟着跳了下去。

有那么几分钟，她昏迷不醒地躺在地上，然而一阵寒意把她惊醒了。她动了动自己的身体，想确保每条四肢都还能用。腿很疼，但谁在乎这个呢？她救了自己一命，这才是最重要的。

她用尽力气，挪动到前方浓郁而陌生的黑暗之中。草地上的露水抚摸着她的脚丫，微微地缓解了一下她的疼痛。

远处有一盏灯，一栋小房子。狗叫起来，房东来了。"你想干什么？"

"我在去看亲戚的路上，"雷尼亚撒谎道，"我没带能证明我雅利安人血统的证件，而且我知道纳粹正在搜查。我需要在一个安全的地方等到天亮。如果德国人白天看见我的话，立刻就会知道我不是犹太人。"

男人同情地歪了下脑袋，示意她进去。她呼出了一口气。他给了雷尼亚一杯温暖的饮品，然后指向一堆干草，告诉她可以睡在上面。"你早上必须离开，"他警告道，"不登记的话，我是不能接待客人的。"

第二天早上，雷尼亚又踏上了徒步之旅，但至少她休息过了，恢复了精力。她依靠着心中的希望继续前进，希望她的家人还活着，希望她有活下去的理由。

大卡齐米日镇的犹太人知道附近的村庄已经被灭绝，内心充斥着紧张不安。很少有人准备了逃生的计划，也很少有人有钱。因为担心自己的生命安全，即使是最善良的基督徒，在这个时候也不会帮助犹太人躲藏。

纳粹已经宣布，镇上的犹太人不能接纳犹太难民，而犹太人服从了，希望这样做可以使自己免于被驱逐。雷尼亚知道这是妄想，但她又能做什么呢？她感到自己完全是赤裸裸的，头上没有屋顶遮蔽，手里没有钱。她需要工作。但怎样才能工作呢？在一场大屠杀期间，怎样才能找到工作？

她游荡在这个陌生的城镇里，感到无助和厌恶，只有在看到六芒星臂章的时候才能获得一点安慰，这让她能确定还有几个犹太人仍然活着。一天晚上，她遇到了一个犹太民兵，绝望地对他坦白自己是一个"意第绪小孩"、一个犹太孩子。"我可以在哪里过夜?"她问道。

他警告她不要在街上乱走,然后让她在他家的走廊待到早上。雷尼亚就此认识了这家人,这是她认识的唯一一个犹太家庭。反过来,他们也是唯一知道她是犹太人、知道她是谁的人。

雷尼亚的魅力起了作用。没过多久,她就遇到了一个喜欢她的波兰女孩,后者以为她是波兰人,帮她找到了一份工作:在一个有一半德国血统的家庭做管家。曾经,雷尼亚通过夹带、躲藏、哄骗和逃跑来对抗纳粹;现在她开始了新的篇章——伪装。

在霍兰德(Hollander)夫妇家里的生活让她得到了平静的喘息。她觉得,一天的工作是医治她一路以来所受伤害和侮辱的最佳良药。当然,她仍然要伪装自己,不断地假装成一个单纯的、随遇而安的女孩,每天晚上都要压抑自己整夜的哭泣和失眠,永远用微笑来掩饰激动。但至少,她有了一个临时的家。她可以专心追求自己的目标——找到家人。

雷尼亚的老板很喜欢她。她偶尔会把这位年轻的姑娘叫过来,满口称赞。"我真幸运,"霍兰德太太滔滔不绝地说,"找到了这样一个干净勤奋、经验丰富、知识渊博、教养出色的女孩。"

对此,雷尼亚当然是微微一笑。"我来自一个有教养的富裕家庭,"她半真半假地说,"但爸爸妈妈去世以后,我需要找一份家政的工作。"

霍兰德夫妇会给雷尼亚送礼物,而且从不把她当仆人对待。霍兰德太太没有登记这位新管家,她一定察觉到雷尼亚是个犹太人了。为了不引起进一步的怀疑,雷尼亚采取了激进的策略——她抱怨自己没有合适的衣服去教堂。作为虔诚的教徒,怎么能不去参加祈祷呢?霍兰德夫妇最终送给她一套华丽的衣服。只是现在,一个新的问题出现了:她不得不去教堂了。

在第一个星期天，她浑身颤抖着匆忙穿上了衣服。虽然雷尼亚是在波兰孩子身边长大的，和他们一起在学校上课、在操场玩耍，但她从未参加过弥撒，显然也不会读赞美诗和祷文。她的行为会暴露她是个骗子吗？刚一进入那栋建筑，她就感到极度反感，她害怕每个人都会看着她，害怕他们会看穿她的行为。"无论我走到哪里，"她写道，"我都必须假装参与其中。"

心脏怦怦直跳的她加入人群坐在长椅上，心里想的是，如果父母现在看到她的话不知道会怎么想。雷尼亚目不转睛地注视着旁边的人，模仿着他们的一举一动。他们画十字，她也画十字。他们跪下，她也跪下。当他们虔诚地向上天祈祷时，雷尼亚也照样做了。"我自己都不知道，我竟然是这么好的演员，"雷尼亚后来回忆说，"我太善于冒充和模仿了。"

最后，仪式结束了，每个人都朝门口走去。雷尼亚观察着别人每一个细微的手势。他们亲吻了耶稣的雕像，她也亲吻了耶稣的雕像。

走到室外之后，在凉爽、清新的空气中，她如释重负。霍兰德夫妇和所有的邻居都在教堂见过她，目睹了她真诚的祈祷。那是一场盛大的表演，而她通过了考验。

接着，又一个奇迹降临了。好福气啊，运气太好了。

雷尼亚给姐姐莎拉写过一封信。她知道的关于莎拉的最后一件事是，莎拉还待在本津自由会的一个基布兹里。即使在恐怖的1942年，仍然有一家由犹太居民委员会经营的，相当可靠的邮局在运转。犹太民兵帮她寄了信。

几天后，她收到了莎拉的回信！信里有这世上最美好的消息：雷尼亚的父母和兄弟姐妹都还活着。他们在沃济斯瓦夫以西的森林里找到了避难所，离梅胡夫（Miechów）镇不远。与此同时，亚伦还在劳动营里。

雷尼亚读完时，泪水浸透了信纸。

虽然亲人还活着令雷尼亚喜出望外，但一想到他们正生活在深秋寒冷的森林里，她就觉得难以忍受。当他们在忍受饥饿和风霜的时候，她怎么还能在拥有一半德国血统的家庭享受那张干净、温暖的床呢？雷尼亚又想到小扬克勒，他是那么聪明的一个孩子，长大后注定会成为一个伟大的人，而此刻他却在瑟瑟发抖、忍饥挨饿。她太渴望和他在一起了。

雷尼亚觉得度日如年，每分每秒都很难挨，她在担心中等待着。随后，她收到了父母的一封信。

同样，在收到消息的兴奋之余，她也因为他们的遭遇而感到巨大的痛苦。摩西和利娅生活在贫困之中，没有栖身之所，饥肠辘辘。他们写道，小扬克勒试图让他们振作起来，想给他们一个活下去的理由。而逃往华沙的两姐妹则没有任何消息。雷尼亚感到无助极了。

她立即写信给莎拉和亚伦，请他们帮助爸爸妈妈。姐弟俩设法说服了那附近的农民，送去了一些物资，这花了他们一大笔钱。

莎拉又寄来了几封信。利娅和摩西得知雷尼亚还活着很高兴。但他们担心如果她没有合适的证件，留在原地就太危险了——她在车站捡到的护照在这个地区是无效的。雷尼亚知道家里人说的很可能是对的：如果霍兰德太太最终决定让她去市政厅登记，到时她就会暴露。

于是，雷尼亚决定，是时候去看看莎拉了。到本津，到自由会的基布兹去。

08
心如磐石

雷尼亚
1942年10月

莎拉安排好了一切。

这是一个明媚的秋日,雷尼亚像一个普通女孩一样从教堂回来。她来到霍兰德家,遇到了曾经收留过她的那个犹太民兵的妹妹。"从本津来的蛇头到了。"她低声说。

"这么快?"雷尼亚的心跳到嗓子眼儿了。就是现在。

莎拉雇了一个女人来帮助雷尼亚穿越总督府边境,进入第三帝国的属地。途中,她会经过梅胡夫,有犹太人暂时被围困在那个小镇——包括她的家人。她的心因为思念而疼痛。她决心半路上在那里停留。今天,终于可以见到父母和美丽可爱的小扬克勒了。

雷尼亚兴高采烈地给霍兰德一家端菜,她手脚轻快,两颊绯红,心脏怦怦直跳。霍兰德太太注意到,她看起来是如此高兴——对她来说太不寻常了。

那天晚上,在和犹太民兵的家人一起谋划好之后,雷尼亚找到了她的老板。"我姨妈病了,"她说,"他们叫我赶快过去,照顾她几天。"

霍兰德太太当然理解。为什么不相信自己最好的员工呢?

明媚的阳光变成了云雨,随后夜晚的黑暗降临了。彻底的安静。雷尼亚假扮成捡来的证件中的那位"文达"等候火车,她的心不停地狂跳。即使火车已经载着她和其他乘客在加速行驶中,她也还是觉得,每一刻都像一小时那么长。一遍又一遍,她在脑海中想象着即将到来的欢乐场面:当父母看到她的时候,脸上会露出多么灿烂的笑容啊!

然而,为什么她的肚子开始痛起来?这仿佛是一种不祥的预兆。

他们抵达了一个小站。"这是梅胡夫吗?"雷尼亚悄悄地问她的非犹太裔蛇头。

"还没有。很快,很快。"

又过了一段时间。"是这站吗?"

"我们不能在梅胡夫下车。"

"什么?为什么?"雷尼亚愣住了。

"这样你的行程会很艰难。"蛇头低声说。雷尼亚正要抗议,那女人又说:"我没时间带你去。"

雷尼亚极力坚持。但不行就是不行。

"我保证,"蛇头让她安静下来,并对她说,"一旦把你带到本津,我就马上折返去梅胡夫。我去找你父母和弟弟。我会把他们带到本津去找你。"

"不。"雷尼亚坚决反对,"我现在就必须去看他们。"

"听着,"蛇头俯身靠近她说,"莎拉说你绝对不能去梅胡夫。我不能带你去那儿。"

当火车驶过田野和森林时,雷尼亚的脑子嗡嗡作响。她没有多少时间做决定。她应该甩掉蛇头,下车留在这个地方,然后晚点再想办法穿越边境吗?但莎拉更年长、更聪明、更能干,让雷尼亚抓紧越过边境是有道理的。她应该赶快完成旅程中最危险的部分。

从梅胡夫车站经过时,雷尼亚呆呆地坐在座位上,心情沉重,脑子里一团迷雾。

在琴斯托霍瓦,她在蛇头家里待了几天,吃零食,睡觉,思念,被疯狂的念头惊醒。她已经好几年没见到姐姐了——好像过了一辈子。莎拉现在是什么样子?她们能认出彼此吗?她能成功越过边境吗?雷尼亚在这片陌生的波兰土地上感到十分自在,因为她是一个陌生人。她的外来者身份是一种优势:没有人会认出她来。她的犹太血统被掩埋得更深了。

穿越边境线时一切平安。一到本津,雷尼亚就沿着通往山上城堡的马路出发了,她经过镇上缤纷华丽的建筑,具有装饰艺术风格的圆形阳台,还有巴黎美术学院风格的滴水半兽石像和栏杆,它们都彰显着这个地区在战前的辉煌。向自由会的基布兹前进!这个18岁的女孩感到很乐观,她跳上楼梯,用力打开门。她看到一条在阳光下闪闪发光的走廊,还有一个房间,里面坐满了年轻的男女,他们都穿着干净的衣服围在桌旁看书。一切看起来如此正常。

可是莎拉在哪儿呢?她为什么没看到姐姐?

一个名叫巴录(Baruch)的年轻人做了自我介绍。他和这里的每一个人都知道她是谁。雷尼亚深吸了一口气——真好啊,又能做自己了。

巴录给雷尼亚的印象是善良、足智多谋、充满活力的。他领着她又上了两层楼梯,来到睡觉的区域。房间里安静而黑暗。她小心翼翼地走了进去,然后发出了一声低沉的哀叹。

是莎拉,她正躺在床上。莎拉!

巴录挽着雷尼亚的胳膊,领她走过去。"莎拉,"他温和地说,"雷尼亚来看你了,你开心吗?"

莎拉跳下床。"雷尼亚!"她叫道,"你是我在世界上仅有的一切了。我担心死你了。"

雷尼亚的皮肤感受着莎拉温暖的吻和拥抱。眼泪在床垫上流成河。尽管姐姐身体虚弱,但她还是把雷尼亚径直带到厨房去吃饭了。在厨房的灯光下，雷尼亚可以看到姐姐的脸变得好瘦，姐姐简直骨瘦如柴。她试着不去想几年前，莎拉是如何获得了移民的证件的。她工作的鞋店老板甚至为她提供了经济上的帮助，但她们的父亲太骄傲了，不愿向亲戚索求她所需要的剩余资金。于是，她留了下来。**她看起来老多了**。雷尼亚不安地写道。莎拉的脸不像一个27岁姑娘的面容。但看着姐姐兴致勃勃地为她准备饭菜，雷尼亚又想，**她的精神还很年轻**。

姐妹俩需要一个拯救父母的计划，于是花了好几天的时间来研究各种想法，但没有一个好主意。蛇头承诺要把他们带回来，但事实证明这是一个谎言——也是一种背叛。雷尼亚拒绝多想，因为她害怕愤怒会吞噬自己。莎拉和雷尼亚面临着许多问题。首先，基布兹里没有空间容纳库基尔卡一家人。此外，把他们接过来的费用非常高，是不可能的。

接着，雷尼亚的父母寄来了一封信，内容令人震惊。

在过去的几天里，摩西和利娅一直住在位于梅胡夫以东的小镇桑多梅日（Sandomierz）的一个又小又脏的街区，像动物一样生活。犹太人挤在发霉的小房间里，睡在地板上或薄薄的干草垫上。他们没有食物，也没有取暖的燃料。日子充满了恐惧：被驱逐，被处死，甚至整个隔都可能会被一起点燃。任何一种暴行，在任意的时间，都可能会随意发生。

小扬克勒也写来了一封信央求姐姐们帮忙，他求她们带他到本津去，即使是暂时的。他只想和姐姐们在一起，她们是他唯一可以依靠的人了。尽管目睹了非人道的恐怖，但他仍在坚强求生。"爸爸妈妈可能会做一些不堪想象的事，也许会自杀，"他写道，"但是只要我和他们在一起，我就会帮他们保持理智。"他每天都从隔都逃出去,试着赚一点钱。他把收到的每一分格罗希①都攒起来,用来支付每晚120兹罗提的费用。只有这样他们才有资格睡在裸露的床板上,像桶里的鱼一样挤在一起。母亲、父亲、儿子,只能靠彼此相互温暖,"而虫子却在啃食我们的肉"。他们已经几个月没有换过外衣和内衣了。没有洗涤剂,也没有流动的水。

雷尼亚一边用目光快速扫视这些句子,一边感到难过极了。她能做什么呢?她几个晚上都在那里躺着睡不着,害怕他们三个人的末日就要到来。

然后,是最后一封信,最后的告别:"如果我们活不下来,"她的父母写道,"请守护好你们自己的生命。这样,你们就能成为见证。这样,你们就能讲述,你们亲爱的人、你们的同胞,是怎样被百分百的恶人所杀害的。我们就要死了,还好知道你们还活着。让我们最痛苦的是小扬克勒的命运,他是我们最小的孩子。但这不是生你们的气。我们知道,你们会尽一切的努力来救我们。如果这就是我们的命运,我们就必须接受。"

仿佛觉得还不够惨似的,这封信还说了雷尼亚的妹妹埃丝特和姐姐贝拉的命运。她们俩停留在沃济斯瓦夫,因为察觉到有针对犹太人的围捕,就躲在了一间户外小屋里。女房东17岁的儿子走出来要使用那里的设施,于是发现了她们,然后通知了盖世太保。

她们被送去了特雷布林卡。

都失去了。所有人都失去了。

但雷尼亚并没有流泪。"我的心,"她后来写道,"已经变得坚硬如磐石。"

对雷尼亚来说,这是一段可怕的日子。"我是孤儿了。"她一边自言自语地重复,一边慢慢接受了这令人绝望的现实。雷尼亚感

---

① 波兰货币名称,价值等于1/100兹罗提。——译者注

到迷失了方向，仿佛她正在丢失记忆，丢失归属感，丢失自我意识。她不得不重新调整和提醒自己，现在她要为姐姐、为同志们而活。这里是她的新家。如果没有他们的支撑，给她提供一种现实感和做人的感觉，那她可能已经疯了。

然后，两姐妹又和亚伦失去了联系。有传言说，他被转移到斯卡日斯科-卡缅纳（Skarżysko-Kamienna）的兵工厂，那里的犹太人光着脚、衣衫褴褛地被迫从事残酷的劳动，只是为了获得一片面包和一点冷水。超过2.5万名犹太男性和女性被带到这个劳动营，绝大多数都没有幸存下来，原因是不卫生以及毒素暴露的环境，让人头发变绿、皮肤变红。雷尼亚听说亚伦得了斑疹伤寒。他的上司挺喜欢他的，这使得他不用立即被处死，但他的身体很虚弱。作为一个"没有生产力的人"，他几乎没有饭吃。

可是。

雷尼亚和莎拉还活着。她们是自我意识的影子、空洞的剪影，但仍然活着。与许多失去父母的犹太青年一样，新获得的自由伴随着悲伤和内疚，充斥着他们的内心，但她们必须保持活力。她们与正常生活的纽带被割断了，她们不再对别的人负有责任。为了活下去，为了保持哪怕一点点人的精神，她们都需要保持活跃，需要通过投入繁重的工作来压抑内心，让强烈且难以承受的痛苦变得模糊一些。

"如果注定要倒下的话，"雷尼亚亲口说出了阿巴·科夫纳的抵抗宣言，"让我们不要像羊一样走向屠宰场！"

她的热忱煽动了早已在本津青年当中熊熊燃烧的烈火。

09
黑色乌鸦

海依卡和雷尼亚
1942年10月

海依卡·克林格尔在本津的大街小巷中奔跑。这是她的第一次任务。她的包里藏着传单。她卷曲的棕色短发披在耳后，目光监视着四周的动静，心脏怦怦直跳。每一步都是绝对的危险，但也包含着小心翼翼的快乐。她要出去传播关于游击队、大规模驱逐和政局形势的消息。去传播真相。她颤抖着双手，把一张告示贴在门上，把另一张递给一位行人。她甚至冒险走出了犹太人居住区。

终于，她可以**做点什么**了！

当雷尼亚来到的时候，本津这个地方已经充满了抵抗的精神。其中最直率的拥护者之一，就是25岁的海依卡·克林格尔。

海依卡1917年出生在本津一个贫穷的哈西德派家庭，有头脑又有冲劲，聪明而热情。她母亲开的杂货店几乎没法养活一家人；她的父亲整天研读《托拉》[①]和《塔木德》[②]。她获得了非常难得的奖学金，进入了世俗犹太人的菲尔斯滕贝格（Furstenberg）文理中学——那是顶级的预科学校，在那里她精通了多种语言，梦想成为一名知识分子。本津拥有庞大的犹太中产人口，是许多运动的早期

[①] 犹太教的法典。——译者注
[②] 犹太教的宗教经典。——译者注

发源地。相对来说，这座城镇没有受到20世纪30年代反犹主义的影响，后来又成了12个青年团体热闹往来的枢纽。海依卡所在的学校，对于本津富裕而崇尚自由的群体来说是一盏灯塔；而在校外，海依卡完全被青年卫队成员的严谨才智和哲学理念所吸引——她的同龄人很少有人会选择加入这样的团体，因为它太严格了。

青年卫队发明了"亲密团体"的模式，他们把对犹太家园的追求与马克思主义、浓郁的浪漫主义，以及对青春作为优越状态的信仰、对野外生活能带来健康身心的信仰，结合在了一起。他们阅读了大量欧洲革命家的著作，提倡对话和自我实现的文化，旨在塑造一种新型的犹太人。该团体致力于追寻真理，他们有自己的十诫，包括如何保持圣洁的律法，不准吸烟、饮酒或发生性关系。他们鼓励对性进行精神分析研究，但认为性作为一种行为会让专注于集体事业的人分心。

穿着有领衬衫、戴着金丝眼镜的海依卡热忱地接受了这些激进的观点，她认为青年卫队是一场先锋运动，它最终将引领犹太民族走向民族的革命。她反抗自己的出身背景，这让她感到自己与青年运动主张的代际冲突产生了紧密的联系。此外，她的初恋男友也是一个忠诚的青年卫队成员。海依卡外向、敏感，而且经常坠入爱河。

因为她很虔诚，所以如果有人没有达到青年卫队的高标准的话，她就会批评他；但她也会自我批评。她很快成为一名顾问，后来是一名编辑，然后成了一名地区运动的领导人。

她的男朋友被征召加入波兰军队。在他服役的时候，她注意到了身材高大修长的大卫·科兹洛夫斯基（David Kozlowski），一个口袋里塞满报纸、口吃非常严重的同志。他们在图书馆初次相遇，当时图书管理员不肯把一本书交给海依卡。大卫也想要这本书，而且他是最常来的读者，所以图书管理员把书给了他。大卫对海依卡报以微笑,海依卡感到很生气,假装不认识他。(这一点他一直没有原谅她。)然后他向海依卡编辑的报纸投稿了一首诗,她被诗中的情感和向往深深感动。突然间,她开始注意到,他的眼睛多么像棕色的天鹅绒,里面饱含了痛苦,那是"梦想家的眼睛"。

在20世纪30年代末,这对情侣加入了一个基布兹。这对大卫来说是一个重大决定,因为他精英出身的父母禁止他这样做;对海依卡来说也是如此,因为她知道她将放弃她的知识分子抱负,过着在土地上劳作的艰苦朴素的生活。内心敏感、衣着破旧的大卫,在理论上是一个狂热的左翼分子,经历过一次艰难的无产阶级化的过程:他能够用诗描述革命,但无法忍受坐在缝纫机后面的单调乏味。海依卡是一个无可救药的浪漫主义者,她觉得有责任帮助这位"脆弱的救世主",让这棵"年轻的树"开花,因此她一直支持他,直到他成了团队的精神领袖。他们原定于1939年9月5日移民。

在那天之前的四天,纳粹袭击了波兰。当时她试图和大卫而不是自己的家人一起逃离这个国家。他们走上拥挤的道路,从被空袭的火车上跳下来,躲避一颗又一颗子弹、一枚又一枚炸弹,还有一棵又一棵倒下的树。但他们出不去。当他们准备向东面逃时,青年卫队总部指示他们留在本津原地不动,恢复青年运动。如果犹太人社群留在波兰,青年卫队的社群也会"与它一起生存、壮大和死亡"。作为当地领导人,海依卡和大卫服从了命令。他们对纳粹的暴行感到震惊。对海依卡来说,她曾经认为德国的文化是开明的,甚至曾期待德国会带来一种进步的统治。

萨格勒比地区已经被第三帝国吞并,而没有成为总督府的一部分,这样的环境更有利于学习。该地区的犹太人被迫在德国工厂工作。萨格勒比意为"来自深处",指其矿藏储量丰富。这是富裕的工业地区,数十家生产布料、制服和鞋子的纺织厂在此建立。在这些工厂里工作并不容易。"窗外,丁香花在绽放,"一个十几岁的女孩这样描写她过的日子，"而你必须坐在这令人窒息的臭烘烘的房间里缝纫。" 犹太人的工作只能换来微薄的工资和残羹剩饭，但这样的条件已经比在劳动营里要好得多了，而且一些工厂主会保护他们的廉价劳动力免受驱逐。

一个著名的例子是德国实业家阿尔弗雷德·罗斯纳（Alfred Rossner），他从未加入过纳粹党。在纳粹占领后，他搬到本津接管了一家犹太工厂，雇用了数千名犹太人。罗斯纳的车间生产的是纳粹制服，因此被认为是必不可少的。每个工人有一张黄色的赦免证（zonder pass），可以让本人及两名亲属免于驱逐。和现在知名的奥斯卡·辛德勒（Oskar Schindler）一样，罗斯纳也保护和善待了他的犹太工人。战争后期，他在驱逐行动前警告犹太人，还直接从火车上救下他们。

海依卡重新组建并领导了当地的青年卫队，和她一起的还有男朋友大卫以及其他几位女性——其中包括一对姓佩萨克森（Pejsachson）的姐妹利娅和伊齐亚（Idzia），她们的父亲是崩得分子，参加过十月革命。这群亲爱的朋友秘密地在私人住宅里会面。因为移民已经不可能了，所以他们的主要目的是教年轻人语言和读写，还有文化、道德和历史。尽管海依卡在私下很失望，但她还是直奔工作而去了。她把关注点放在了托儿所、孤儿院，还有那些年龄在10岁到16岁的孩子身上。她担心他们没有监护人，会遭受忽视和贫困。这些孩子脏兮兮的，无人看管，只会偷椒盐脆饼、面包卷、糖果、鞋带和紧身胸衣，然后在街上卖。海依卡没有什么计划（对这一点她做了自我批评——非常符合她的典型做派），但是她有满满的热忱。因此她从最贫困的孩子着手，为他们找鞋子和衣服穿，帮他们洗澡，给他们午饭。她向犹太居民委员会提议说，应该成立儿童日托中心，从而帮助那些整日劳作的父母。青年卫队做了所有的计划，但犹太居民委员会的人接管了一切。但不管怎样，她很高兴孩子们有人照顾了。她希望,这些年幼的孤儿和难民,有一天会实现他们的理想。

在被纳粹占领的第一年冬天,本津的青年卫队组织了一场普林节(Purim)活动。在传统上,普林节是一个欢乐的节日。在节日期间,犹太人会穿着戏服表演讽刺小品(普林节清口),阅读节日经卷,还会在每一次提及哈曼(Haman)的时候,转动被称为"格拉格"(gragger)的响器。哈曼是一个邪恶的波斯大臣,计划杀死国土上所有的犹太人。犹太人为他们的救世主王后以斯帖(Queen Esther)欢庆——她是一个犹太女人,但把自己伪装成一位非犹太裔的王后,并且还利用自己的才智和花言巧语,说服亚哈随鲁王(King Ahasuerus)取消了哈曼的计划。

本津的犹太孤儿院挤满了人,几十个孩子穿着自己最好的衣服嬉笑着。海依卡站在房间后面,先是兴高采烈,然后又变得像监狱的看守一样,一刻不停地看着孩子们。她的黑眼睛里闪烁着骄傲的光芒,此刻她正看着伊尔卡(Irka)——佩萨克森家族的第三个女儿,也是最小的女儿——在节日的一场典礼上担任团队指挥。孩子们大声唱着歌走了进来。他们表演了自己写的戏剧,戏剧讲的是他们在街头的艰苦生活,这是普林节的奇迹。然后,空间迅速改变,一场由120名青年卫队成员共同参加的会议开始了,每个人都穿着一件灰色或白色的衬衫。同志们齐声高喊他们的宣言:"我们不能盲目地被命运牵着鼻子走。我们应该走自己的路。"海依卡简直无法相信竟然出现了这么多人,特别是在战争肆虐的背景下。

战前,本津自由会的基布兹是所有运动团体的社交中心。自由会组织了唱歌活动还有儿童活动,开设了希伯来语课程与图书馆。雷尼亚的姐姐莎拉在这条战线上是一位热心的工作者,饱含从母亲那里继承下来的家传的热情。她热切地关心儿童,帮忙经营着基布兹的孤儿院——孤儿院名为"Atid",希伯来语的意思是"未来"。本津有着相对松动的城镇边界，它没有封闭起来的隔都，由本津寄出的信件还能到达瑞士和其他国家——这让它成了教育和培训的一个中心。弗鲁姆卡频繁地从200英里外的华沙奔波到这里，组织研讨会；青年卫队的领导人也是如此。

在高峰时期，参加这些地下活动的犹太青年达到2000名，许多活动都是在附近的一个农场里举办的。犹太居民委员会给了他们30块田地和花园去耕种，还给了马和山羊让他们照料。照片显示，从不同团体来的青年都戴着帽子和头巾，而不戴黄色的六芒星臂章——他们微笑着，一边收割庄稼，一边跳着传统的圆舞。莎拉·库基尔卡的照片描绘了她在一场户外庆典中的形象，她和几十位同志一起坐在白色的长桌旁，纪念已故希伯来语诗人哈伊姆·纳赫曼·比亚利克（Chaim Nahman Bialik）的诞辰。

青年们组织了纪念晚会，他们坐在田间歌唱自由、分享回忆，大声疾呼反对法西斯主义。"数百人加入了我们的安息日活动，"海依卡写道，"一起保持呼吸，寻找一片绿地。"在农场里，"墙上的瓶瓶罐罐仿佛在闪闪发光"，这里就是他们沉思、重生和复兴的地点。

到了1941年的秋天，本津的青年卫队达到了鼎盛，而海依卡就是它的母亲。

然后，一天晚上，围捕发生了。那之前的几个晚上一直很恐怖。没有人睡觉，包括海依卡。他们等着当兵的吹着哨声齐步走来，绑架他们，把他们送去劳动营——那里非常恐怖、累人而且藏满病毒。那天晚上，这一切真的发生了。她真希望他们没有看到她所在的大楼，但是，哎。他们砰砰地猛敲大门，还嫌校长花了太长时间来开门，准备要把他撕成碎片。她又希望他们会略过她的家，但后来他们还是进来了，开始搜寻每一个角落。

"穿好衣服。"他们命令海依卡。她的母亲哭着求纳粹放过她。

"安静!"海依卡喊道,"绝不要求他们,也别在他们面前自找羞辱!我走了。好好的。"

外面一片漆黑,海依卡很难看清与她同行的人,她们都是女孩。她只能听到开门的声音。德国人让女孩们排成排,然后押送她们进入庞大的市立学校大楼。这么多的女孩,有2000个。

海依卡立即开始四处寻找她的朋友。利娅·佩萨克森、纳西娅(Nacia)、多拉(Dora)、赫拉·舒佩——同志们都在那儿。当她们走到二楼时,她在考虑是否要从窗户跳出去,但她向外瞥了一眼,看到院子里到处都是警卫。

早上将会有一次甄别和驱逐。现在,海依卡和同志们只想应付目前的混乱局面。这里很吵,就像集市广场上一样。本津的姑娘们被迫紧紧地挤在一起,她们的脸几乎都要碰到彼此了。人山人海,有哭泣尖叫,还有歇斯底里的笑声,令人恐惧和窒息。

利娅·佩萨克森开始行动了。这位与海依卡共同领导青年卫队的伙伴身材健硕有型,她总是在早上5点第一个醒来,准备好筛种子、犁地、开拖拉机,她还会推醒其他人说:"起床了,懒虫!"而现在,她正从一个房间跑到另一个房间。她不断寻找认识的人,并在一路上把所有窗户打开,以免这些女人无法呼吸。她听到孩子们疯狂地哭泣。她和纳西娅一起,把她们集中到一个角落里,为她们梳头、分发面包。"别哭,"利娅·佩萨克森向女孩们保证,"他们不值得你流泪。这是一种耻辱!他们不会送你走的,你太小了。"纳西娅则去确保纳粹只要核对了年龄,就会把她们都释放了。

早上,甄别开始了。每名妇女都向德国专员提交了自己的工作证。在军械工厂工作的姑娘们被释放了。

虽然利娅·佩萨克森是第一个被放出来的,但她并没有逃跑。

相反，她在附近等着其他姑娘出来，拿走她们的证件。然后她把证件重新送回大楼，发给那些没有有效身份证明的人。海依卡说，她从始至终一直待在外面，忙来忙去，让大量姑娘得以离开。

甄别结束后，德国人因为没完成指标而感到没面子，就开始在街上扫荡，把所有还留在这片区域的妇女都抓走了。利娅·佩萨克森也在其中。现在她没办法帮自己拿到工作证了。她直接被推上了火车！

利娅·佩萨克森被驱逐到一个劳动营，她是团体中第一个被驱逐的成员。"我们非常想念她，"海依卡写道，"曾经我们和她有多亲密啊。"

利娅·佩萨克森从劳动营写信回来，讲述挨饿和挨打的经历——就算女性也是如此。"我很思念你们，但我在这里很好。"她向他们保证。她半天在厨房工作，半天在病房里工作。即使在纳粹的监视下，她还是设法偷偷拿来了面包，给那些脸色苍白的垂死的囚犯。她知道那些肩宽体壮的人不会因为少吃这一口受什么影响，但那些直接从学校被抓来、拒绝吃不洁肉类的苍白的男人，却需要她的帮助。**她从哪里弄来食物？**海依卡很好奇。**她是如何在不被德国人发现的情况下把所有东西分完的？**"连田野和风都不知道。"海依卡写道。护士的工作很辛苦，但利娅·佩萨克森知道她必须留下来，因为她对很多人都很有用，尽管她想象自己最终会进监狱。

厨房的工作也好不到哪里去。女厨师收受贿赂和礼物，把最好的口粮分给自己的朋友，还偷窃。利娅·佩萨克森试图唤起她们的良知，对她们展开了劝诫和说教："不能再这样下去了。"

海依卡在信中写道："你不是一个人在战斗。拉谢尔（Rachel）在古坦布里克（Gutan-Bricke），萨拉（Sarah）在马克什达特（Markshdadt），古特（Guteh）在克拉坦多夫

（Klatandorf），也在进行同样的战斗。"本津的犹太女性无处不在，她们夹带、偷窃、救援。

尽管地位特殊，萨格勒比的局势仍严重恶化。工作不再是终极救星。在1942年5月的一次小规模驱逐行动之后，纳粹于同年8月大规模抵达。此时在华沙也发生了驱逐行动。第二天，本津的犹太人被叫到足球场接受证件检查。青年团体都很谨慎，警告犹太人不要参加。纳粹知道了这件事，所以在邻近的城镇假装进行了一次证件检查，让大家相信这是安全的。在那之后，犹太战斗组织针对去还是不去进行了内部辩论。最后，成员们决定去。海依卡也去了。

清晨5点半，成千上万的人走了过来。他们坐在露天看台上，穿得像过节一样，甚至心情很好，就像犹太居民委员会所鼓励的那样——直到他们注意到，他们被拿着机枪的士兵包围了。人们晕倒在地，孩子号啕大哭。人们口渴极了，却没有一滴水可以喝，直到一场漫长的大雨把他们都淋透。下午3点，甄别开始了：或者回家，或者强制劳动，或者进一步检查，被驱逐和死亡。犹太居民委员会为了不激怒纳粹，对自己的同胞撒了谎。

当人们开始意识到这三支队伍意味着什么，当一家人被拆散的时候，混乱爆发了。许多人试图转换组别。海依卡写道，德国人开始"寻欢作乐"，残忍地将父母和孩子分开——一个得生，一个去死——他们用枪托砸人，还拽着发疯的母亲的头发把她们拖走。

当时聚集了2万名犹太人。其中8000人到1万人此刻正被锁在公共厨房、孤儿院和另一栋犹太居民委员会大楼里，等待被驱逐到谁也不知道的地方。党卫军守卫阻止他们获得任何食物或医疗用品。

但一如既往地，本津的青年领袖们并没有简单地接受命运。他们知道犹太人有成千上万，比犹太警察和党卫军的人数要多。那天晚上，各个青年团体决定采取行动。没有计划，他们就即兴发挥。自由会的成员们把计划被驱逐的孩子聚集到一起；一听到他们的信号,孩子们就开始冲刺和逃跑。其他人则抓着犹太警察的帽子挤进人群,把人们推到相对安全的队伍里。当犹太居民委员会说服党卫军把食物带进来之后,同志们戴上临时的警察帽进入其中一栋大楼,把人装在运送面包的容器或巨型的汤锅里带出来。还有一些人试图挖掘逃生隧道。

青年卫队的女队员知道,她们必须不惜一切代价闯入那些锁着的大楼。她们很快说服了犹太居民委员会,在孤儿院里建起一个医务室。穿着白色围裙的犹太姑娘走了进来,分散到各个角落。这些"护士"安慰并给病人包扎,但她们的主要工作是帮助尽可能多的女性逃脱。每个姑娘都脱下自己的白色制服并将其递给一名俘虏,她们说:"快穿好衣服,拿着证件,不要表现出任何害怕,从正门直接走出去。没人会阻止你。然后再把制服送进来。"

每当"护士"离开大楼时,都必须小心观察是谁在看守大门。其中的一位,姑娘们答应给他送一块金表。但如果是中尉,就得漂漂亮亮,还要装出一副无辜的表情。

就在这个过程中,伊尔卡·佩萨克森发现了一条通道,从阁楼穿过一栋无人看守的民宅可以到达外面。姑娘们派人把守阁楼的门,并在墙上凿了一个洞。她们虽然战战兢兢,但还是设法把犹太人一个接一个地送了出去。有一种说法是,有2000人被放走了。

突然间,德国官员冲进大楼,索要证件。一个来帮忙的人丢了制服,另一个没有证件。她们被带走了。正如海依卡明白的道理,"总会有牺牲"。

在这些残酷的驱逐行动的推动下,本津的各类青年运动,包括青年卫队和自由会,开始携手工作。他们听到了在维尔纳和海乌姆诺的大规模处决的故事;托西亚的造访也带来了激励,她特别敦促组织中的姑娘们要多执行任务和采取行动;还有关于华沙和游击队犹太抵抗运动的鼓舞人心的传说。他们亲眼看到,只要稍微组织起来,就能拯救生命。

1942年夏天,海依卡接待了来自华沙的青年卫队领导人之一莫迪凯·阿尼列维茨(Mordechai Anilevitz)。她非常敬重阿尼列维茨,称他是"运动的骄傲",因为他拥有"不同寻常的、罕见的能力",既擅长理论,又善于实践。"阿尼列维茨是个勇敢的人,"她又说,"不是因为他想要勇敢,而是因为他真的很勇敢。"

到了夏末,当华沙隔都遭到清理的时候,各个团体的领导人聚集在本津的青年农场厨房里,听阿尼列维茨发表了两小时题为"向生命告别"的演讲。他穿着衬衫,昂首挺胸地告诉大家他所知道的一切。海依卡和男友大卫以及佩萨克森姐妹一起出席了。当海依卡听到特雷布林卡毒气室和大规模窒息死亡事件的时候,头发丝都竖起来了。但他也跟大家讲述了在维尔纳、比亚韦斯托克和华沙正在进行的犹太抵抗运动。阿尼列维茨呼吁采取行动以争取光荣的死亡,这一浪漫的愿景吸引了海依卡。

萨格勒比的犹太战斗组织随后正式成立了,它是华沙犹太战斗组织的一个卫星组织,由来自不同运动团体的200名同志组成。本津已经与华沙建立了稳固的联系,交通员们被派出去收集信息、打探计划、聚集武装。本津也通过邮政通信与日内瓦建立了联系,那里是开拓者协调委员会的所在地。从本津寄到瑞士的加密明信片也讲述了犹太战斗组织在华沙的活动。

现存的由弗鲁姆卡、托西亚和齐维亚写给波兰境外犹太人的一些明信片上写满了代码。她们经常把事件改写成人。例如,为了表明正在举行研讨会,托西亚写道:"严涛荟[①]现在正在我们这里访问……要待一个月。"弗鲁姆卡写道:"我在等客人来访:

---

① 此处原文是seminarsky,与"研讨会"的英文seminar谐音,是刻意伪装成的人名。——译者注

Machanot和Avodah应该就快到了。"这两个名字在希伯来语中分别是营地和工作的意思。在这里她指的是纳粹的劳动营。"E.C.在伦贝格的医院里。"意思是他被逮捕了。"Pruetnitsky、Schitah和我住在一起"——这两个名词在希伯来语中是大屠杀和毁灭的意思。在一些令人心碎的信中,齐维亚恳求美国犹太人捐款过来,以便"请医生治疗V.K.的病"——意思是,以便购买武器拯救犹太人。

阿尼列维茨的自卫呼吁改变了海依卡。她变得比他还要激进,成了犹太战斗组织最猛烈的拥趸之一。"没有任何革命运动,更不用说(一场)青年运动,曾经面临过与我们正面临类似的问题——如此简单的、赤裸裸的事实:湮灭和死亡。我们直面着它,找到了答案。我们找到了一条路……自卫。"她明白,青年卫队无法再提出一种激进乐观主义的哲学,只能提出暴力的哲学了。武装防御——以犹太人的身份,与犹太人并肩作战,留下犹太文明的遗产——是唯一的出路。她拒绝了所有逃跑或营救的计划。"先锋派,"她后来写道,"必须死在人民垂死的地方。"

像齐维亚一样,海依卡觉得有必要分享真相,她对那些试图隐瞒的领导人感到愤怒。"我们必须向它展示赤裸裸的现实,让它睁开眼睛,防止它用鸦片麻醉自己,"她坚持道,"因为我们想激励人们。"在日记中,她写道:"只有我们,像黑乌鸦一样告诉大家,如果打起来的话,他们不会再这么小儿科地对付我们。他们会把我们一劳永逸地消灭掉。"

但就像在华沙一样,在这里组建一支军队并不容易。本津也缺乏武器、训练、与波兰地下组织的联系,以及来自犹太居民委员会和社区的支持。青年人几乎没什么钱,因此对那些不肯提供帮助的外国犹太人深恶痛绝。当青年卫队的领导人在华沙被杀、丢失武器时,阿尼列维茨不得不返回华沙。这让本津的犹太战斗组织分部处在了迷失的边缘,他们失去了可以参与高层事务的领导人,只能等待现金支援和上级指示。同志们渴望得到来自华沙或波兰地下组织的只言片语,大家感到无所事事,坐立不安。许多人梦想加入游击队,宁愿死在森林里也不愿死在集中营。最后,在9月底,兹维·布兰德斯(Zvi Brandes)——一位海依卡在训练营时就很熟悉的领导人,以"粗壮有力、肌肉发达的手臂"、岩石般结实的身材和自信的步伐而受人尊敬——来到这里帮忙管理犹太战斗组织,在需要人力的时候也负责收获土豆。

兹维·布兰德斯将焦点从未能联系到游击队,转移到防御和宣传上。行动马上开始。他们五人组成一组:在他们长期确立的模式之下,这些都是秘密的五人战斗小组,每个小组都有自己的指挥官。战士们探索着违抗和攻击犹太居民委员会的方法。他们出版了地下公告、信件,还有一份日报。在军服工厂工作的同志们印制德语传单,恳求士兵们放下手中的武器。他们把传单塞进送往前线的新鞋里。

这个时候,正是海依卡第一次外出执行任务的时候。她在大街小巷里奔跑,分发地下传单,告诉人们真相,告诉他们要反击。

一个人适应新常态的速度有多快啊。尽管面临着强迫劳动和被驱逐杀害的危险,但本津对雷尼亚来说仍然算是"天堂"。集体住所里很平静。大家用残羹剩菜做汤,烤面包当食物。有37名同志在工作。许多人拥有特别许可证,使他们能够四处走动,免受强迫劳动和处决。由于缺少工人,同志们每天都会外出工作,然后晚上再在基布兹的洗衣房干活,或去种地。雷尼亚一到,就成了他们中间最年轻的一个,所以她被派到洗衣房干活。它现在是犹太居民委员会的财产了,同志们似乎可以通过清洗纳粹制服可以得到一小笔钱。雷尼亚在波兰的总督府辖区见证到的那些折磨,在萨格勒比还没有感受到。

"有时我看着住在这里的同志，简直不敢相信自己的眼睛，"她后来写道，"这里真的会有犹太人活得像人一样，而且还能如此有远见，能看到未来。"她惊讶于他们对"未来"的痴迷，他们说话、唱歌，好像在梦里一样，好像丝毫没有意识到周围正在发生的难以言喻的暴行。

然后，汉奇·普沃特尼卡来了，带来了更积极的精神。汉奇一直住在华沙城外的格罗胡夫。那里的农场已经成为犹太抵抗运动的中心和交通员的驿站：他们可以在那里过夜，然后在第二天进入隔都，也可以在那里掩藏地下物资。农场关闭后，汉奇被派到本津。她的旅程充满了危险，但等她到达之后，雷尼亚觉得整个组织一下子就开启了新的生活。雷尼亚对汉奇保持好心情的方式印象深刻。她认识所有的基布兹成员，还能注意到每个人的独特优势。她拒绝叫停文化工作。在一天的辛苦劳动之后，她会召集成员进行一场哲学漫谈，或者说交流。当谈到基布兹时，她的脸上会露出笑容。她帮助同志们抵抗。她与周边地区和华沙的成员们保持联系，特别是与她的姐姐弗鲁姆卡。

汉奇喜欢给他们讲格罗胡夫的恶劣条件，讲饥饿和迫害，讲每天吃煮肥肉、腐烂的卷心菜叶，还有土豆皮。她笑着讲述了她曾经是如何愚弄德国人的，她伪装成非犹太人，走了很长的路来到华沙。雷尼亚写道，当本津人抱怨生活中的困难时，汉奇会取笑他们。"在格罗胡夫，条件差得多了，"她会笑着说，"可就连他们都活了下来……"

有一天，雷尼亚记录道，同志们遇到了一位波兰列车员，他跟大家诉说了自己知道的情况，这为之前听到的模糊描述补充了确凿的细节。他曾经就在开往特雷布林卡的火车上，他来自一个位于华沙东北部的村庄，当地有从欧洲各地驶来的火车。在特雷布林卡前面的几站，他突然被告知要下车，一名德国列车员将替补他的位置——一切都是为了对大屠杀的地点保密。

在特雷布林卡，纳粹殴打犹太人，逼迫他们迅速前进，不让他们注意到周围的环境。对于生病的人，德国人会迅速地把他们带到帐篷里枪杀。其他新来的人以为自己会被带去工作。男女是分开的。每个人都得脱光衣服，衣服堆得越来越多。德国人分发肥皂和毛巾，吩咐他们要抓紧时间，以免水变冷。纳粹跟在他们身后——戴着防毒面具。然后人们开始哭泣和祈祷。纳粹按下瓦斯按钮。

"大地会吸收一切，"雷尼亚后来写道，她心里下的决心越来越坚定，"除了发生过的秘密。"她知道，这些故事总有办法会流传出去的。

弗鲁姆卡带来了更多的故事。和妹妹一样，她从华沙被派到本津，最初是为了寻找一条经由斯洛伐克离境的路线。那里与波兰的南方边境接壤，她要逃过去担任信使。假扮成基督徒的弗鲁姆卡在之前的几个月里"经历了地狱般的折磨"，她在比亚韦斯托克、维尔纳、利沃夫和华沙之间到处穿行。她疲惫不堪地抵达了本津——尽管雷尼亚回忆说，那天是两姐妹一生中最快乐的一天："我记得她们是如何一起坐了整整一小时，谈论各自所经历的一切。"没有什么比亲姐妹更重要。

弗鲁姆卡花了几个晚上向基布兹的人讲述全国各地发生的暴行，讲述由数百名乌克兰人和盖世太保组成的灭绝委员会做了什么事——犹太民兵协助了他们，直到后来自己也被处决。维尔纳的犹太街区的马路上血迹斑斑。杀人犯们大摇大摆，兴奋到癫狂。街道、小巷和公寓楼都铺满了尸体。到处都是像野兽叫声一样的尖叫声和呻吟声。"到处都没人帮忙！"弗鲁姆卡哭了，"全世界已经抛弃了我们。"她讲的见闻是如此可怕和生动，雷尼亚好几天都无法将之从脑海中抹去。她参加了每一次的集会，在会上弗鲁姆卡要求每个成员都要做一件事：自卫！

雷尼亚被弗鲁姆卡的奉献精神吸引了,她看到这位"母亲"肩负着基布兹的重担,同时还承担着更大社群的使命。就像在华沙时一样,本津的每个人都认识并欣赏弗鲁姆卡。她用安慰的话和衷心的劝告减轻了大家的痛苦。她没有让犹太居民委员会休息。她废除了几项法令,从丧钟之下拯救了不止一个人。她很少谈论自己的活动,但所有人都知道弗鲁姆卡援助了囚犯,并且在尝试联系其他国家的犹太人。每当她实现一个目标,人们都会激动不已,她的热情感动了所有人。

弗鲁姆卡的见闻、汉奇的活力、列车员的故事,以及从阿尼列维茨那里听到的一切,都激发了初出茅庐的本津犹太战斗组织的斗志。海依卡自豪地看着队员带来他们从国外收到的手表、衣服和一袋袋食品——任何有价值的东西都可以卖掉,用来购买对游击队员有吸引力的补给,比如鞋子。他们向富有的犹太人索要捐赠——海依卡坚决认为他们从不多拿必需品之外的一丝一毫,哪怕捐赠者是百万富翁。他们最终收集了大约2500德国马克,足够十多人加入游击队使用。他们梦想着买枪。同志们成立了自己的第一个车间,成员们在那里制作刀具,还实验自制炸药,希望能掌握生产手榴弹和炸弹的技术。

海依卡·克林格尔迫不及待地想要引爆一个。

空气中确实弥漫着反叛的气氛。1942年的那个秋天,附近的卢布利涅茨镇发生了一场临时起义。一天下午,纳粹命令所有犹太人到市场集合,把衣服脱光。男人、女人、老人和孩子被迫一层层脱下衣物甚至是内衣,所谓的借口是德国军队需要这些衣服。纳粹站在他们旁边,挥舞着鞭子和棍棒。他们从女人身上撕下衣物。

突然,十几名裸体的犹太女性袭击了军官,用指甲使劲地挠他们。在非犹太的旁观者的鼓励下,她们用牙齿咬他们,还捡起石头用颤抖的手向他们扔去。

纳粹震惊了。他们惊慌失措地跑掉了,把没收来的衣服丢在身后。

"波兰的犹太人抵抗:妇女蹂躏纳粹士兵"是犹太电报社报道这一事件时所用的标题,该报道最终在纽约市发表。

在那之后,包括妇女在内的许多卢布利涅茨的犹太人决定加入游击队。大约就在这个时候,第一次犹太武装抵抗运动爆发了——就在总督府的首府。

10
被历史铭记的三支队伍——克拉科夫的圣诞惊喜

古斯塔
1942年10月

《阿基瓦誓言》

我宣誓,在开拓者犹太战斗组织框架内积极抵抗。

我以我最亲爱的一切发誓——最重要的是,以垂死的波兰犹太人的记忆和荣誉发誓——我将利用身边所有可用的武器,战斗到生命的最后一刻。我将抵抗德国人、民粹主义者,以及所有与他们结盟的人,因为他们是犹太人民和全人类的劲敌。

我宣誓,要为数百万名儿童、母亲、父亲和犹太老人的无辜死亡复仇,要维护犹太精神,要骄傲地升起自由的旗帜。我宣誓,要为犹太民族实现光明和独立的未来而浴血奋战。

我宣誓,为正义、自由和全人类有尊严生活的权利而战。我将与那些和我一样渴望自由公平的社会秩序的人一起并肩作战。我将忠诚地为全人类服务,毫不犹豫地将全部身心致力于实现所有人的人权,让我的个人愿望和抱负服从于这一崇高的事业。

我宣誓,接受任何愿意和我一起与敌人斗争的人做我的兄弟。我宣誓,任何背叛我们共同理想的人都将被处以死刑。

我宣誓，我将坚持到底，在巨大的逆境甚至死亡面前也决不退缩。

古斯塔·戴维森疲惫地抵达了总督府的首府克拉科夫。她已经这样走了好几天：每天黎明醒来，走几英里路；每天精神持续紧张，不断遇到危险。首先，她去帮助了自己的家人，他们被困在一个被警察包围的小镇上。然后，她返回克拉科夫的不眠之旅在交通上又遇到了数不尽的麻烦：各种换乘，从轻便马车、四轮马车、摩托车到火车，接下来是数小时的等候。

现在，古斯塔拖着肿胀的双腿回到了自己的城市，进入了犹太区。这是河南岸的一小片低层建筑区域，与金碧辉煌的红顶城堡和五颜六色、道路蜿蜒的具有中世纪风格的城市中心相距甚远。战前，有6万名犹太人居住在克拉科夫，占该市人口的1/4。古老的卡齐米日地区拥有7座历史悠久的犹太会堂，建筑非常宏伟，其历史可以追溯到1407年。

她已经接近隔都，平时光滑的嘴唇此刻异常苍白，她的眼睛底下浮现着黑眼袋。她已经疲惫不堪。但当古斯塔走近铁丝网，听到繁忙街道的背景声，听到人群"发出能证明生命存在的嗡嗡的嘈杂声，声音飘进周围的大楼"，当她认出自己熟悉的面孔，又留意到那些不熟悉的面孔时，她感到充满活力，想要拥抱他们所有的人。这个隔都成立于一年多以前，但一直在发展变化。犹太人逃走了，然后难民来了，仿佛这里是一个安全的避难所。和古斯塔一样，每个人都在逃亡，从一个被围困的城市逃到另一个，绕着圈子逃跑，直到没钱了或没力气了，或者，直到在某一次驱逐行动中纳粹出其不意地抓住了他们。无家可归的她感到很安全，甚至有了归属感。她忍不住去问身边每一个经过的犹太人："你是从哪里逃出来的？"

在那个温暖的周日下午,她感觉到他们中的许多人已经失去了生存的意志,因为他们知道自己的生命已经接近尾声。尽管如此,他们还是拒绝投降:"**让他们努力来抓我们吧。**"一方面,古斯塔理解了为什么"老年人缺乏战斗精神"——多年的打压和试探,影响了他们"伤痕累累、绝望的灵魂"。另一方面,年轻人对生命有着如此强烈的欲望,可是具有讽刺意味的是,他们因此将自己推向了反抗和必然的死亡。

隔都的墙上有一个开口,被故意做成了墓碑的形状,这里就是狭窄的大门。在这里有几位同志来接古斯塔,托着她,帮助她前行。他们的声音和脸,他们对于她姗姗来迟的担忧,都融化成了一片模糊而又温暖的感觉。作为还存在的为数不多的犹太社区之一,克拉科夫现在是犹太抵抗运动的一个中心,尽管这座城市充斥着顶级的纳粹分子。古斯塔在宗教家庭长大,是当地团体阿基瓦的主要成员。一位朋友是她的介绍人,她被它的理想主义和自我牺牲所打动。她曾在中央委员会任职,担任其出版物的作者和编辑,也是整个团体的书记员。与世俗的左翼团体不同,阿基瓦强调犹太传统,每周五庆祝欢乐安息日——一种安息日的仪式。

就在刚刚过去的那个夏天,该团体驻扎在附近一个叫作科帕利尼(Kopaliny)的村庄的农场里,这里是残酷和暴力当中的一片和平绿洲。"深林吐出的寂静之气,从天空飘下来,被大地吸入,"古斯塔描述道,"甚至连一片树叶都没有颤抖。"他们集体生活在梨树、果园、山脊和峡谷中,生活在"在蔚蓝的天空中慢慢转动"的太阳下。但古斯塔的丈夫、阿基瓦的领导人希姆雄(Shimshon)知道,这场运动终会消亡——他们中的大多数人都会死。他召集了一次会议。这场战争带来的并不是一场短暂的轻微地震,这场战争野蛮的程度会比他们想象中的更严重,恶魔般的大规模杀戮将会取得成功。古斯塔和她的同志们相信希姆雄的观点,但是他们也忠于阿基瓦的理想：要保持体面和人性，要"坚持活下去"。

当战争爆发时，希姆雄因撰写反法西斯著作而被捕。这对夫妇于1940年结婚，他们达成了一项协议，如果其中一人被抓住，另一人就会自首。因此古斯塔也进了监狱。他们通过巨额的贿赂得以脱身，然后持续工作。他们认为，"把战士们藏在避难所里是无法保护他们的"。然而，在1942年的夏天，和那些在华沙及本津的同志们一样，他们意识到这场运动必须做出改变。

"我们希望生存下去，成为复仇的一代人，"希姆雄在一次会议上宣布，"如果我们能生存下来，就必须是一个团队，而且手里拿着武器。"他们辩论了这些问题：纳粹的报复会不会太过强大？他们应该只救自己吗？结论是不，他们必须战斗。就连古斯塔——暴力与她的书生气格格不入——也感到了强烈的复仇欲望，她想要杀死那个杀死她父亲和妹妹的敌人。"现在沾满肥沃土壤的双手，"她写道，"很快就会被鲜血浸透。"阿基瓦创造的将是毁灭。1942年8月，他们与青年卫队、自由会及其他团体合并，组成了克拉科夫的战斗先锋队（Fighting Pioneers）。

现在，就在大门里，她听到同志们在窃窃私语：讨论希姆雄的脾气；还说她姗姗来迟，他有多么担心。她脸红了，只能大声笑着，掩饰成为八卦对象的尴尬。她的丈夫甚至也从百忙中抽身前来迎接她。她感觉到他坚硬、瘦长的手掌按在自己的背上；两人面对面站着的时候，她凝视着他铁青色的眼睛。古斯塔突然明白了：他现在是一名全职的战士，战斗就是他的"红颜知己"。她将一个人照顾其他的一切。他再也不会看见她了——用他那双锐利的眼睛——他看见的只有未来。

"我只有一点点时间。"他轻声说。她知道永远都会这样。他必须去开会。古斯塔参加过许多最重要的领导人会议，但在这里她没有受到邀请。她感觉到：他们正在计划自己的行动。

10 被历史铭记的三支队伍——克拉科夫的圣诞惊喜

克拉科夫是纳粹的战略城市,因此他们声称这是一个有着普鲁士渊源的撒克逊小镇。它代替华沙成了总督府的首府,并因此受到严密的保护。当时,住在这里的犹太人与许多党卫军高级军官关系密切。犹太抵抗运动正是在这种特别紧张的环境中发挥作用的。

所以,几周后,当希姆雄好几天都没有回家的时候,古斯塔快要疯了。灾难可能在一秒钟后就会发生,只要有人觉得自己认出了希姆雄,那他就完了。但她的丈夫很精明,她安慰自己道。她认为,如果在实际与敌人作战时投入的精力与宣布准备战斗时一样多的话,那么现在应该已经赢得许多场战斗了!在希姆雄终于回来之后,他只待了一会儿就又出发了。她简直悲恸欲绝。是不在一起,但想象着重聚更好,还是他就在身边,但情感上却很疏远更好?

从希姆雄回来的时候开始,所有人都知道一场关键的战斗正在计划之中,在隔都和森林里。尽管秋天天气寒冷,但每个人都想参与进来。根据行动蓝图,克拉科夫的队伍分为多个五人小组,每个小组都是自给自足的,有自己的领导人、通信专家、管理员和供需员。每个小组都有自己的武器、物资、行动区和独立的行动计划。只有同一个小组的成员知道其他成员是谁、小组的计划是什么;但即使在小组内部,成员们也不知道其他人的下落。

所有的这些军事机密,是崇尚开放和非暴力文化的青年团体深恶痛绝的。但成员们的奉献精神令人敬畏,因为他们每一个人都失去了自己的家园和家人。"小组已经成为他们致命旅程的最后避难所,"古斯塔解释道,"成了他们内心深处的最后一个港湾。"尽管同志们不应该聚集在一起——他们的笑声和战友情对别人来说太显眼了——但他们无法抗拒。"他们表现出的活力,为他们过早变得伤痕累累的心灵,提供了不顾一切的出口,"古斯塔的直觉告诉她,"如果有人问,他们是否太不成熟、不能成为有效的运动斗士,你能如何回答呢?他们根本就从来没有机会体验青春,也永远不会有这样的机会。"领导人们忘记了各自的意识形态差异，他们聚集在隔都的中心地带，尽管这样的集会是暴露性的，风险很大。

希姆雄是一名在蚀刻和雕版方面经验丰富的业余排字工人，他负责"技术局"。据古斯塔观察，那是一个充斥着"文件、杂物、邮票、通行证、证书"的年代，希姆雄伪造了虚假文件，以确保战士们能行动自由。起初，希姆雄把整个办公室"藏在上衣口袋里"，每当需要制作文件时，他都会疯狂地寻找一个房间，然后把设备掏出来放在桌台上。但后来他需要更多的空间，于是开始提着公文包工作。他会拎着他的"浮动办公室"走遍隔都，从一处空地到另一处空地。哎，一个公文包不够用，所以他需要两个。然后更多。一队助手跟在他身后，手里拎着他的一系列手提箱、各种箱子、一台打字机和各种包裹——这为整个制作团队带来了严重的安全威胁。"技术局"需要一个永久的家。

在克拉科夫郊外的小镇拉布卡（Rabka），古斯塔在一栋美丽的别墅里布置了一套公寓。除了一个有两扇窗户的大房间外，它还有一个厨房和一个阳台，"装修朴素但有品位，充满了居家的宁静"。她把花放在桌上，把帘子挂在窗上，把照片挂在墙上——都是为了给这个空间营造一种家的感觉。这个家就像一个"舒适的窝"，她写道。

在这里，古斯塔将扮演一个在度假区"进行秋季休养的抱恙人妻"。她六岁的侄子维特克（Witek）和她在一起。白天，他们会在花园里嬉戏、散步，或者在平静的河面上租一艘船划行。希姆雄每天早上都坐公共汽车去克拉科夫，与其他通勤者的关系逐渐变得友好。他很神秘，总是面带坚定的表情，"塑造出一种令人生畏的形象"，古斯塔写道。人们认为他担任政府职务，所以为他让座。每个人都认为这个家庭很富有，认为他把工作资料放在公文包里带回家，是为了有更多的时间陪伴年轻的妻子和"儿子"。没有人怀疑他们的别墅里有犹太抵抗运动的造假工厂。

在远离窗户的一个角落里，古斯塔布置出了一间完整的办公室，拥有书桌、打字机及其他设备。如果说她的白天都被用来享受居家的宁静生活的话，那么在希姆雄回家之后，她的夜晚就全部都是工作。当村子里的灯熄灭时，古斯塔会拉上窗帘，插上门闩。直到凌晨3点，她会一直伪造文件、撰写并出版地下报纸。每周五发行的《战斗先锋队》（*Fighting Pioneers*）由10页打字稿组成，其中包括一份犹太通敌者名单。古斯塔和希姆雄印刷了250份，由克拉科夫的一队战士去分发。然后，他们匆匆睡了几小时，直到希姆雄不得不坐早上7点的公共汽车回到城里——在车上，他必须看起来神清气爽。

汉卡·布拉斯（Hanka Blas）是阿基瓦的一位同志，也是希姆雄的信使，住的地方离这里有20分钟的路程。据古斯塔说，她和古斯塔之间有着"姐妹般的爱"。尽管对她们来说，切断所有联系会更安全，但她们根本无法分开——有知道自己真实身份、理解自己绝望心情的朋友陪伴，能够让她们感到安慰。邻居们以为汉卡是维特克的保姆。汉卡会把地下公告偷偷带出去，并且在某些天的早上，她会在篮子里装满鸡蛋、蘑菇、苹果和前一天晚上印制的材料，戴上头巾登上公共汽车，就像要去赶集一样。有时汉卡就坐在希姆雄的旁边，但会假装不认识他。

古斯塔转述道，在一个美好的日子里，赫拉·舒佩从华沙归来，到了克拉科夫的隔都。作为一名"性感美女"，赫拉·舒佩拥有白皙的肤色和丰满红润的脸颊，她利用自己的魅力、雄辩的口才和深厚的见识，成了阿基瓦的主要交通员。赫拉·舒佩在一个哈西德派的家庭长大，读的是一所波兰公立学校。当一个女性民族主义组织的组织者前来招募成员的时候，没有人自愿参加，但赫拉·舒佩却加入了，她对同龄犹太人爱国情怀的缺失感到羞愧。他们的会议让这个姑娘接触到了文化、体育，还有步枪和手枪的练习，但她最终还是退出了，因为她认为一位领导人提出的动议带有反犹主义色彩，她对此十分反感。希姆雄说服了她加入阿基瓦，并承诺这不是一个无神论团体。比起参加波兰人的组织，对此，赫拉·舒佩的家人感到更加不安。赫拉·舒佩逃离了她的家人——阿基瓦成了她的家。

她拥有强大的自信心和无可挑剔的自制力，还获得了商科学位。在刚刚过去的夏天，当青年团体决定组建一支战斗部队时，她代表阿基瓦参加了华沙会议。她一直在各个城市之间传递信息和文件。但这天早上，在1942年的秋天，赫拉·舒佩带着一些新东西来到了这里：一堆武器。两支布朗宁步枪就在她宽松的运动外套里挂着，而她时尚的手袋里有三把手持武器和几匣子弹。

"从来没人受到过这样的欢迎，大家对赫拉·舒佩倾注了无尽的爱，"古斯塔后来写道，"无法描述这些武器让人多么欣喜若狂。"人们路过她休息的房间时都会停留一下，只是为了看一眼挂在墙上的手袋。她回忆道，希姆雄"像个孩子一样快乐"。领导人们开始幻想：有了这些武器，他们可以获得更多的武器。这是一个新时代的开始。

然而，他们没有受过任何军事训练，甚至没有丝毫的军事精神。所以他们知道需要与地下的波兰共产党（PPR）合作。他们之间的主要联络人是戈拉·米雷（Gola Mire），一位争强好胜的犹太诗人，几年前因持激进的左翼观点而被青年卫队开除。作为一名积极的共产主义者，她曾因组织罢工被判处12年监禁。（她的庭审辩护非常感人，检察官为她买了玫瑰花。）在纳粹入侵的混乱中，戈拉带领众人逃离了女子监狱，然后在全国到处寻找自己的男朋友。他们在苏联领土上结婚，他加入了红军。最终，为了躲避纳粹的追捕，她躲藏起来，还自己剪断脐带，独自生下了第一个孩子。

然而，在几个月后，戈拉需要帮助，便设法来到这个隔都，但小宝宝还是死在了她的怀里。她在一家德国工厂工作，秘密地在食品罐头上打孔，直到情况变得太过危险，无法再做这样的破坏。戈拉与波兰共产党保持着联系，她说服他们帮忙寻找森林向导和藏身之处。阿基瓦认为她是"一个有着真诚女性情感的凶猛战士"。然而有一次，那些党员本应指引一支犹太五人小组找到森林里的一个反叛组织；但相反，他们误导了他们。另外一些时候，他们承诺的武器和金钱也没有到位。

犹太人方面决定成立一支独立的军事力量。年轻人虽然吃着干面包皮，穿着有洞的靴子，睡在地窖里，但他们很自豪。他们在为购买武器筹集资金。"技术局"还收到了其他的款项——很可能是通过抢劫获得的。一队战士搜寻钱财，另一队则在森林中搜寻潜在的基地。赫拉·舒佩和另外两名女性在森林周围寻找安全的住所。其他女性则被派往附近的镇子，对即将发生的纳粹行动做出预警。古斯塔找到了藏身之处，她陪同各个分队前往森林，与领导人沟通协商，并将各个社区联系起来。她与凯尔采保持着联系，那边的同志们正在争论，到底是应该集中精力营救年轻的犹太艺术家还是自己的家人。他们提出了各种各样的建议并为此寻求资金，但古斯塔觉得他们在自欺欺人。她并不是把他们的想法推销给领导层的正确人选。

让古斯塔感到沮丧的是，女性不仅被禁止参加高级别的会议，而且还会仅仅因为打扰了男性而受到警告。女性似乎是与男性平等的——组织中有许多活跃的重要女性——但她们仍然处于主要决策者的小圈子之外。她担心四位男性领导人可能头脑发热、固执己见，但她安慰自己，希望其中至少有一位会记得：每条生命都很重要。

10月，温暖的一天，秋日的阳光依然强烈，没有任何异样的感觉。但就在当天的早晨,纳粹在克拉科夫进行了大规模的屠杀行动。这比犹太抵抗运动预期的提前了一天,让他们措手不及。古斯塔和同志们没办法拯救父母,就连他们自己也只能勉强活着走出隔都。他们躲在一个仓库里,然后从一个地下室搬到另一个地下室。古斯塔觉得,其中最糟糕的事,是完全的沉默。如果说在其他城镇,那些行动是荒谬、血腥的事件,让一个个犹太人在机枪的扫射下纷纷倒地;那么在这里,它就是"首府风格"的活动,一切发生得安静而有序。大部分犹太人都饿得虚弱极了,甚至发不出任何尖叫。这种沉默,这种失去家人的痛苦,这种恐怖,刺激了青年们。为了分散注意力和报复,他们开始行动起来。

这是一个异常美丽的秋天。"树叶在秋季到来时依然保持着绿色和新鲜,"古斯塔写道,"太阳把地球晒成了金色,用仁慈的光芒温暖着它。"但犹太抵抗运动知道,每过一天都是一份礼物。当寒冷潮湿的深秋来临,在森林中穿行对他们来说就会变得太难。于是,他们改变了策略。战士们决定就在城市这里实施行动,目标是高级别的纳粹,因为"即使是这里的一次小型袭击,也能打击当局的要害,也可能会损坏机器内的一枚重要齿轮",古斯塔写道。她已经迫不及待地要去制造混乱和引发当局的焦虑了。"理性的声音"告诉青年们,应该等待时机成熟,不要用小动作惊动纳粹,但是战士们根本不觉得自己还能活得更久。

这段时间忙得不可开交,所有的同志都从黄昏工作到黎明。他们迅速在隔都内外建立了基地,还在周围的城市建立了联络点和安全公寓。同志们两三人为一组,他们开展调查、监视警察、在热闹的街道分发传单、担任交通员,还与敌人对峙。战士们会从黑暗的小巷里跳出来,痛击敌人,没收他们的武器,然后消失。他们优先考虑杀叛徒和通敌者。因为他们都是犹太人的长相,所以许多人如果不伪装的话很难在雅利安人那边工作。一位领导人先是穿上了波兰警察的制服，后来又"自我晋升"变成了纳粹分子。

团体内部形成了新的紧密联系，成员们创造了一种新颖的家庭生活，以帮助彼此从破碎的家庭中恢复过来。对于全国各地的同志来说，这场运动就是他们的整个世界，他们的决定是生死攸关的，他们的相互依赖是至高无上的。青年人正是上大学的年纪，对他们来说，伴侣关系是自我概念和身份认同的核心。有些人成了恋人，关系发展得仓促而曲折。性关系往往是充满激情、急不可耐的，是对生命的肯定。其他人则成了彼此的代理父母、兄弟姐妹和表亲。

在克拉科夫约瑟芬大街（Jozefinska Street）13号的隔都基地，从一条又长又窄的走廊可以走到一楼的一套两室公寓，这里成了他们的家——他们都知道，这可能是最后一个家。因为大多数青年都是家中唯一活着的人，所以他们把自己继承的"遗产"（内衣、衣服、靴子）带到了藏身处"安排清仓"：将物品重新分配给需要的人；又或者他们会把这些东西卖掉，换取共同资金。他们深深地想要爱和被爱，他们创建了一个集体，在那里他们共享一切，有一个共同的钱箱和厨房。艾尔莎（Elsa）是一位严肃但幽默的同志，她掌管炉子上的事，"把她的生命和灵魂奉献给了厨房管理"。厨房很小，地板上堆放着锅碗瓢盆。必须把它们挪走才能打开门。这套公寓是每次行动的基地，他们会在那里报到，然后被派往各自的岗位。宵禁前一分钟，他们都会跑回来，报告成功或失败的结果，讲述各自躲避子弹的故事——真的，确有其事。

团队成员在约瑟芬大街一起吃饭。每天晚上都是非同寻常、谈笑风生的。安卡·费舍尔（Anka Fischer）非常强壮，当她被逮捕时，看起来就像是她在押送警察；米尔卡（Mirka）则迷人而容光焕发……每张床睡七个人，其他人睡在椅子或地板上。这里既不精致，也不特别干净，但这是她们珍视的住所，也是她们能够以真实身份生活的最后地方。

在这段时间里，该团体一直保持着阿基瓦的欢乐安息日传统。11月20日，星期五，庆祝活动从黄昏举行到黎明。他们花了两天时间准备饭菜，然后穿着白色上衣和衬衫，坐在一张铺着白色桌布的桌子旁。在沉默片刻后，他们大声唱着多年来一直在唱的歌。但今晚，是他们最后一次一起迎接安息日新娘。有人喊道："这是最后的晚餐！"**是的，没错**，他们都知道。在桌子一头，一位领导人详细讲述了死亡有多么近。是时候"为了被历史铭记的三支队伍①而战"了。

反抗正在加足马力推进。由于条件恶化，该团体不得不离开隔都。一天晚上，领导人们躲在一个公园里，在一名纳粹中士走过时向他开枪。他们从灌木丛中慢悠悠地走出来，混入吓坏了的人群中，绕路回到约瑟芬大街，甚至没有人跟踪他们。但这一大胆举动超出了当局的容忍范围。纳粹决心镇压这场颇具羞辱性的叛乱，关于到底发生了什么，他们对公众撒了谎。他们加强了安保，增加了宵禁时间，劫持了人质，还列出了一份名单。他们正在追捕该团体的领导人，而后者也正在计划自己的高潮事件：一场露天战斗。

在镇上发生了几起更成功的杀戮纳粹的事件后，犹太抵抗运动决定把活动升级，并与波兰共产党中的犹太成员联合起来，以策划一场高潮事件。12月22日，当许多纳粹分子在城里购买圣诞礼物、参加节日派对时，40名犹太男女战士走上了克拉科夫的街头。妇女们在城里到处分发反纳粹的海报，男人们则举起了波兰游击队的旗帜，并在一位波兰诗人的雕像处献上了花环——所有这些都是为了让犹太人不会因为即将发生的事情而受到指责。随后，战士们袭击了军用车库，并在整个镇子引发火灾警报，造成了混乱。晚上7点，他们来到了德国人聚集的3家咖啡馆，轰炸了纳粹的一个圣诞

---

① 指阿基瓦、自由会和青年卫队。——编者注

派对。战士们向"波希米亚"（Cyganeria）投掷手榴弹，这是一家坐落在宏伟古城里的咖啡馆，也是显赫的德国士兵的专属聚会场所。这一行动造成至少7名纳粹分子死亡，更多人受伤。

尽管抵抗运动领导人随后被捕并被杀害，但犹太人仍在继续轰炸城外的目标，包括克拉科夫的中央车站、凯尔采的咖啡馆和拉多姆的一家电影院——这一切都是在戈拉·米雷的帮助下进行的。

在12月袭击事件发生几周后，赫拉·舒佩坐上了一列火车。她正在与一位年轻的波兰学者交谈，表示为了找睡觉的地方和吃的东西总是惶惶不安。他向她保证："战争很快就会结束。"

"你怎么知道的？"她问道。

他解释说，波兰军队已经开始行动。他为波兰地下组织感到骄傲——他们炸毁了咖啡馆！

赫拉·舒佩简直无法控制自己。如果她是最后一个犹太人呢？她需要让他知道真相。"善良的先生，您应该意识到，"她说，"您提到的对克拉科夫咖啡馆的袭击，是年轻的犹太战士所为。如果您能活着看到战争的结束，拜托您，把这一点告诉全世界。顺便说一句，我也是犹太人。"

这名男子惊呆了。火车驶近了克拉科夫。

"跟我来。"当他们抵达时，他坚定地说。这会是赫拉·舒佩的末日吗？可这还有关系吗？

然后，他把她带到了一套温暖的公寓里，让她在那儿安全过夜。

11
1943，新的一年——华沙的小型叛乱

齐维亚和雷尼亚
1943年1月

1943年1月18日早上6点，在克拉科夫鼓舞人心的起义过去几周后，齐维亚被一个消息吵醒：纳粹已经侵入华沙的隔都。这是一场突然的驱逐行动。

犹太战斗组织认为，纳粹被雅利安人那边的大规模搜捕分散了注意力，他们在那里已经逮捕了数千名波兰人。事实上，组织上已经要求所有交通员回到隔都，因为那里似乎更安全。就连波兰地下组织也躲在隔都里。

这天晚上，齐维亚已经做了很多计划，开了很多会。在听到纳粹入侵华沙隔都后，她匆忙穿好了衣服，下楼察看现场。街道被包围了。每栋房子门前都有一名德国哨兵站岗。没办法出去，也没办法联系其他的团队。昨天所有的工作都毫无价值，作战计划将无法实施。德国人会彻底摧毁隔都吗？

齐维亚惊慌失措。他们怎么可以如此没有准备？

在过去的几个月里，尽管夏季的驱逐行动造成了大量的死亡，但犹太战斗组织的进展也激起了希望。正如在克拉科夫一样，青年团体的人已经相互信任，随时准备被改编成秘密战斗小组。在隔都仍然活着的数百名同志的基础上，犹太战斗组织又招募了新的成员，他们小心翼翼地搜寻告密者。他们重新尝试与其他运动结盟。

同样，他们仍无法与武装力量更强的修正主义团体贝塔尔达成一致，后者组建了自己的民兵组织犹太军事联盟（ZZW）。然而，崩得最终同意合作。他们与"成年人"的政党一起加入了犹太战斗组织，并组成了一个新的联盟。

有了这种新的信誉背书，犹太战斗组织终于能够与波兰地下组织建立联系了。波兰地下组织由两个敌对派别组成。其中本土军（在波兰被称为Armia Krajowa或AK）隶属于流亡伦敦的以右翼为主的政府。尽管许多成员个人都是帮助犹太人的自由主义者，但本土军的领导层是反犹太的。[扬·扎宾斯基（Jan Żabiński），现在为人熟知的华沙动物园管理员，就是本土军的成员。]而人民军（Armia Ludowa，简称AL）则隶属于共产主义团体（波兰共产党），在当时是两派中实力较弱的一派。人民军的领导层与苏联合作，他们更愿意与来自犹太隔都和森林的战士携手——坦率地说，与任何想推翻纳粹的人携手。但他们缺乏资源。

出于各种原因，本土军一直不愿帮助犹太战斗组织。其领导人认为犹太人并没有反击；更重要的是，他们担心隔都起义会蔓延，而且他们没有足够的武器来维持全市规模的叛乱。他们担心不成熟的起义会造成不利影响。本土军拒绝与贫穷的青年团体进行认真的讨论；然而，它却愿意与新的盟友会面。

这次会议很成功。本土军给了10支主要功能齐全的霰弹枪，以及如何制造炸药的说明。一位犹太妇女发现了燃烧弹的配方：把从废弃房屋中收集的电灯泡装满硫酸。

带着高涨的热情，犹太战斗组织开始采取广泛的行动。就在弗鲁姆卡被派往本津时，该组织的成员也纷纷被调遣到波兰各地，领导犹太抵抗运动并保持与国外的联系。（齐维亚后来嘲笑自己太天真了，还以为他们没有得到外界的帮助是因为全世界的人都不知道真相。）里夫卡·格兰茨去了琴斯托霍瓦。利娅·珀尔斯坦和托西亚在华沙寻找武器。

崩得分子强化了自己的战斗小组。崩得的领导人阿布拉沙·布卢姆（Abrasha Blum）找到了维拉德卡·米德，邀请她参加一个犹太抵抗运动会议。由于维拉德卡有一头浅棕色的直发、小鼻子和灰绿色的眼睛，他们叫她搬到雅利安人那边。一想到要离开隔都她就兴高采烈，因为在隔都，大多数犹太人都在可怕的生存条件下从事着奴隶的劳动。

1942年12月初的一个晚上，维拉德卡接到消息，第二天早上她将跟着一支工作队离开，她要随身携带最新的崩得地下公告，其中有一张特雷布林卡的详细地图。她把印刷品藏在鞋子里，然后找到了工作队的一位领导，后者接受了她500兹罗提的贿赂，在他们冒着严寒在隔都的围墙下等待检查时，把她安排在了队伍中。一切都很顺利，直到检查维拉德卡的纳粹觉得，他不喜欢她的脸，又或者是太喜欢了，总之她被拉出了队伍，带到了一个小房间，房间里满是血迹和半裸的女性的照片。警卫搜查了她，让她脱掉衣服。只要能穿着鞋子就行……

"脱鞋！"他吠叫道。但就在这时一名纳粹冲进来，告诉这个正在折磨她的人，有个犹太人逃跑了，于是这两人都跑了出去。维拉德卡迅速穿好衣服溜出去，她告诉门口的警卫她已经通过了检查。接着她会见了在雅利安人那边的同志们，并开始与非犹太人建立联系，为犹太人寻找居住和藏身之处，以及采购武器。

最重要的是，犹太战斗组织下定决心要消灭通敌者，他们认为是这些人让纳粹做事变得容易了许多。他们在整个隔都到处张贴海报，承诺该组织将对任何针对犹太人的罪行复仇——这一承诺被迅速兑现：他们杀了两名犹太民兵的领导人。暗杀事件给隔都的犹太人留下了深刻的印象，他们开始尊重犹太战斗组织。

一个新的权威开始统治隔都。

距离这个战斗团体发动全面起义还有几周的时间。据崩得的一位领导人马雷克·埃德尔曼（Marek Edelman）说，他们设定了一个重要的日期：1月22日。

当1月18日的纳粹行动开始时，齐维亚被震惊了。同志们没有时间召集会议决定对策了。一些成员不确定应该驻扎在哪里。除了棍子、刀子和铁棒，大多数人都无法获得武器。每支队伍都是独立的，无法取得联系。

没有时间可以浪费了。两支队伍即兴发挥，直接投入了行动。没有时间讨论，反而促使他们行动起来。

虽然齐维亚当时并不知道，但莫迪凯·阿尼列维茨已经迅速指挥一群青年卫队的男女战士走上了街头，他们任凭自己被抓住，然后趁机潜入一排排要被带到乌姆施拉格广场的犹太人队伍中。当阿尼列维茨走到尼斯卡（Niska）街和扎门霍法（Zamenhofa）街的交叉口时，他发出了命令。战士们迅速拿出隐藏的武器，向在附近行进的德国人开火。他们向后者投掷手榴弹，同时尖叫着让犹太同胞逃跑。有几个人做到了。根据维拉德卡·米德的描述，"大批被驱逐者用手脚、牙齿和肘部，竭尽全力地袭击了德国士兵"。

德国人惊呆了。"犹太人在向我们开火！"在混乱中，犹太青年不停地开枪。

但纳粹恢复了冷静，并迅速进行了报复。不用说，叛军的几支手枪无法与德国人的优势火力相比。帝国的士兵追捕到了本就为数不多的成功逃跑的犹太战斗组织战士。当阿尼列维茨用光了子弹，他从一名德国人手中夺过一把枪，撤退到一栋大楼里继续开火。在附近的地堡里，一个犹太人把他拉了进去。只有阿尼列维茨和一名女战士幸存下来。结局是悲惨的，但行动的影响力是巨大的：犹太人杀了德国人。

齐维亚所在的队伍在安特克和另外两名男性的指挥下，采取了不同的战术。剩下的犹太人大多躲起来了,这意味着德国人只有进入大楼才能找到他们。他们决定与其开展确定会输的露天战斗,不如等待纳粹靠近,然后从里面开枪。齐维亚认为伏击德国人可以造成最大的伤亡。

在扎门霍法街的一栋公寓楼,她在自由会的基地里保持着警戒。40名男女已经就位。他们有4枚手榴弹和4支猎枪。但大多数人的武器只有铁管、棍子和临时装满酸性物质的灯泡燃烧弹。

齐维亚和她的战友们知道,他们正在为自己的死亡而战;但他们还是热切地等待着纳粹的到来,因为这样他们就可以制造破坏,然后光荣地倒下。六个月来,德国人一直在系统地谋杀华沙的犹太人,却没有人向他们开过一枪。

除了人们被迫前往乌姆施拉格广场时那几声刺耳的呼喊,剩下的只有绝对的沉默。当齐维亚焦急地拿着武器站在那里等待与纳粹对抗时,她感到异常兴奋——同时也深感悲伤。后来,当回想那一刻时,她将自己内心的混乱描述为,"在我生命的最后时刻进行的一种情感的盘点"。她想到了永远也见不到的朋友。

诗人伊扎克·卡泽内尔森用一则简短的演讲打破了沉默:"我们的武装斗争将激励子孙后代……我们的事迹将被永远铭记……"

然后,尖利的靴子踩踏着楼梯。前门猛地大开,一帮德国士兵突然闯入。

一位同志假装在读肖洛姆·阿莱汉姆(Sholem Aleichem)的一本书。德国人从他身边冲过去进入房间,齐维亚和其他人正一起坐在里面。可怜的犹太人,他们似乎在等待处决。就在这时,那个假装看书的年轻人跳了起来,朝其中一名德国人的背后开了一枪。其他纳粹分子撤退到了楼梯间。所有的战士都从壁橱和隐蔽处跳了出来,开始用手里所有的武器打斗。一些人专门从死去的士兵身上扒下步枪、手枪和手榴弹。

幸存下来的德国人匆忙撤退。

装备简陋的犹太人屠杀了纳粹！

现在他们也得到了丰厚的回报：武器。

高兴了一会儿之后，大家都开始吃惊了。他们很迷惑，真的是不知所措。齐维亚不敢相信他们竟然击倒了德国人而且**还活了下来**。战士们情绪激动，但他们知道必须保持专注。纳粹会回来的。下一步怎么办？"我们没有做好准备，"齐维亚后来写道，"我们没想到还能活着。"

他们需要逃离。他们帮助一名受伤的同志，把他藏了起来；然后他们从大楼的天窗里撤出来，排成一列，沿着五层楼高、被冰雪覆盖的倾斜屋顶爬行，最后摇摇晃晃地进入了一栋未知大楼的阁楼，希望能获得休息和重新部署的时间。

但德国人也进入了这栋大楼，他们的军靴噔噔地踩踏着楼梯。自由会的同志们开始射击。两名成员将一个德国人扔下楼梯井。还有一名成员在入口处扔了一枚手榴弹，阻止纳粹逃跑。德国人拖走了己方的死伤者，他们那天晚上没有再回来。

第二天，纳粹袭击了空荡荡的公寓和这个新的"基地"。同志们再一次活着走了出来。只有一人受伤。

天一黑，齐维亚的队伍就前往米拉街34号的自由会哨所，想与从农场赶来的同志们见面，却发现只有"死一般的沉寂弥漫在空气中"。家具被打碎了。枕头里的羽毛铺满了地板。齐维亚后来发现，他们被带去了特雷布林卡。一些人，包括几个勇敢的女人，从火车上跳了下来。

这群人住进了大楼里最具战略位置的几套公寓。每个小组都听取了任务简介然后认领了相应的职责。几位瞭望员就位，以对任何的突然袭击做好警戒。他们第一次草拟了一个撤退计划，确定了一个备用的会议地点。最后，终于可以睡觉了。

黎明时分，隔都是寂静的。齐维亚认为纳粹现在正在悄悄地潜入大楼。他们会派犹太警察先去评估一个地区的安全性。房屋搜查变得不那么彻底了。纳粹害怕"犹太人的子弹"。

齐维亚感到精神振奋，这是活下去的一个新理由。

"就在成千上万的犹太人蜷缩在藏身之地，听到一片落叶的声音都会吓得发抖的同时，"齐维亚写道，"我们这些受过战火和鲜血洗礼的人却自信地置身事外。以前所有的恐惧在我们身上几乎都不露痕迹地消失了。"一位同志走到院子里找火柴和木棍，想点燃炉子。他甚至带回了伏特加。他们坐在炉火旁喝酒。他们追忆着自己的战斗，开着玩笑，还取笑了一位曾经情绪低落的战士——他要用手榴弹把他们都杀了，直到指挥官阻止了他。

当瞭望员进来时，他们还在开玩笑。"院子里有一大群党卫军士兵。"他警告说。

齐维亚瞥了一眼窗外，看到他们大喊着要犹太人离开大楼。没有人让步。

德国人又进来了。一名假装投降的战士骗了他们一小会儿，其他人随后开火，"子弹从四面八方向他们袭去"。纳粹决定撤退，结果遭到了在外面等候的同志们的伏击。齐维亚看到台阶上散落着几名受伤或死亡的德国人。

她又一次惊讶于自己和同志们竟然还活着。甚至没有人员受伤。战士们把死去的士兵的武器收集起来，穿过阁楼离开了。在那里，他们偶然发现了一个伪装过的隐蔽所。在那里躲藏的犹太人对他们的进入表示欢迎，一位拉比为他们的工作唱起了赞歌。"如果还能剩下你们，"他说，"战斗着、复仇着的年轻犹太人，那么从现在起，我们面对死亡就会更容易些。"

齐维亚眨着眼睛忍住眼泪。

德国人回到了原来的大楼，但是那里已经没有犹太人可杀了。

纳粹在侦察他们的藏身点，1月的驱逐行动只持续了四天。最终，犹太战斗组织耗尽了弹药，许多同志倒下了。成千上万的犹太人从大街上被掳走。就连托西亚也被抓，送往了乌姆施拉格广场，但一名帮助青年卫队、扮演双重间谍的犹太民兵救了她。

然而，总的来说，这是一次巨大的成功。纳粹清除隔都的意图被齐维亚和其他犹太战士挫败了。在舒尔茨（Schultz）车间的一次甄别中，一名崩得分子向一名党卫军指挥官开枪，导致其死亡。戴着面具的犹太战斗组织战士在霍尔曼（Hallman）的家具店向一名纳粹投掷酸性液体。他们把纳粹绑在枪口下，销毁了他们的记录。一位同志跳到一名纳粹身上，用麻袋套住他的头，然后把他扔出了窗外；还有一个人把沸腾的液体倒在了窗下德国人的脑袋上。本应在两小时内结束的抓捕行动，纳粹花了几天时间，还只逮到了比指标数量少一半的人。犹太人几乎没有吃的，但他们有了新的希望。这场小规模的起义有助于培养团结、士气，还有提升地位。无论是犹太群众还是波兰人都认为，德国人的撤退是犹太战斗组织的胜利。

一方面，战士们为自己的成功欢欣鼓舞，但也感到遗憾。事情其实并没有**那么**难，可为什么他们花了这么长时间才采取行动？无论如何，他们别无选择，只能继续为光荣的死亡而战。另一方面，人民群众现在相信，只要躲起来可能就可以活下去。隔都正在成为一个团结的战斗哨所。那是华沙隔都的"黄金时代"。

尽管华沙充满了兴奋和日益增长的希望，也在其他城镇中间产生了反响，但本津却"着实是一片狼藉"，雷尼亚写道。在雷尼亚最初迸发的天堂般的感觉过去之后，冬天的到来在身体上、生存上、情感上都是一种"折磨"。"饥饿是我们家的常客。疾病倍增，没有药物，死亡已经镌刻了它的坟墓。"每天，一车车40岁以上的犹太人被送走——显然是嫌他们太老了，无法工作。任何轻微的违规行为都是被处决的原因：斜穿马路，走错人行道，违反宵禁，抽烟，卖任何东西，甚至仅仅是拥有鸡蛋、洋葱、大蒜、肉、奶制品、烘焙食品或猪油。警察会进入犹太人的家中，检查他们在煮什么东西。犹太居民委员会和犹太民兵对此进行了协助，他们遵守着德国人的每一项命令。雷尼亚写道，这些戴着白帽子的人很残忍，如果他们听说有犹太人在隐瞒点什么，就会去索要封口费。即使是最轻微的违规行为，他们也要处以罚款，中饱私囊。

汉奇病了，噩梦日夜折磨着她。在格罗胡夫，以及从华沙到本津的路上，她被目睹的那些恐怖所折磨，发烧了，浑身发烫。尽管如此，但她别无选择，只能靠颤抖的双腿站在洗衣房里继续工作。基布兹里几乎没有粮食供应。雷尼亚也开始感受到饥饿的影响：疲劳、混乱、对食物持续而强烈的痴迷。

在这一切困顿之中，搜捕行动接踵而至，而雷尼亚成了目标。她必须加倍小心，因为她是一个"不守洁食教规的犹太人"（non-kosher）。犹太民兵正在追捕她和其他来自总督府的难民。只要收留不守洁食教规的犹太人，同志们就会立即被驱逐。雷尼亚没有睡觉，一到早上就去洗衣房工作了。这样严守洁食教规的成员就可以干更多能见光的活儿。"但我们用爱接受了这一切，"雷尼亚后来写道，"比起所有经受过的折磨，我们对活着的渴望更加强烈。"

然后，一天早上，雷尼亚坐在主厅里，无意中听到团队成员讨论说，他们的烤箱需要一小片金属零件。一个17岁的男孩平沙斯（Pinchas）决定在工作时搜寻一下。"小粉红"①见到了一片，拿起来看了看。这点事已经足够大了。他的德国雇主注意到了他。他被驱逐，接着被杀害了。

最重要的是，这次谋杀动摇了同志们的决心，他们的目标感开

---

① 平沙斯的绰号，"粉红"的英文pink是Pinchas的谐音。——译者注

始瓦解。为什么要读书、学习、工作？为什么要活着？为什么要这么麻烦？

情况变得更糟了。谣言四起。犹太人将被"重新安置"到卡米翁卡（Kamionka）街区的一个封锁的隔都，这个隔都在火车站的另一边。2.5万名犹太人要在只能住1万人的居住区生活。像雷尼亚这样已经住在隔都的人，再清楚不过等待他们的是怎样的噩梦。即使是那些没有在隔都住过的人也感到沮丧。"在夏天，被关在锁住的灰色笼子里，看不到田野和鲜花，"一名本津的十几岁少女在听到这个消息时在日记中写道，"这将是难以忍受的。"弗鲁姆卡和自由会的领导人同事赫谢尔·斯普林格来回踱步，脸色好像中毒一般苍白，浑身不舒服。该怎么办？是搬到隔都去还是逃跑呢？**这是战斗还是逃走的问题。**

激烈的讨论接踵而至。最终，人们确信斗争将是徒劳的，甚至会导致不必要的后果。战斗的时机还没有到来。

与此相反，弗鲁姆卡和赫谢尔在犹太居民委员会花了整整几天时间，试图为自由会的基布兹还有未来孤儿院的团队安排住房。在孤儿院被关闭后，未来孤儿院的团队目前由19名十几岁的孩子组成，这些孩子都与他们住在一起。犹太居民委员会的办公室里水泄不通，又是大喊又是大叫。雷尼亚写道，富人过得更轻松，因为他们可以行贿。"没有钱，你就像一个没有枪的士兵。"

犹太人被推搡着走进隔都。尽管卡米翁卡现在是一个多山、绿树成荫的郊区，但在战争期间，它就像一个拥挤的难民营：贫穷、被忽视、不卫生。到处都是散发着有毒烟雾的小炉子。家家户户门前堆满了家具和包裹。人们坐在地上，能吃什么就吃什么。在成堆的东西旁边，婴儿在爬。那些住不起公寓的人为了躲雨在广场上搭了棚屋，这些棚屋就像鸡笼一样。马厩、阁楼和户外厕所都成了家。10个人住在一个改造过的牛棚里，已经算很幸运了。许多人根本就在露天环境里睡觉。除了必要的桌子和床之外，任何的住处都没有空间放家具。雷尼亚每天都看到有犹太人把床垫拖到外面，这样更多的人就可以搬进去。这唤起了她和家人一起在隔都居住时的可怕记忆。雷尼亚写道，犹太人像影子和行尸走肉一样四处移动。与此同时，她觉得许多波兰人却很高兴，他们在犹太人的屋里抢劫财物，还冷酷无情地评论说："很遗憾希特勒没有早点来。"一些犹太人把自己的东西烧掉，或是把家具劈成了柴火，只是为了防止波兰人最终拿走它们。

自由会成员把他们所剩无几的必需品装进一辆汽车，出发前往隔都。弗鲁姆卡和赫谢尔设法得到了整整一栋两层楼的房子，一半给自己团队住，一半给未来孤儿院的孤儿住。虽然它比大多数居住区的条件要好得多（雷尼亚称之为"宫殿"，为它的干净而感到很高兴），但这里很小，床与床之间没有走动的空间。他们的壁橱和桌子立在外面的院子里，等着被用作引燃物。

隔都被关闭，由犹太民兵守卫。警察会押送做裁缝、鞋匠以及在德国人的车间里做金工的犹太人上下班。后来工人停止了工作，说需要照顾孩子。（雷尼亚骄傲地注意到犹太人有了反抗意识。）犹太居民委员会创建了集体日托中心，在父母劳动的时候让孩子可以得到喂养。后来，他们在车间前面搭了窝棚，这样婴儿晚上就可以睡在那里。每个车间都有自己的窝棚，绝望的人们甚至在完工之前就搬了进来。正如雷尼亚回忆的那样，卡米翁卡是一个"不光彩的地方"。

任何违规行为都会导致死亡。晚上很安静，晚上8点以后出门会很危险。全面停电是强制性的措施。每个角落都站着一个执行宵禁的犹太民兵，手电筒在污浊的空气中闪烁着光。突然一声枪响。早上多了一场葬礼。起因是一名男子试图走到另一栋楼去。

每周，雷尼亚都会看到一群群人被送往奥斯威辛杀害：老人，把孩子藏起来的父母,从母亲怀里被扯开的学步儿童,被指控在政治上表现活跃的年轻人,以及几天都没有露面工作的人。他们被带到车站遭受殴打,然后被扔进运牲口的车厢。有人不小心拿了什么东西,于是被鞭打、勒脖子、踩踏;如果必要的话也会开枪,但开枪从来都不是必要的——他已经死了。

看到这种不人道的行为,雷尼亚感到十分悲惨而恐怖。孩子们目睹了这些暴行,无法控制地号啕大哭。隔都变得不再那么拥挤,因为德国人每天都会带走一些居民,每个家庭都有人被带走。"所有人的心都碎了,"她写道,"人们还能保持神志清醒,真是个奇迹。"

正是在这种情况下,基布兹的所有文化活动都停止了。这个时候,也是假护照被送进来、自由会召开会议的时候——赫谢尔在桌子的一头,弗鲁姆卡在另一头。这时,青年团体们不得不做出决定:是战斗还是逃走。这就是弗鲁姆卡说不、她不会走的时候。这就是他们所有人都决定加入始于克拉科夫和华沙的犹太武装抵抗运动的时候。这就是他们决定要自卫、复仇和保持自尊的时候。

这就是雷尼亚跳起来,准备行动的时候。

第二部分　魔头或女神

她们简直不是人，而是镇定从容的魔头或者女神。她们就像马戏团里的演员一样机警敏锐，总是双枪齐发、勇猛无比、力战到底。接近她们会很危险。一个被俘的先锋女孩看起来胆小怯懦，毫无反抗之力。但当我们一群男人离她只有几步远时，她突然从裙子或者裤子下面掏出了手榴弹，咒骂着党卫军，一直骂到第十代，骂得人头发直竖！在这种情况下，我们往往损失惨重。所以我下令不要生擒女孩，也不能让她们靠太近，而是远远地就用冲锋枪解决掉她们。

——纳粹将领，于尔根·斯特鲁普

12
预备

雷尼亚和海依卡
1943年2月

本津充满了活力。从黎明破晓到晚上8点宵禁,基布兹的院落里挤挤挨挨,全是战友,引得邻居侧目。雷尼亚因新近赢得的认可而感到骄傲,她写道:"我们因成为掌握自己未来且当机立断的行动派而赢得声望。"

只有兹维·布兰德斯和巴鲁赫·加夫特克(Baruch Gaftek)具备军事经验。两位战友每天同五位领导人会面密谋,并给予指导。大家都学会了使用斧头、锤子、镰刀、枪炮、手榴弹、易燃液体,以及赤手空拳。他们接受的是力战到底、不被生擒的训练。雷尼亚和同伴们收集了锐器、手电、刀子——任何可以在战斗中使用的东西。

第一批从华沙运来的武器倍受珍视。海依卡小心翼翼地拿起一把枪,热切又踌躇。像大多数没摸过枪的年轻人一样,她担心会不会很危险或者突然擦枪走火。但最终,她鼓起勇气,紧握手枪,把自己看作正在履行一项人类使命,参与一个伟大的历史事件的真正的革命者。

波兰共产党在隔都走私武器,给卡米翁卡之外的犹太人安排住处,好让他们能在另一边参加战斗。犹太战斗组织训练其成员从雅利安人区走私,有些人一周出来三次。他们修建了车间,战友们现在生产铜拳套和匕首。他们学化学，然后制作炸弹、手榴弹，瓶子里全是爆炸物。他们会使用管子、煤粉，还有糖。随着手艺精进，自己做的炸弹比买的还要好。在劳动营服完一天苦役之后，战友们晚上就去修建地堡。青年卫队的成员们，包括大卫·科斯洛夫斯基起草了计划——建在哪儿最好？如何隐蔽出入口？——他们"聪明得像是有工程学位的工程师"。而犹太居民委员会对此毫不知情。犹太青年们饿着肚子，没有外援，而且精疲力竭。雷尼亚悲叹："这些消瘦疲惫的面庞，让人触目惊心。"

情报员们从华沙带来了修建计划。在华沙，地堡工程让人瞩目：地下通道绵延好几公里，从隔都一直通往雅利安人区。主地道通往支地道，支地道里配有照明、收音机、水源、食物，还藏着弹药和爆炸物。每个人都知道自己小组地堡的密码。"多么巧妙的设计。"雷尼亚写道。在本津，人们会在炉子、墙壁、壁橱、沙发、烟囱和阁楼上开凿地堡入口。战友们徒手挖掘地道。在楼梯间、马厩、柴房里都设有藏身之处。犹太人琢磨着怎么把房间布置得像是住户已经匆匆离开的样子。水、电灯、收音机、长凳、小炉子、胃病患者吃的面包———切就绪。

时候一到，他们要做的就是进入存物丰富的地堡。他们已经准备好了。这股狂热在犹太社区里引发了一起抵抗事件。1943年2月，犹太民兵组织需要更多人手。雷尼亚知道，这意味着驱逐行动正在迫近。犹太民兵组织会负责把犹太同胞赶上火车，而且还想招募六名男战士。在卡米翁卡，战士们一直进行的洗衣工作这会儿被叫停了。犹太居民委员会通知基布兹，男子须前来领取白帽。如果不来，他们的通行证就会被没收，他们还会被赶进德国集中营。

犹太居民委员会已经往德国送了一些隔都男孩，无人生还。战友们无论如何，坚决不做犹太盖世太保。他们宁可失去通行证，也绝不会帮纳粹把男孩们送进集中营。当男孩们没有在规定时间出现，一位犹太民兵按照犹太居民委员会主席的命令来到基布兹，要没收他们的通行证。人们毅然交出通行证，哪怕这意味着会被送进劳动营或者集中营。但在没收的第二天，犹太民兵带着棍棒包围了基布兹，按照命令要把征召的男孩送往德国。他们锁上门，核查身份证件。

就在这时，两个男孩跳出窗，对追出的犹太民兵拳打脚踢，然后继续逃跑。剩下的战友们大喊："死民兵！"他们绝对不会让犹太民兵抓走自己的同伴！指挥官下令让犹太民兵殴打他们，并把剩下的男孩当作人质，直到逃走的男孩自首。雷尼亚震惊地看着这样的冲突。

弗鲁姆卡担心在混战中会有人被杀，或者出现更糟糕的情况——德军会杀光所有人。她宣称："谁也不做人质。"她下令让名单上的人去办公室。所有人照做了。整个基布兹都跟着他们从拥挤的街道上了巴士。一个壮得像牛一样的男孩挣脱了犹太民兵的控制，开始逃跑。犹太民兵和基布兹之间棒拳争锋，爆发了混战。其中，有一位叫齐波拉·博兹安（Tzipora Bozian）的女士重创了好几个犹太民兵。挨了揍的指挥官命令他的人上车。他下令："我们去警察局。他们会撕了这群人。"隔都居民观望着。当他们意识到不是所有的犹太人都害怕德国人时，人群中有掌声响起。雷尼亚满心骄傲。

然而，弗鲁姆卡担心，如果德国警察知道了这件事，他们就完了。她开始安抚犹太民兵指挥官和他的部队，同他们协商，让他们保密。他们尊重她，也默许了，但条件是要用人质替换逃跑的人。被征召的男孩和三名人质上了车：赫谢尔·斯普林格，他的哥哥约尔（Yoel），还有弗鲁姆卡自己。她自愿当人质。雷尼亚看着车开走，既钦佩又害怕。

高级指挥官听说了这场冲突，当晚下令封锁基布兹，把成员们拘禁在院子里。万幸，弗鲁姆卡和赫谢尔回来了，但他们告诉大家，因为他们羞辱了犹太民兵和指挥官，男人们全都要被送到德国。当晚，雷尼亚和战友们坐在外面的星空下。好心的邻居邀请他们进去，但弗鲁姆卡不允许。她想让犹太民兵们看看，就算宵禁后外面有危险，就算有纳粹巡逻，他们也能安然在外头度过一晚。整整一夜，犹太民兵们过来也只是检查门是不是锁好了。

这群人没有被抓，而是在外面饥寒交迫地又过了一天。弗鲁姆卡和赫谢尔为这些男人向犹太居民委员会求情。当晚，雷尼亚和她的伙伴们在未来孤儿院吃了一顿简陋的晚餐。然后犹太民兵来开了门。惩罚结束。但是弗鲁姆卡和赫谢尔在哪儿呢？雷尼亚甚至不敢想。

深夜，他们都回来了。没有人被送走、应征到警察部队或者劳动营。整个隔都都在谈论犹太战士的勇敢无畏。

就像他们所学到的，可以说不。

有消息从华沙传来：行动迫在眉睫。齐维亚和安特克告知本津人，他们已枕戈待旦。犹太人不再关心党派政治或是意识形态分歧，而是蓄势待发。就算可行，战友们也拒绝逃往雅利安人区。面对敌人，他们视死如归。

2月，齐维亚致信本津犹太战斗组织，再次要求弗鲁姆卡出国。她得活下去，才能向外界讲述"对犹太人的野蛮屠杀"。3月，又一封来信：汉奇须绕道华沙，偷渡出国。"不容置疑。"这是命令。

和弗鲁姆卡一样，汉奇也拒绝了，她不能接受自己苟活。她怎么可能愿意抛下姐姐，让姐姐不知生死何处？"这两姐妹愿意为彼此赴汤蹈火。"雷尼亚写道。弗鲁姆卡也不忍分离，但还是恳求汉奇离开。汉奇没法拒绝姐姐，她不愿让姐姐担心。

走私人应邀火速赶来。

汉奇烦闷地收拾着时髦的雅利安人式衣物，准备出发。她还能再见到她的战友们吗？她恳求弗鲁姆卡跟她一起走，但弗鲁姆卡拒绝了。"汉奇顶着一张犹太脸，打扮成了外邦农家姑娘，看着有点滑稽。"雷尼亚写道，担心她能否顺利。

两天后，从琴斯托霍瓦发来一封电报。雷尼亚战战兢兢地读着：汉奇已经越过边界进到总督府，很快就会继续前行。接着，又来了一封电报。她到华沙了！几天后，她就会离开波兰。一切都安排妥当。雷尼亚如释重负。

雷尼亚注意到，几乎每封来信都会提到一个波兰女人。这个女人一次次冒着生命危险帮助犹太战斗组织。雷尼亚用"A.I.R."指代她，以保护她的身份。这个女人其实是伊雷娜·阿达莫维奇（Irena Adamowicz），她现在已经和齐维亚、弗鲁姆卡还有托西亚成为至交。伊雷娜出身贵族家庭，是一位虔诚的天主教徒，还参加过童子军。30岁出头的时候，她成了犹太战斗组织和波兰抵抗运动的主要联络员之一。在取得华沙大学教育学学位后，伊雷娜加入了青年卫队，访问了它的基布兹，对犹太民族事业表示支持。战时，她和自由会还有青年卫队成员来往密切，她甚至还学了意第绪语。

伊雷娜曾在华沙市政府工作，负责监察儿童之家，并获准以"官方事务"的名义访问隔都。1942年，她前往维尔纳，将清洗华沙隔都的消息告知青年卫队的领导人。她乔装成德国修女，访问了许多隔都，交换情报并给予鼓励。她联系了朋友们和本土军的领导，商量帮助华沙犹太人事宜。她在犹太人和波兰地下组织之间传递信件和出版物。她还安排犹太人躲在她的公寓里，并帮助他们出境。伊雷娜瞒住了室友，却在犹太青年里，乃至在本津都成了传奇。雷尼亚写道："我们也不知道她长什么样子，却被她的人格魅力征服了。"

不过，华沙的来信里也提到了一些惨败经历。一些情报员被抓进了帕维亚克监狱和奥斯威辛。海依卡在日记里也记录了情报员被逮捕处决的故事。她的搭档伊齐亚·佩耶蒂克森（Idzia Pejsachson）坚韧、直率又冷峻，是海依卡愿意在枪林弹雨里无条件追随的人。伊齐亚·佩耶蒂克森会说："你现在不能太感性，已经不是伤春悲秋的时候了。"

伊齐亚·佩耶蒂克森要求本津像华沙一样团结起来。不管付出什么代价，她都希望能去一次曾经的首都波兰。她说："我必须亲眼看看他们的工作，然后回到这里种下革命的种子。我还要带回一份礼物：第一批武器。"战友们试图劝她别去：她长得很有犹太特色，还近视，海依卡觉得这会让她的神经一直紧绷着。但他们还是没能阻止她。伊齐亚·佩耶蒂克森还想鼓励其他姑娘们像她一样。1943年2月，她离开了——再也没回来。她向华沙人讲述了本津人的战斗决心，拿到了三把枪和手榴弹，却在琴斯托霍瓦落到了纳粹手里。

关于伊齐亚·佩耶蒂克森的死因众说纷纭。有一个说法是，伊齐亚·佩耶蒂克森引起了一名特务的注意，并被跟踪。她察觉后，绕了好几条街想甩开他，但因为对雅利安人区不熟，误跑进了隔都。特务看见后，就追了上去。在她逃跑时，藏在面包里的一把左轮手枪掉在了地上，害她被抓。她被当场击杀。而在另一个版本里，当察觉到被特务尾随时，她决定色诱他。他邀请她回家，她别无选择。她在琴斯托霍瓦的联络人看到后，就离开了接头地点。在特务试图袭击她时，她掏出手枪向他开火，但特务逃跑了，还带回了警察。不管伊齐亚·佩耶蒂克森是怎么死的，犹太战斗组织不禁为此哀恸惋惜：他们不该派出他们最好的战士。

阿斯特里德（Astrid）接替了伊齐亚·佩耶蒂克森。她还被称为A，以及埃丝特希尔（Estherit）、阿斯特里特（Astrit）和左西亚·米勒（Zosia Miller）。阿斯特里德不是专业情报人员，但她认识很多联络人，也熟悉从华沙城内通往城外的所有火车、街道还有公路。每回出去，她都会伪造一个新身份——比如农家男孩或者城里来的老师，并戴上一顶大帽子。她把武器、钱、信件、情报、假文件和详尽的防守计划缝在衣服里，把手枪藏在大泰迪熊里（抱着毛绒玩具，让她整个人看起来很可爱）、有夹层的果酱罐里、面包里或者是衣兜里。她抱怨说，一交接完就觉得空落落的。话虽如此，可每当她回到本津，大家都会办一个伏加特派对，毕竟，"得让她介绍一下华沙风俗"。她还带人偷渡。

海依卡注意到阿斯特里德貌美婀娜，但也轻浮虚荣、爱穿搭，每回出行都要置办新衣服，尽管身处雅利安人区，时尚整洁的外观的确比较重要。她有姣好的雅利安人面容，还有胆有识。海依卡评价她是真正的"莽撞无畏"。她带着调皮的笑容，壮着胆子，直勾勾地望向特务，还问他们要不要查证件。她一度很幸运，但最终还是像其他传递情报的女孩一样，被抓入狱，悲惨死去。

此后，信件接连不断。一封关于汉奇的信说：她的出国计划被搁置了，目前她会留在华沙。另一封信说道，形势严峻，随时都有人被驱逐出境。一名华沙犹太战斗组织的成员写道："要是再也没收到我们的消息，就说明行动已经开始，但这一次会更加艰难。之前德国人还没准备好应对我们的行动。"一位情报员来到本津汇报说，虽然隔都里人心惶惶，但战士们已经准备好了。之后，她赶回华沙，以确保能在她在雅利安人区的据点和隔都取得联系。

几周后，情报员回来了。华沙发生了可怕的屠杀。这就是她知道的全部了。战斗不止，却几乎屡战屡败。一封电报从华沙雅利安人区发来："齐维亚和托西亚死了。"

接下来，华沙一片死寂。音讯全无。没有信件和信差。没有消息。没有新闻。无一幸存吗？全都惨遭杀戮吗？

必须得有人前往华沙，带上钱去了解情况，但已经有太多女性命丧途中。小组里需要一位长得不像犹太人,还能在这种至暗时刻承担调查任务的情报员。弗鲁姆卡和所有领导人决定了:雷尼亚。

雷尼亚,来自延杰尤夫的十几岁少女。

她不去想那些失踪的女孩和无尽的死亡。此刻,她是一位目标明确、毅然决然地投身行动的女性。她感受到了自己的怒火、愤慨以及对正义的渴望。

雷尼亚说:"没问题,我去。"

13
间谍女孩

雷尼亚
1943年5月

  雷尼亚的间谍新世界，是一个以貌取胜的虚假世界。作为犹太人，在雅利安人区的生活是一场不能停歇的表演。这一生死攸关的表演工作需要时刻进行算计与权衡，还要有对危险的本能感知，以及识人之明。雷尼亚知道，在隔都举步维艰，但在隔都之外更为艰难。要工作，要交际，更不必说在外头密谋和走私。

  就在那一天，本津犹太战斗组织的领导人联系了来自琴斯托霍瓦的走私人，此人琢磨出了逃离隔都的最佳路线。几小时后，他抵达了基布兹，并立刻找到雷尼亚，准备带她参加她的第一个正式任务。

  雷尼亚出发了。除了有钱，这次任务和日常的隔都工作没什么差别。她把几百兹罗提缝在腰带里。本津犹太战斗组织认为，现金对于华沙战士来说很有用。几个月前，她奇迹般地在街上捡到了一张身份证，就用这个坐上了火车，去往斯特泽宾。他们在总督府边境的前一站下了车。

  在他们面前的是一片田野和森林。经过7.5英里的跋涉，他们走到了一个小边境口岸。走私人认识那儿的守卫。他们得避开警察，迅速越过边境。随后他们就撞见一个士兵，雷尼亚的心跳都要停了。走私人递给他一瓶威士忌。雷尼亚后来写道："他什么也没问就让我们过去了,甚至还给我们指了路。"

她回忆道:"我们一言不发,小心翼翼地在树丛和凸起的障碍物间穿行。"任何一点动静都会吓到她:窸窣的叶子,微微晃动的树枝。

突然,有一阵沙沙声。不知道是什么东西,或者是人,有一个轮廓在靠近。雷尼亚和走私人立刻趴下,爬到附近的小树下,蜷缩在灌木丛里。有人在蹑手蹑脚地靠近。她从躲藏的地方往外瞧,心怦怦直跳,满身是汗。

有人颤颤巍巍地走了过来。他也误会了雷尼亚和她的走私人是随时要对他发动攻击的士兵。

波兰的森林里有着另一个世界。

陌生人安慰着雷尼亚:"从这儿开始,就安稳了。"他也重新自在地呼吸起来。

几分钟后,她走出了丛林,身处另一个地区。

雷尼亚心存希望,大步流星地穿行于华沙。火车把她送到了市中心。她稍做停留,打量着这个新奇的环境。她想象中的第一次大城市之旅并非如此。早春的阳光、望不到头的低层建筑、宏伟壮丽的广场,还有热热闹闹的街头摊贩,此刻都被掩埋在烟雾与灰烬之中。爆炸声、哀号声盖过了每日车水马龙的喧嚣。她写道,这些声音听起来"像是豺狼的呼啸"。大街上尸骨成堆,弥漫着建筑与毛发的焦味。醉醺醺的德国人疾驰在城中,横冲直撞。几乎每个十字路口都有警方的检查站,这些警察翻看着每一个包裹。

不被搜查一下钱包,雷尼亚几乎寸步难行。前一天她已经从走私人那里拿到了新的身份证。她记好了每个细节,在心里一次次地排练,努力成为证件上那个人,融入那个模糊的形象。这张身份证并不是专门为她定制的。没有她波兰版的意第绪语名字,也没有符合她口音的出生地。这个身份是偶然得来的,证件上的人是走私人的妹妹。这张身份证要比雷尼亚在街上捡到的身份证靠谱，但还是没有照片和指纹。

沿街看过去，还有更多的纳粹检查站。雷尼亚担心假证件在乡下好使，在城里可能行不通。当手碰到身躯时，她摸到了鼓囊囊的现金。还在。

"证件！"一位警察吼道。雷尼亚递上身份证，和他对视。他翻完钱包，放行，让她上了电车。

到站后，雷尼亚下车又走了一段路。警察拦住每个路人。即使是最小的街区也全是便衣和特务。他们在找逃出隔都的犹太人，但凡可疑，当即射杀。雷尼亚后来写道："眼前触目惊心，吓得我头晕目眩。"

雷尼亚屏气凝神之后，迅速朝着目的地前行。

终于，她到达了目的地。圆乎乎的房东太太透过门缝往外看。雷尼亚对她说："我来找左西亚。"这是天主教徒伊雷娜·阿达莫维奇的代号。

"她不在。"

"我等她。"

"你必须得走。我们不能留客。放陌生人进来会害死我们的。"

雷尼亚心里咯噔一下。她能去哪儿呢？她在华沙无依无靠，谁也不认识。

迄今为止，她通过了所有检查站，但这并不代表她下一次也不会被抓。

"而且，我觉得左西亚可能是犹太人。"她顿了顿，接着低语，"邻居们都挺可疑的。"

"不是吧，我不这么认为。"雷尼亚回答。她的声音听着既平静又单纯，但她已经汗流浃背。"我之前在火车上见过她一回。她说我要是进城可以来找她。她看着就是天主教徒啊,哪儿像犹太人。"房东太太能有办法看穿她纷繁的裙褶里缝着的秘密吗?雷尼亚被派来搜集情报,就是因为她长得像波兰人,但这够吗?她几乎没有乔装,当然也不够老练。

雷尼亚接着反驳,也说不清两人在耍什么心眼:"她要是犹太人,我们立马就能察觉啊。"

对于这样的回答,女人满意地看着雷尼亚。然后她重重咳了一声,回到屋内。雷尼亚转身。

那里站着左西亚。

现在雷尼亚明白了。她不仅是有所伪装的犹太人,还是一个情报员,不仅要熟悉密报和暗语,还要面临考验。或者用希伯来语kashariyot①可以更好地描述这个工作:连接者。连接者们通常是15岁到20岁出头的未婚女性。她们领导或者高度参与了青年运动,充满朝气、技巧娴熟、勇敢无畏,愿意一次又一次舍生忘死。

连接者根据战争进程扮演多重角色。雷尼亚是在战争后期加入的。弗鲁姆卡、托西亚和哈纳·格尔巴德(Chana Gelbard)是最早的情报员。她们往返于各个隔都,和各地的战士们取得联系,开研讨会,传递出版物,培养当地领导人,并支持他们精神上的成长。这些女性建立了偷运食物和供应药品的网络。为了防止犹太人获得情报和帮助,德国占领者断绝了隔都与外界的联系,就像齐维亚所描述的,使其成为"分割出来的王国",里面的人不能听收音机,不能看报,连邮件也常被没收。连接者的旅途并不容易:火车没有时刻表,女人们得在站台等上好几小时。要知道,在新城市迷路会显得很可疑。比亚韦斯托克的情报员哈纳·格尔巴德写道:"没人

---

① kashariyot [希伯来语"קשר"(kesher)的阴性复数形式,意为联系]是女情报员们的名称,因为她们为成千上万困于隔都的犹太人提供了一种连接。——译者注

会问去隔都的路。"当一个情报员带着关于家人的新消息抵达时，这意味着他们没有被遗忘，虽遭囚禁与酷刑，但仍有生息，而且并非人人压抑消沉。这些女性是救命稻草、"人形收音机"、可靠的联络人、物资调度员和鼓舞者。幸好有她们，消息像流星一样散播于全国。像托西亚一样，她们总是受到拥抱和亲吻的欢迎。

日子一天天熬过，除却希望，情报员们也不得不传递关于大屠杀和灭绝犹太人计划的噩耗。她们目睹了驱逐与杀戮，也必须认真地传达这些故事，以及其他人的叙述。她们要说服犹太人接受这样的真相，并促使他们抵抗。

当杀戮肆虐，青年运动也逐步发展为民兵组织。为了完成好新任务，到如今，情报员们已掌握了门路、技巧和知识（比如守卫的日常安排、易于逃亡的地方、最靠谱的装扮和说辞），对瞒天过海、骗过纳粹充满信心。他们现在开始走私假身份证、钱、情报、秘密刊物，乃至大活人进出隔都。她们找到了安全的会议室。犹太抵抗运动的男性领袖扮演地下角色，而她们作为这些男同胞的联络人，凭借处世智慧在城市里穿行，协助安排任务，并获取工作文件。她们假装是这些男人的正经女伴，在周边散步，让人以为他们是对正在外头溜达的恩爱伴侣。他们甚至会在火车站亲亲抱抱一晚上，以等待天亮后进隔都。因为波兰语讲得比男方要好，女方就得负责买火车票和租房子。女情报员还得时刻关注其男性搭档的行踪，以防他被抓。这样的工作需要超凡的沉着与镇定。雷尼亚能胜任吗？

联络人大多必须是女性。犹太女人不像男人那样受过割礼，有明显的生理印记，也不会因为害怕"脱裤子检查"而失了底气。当男人工作的时候，女人可以自由活动——可能去吃午饭或者购物——而不会被拦下来或者抓去劳动营。纳粹文化有着典型的性别歧视，他们不觉得女性能成为特工。那个年轻漂亮的农村姑娘为什么会在裙子里缝上简报呢？她的泰迪熊里怎么会藏着一把枪呢？女情报员们常以优雅女性或者天真无邪的少女姿态去吸引纳粹，甚至请求他们帮忙搬行李——而里面全是走私的违禁物。大街上，在女人拿着手提包、钱包或是提着篮子很正常，这些随身物就成了武器兜。当时，这些女人也是走私人和小贩，她们的手提包里全是各种非法进口商品。有些情报员，比如托西亚和维拉德卡，会假装是非犹太走私人，从而进入隔都和集中营。托西亚曾经穿着运动服进入一个隔都，像是为了便宜来买犹太商品的波兰人。

通常，只有没有犹太外貌特征的女性才会被选派执行任务。这些女性发色浅，有着蓝色、绿色或是灰色的眼睛，比如雷尼亚，她们看起来很漂亮。红润的脸颊很重要，因为这表示她们很健康。那些试图过关的女性会染发，以此来呈现波兰风格。他们都尽量穿波兰衣服，尤其是更加时尚的、中产阶级和上流社会的款式。（当时有个笑话，要是你看到一个穿着考究的波兰绅士，那他可能是犹太人。）弗鲁姆卡和汉奇都戴上了头巾，遮住了一部分脸。虽然弗鲁姆卡不愿意浪费时间化妆，但还是听劝，打扮得更像雅利安人一些了。

女孩们还得在举手投足间呈现出波兰人的仪态。有些说来也简单，比如戴着毛皮暖手套可以帮他们改掉在聊天时打手势这种疑似犹太人才有的习惯。雷尼亚有着波兰人的仪表行为，能自信地出行，不带迟疑地做出反应——而且她的波兰语也讲得极好。波兰犹太女性似乎很有语言天赋。出于经济考量，儿子们往往被送去犹太学校，而女儿们则去公立学校。像齐维亚和雷尼亚这样的女孩儿，她们的波兰语说得像是母语，讲起来没有半点犹太口音。她们学习波兰文学，她们和波兰人形影不离，深谙他们的习性和癖好。

因为贫穷，波兰犹太女性有一种异乎寻常的优势。在战争以前，她们不得不去工作，并在工作中认识非犹太人，与之打交道，并建立情谊。犹太女性了解她们的波兰邻居,闻过她们烹饪的味道,见过她们如何养育孩子,也熟悉她们的日常习俗。

在华沙,有美容院之类的专业机构和人士帮助掩护犹太人。他们提供鼻部和生殖器手术、化妆咨询,以及头发漂白和造型服务。他们能让犹太人的头发像雅利安人的一样,可以整齐地梳上额头,毕竟刘海或是卷曲蓬乱的发型都显得很可疑。而且他们还提供礼仪课,教授犹太女性如何烹饪猪肉、订购私酿酒、少打手势,并且多说祷文。当托西亚访问本津时,她鼓励女战友们学习背诵祷文,以防被拦下来测试。

犹太人学习天主教的教理问答,还要庆祝自己和朋友们的守护圣人节。要用波兰式的说法("你是哪个区的?")来取代犹太式的表达("你是哪条街的?")。这种微妙的差别数不胜数。

这些犹太女性往往拥有强大的直觉,可能因为她们在波兰环境里更觉自在,也可能因为她们被教导要有同理心和适应能力,要会察言观色。她们的女性技能以及出色的记忆力有助于获悉他人动机。他真的是联络人吗,还是纳粹的同伙?这个波兰人会出卖我吗?会不会突然有紧急搜查?要不要贿赂这个守卫?她是不是盯我有点紧?

由于在青年运动中受训,这些女性在这项工作中具备专业的知识和技能。她们将自我意识、独立自主、集体意识和克服诱惑这样的教导牢记于心。她们知道如何保持清醒,对于十来岁或者20岁出头的年纪常有的冲动,她们会加以克制。有一回在火车上,乔装成农家女的托西亚被一个极有魅力的男人吸引,当即渴望得到他的注意。她和他调情,他邀请她去他的豪宅。托西亚好想铤而走险,只为这一日欢愉;但她终是竭尽全力,转身离开。

情报员的身份证件、人生故事、动机意图、发型名字,都是假的。同样,连微笑也是假的。要是有谁带着眼底的哀伤四处走动,就会立刻暴露。女情报员们接受训练，要笑，要大笑，要一直笑。她们必须仰起脸来，欣赏这个世界，假装无忧无虑，假装父母与兄弟姐妹不曾遭遇屈辱与屠杀，她们不曾挨饿，她们的果酱罐里也没有子弹。在火车上，她们甚至得愉快地和同行的乘客讨论反犹。这并不容易，如古斯塔·戴维森所说："悲伤到极致却要故作轻松，把我拉扯到了极限。"哈希亚·别利茨卡也讲述了这样持续的压抑："我们真的想哭，真的很疼，想要真情流露，却统统不可以。我们是没有中场休息的演员。这场没有舞台的表演一刻也不能停。我们是一直一直表演的女演员。"

情报员们进出隔都，因而成了勒索者的主要目标。她们会带上专供勒索者的现金。有一回，哈伊卡·格罗斯曼在藏好文件和钱，离开华沙隔都时，被人尾随。她叫喊着、咒骂着，并威胁说要向盖世太保告发尾随者。维拉德卡·米德也采取了攻击性策略：她让敲诈勒索的人跟着她（避免出事），威胁说要告发他，并淡定地走向纳粹。他们警觉起来，逃跑了。

对古斯塔来说，出了隔都后的每一秒都惊心动魄，"越过铁丝网后的每一步都像在穿过枪林弹雨……就像是在丛林里，只有披荆斩棘才能开辟出道路"。

而现在雷尼亚已出发。

14
盖世太保内部

贝拉·哈赞
1943年5月

雷尼亚认识一群最成功、最勇敢的情报员们,其中一位是青年战士贝拉·哈赞,她主要在东部地区活动。她和她聪明机智、有着漂亮雅利安人面孔的"同事们"都是传奇人物,被委以最危险的使命。

贝拉·哈赞是一位金发美人。她的父亲是圣诗领唱人,来自波兰东部一个居民几乎全是犹太人的小镇。这家人住在黑漆漆的地下室里,而地下室就在会堂下面。贝拉·哈赞六岁时父亲去世,母亲独自抚养六个孩子,教导他们不要接受施舍或怜悯,而要自尊自立。作为社区里受人尊敬的人物,贝拉·哈赞的母亲虽然没受过什么教育,却很有处世智慧。她坚持送孩子们去希伯来语学校上学,那是她没有机会体验的。她拒绝了经济援助,而且就算打烊,也要参与学校的所有活动。她每晚洗衣服,以便让孩子们看起来和有钱人家的小孩一样整洁。贝拉·哈赞毕业后,母亲送她出去当希伯来语家庭教师,供应她吃食,信件里也是满满的"母爱与温暖"。

贝拉·哈赞的母亲允许她参加活动——只要不在安息日就行。1939年,当地领导人选中贝拉·哈赞参加特殊自卫课程。贝拉·哈赞学会了使用武器,以及棍棒和石头。她参加讲座时被弗鲁姆卡和齐维亚的发言所打动。因为成绩优异,她被选为本津自由会基布兹的防卫教官。怕被母亲阻止,贝拉·哈赞没有回家,而是直接去了扎格伦比。母亲确实生气了,一连三个月也没回信,但最终还是谅解了女儿。那时已是夏末,她正设法为全家办理移民手续。

希特勒入侵时,贝拉·哈赞正在进行防卫训练。战士们坐在厨房里听着收音机,意识到或许在几分钟内纳粹就会抵达这个边境小镇。领导层决定转移据点,让成员们深入波兰,这意味着保护本津基布兹的只有几个男人和贝拉·哈赞。然而德军来势凶猛,贝拉·哈赞和战友们不得不逃命。路上挤满了惊慌失措的人群,货运列车的站台上也是同样的景象。炮火连天。疯狂奔逃了好几天,贝拉·哈赞回到了本津,至少那里有遮风挡雨的地方。她哭着回家了,总算有了归属感。

但不多时,自由会便敦促她前往维尔纳,因为那儿有机会移民。夜间乘船渡河,在监狱里被关着罚站了三周,这便是她混乱的旅程。经过几天的恳求,她进到监狱长家里哭诉,成功让战友们获释。在回维尔纳的途中,她去看望了母亲。母亲还以为她已经遇害。团聚的喜悦只持续了两小时,贝拉·哈赞就不得不搭车离开,然后徒步向东。她向家人承诺会来接他们。那是她最后一次见到他们。

在维尔纳,贝拉·哈赞参与了蓬勃发展且满怀热情的青年运动,农业和文化工作仍在继续。1941年德国入侵,至此恐怖弥漫。自占领初期,有一个场景就在贝拉·哈赞的脑海里挥之不去,一个被割势的犹太男子被用胶粘在树上。不久后,所有常规反犹法令都开始实施。

但贝拉·哈赞从未屈服。从一开始,她就常常离开隔都,或者抄小道,或者翻过边界处的房子。之后她就扯下她的犹太补丁[①]

[①] 纳粹占领期间,犹太人被要求佩戴一个带有六芒星的黄色补丁。——译者注

（本该缝在衣服上，她却违反法规，用别针别上），直奔市场，给朋友们买食物和药品。在维尔纳，作为一个一头金发的外地人，她不担心会被一眼就看穿是犹太人，但她的波兰语讲得一股子犹太味，所以她尽量少说话。在隔都，她和13个"家人"挤在一套三室的公寓里——他们一直都很欢迎犹太难民。她睡在一张乒乓球桌上。虽然没有医学背景，但她在一家医院找到了一份手术护士的工作。有一回外科医生只能在烛光下进行手术，她就擦拭着血迹，递上工具。

在波纳里，林地里发生了大规模的屠杀。战士们听说后，开始组织抵抗。青年卫队的阿巴·科夫纳组织了一支反抗队伍。自由会领导人希望寻找没有犹太外貌特征的女孩们，在隔都间传递情报。贝拉·哈赞有过乔装成雅利安人出行的经验，因而自愿参与行动。但她需要证件才能自由活动，于是她找了一个在医院认识的非犹太熟人。对方比她年长几岁。对方什么也没问就给了她护照，但也告诫贝拉·哈赞不要上门找她，因为她的丈夫厌恶犹太人。此后，19岁的贝拉·哈赞成了布罗尼斯拉娃·利马诺夫斯卡（Bronislawa Limanowska），简称布罗尼亚（Bronia）。自由会领导人帮忙换了照片和印章——伪造的痕迹很明显，却也用了好多年。

贝拉·哈赞的工作是和维尔纳、格罗德诺还有比亚韦斯托克进行联络，走私刊物、钱财和武器。她受命为格罗德诺的情报员找一间安全屋，并建立据点。她早上和行动组一起离开隔都，花了10金币买了一条十字架项链和一本基督教祈祷书。狂风在耳边呼啸，她坐上军车、牛车和马车，在废弃的房子里睡觉，最终抵达了格罗德诺。这个五彩斑斓的中世纪城镇，有着显眼的斜屋顶，还有鹅卵石铺就的街道。她敲开了一位波兰老妇人的房子。老妇人正在厨房的油灯下洗着衣服。贝拉·哈赞讲述了房子被炸和家人被杀的遭遇，并请求庇护——她一直非常害怕，要是自己突然讲出希伯来语或意第绪语,那就完了。这位妇人安慰着她,并安排了住处。但贝拉·哈赞一夜未眠,生怕在梦中喊出希伯来语。

贝拉·哈赞需要在格罗德诺找一份工作,于是去了就业办事处。

"你会说德语吗?"办事员问她。

"当然。"毕竟跟意第绪语那么像。

办事员考了考她。她就把意第绪语的vus[①]改说成了德语的vas[②]。

"你说得蛮好。"办事员表扬道。她糟糕的意第绪语就这么变成了还不错的德语。"我有份工作给你,"他提议道,"你可以在盖世太保的办公室当翻译。"

和盖世太保一起工作?贝拉·哈赞知道,从事这份工作实属冒险,过于疯狂,却也是个千载难逢的好机会,能帮到她的地下活动。

她就开始在格罗诺德的盖世太保处工作,主要是在一个行政办公室。老板还有很多德国同事立马就喜欢上了她。贝拉·哈赞负责将波兰语、俄语和乌克兰语翻译成德语。她回忆道:"突然我就成了懂很多种语言的人!"她还负责清洁和沏茶的工作。

找公寓的时候,贝拉·哈赞避开了知识分子聚集的街区,以免被认出口音。她在城郊的白俄罗斯寡妇那里租了一间屋子,但愿房东不会注意到她的语句错误。她尽可能让这个狭小的空间变得舒适,还在墙上挂满了耶稣像。但当结束了十几小时的工作回到家时,墙上的耶稣像却让她感到恐惧。周日在教堂也是这样胆战心惊,甚至比被纳粹包围更让人害怕。贝拉·哈赞去教堂总是慎之

[①] vus是意第绪语中"אוּו"的读音,意为"什么"。——译者注
[②] vas是德语中"was"的读音,意为"什么"。——译者注

又慎。她和同事结伴同去，站在人家身后，以便随时模仿每一个动作。

工作第一周，贝拉·哈赞向上司要了一份为盖世太保工作的在职证明。他当场签字。有了这样的文件，她到格罗德诺的市政厅，以身份证损毁为由，要求办理一套新证件。办事员害怕招惹盖世太保的职工，便急忙让她插队。他们制作了一张信息不实的身份证。贝拉·哈赞如中彩票大奖，从此行动自由。

有了证件，她就可以在宵禁时外出，甚至靠近隔都，提供帮助。她需要去维尔纳报到，向战友们展示她的新证件，作为造假的样本。但获得火车通行证几乎不太可能，这是留给军方使用的。所以，有一天早上，贝拉·哈赞含泪去上班，解释说她的兄弟死在了维尔纳，她要为他安葬。按照波兰传统，他应该在三日内下葬。之后她还要花一周时间处理琐事。她的盖世太保老板安慰她，并亲自陪她办理了火车通行证。

贝拉·哈赞欣喜若狂地来到维尔纳，计划着进入隔都，并把她藏在钱包里的六芒星别上。靠近隔都大门的时候，一个梳着金色辫子的女人走了过来。"我们认识吗？"

贝拉·哈赞的心怦怦直跳。这是谁啊？"你叫什么名字？"

"克里斯蒂娜·科索夫斯卡（Christina Kosovska）。"

女人从钱包里取出一张照片，是一群战友的合影。贝拉·哈赞也在其中！她低声说道："我的真名叫隆卡·科齐布罗德斯卡。"

贝拉·哈赞对隆卡多有耳闻。隆卡是一名出色的情报员，讲一口流利的波兰语，看起来像是一位漂亮的基督徒，那金色的长辫子盘在头顶像是一圈光环。她还有着大祭司般的智慧与魅力。战友们有时候寻思着，她怕不是盖世太保安插进来的间谍。二十多岁的隆卡出生在华沙郊外一个有教养的家庭，身材高挑纤细，上过大学，还精通8门语言。贝拉·哈赞小她10岁。这个工人阶级女孩儿身上有一股出身市井的精明劲儿。她强壮又灵巧，是个狡黠的平头老百姓。隆卡则是一名知书达理的女性，充满自信。隆卡突出的外貌不是用来吓唬战友的，而是在纳粹面前刷好感的。她的战友写道："常有盖世太保把她当成基督徒姑娘，还帮她提行李，里面装的全是违禁物。"隆卡凭借快乐勤奋的态度在自由会中迅速得到晋升，并游走于全国，运送武器和文件。有一回，她甚至转移了档案室。现在她在这儿执行华沙方面的任务，和贝拉·哈赞一起加入了一个工人小组，进入隔都——这就是她们的合作伊始。

贝拉·哈赞带着喜悦与战友们重逢（他们为她这样铤而走险感到担忧），并把自己的证件交给他们。大家通宵在"造假办公室"复制这些证件。几天后，贝拉·哈赞回到格罗德诺。她按照指示向犹太居民委员会汇报了有关波纳里的情况，并寻求经济援助，来帮助犹太人逃离维尔纳。她还要和自由会成员会面，一同参与地下起义。

在离开维尔纳之前，贝拉·哈赞用一条表示哀悼的黑色丝带换下了犹太臂章。在火车上，她痛哭流涕，为犹太同胞的死亡而流泪。乘客们为她哥哥的事情安慰她。回到公寓后，贝拉·哈赞的房东和邻居前来安抚劝慰。当回到工作岗位时，她看到了纳粹同事给她的慰问卡片，上面表达了对她兄弟过世的同情。终于，她笑了。

贝拉·哈赞递交了请愿书，想要获得进入隔都的特殊许可。她借口说想找个比较好的犹太牙医，于是得到了为期两周的通行证。在犹太居民委员会，她出示了个人证件，提出了诉求。他们能否出钱帮助维尔纳的穷人？能否庇护难民？但犹太居民委员会的成员并不信任她。而且他们说，他们能上哪儿安置更多的人呢？他们对谁都不可能随随便便就给钱。贝拉·哈赞在大厅里哭了起来。一位犹太居民委员会的成员走过来，悄悄提出要帮犹太人，给了她一些钱和假证件。在地下图书馆，她见到了青年团体。他们有80个人，其中很多是贝拉·哈赞认识的。他们聚在一起听讲座并学习希伯来语。她给大家讲了波纳里的情况，以及青年起义的必要性。

1941年圣诞前夕，贝拉·哈赞装饰了她的第一棵圣诞树，并告诉房东太太假期会有朋友到访。提玛·施耐德曼穿着她最爱的优雅休闲服，还有时髦的黑色冬靴来到格罗德诺。人们都说她喜欢带礼物，哪怕是进隔都，她也会带上一束路边采的野花、偷运的柠檬，或是一件自己的衣物首饰。

生长于华沙的提玛，又名旺达·马耶夫斯卡（Wanda Majewska），是一个身材高挑，举止得体，看着像是基督徒的情报员。她扎着两条栗色的辫子，面带温和的微笑。年幼丧母的提玛独立又能干，在当护士之前，她在家讲波兰语，上的是公立学校。经未婚夫莫迪凯·特南鲍姆（Mordechai Tenenbaum）介绍，她加入了自由会，并学习了意第绪语。在战争初期，他们两人伪造了移民文件，并把战友送出境。莫迪凯·特南鲍姆在他的假身份证上用了提玛的名字，他敬重爱戴提玛，并派她执行最危险的任务。她的事迹被刊登在地下公告上。她还为面向德国人的波兰地下报纸写了一篇文章，文章讲述了战争的恐怖。提玛一直在该地区从事情报工作，并参与人员转移。

贝拉·哈赞带提玛去了她的办公室，而慰问卡仍旧挂在公告板上。提玛笑得岔气了。

一个迷恋贝拉·哈赞的纳粹邀请她参加办公室的圣诞派对。她只能答应。当晚，提玛和隆卡都住在贝拉·哈赞的公寓里，所以贝拉·哈赞带着她们一起去了。三个人打扮得漂漂亮亮，参加了盖世太保的节日庆典，还合影留念。她们三人在这张照片上的样子后来成了谍报女孩们的标志性形象。每个人都拿到了一张。

不久后，犹太战斗组织派贝拉·哈赞前往维尔纳。她告诉老板她要乘火车去住院两周。贝拉·哈赞和车厢里挤挤挨挨的纳粹士兵闲聊。她把钱藏在文胸里，把六芒星塞在大衣口袋里。她和一群女工一起进了维尔纳的隔都，还帮她们搬运土豆袋子。几个街区像是隔着几英里远。

很快，贝拉·哈赞进了比亚韦斯托克隔都。在那儿，她和隆卡合作，将一个出生在格罗德诺的婴儿藏在包裹里，偷偷送了出去。贝拉·哈赞很开心能自由地以犹太人的身份和朋友们在一起，因此她决定留下来。弗鲁姆卡来到比亚韦斯托克，主办了一个为期三周的研讨会，旨在让战友们继续学习和思考。在该地区，隆卡和贝拉·哈赞花了几天时间搜寻犹太人，并掩护他们搭乘汽车、火车，或者步行前来参加研讨会。这个研讨会让他们感觉像是过上了正常安逸的生活。

几个月来，贝拉·哈赞不知疲倦，奔走于维尔纳、比亚韦斯托克、沃尔希尼亚和科韦利，躲避驱逐行动。有一回她甚至藏进了水泥桶。终于到家，她却发现，房子已经被乌克兰人霸占，而母亲的客厅里挂满了耶稣像。贝拉·哈赞讲了几句反犹的话，然后打听当地的犹太人遭遇了什么。

"都走了。"

贝拉·哈赞跑开了，在哭出来之前什么也不想听到。她知道，只有为复仇而活，她才能坚持下去。

那年春天，隆卡带着四把左轮手枪，奔赴华沙执行任务。

此后踪迹全无。

比亚韦斯托克的领导们决定派人找回隆卡。贝拉·哈赞主动请缨。大家都为此焦虑不安。他们叮嘱贝拉·哈赞，"要全须全尾、好模好样地回来"。

贝拉·哈赞的男朋友哈诺赫（Hanoch）陪她走到了车站。这个强壮健硕、从纳粹手里偷过武器的男人激励和鼓舞着贝拉·哈赞，让她满怀勇气。他们计划着战后就结婚。

哈诺赫给了贝拉·哈赞两把枪。贝拉·哈赞把它们藏在宽大的口袋里。她把一张薄薄的纸编进了发辫里，上面印有希伯来语的地下简报。她自信从容地踏上前往华沙的路，凭着假证件通过了所有的检查。

然而，在她抵达马乌基尼亚·戈尔纳（Malkinia Gorna）村后，一切都变了。

一位军官上了火车，并走向她。

他说："跟我来，我们等你很久了。"

贝拉·哈赞一言不发地站起来，跟着他下了火车。

火车开走了。

军官把她带到车站的小房间里，搜查全身，翻看行李，找出了武器。贝拉·哈赞对此无能为力。他们拿着她的枪，而她看着他们，心里明白：她要被处决了。这个年轻女孩决定故作轻松，淡然应对。有人过来把她押送到森林里，喊着让她跑起来，还抽打着她的后背。她不想从身后被射杀。她哼起了小调安抚自己。

他们到了一座荒僻的小监狱。贝拉·哈赞害怕起来：身上的希伯来语刊物怎么办？他们知道她走私武器，但不可能知道她是犹太人，也绝对不能让他们发现。她请求上洗手间。他们把她带到一间敞开的小屋，里面有个洞。她想方设法取出辫子里的简报，扔进了洞里。

在一个小房间里，她身上的一切都被夺走了。贝拉·哈赞放声哭喊。军官吼道："再哭杀了你。"审讯开始。她不停地撒谎，只讲波兰语，拼命地纠正口音。

"是的，我父亲是波兰知名政治家利马诺夫斯基（Limanowski）的堂兄弟。"

"旅行证件是我在火车上花了20马克，从一个男人手里买的。"

"这些武器是我的。"

他们无情地殴打她,然后审问关于波兰军官的事情。贝拉·哈赞意识到他们把自己当成了本土军的成员。

其中一位突然问道:"认识克里斯蒂娜·科索夫斯卡吗?"是隆卡。

"不认识。"

"不想死就说实话。"男人拿出一张照片扔在她脸上,是隆卡、提玛和贝拉·哈赞在盖世太保的圣诞派对上拍的照片。隆卡过于自信了,执行任务时随身带着这张照片,被他们发现了。

"认得出你自己吧?"

她说她和隆卡在派对上也是头一回见。他们不信,接着殴打她,打掉了她一颗牙。

在六小时的审讯后,贝拉·哈赞精疲力竭,她被扔在了冰冷的泥地上。晚上,有守卫想进屋,她大声尖叫着吓跑他们。早上5点,她被戴上手铐,押送上火车。路人投以同情的目光,而她却高高昂着头。

她被带到华沙位于苏查街的盖世太保总部。这个纳粹总部就叫苏查,被设在一栋庄严的波兰政府大楼里,而这栋楼已经被纳粹接管了。绵延的林荫大道和有着高档艺术装饰的公寓楼构成了一片富人区,纳粹的大楼就坐落在这里。这里有着波兰第一栋电梯房。难以想象,这栋白色圆柱大楼的地下还有一间用于拷问的牢房。囚犯在黑暗的"电车牢房"里等待审讯。座位就像电车里那样,紧密排列,朝着同一个方向。一台收音机放着音乐,盖过了鞭打声与尖叫声,挥舞棍棒的声音与哭喊声。水泥墙上到处都刻着绝望的留言。

贝拉·哈赞被安排进了另一个小房间。她看到了墙上的德语口号:"向前看,不回头。"整整三小时,她听着压抑的尖叫与哭喊。随后她被带上了三楼。一个贼眉鼠眼的军官开始了又一轮审问,得到了更多不实回答。"就算你不立刻交代从哪儿弄来的武器,我们也能撬开你的嘴。"

她被赶回了地下室，回去的路上一直经受着残忍的殴打。盖世太保军官强迫她脱掉衣服，让她躺在地板正中的木板上。他拿出一根棍子，逐一殴打贝拉·哈赞身上的每一个部位。他用手捂住她的嘴直到她昏死过去。她醒来时浑身是血，身上黑一块肿一块，动弹不得，就这样在那儿躺了三天。军官回来后让她穿好衣服。他们把她送到了帕维亚克。这座政治监狱恰好就在英勇街对面的隔都里。有辆专门的汽车每天载着犯人在这两座监狱之间来来回回。外面的人即使只是看着也会胆战心惊。

帕维亚克被称为地狱，贝拉·哈赞却真的很开心。

她发现，隆卡在那儿。

"隆卡被捕时往帕维亚克监狱外扔了张纸条。"伊雷娜·阿达莫维奇向雷尼亚解释道，两人在华沙坚定地大步前行。

尽管步步惊心，伊雷娜和雷尼亚还是进城了。伊雷娜对女性战士非常忠诚，她热情地接纳了雷尼亚。雷尼亚高挑苗条、五官精致；浓密的头发中有几缕是灰色的，头发遮住了脖子；她穿着一条深色长裙、一件白色衬衫，还有一双厚重的鞋子。两人正走着，雷尼亚请求伊雷娜回答关于他们在本津遇到的所有问题。

"齐维亚真的遇害了吗？"

伊雷娜自信且谨慎。多年来，虽然时局艰难，她却一直在华沙一带帮助联络，并组织青年运动。她已经好多天没和隔都联系了。然而，她解释道，据她所知，本津确实会收到错误的情报。

她说："齐维亚还活着，此时此刻正在隔都战斗。"

雷尼亚深呼了一口气。此刻，她决定，要为了她自己，去亲眼见证。

15
华沙隔都起义

齐维亚
1943年4月

几周前，在逾越节前夜，也就是1943年4月18日，齐维亚和战友们坐在一起，享受着团聚的时光。已经是凌晨2点，他们还在讨论接下来的计划。就在那时，一位战友脸色凝重地走了进来。他宣布："我们接到了从雅利安人区打来的电话。"大家一愣。"隔都已经被包围。德国人会在早上6点发起进攻。"此前他们并不知道4月20日是希特勒的生日。

齐维亚颤抖着，有喜悦，有惊惧。他们已经准备了好几个月，为这一时刻祈祷，但当末日拉开了序幕，又是如此难以面对。她控制好自己的情绪，拿起了枪。是时候了，希姆莱想把化为废墟的隔都作为小礼物送给希特勒。

自1月的"小暴动"以来，华沙隔都一直在筹划着一场重大的起义。犹太人意识到他们有能力杀死德国人，阻止反犹暴行，然后活下去；而齐维亚也感受到隔都人民的心态在改变。人们不再对安然无恙地工作心存幻想，每个人都知道驱逐和死亡正在迫近。富裕的犹太人买了雅利安人的证件，试图逃亡。其他人从废墟中找来了建筑材料，由此精心伪装了藏身之处，还在里面储存了食物。他们制作了急救包，接通了电力网，搭建了通风系统，连接了城市下水道，还挖掘了通往雅利安人区的隧道。维拉德卡也注意到了这一心态变化：她在春天里访问隔都时，看到了犹太战斗组织挂在墙上的海报，上面写着让犹太人不要听从德国人的命令，而要抵抗；犹太人认认真真阅读了这些海报。一个熟人问她上哪儿能买枪。犹太人购买了他们自己的武器。人们不再把犹太战斗组织的反抗当作一群小孩拿着土炸弹过家家，而是一场值得尊敬的民族斗争。

本土军也因1月的起义而大受震撼，最终决定大力支持。他们向隔都支援了50支手枪、50枚手榴弹还有好几公斤的炸药。安特克穿着一套紧绷的小西装，乔装成波兰人，他前往雅利安人区，领导行动并建立联系。犹太战斗组织从波兰人、隔都犹太人还有德国士兵手里买来了武器，还从波兰和德国警察那里偷了一些。但他们的新军火库却是一团糟，因为不同劳动营制造的子弹口径和他们的武器总是匹配不起来。

犹太战斗组织的总部扩大了，增加了车间，还有一间实验室。漆黑的"军火工厂"里有着长桌和椅子，还散发着刺鼻的气味，可维拉德卡却将它描述成了一个宁静神圣的空间。在这里得保持安静是有原因的：稍有不慎，整栋楼就会被炸毁。犹太战斗组织利用空房子里的大型水管制作简陋的炸弹。他们从管子上锯下一英尺，焊住一侧，并将装满炸药、合金和钉子的细金属管塞进去。这么做会有很多操作上的风险，比如风、短导火线。

一位工程师从他的朋友们那里学会了配制燃料弹。他是崩得的一分子，而朋友们则属于波兰共产党。这个年轻人收集了薄玻璃瓶。（厚玻璃不起作用。）一位犹太人家里曾经有个燃料存储厂，大家就从他那里搞来了汽油和煤油。还有一辆大卡车每天进出犹太居民委员会，也是燃料来源。他们安排司机进来前加满油，好让他们抽一点走。氰化钾和糖是从雅利安人区走私进来的。这些燃料弹用厚厚的褐色纸张包好，在投掷时被点燃。他们学会了瞄准坦克和士兵的头盔，将其作为目标。他们还在隔都门口埋下了自制的电动地雷，用水泥加固后，再用梁木压着。

如齐维亚所写，犹太战斗组织取代了犹太居民委员会，正式接管隔都，成了实际上的"政府"。她开玩笑说，他们曾经收到一个犹太人的请求，想在隔都开一个赌场。战士们之前是用绳子把枪挂在身上的，而鞋匠帮忙制作了手枪皮套来代替绳子。齐维亚指出，几百位战士的军备需要耗资数百万兹罗提。联合分配委员会虽然收到过要谨慎行事的告诫，但还是提供了大量资金。齐维亚除了负责招募新兵，还被任命为财务委员会的共同领导，安排筹集捐款。在资金短缺之际，他们开始征税，先是向犹太居民委员会，然后是隔都银行，而隔都银行被波兰警方把守着。犹太战斗组织清理了隔都里通敌告密的叛徒，还没收了他们的钱。最有效的办法是建立自己的监狱。他们把那些靠腐败手段获得财富的犹太人扣押入狱，一直到他们（通常是他们的家人）答应给钱为止。

但犹太战斗组织从来不会为了钱杀死其他犹太人。对齐维亚来说，在这种极端堕落又贪婪暴殄的环境里，保持较高的道德意识非常重要。虽然筹集了好几百万兹罗提，战士们却只吃适量的干面包。齐维亚强调，他们绝不能把这些钱花在自己身上。

齐维亚是犹太战斗组织领导层的一位核心成员，与她一起的还有充满活力的华沙青年卫队领袖米里亚姆·海因斯多夫。（米里亚姆和在武器库被捕的领导人约瑟夫·卡普兰有过情感纠葛。）但似乎，在崩得和其他由成年人构成的综合组织里，两位女性都被降职了。在这里，没有女性正式地拥有高级职位。但齐维亚还是参加了犹太战斗组织的所有日常会议，她的意见具有重要影响力。托西亚也参与了高层讨论。

据齐维亚回忆，对于没有作战经验的教育工作者，大家合理安排时间，为他们制定了正面战斗、夜间突袭和掩护战斗的军事战略和战斗方法。犹太战斗组织研究了隔都错综复杂的街道，考虑了1

月那场战斗的后果,也对突发事件保持警惕。成员们坚持了齐维亚的战斗小组所采用的战斗策略,不冒进,重条理:从隐蔽的位置发动攻击,且该位置便于从阁楼和屋顶撤离。出其不意,让纳粹措手不及,就是他们放手一搏的最佳选择。能够俯视街角的战略哨位是精心选择出来的。按照青年运动的组织方式,犹太战斗组织召集了22个战斗小组,共计500名战士,年龄在20岁到25岁。其中有1/3是女性。每组都有一个指挥官、一个明确的战斗营区、特定领域的知识,还有与总指挥失联时的计划。战士们参加了急救预备课程。他们每天在小巷里训练到深夜,既不用子弹,也不在纸板靶子上做标记。他们学会了在几秒内拆卸和组装枪支。

齐维亚确信,华沙隔都的战士们终将牺牲,她一心寻找人选——能够向世界讲述犹太人是如何反抗的。她自己没有离开波兰的想法,但选派了弗鲁姆卡和汉奇作为信使,给她们写信,坚决要求她们离开。没有人制订营救计划,也没有人准备逃跑路线或是地堡。犹太战斗组织只准备了一个"医疗地堡"用以治疗战斗中的伤员。他们知道战斗已经迫近。

然而,当想象变为现实,又总是那么让人猝不及防。

齐维亚手握武器,她心里明白,这个早晨便是末日的开端了。犹太战斗组织的信使们把消息传遍了隔都。人们要么拿起武器,要么躲起来。仓皇一片。齐维亚在顶楼观望着,看见一个母亲抱着尖叫的婴儿,拖着一袋行李,从一个地堡跑到另一个地堡,想找到容身之地。人们知道将会有好一段时间不见天日,于是迅速晾干了面包——一个真正的逾越节故事。在地堡里,人们挤在临时搭建的木头架子上,安抚着号啕大哭的孩子们。接着,齐维亚看到,隔都陷入了可怕的空旷与寂静。但远处还有一个女人的身影,她不顾危险回去拿忘记带上的东西,还停下来心疼地看了看坚守阵地的战士们。

在纳列夫斯基大街和根西亚大街的交叉口,有30名战士驻守在一栋建筑的顶楼,齐维亚便是其中之一。他们是最早撞上德军的战斗小组。紧张与激动几乎不可抑制。虽然他们不是正规军,却比1月时更加有条不紊。数百名战士分布于战略位置,配备有手枪、步枪、自动武器、手榴弹、炸弹,还有成千上万的燃烧弹,或者德国人所说的"犹太秘密武器"。许多女人紧紧抓着炸弹和炸药。每一位战士都有自己的装备包(由女战士们分装),里面有换洗衣物、食物、绷带和武器。

当太阳升起时,齐维亚看见德军正以上前线的姿态朝着隔都行进。有2000名纳粹士兵、装甲坦克,还配备机枪。这些士兵人模人样,愉快地向前,唱着小曲,准备好迎接一场轻松的胜利。

犹太战斗组织让德国人通过了正门。然后他们按下了开关。

雷霆一击。他们在大街上埋下的地雷爆炸了。空中飞过断肢残腿。

一支新的纳粹军队在逼近。此时齐维亚和战友们扔出手中的手榴弹和炸药,炮火如雨,铺天盖地。德军四散逃跑,犹太战士们开枪追击。满街都是德国人的血,还有血迹斑斑的碎尸残骸。战士塔玛大为震撼,加入了欢唱,呼喊出她自己都辨别不出的声音:"这一次他们会付出代价!"

齐维亚的战斗小组与德军作战数小时,他们的指挥官疾步如飞、设防抵御、敦促鼓舞。突然出现的薄弱处让纳粹军进入了大楼,迎接他们的是更多的燃烧弹。德军在自己的血泊中打滚。

犹太战士无一负伤。

复仇的喜悦让人陶醉。犹太人在震惊中活了下来。战士们彼此拥抱亲吻。

他们向前寻找面包和休息的地方,却听见了哨声,紧接着是发动机的声音。他们跑回各自的哨位,向着纳粹的坦克扔出燃烧弹和手榴弹。直接命中!他们阻止了德军的前进。齐维亚后来回想:"这一次我们挺蒙的。""我们自己都没弄明白一切是怎么发生的。"

是夜，在没有德国人的隔都地堡里举行了一场临时的逾越节晚宴。犹太人颂赞着解放与救赎，询问着为何今夜不同以往，高唱着 *Dayenu*①。仅此足矣。犹太居民委员会的粮仓开放了，人们开始储备食物。

然而，后来的战斗时日愈加艰难。大部分地堡断电断水，也没有燃气。各民兵队伍几乎全部相互隔绝。驻扎在雅利安人区的德国炮兵不断向地堡轰炸。行动变得艰难。齐维亚一如既往，保持着权威，积极行动，执行侦察任务，夜间巡视战士们的哨位和地堡，安抚他们，制订计划，试图确定德军的位置。这些夜间勘探极其危险。有一次，一个德国士兵对准她开火。好多次，她爬上一栋坍塌建筑的楼顶，以求夜间安宁。她回忆说："在那里，我沉浸在寂静之中，一躺就是好几小时。有时候，我摸着手里的枪，就么躺着，这感觉可真好。"

有一天晚上，她和两位战友要去隔都米拉街，与主要战斗小组取得联系。他们小心谨慎地走过一片废墟，穿过街道和小巷，挨着房屋迂回前行。当靠近那个地点时，她的心怦怦直跳，因为那里没有生命迹象。她感到不安，几乎说不出暗号来。

然后，被伪装隐藏的门开了。战友和老朋友们一下子都来与她拥抱亲吻。他们的战斗小组袭击了从后方进入隔都的德军，这些天仅有一人牺牲。这个地堡有一台收音机，正放着欢乐的音乐。接着音乐停止了。一个波兰秘密广播电台宣称："隔都犹太人正在以无与伦比的勇气战斗。"

齐维亚精疲力竭，还得去拜访其他人。但战友们不让她离开。

---

① "*Dayenu*"（希伯来语דיינו）是逾越节庆祝仪式中一首歌曲的名字，意为"这就足够了"。犹太人唱这首歌来表达对各种祝福和拯救的感激。——译者注

这个地堡有医疗部门,有医生、护士、医疗设备、急救用品、药物和热水。他们坚持要让齐维亚洗个热水澡;他们为她烤了一只鸡,开了一瓶红酒。他们畅谈着,无法抑制的情感在沸腾洋溢。他们对自己所做的充满了认同和感激。有人往纳粹头上扔了一枚燃烧弹,把他变成了一团火焰;有人打中了坦克,留下了一炷烟;还有人从德军的尸体上夺取了枪支。

其他战斗小组也有类似的成功经历:在门口埋下地雷,长时间拉锯战,受困于阁楼通道,但炸出了生路。一支300人的德军小分队被地雷炸得粉身碎骨。一位战士在所属战斗小组引爆炸弹后,这样描述:"粉身碎骨,肢体四散,鹅卵石成了碎屑,围墙篱笆坍塌,全然一片混乱。"在一次战斗中,有个纳粹士兵折返回大楼,举起了白旗,但犹太战斗组织并没有上当。齐波拉·勒勒(Zippora Lerer)探出窗户,向楼下的德军扔了几瓶硫酸。她听见他们难以置信的尖叫:"一个女人在战斗!"他们向她开火,但她没有退却。

崩得的玛莎·福特米尔赫(Masha Futermilch)爬上一处屋顶。她激动地颤抖着,以至于费了好一会儿工夫才擦亮火柴,点燃炸药芯。最终,她的搭档把手榴弹扔向了德国人。爆炸轰鸣,德军倒下了,她听见了一阵尖叫。"看,一个女人!一个女战士!"玛莎感叹不已,一阵宽慰涌上心头:她尽了自己的一分力。

她举起手枪,射出了最后一颗子弹。

汉奇准备按计划离开华沙。但谋事在人,成事在天。出发前几日,华沙隔都爆发了起义。汉奇临时决定,不去国外而是回到本津,在扎格伦比协助防御工作。如果注定要战死,那她愿意和姐姐还有战友们一起英勇就义。起义第二天,在战斗间隙,汉奇和两位战友偷偷穿过隔都的蜿蜒小路,一起走向火车站。分秒如金。他们到达了隔都与雅利安人区之间的开阔地带。汉奇身后便是激烈的战场。她背负着重重困难，要向前再迈一步。

突然响起了一个凶狠的声音："停下！"

全副武装的战友们急忙开枪。一大群警察前来增援。汉奇拼命奔逃。但纳粹把她赶进了院子。雷尼亚后来在日记里这样描述她亲爱的朋友："抓住了我们的女孩……他们扯着她的头发，把她拖到墙边，用枪指着她。她岿然不动地站着，直面死亡。"

经过了最初五天的热血战斗、街头冲突和阁楼袭击，犹太战斗组织惊讶地发现：几乎每个人都活着。这是好消息，却也成了问题。因为他们做好了慷慨赴死的准备，并没有计划逃生路线，也没有准备短期生存的方案。他们既没有藏身之处，也没什么食物。他们感到疲惫、饥饿，乃至虚弱。此刻，齐维亚被卷入了意料之外的新一轮探讨：他们该如何继续向前？

雷尼亚在雅利安人区的一家旅馆住下。第二天一早，按照雷尼亚的描述，"一位友好的女士"，可能是伊雷娜的联络人，带她近距离观看了隔都的战斗。通往隔都的每一条路上都挤满了德国士兵、坦克、公交和摩托车。纳粹头戴战盔，手持武器，随时准备出击。燃烧房屋的火焰染红了云彩。即便隔得很远，也能听见空气里充斥着尖叫。雷尼亚越靠近隔都，尖叫声就越让人心惊。纳粹士兵藏身在路障之下。党卫军整装待发，就站在隔都围墙的对面。在一片相连的雅利安人住宅区，有机枪口从阳台、窗户和屋顶伸出。隔都被全面包围。装甲坦克从四面八方射来炮弹。

但雷尼亚却目睹犹太人摧毁了纳粹坦克。她的同胞们，骨瘦如柴、衣衫不整、忍饥挨饿的犹太战士们，抛出了手榴弹，扣动了扳机。

在高空中，德国飞机在阳光下闪烁着微光，俯冲盘旋于隔都上方，投掷出熊熊燃烧的弹药，把街道变成了一片火海。建筑崩塌，高楼坍毁，尘土飞扬。激烈的交锋像是一场内战。雷尼亚写道：

"这不仅仅是一些犹太人与德国人的战争,而是两个完整的国家在交战。"

雷尼亚站在隔都墙边,近距离观战。这是她的使命与职责,她要见证并公布已发生的所有事。当她看着隔都在燃烧时,她悄悄在周边走动,想从尽可能多的角度观察这场战役。她看见身处火海的年轻母亲把孩子从顶楼扔出。男人们把家人抛出来,或者跳楼,用自己的死亡减缓妻子与年迈父母坠落时的冲击。

不是每个人都能自杀。雷尼亚看见,火苗越蹿越高,而隔都的居民们被困在一栋公寓楼的高层。突然,一团烈焰冲破墙壁,使其崩裂开来。众人纷纷受到火势冲击,倒地跌入瓦砾堆。废墟下传来可怕的哭喊声。几个抱着孩子的母亲奇迹般地在火焰中幸存下来,她们哀求着谁能救救她们的宝宝。

即便置身于这种野蛮残忍、令人作呕的混乱之中,雷尼亚也内心坚定,为希望而战。透过浓烟,她能够隐约看到犹太青年们站在未被火焰吞噬的屋顶上,手握机枪。是犹太女孩们!她们扣动扳机,抛掷出炸药瓶。小小的犹太儿童,男孩和女孩,用石头和铁棍伏击德军。当战火纷飞,硝烟燃起时,那些没有加入任何组织、对犹太抵抗运动一无所知的犹太人抓起了他们能找到的任何东西,与战士们并肩而行。因为除此之外,只剩死亡这一条出路。隔都里尸横遍野。大多是犹太人,但雷尼亚也看见了德国人。

雷尼亚站在隔都墙边,目睹了这一天的战斗,有些非犹太人也在围观。从一张照片里可以看到,一大群波兰人,有大人,有小孩,站在那儿,戴着帽子,穿着大衣,双手插在兜里,聊着天,而他们眼前是滚滚黑烟。维拉德卡也在雅利安人区,她看见成千上万的波兰人,从华沙各地而来,聚在一起观战。雷尼亚注意到,围观者在面临这样可怕的场景时,有着截然不同的反应。一些德国人吐着唾沫站到了一边,再也受不了这样的恐怖场面。透过附近一栋公寓楼的窗户，雷尼亚看见一个波兰女人撕裂了自己的衣服。那个女人痛哭着说："要是上帝看见这样的场景还能默不作声，那这世上压根没有上帝。"

雷尼亚感觉到自己脚步沉重。她从未见过的真实画面压得她站不起身。但与此同时，她心中亦闪着光，一种"因为仍有幸存的犹太人与德军对抗而产生的幸福快乐感"。

当战斗愈加激烈，雷尼亚颤抖着继续扮演波兰角色，最终回到了旅馆。她想要休息，但那些场景，那些她努力取得的情报困扰着她。她一直问自己："我没法相信自己的眼睛。我的感官骗了我吗？"那些倍受煎熬、饥饿交迫的犹太人，真的能够展开这样英勇的战斗吗？但是，是的，是的，她亲眼见证了："犹太人振作起来，希望带着人类的尊严去迎接死亡。"

这一天，在接下来的时间里，隔都的消息在城中传开：德军的死亡数量，犹太人夺取的武器数量，摧毁的坦克数量。据说，哪怕只剩最后一口气，犹太人也还在战斗。整整一夜，雷尼亚试图入睡，但她的床在爆炸中震动着。

第二天一早，她前往火车站，比前一天更加平静地穿行于这座城市。雷尼亚，一位来自凯尔采郊外小镇的犹太女青年，对于如何在华沙那些被战火蹂躏的荒凉街道避开死亡陷阱，已经很是在行。她一整天都和外邦人一起坐在火车里，而那些人对犹太人的英勇无畏赞叹不已，滔滔不绝地谈论着。

像先前的女情报员们一样，受益于被低估和误判，雷尼亚能够隐藏好自己抵抗分子的身份，悄然在华沙穿梭往复。她看起来就是一个纯良无害的年轻波兰女孩，偶尔在城中散步，偶尔搭乘火车去乡下，因而能有机会近距离观察这场战争中的伟大抗击，甚至听到关于战后局势的坦率讨论。她听到许多人猜测，"肯定是波兰人和犹太人一起战斗，犹太人怎么能进行这样英勇的战斗"。

火车飞速行驶着,离边境越来越近。雷尼亚几乎要藏不住她的好消息了。是各地起义的时候了。下一站,本津。

16
女匪

齐维亚
1943年5月

  齐维亚眼前是刺目的光亮。深夜如白昼，四方皆烈焰。

  最初的战役过后，纳粹重新制定了策略。他们不再进入没有犹太人出没的院子，而是以小队人马悄悄潜入隔都，寻找可疑的犹太人藏身之处。在隔都里，犹太战斗组织对纳粹发动了攻击。考虑到会面临小规模持久战，德军再次改变了战术。5月初，指挥官下令有序地烧毁隔都的主要木质建筑。

  齐维亚写道，在几小时内，整个隔都都被烈火吞噬。纳粹逐一摧毁建筑，射杀从浓烟滚滚的藏身处逃出来的人。即使是在由金属构建的地堡里，人们也因高温难耐和吸入烟雾而丧命。家庭、团体、孩子们在破败的街道上狂奔，寻找不易燃烧的避难之处。齐维亚惊恐地望着这一切。她描述道："华沙隔都被绑在了火刑柱上，烈焰冲天，火花在空中爆裂，可怖的红光照亮了天空……欧洲最大的犹太社区只剩可怜的残余，在最后的死亡中挣扎颤抖着。"她写道，"当这样恐怖的事件发生时，在隔都墙外，波兰人正在旋转木马前享受春光"。

  犹太战斗组织的战士们再也无法留在楼中作战，也无法越过屋顶。所有的阁楼和通道都被摧毁了。他们以湿布遮面、破布缠脚来吸收热量，并转而采用地堡战——没有准备自己的地堡，就征用平民的。大多数人都乐意分享自己的空间，并听从犹太战斗组织的命令不外出，以免使德军警觉。但最终，顽强的抵抗没能战胜烈焰。烟雾、热浪，所有的街道都被火海吞噬。齐维亚继续着每晚的隔都之旅，进入"烈焰燃烧的冲击中，碎石崩塌的动荡中，玻璃碎裂的巨响中，烟雾冲天的光柱中"。她写道："我们正被活活烧死。"

人们从火海逃向隔都的开阔地带，他们的脸和眼睛正被火焰灼烧。数百战士和上千平民聚集在米拉街一个残存的院子里，恳求犹太战斗组织指一条生路："亲爱的，我们能去哪儿？"齐维亚感到责任重大，却无法回答——"现在该怎么办？"犹太战斗组织的计划最终破灭了。他们曾经想象过最后一场面对面的战斗，如今却再无可能：他们准备好要发动一次小规模伏击，等着血洗德军，却没想到，刽子手们只要远远地处在安全地带，就能让他们承受这样的毁灭。正如齐维亚后来强调的，"我们要对抗的不是德国人，而是火焰"。

齐维亚搬到了米拉街18号。几周前，莫德哈伊·安尼列维奇（Mordechai Anilevitz）将犹太战斗组织的总部迁至这个大型地堡。该地堡是由犹太黑社会中臭名昭著的盗贼准备的。它位于三栋塌楼的下方，有一条长廊，设有卧室、厨房、客厅，甚至还有一个沙龙——中间有一把理发椅，还有一个理发师，帮助大家做好去雅利安人区的准备。他们给每个房间都取了一个集中营的名字。（在以安尼列维奇命名的以色列莫德哈伊纪念馆，游客可以参观复制的地堡。在这个砖砌的空间里有木制的铺位、悬挂在长绳上的衣物、收音机、桌子、椅子、羊毛毯子、电话、马桶和盆。）

首先，地堡里有一口井和水龙头，还有劫匪偷运进来的新鲜面包和伏特加。那个身材魁梧的劫匪头目很尊重安尼列维奇。他负责所有的安排和配给，处理得公平合理。他还派自己的人手帮助犹太战斗组织的战士，给他们指出德军位置、后巷和街边，虽然大部分地区都被摧毁了。他告诉齐维亚："我们是有开锁手艺的。"这个团队的中央指挥部也驻扎在那里,还有120名战士,他们被迫离开烧着的居所;再有就是平民。当齐维亚到达时,这个原先只为几十个人准备的地方,米拉街18号,已经收容了三百多人,每个角落都被塞得满满的。现在,人们真的开始面临过度拥挤、氧气不足和食物短缺的困境。在给安特克的一封信中,安尼列维奇写道,没有足够的空气,连蜡烛都没法被点燃。

白天,米拉街18号人满为患,战士们辗转反侧、心怀渴望、饥肠辘辘。(白天不允许做饭,因为炊烟会被察觉。)但到了晚上——纳粹什么时候下班呢?动起来吧。情报员与其他地堡取得联系,侦察团则外出寻找武器、联络人以及任何还能用的电话。(大火以前,托西亚每晚都与外面的战士联系。几个月来,战士们用车间电话给雅利安人区的战友们提供新消息。)其他人翻看空置的地堡,寻找任何有用的东西,哪怕是烟头。一百多名战士迫切需要武器。他们知道德军已经察觉了他们的位置,但还是整夜谈论着关于未来的美梦。他们冒险外出,舒展疼痛的肌肉,自由地走动,深深地呼吸。"即便是在燃烧的废墟中,隔都的夜晚也生生不息。"雷尼亚写道。

齐维亚继续写道:"然后,当太阳升起时,德军像饥饿的猎犬一样四处搜寻。那些犹太人在哪儿呢?最后的犹太人呢?"可以说,喘息的时间非常短暂。

经历了约10天的奋战,犹太战斗组织决定通过为数不多的地道和下水道逃往雅利安人区。已经有几名战士失败了:要么被枪杀;要么在地下迷了路,在饥渴和绝望中死去。但此刻别无选择。隔都已近乎覆灭,大块大块的钢筋混凝土堵住了街道,人在烟雾甚至焦尸的气味中根本没法呼吸。齐维亚害怕当执行任务时,要从一家又一家的尸体上踏过去。

纳粹搜寻着每一个地堡，偷听犹太人的对话，甚至抓走饱受折磨、忍饥挨饿的人作为人质。每天晚上，出来呼吸新鲜空气的人越来越少。组织上争论着应该拯救平民还是拯救自己。他们派出信使，其中包括17岁的男孩卡齐克（Kazik）。信使们穿过犹太军事联盟的地下通道，察看雅利安人区是否有安全的藏身之处。（犹太军事联盟曾经发动过一场激烈的隔都战役，高举旗帜，通过事先准备好的逃生路径进入雅利安人区。在那里，战士们打算加入游击队。犹太人军事联盟在该场战役中死伤惨重。）尽管安特克在雅利安人区进行了多次秘密会议，但进展并不顺利。战士们无处可逃，无处可避。

在隔都里，安尼列维奇如愿复仇，但仍感沮丧。现在该怎么办？他和齐维亚、托西亚、他的女朋友米拉·富赫尔（Mira Fuchrer，另一位勇敢的领袖，原本应该和汉奇一同逃脱）以及其他指挥官碰面，审时度势，共同商议对策。没有外援，也联系不上波兰共产党。他们的战斗结束了。

齐维亚写道："和什么战斗，和谁对抗呢？几乎什么也不剩了。"在得偿所愿的宁静之后是饥饿，是等待一步步靠近的死亡。谁也未曾想象过，他们竟然还活着，拿着武器，等待未知。战友们向齐维亚寻求鼓励、安慰和指令。她立刻抛开悲观的情绪，迅速行动起来。而她仅剩的出路是华沙四通八达的下水道系统。

一支队伍进行了一次下水道逃生任务，从和地堡相连的地下垃圾场出发。这些战士，包括赫拉·舒佩，都有着雅利安人的长相。齐维亚也和他们一起，她要说服地下垃圾场的负责人，还有一位向导，一同参与这个计划，护送犹太人离开。

首先要穿过隔都。大家都是波澜不惊的样子，开着玩笑，但战友们都紧握着手枪，进行着或许是最后的告别。他们像蛇一样，匍匐着从米拉街18号爬出，盼着在一片漆黑中能看见一丝光亮——他们还能再次看见太阳吗？大家呼吸着烟雾缭绕的空气，听着警卫指挥大家远离密集射击的区域，脚上裹了布条以免发出声响，穿过小巷，手指扣在扳机上。周围是被烧得只剩骨架的房子，除了窗户在风中嘎吱作响，一片死寂。他们走在碎玻璃上，踩着焦尸，陷进被高温熔化的焦油沥青里。最终齐维亚领着大家进了那个地下垃圾场，她成功和垃圾场负责人还有向导商量好了，他们熟悉地下的14条路。

这支队伍收到了几片面包、一块糖和一些指令。他们当晚就离开了。齐维亚竭尽全力克制自己的情绪，她听见每个人跳进去时溅起的水花声，接着是渐行渐远的脚步声。两小时后，向导回来报告说，大家成功进入了雅利安人区，从路中央的井盖爬出去了。然后他们按照指示，躲进了附近的废墟。与此同时，赫拉·舒佩和另一个模样端正的战友一起去找一个情报员女孩。（后来齐维亚才知道他们遭遇了德国人的袭击——向导带错出口了。赫拉·舒佩换了丝袜，还洗了把脸，逃走了。她成了唯一的幸存者。）

将近黎明，筋疲力尽的齐维亚准备回到米拉街18号，向安尼列维奇汇报她的好消息。但战友们，尤其是按照安尼列维奇的安排，负责保护齐维亚的战友们，拒绝让她白天外出。一直积极活跃的齐维亚不想被看成胆小鬼，但在和崩得的指挥官马雷克·埃德尔曼一番激烈争辩之后，她妥协了。

当晚，齐维亚、她的警卫兵还有马雷克·埃德尔曼动身前往米拉街18号。马雷克·埃德尔曼违反规定点了一支蜡烛，但立刻吹灭了。他们在建筑之间和尸体上面跌跌撞撞。有两栋建筑之间因为屋顶坍塌形成了一个坑，齐维亚突然摔了进去。不能呼救，不能发出一点儿声响。她立刻检查了一下枪还在不在。现在怎么办呢？不知怎么，男人们找到了她，并把她拉了出来。她回忆道："我摔得青一块紫一块，一瘸一拐地继续往前走。"她带着她的逃亡计划，带着这样一个盼头——还能在米拉街18号见到战友们——激动地往前走。她甚至想了一些好玩的方式和大家打趣。所以当她靠近那栋楼，看见隐蔽的入口已经被打开，而守卫们不见踪迹时，她想着是不是找错地方了。然后她意识到这应该是更严密的隐蔽计划的一部分。她检查了全部六个出口。说出口令。心提到了嗓子眼。

什么也没有。

然后。

《达瓦尔报》（Davor①）刊登："波兰犹太青年团体的领袖，托西亚和齐维亚，为捍卫犹太人的尊严牺牲于华沙。"

这则新闻传到了雅利安人区。一封电报送到了本津的弗鲁姆卡手中。"齐维亚和马维茨基（死亡）同在，托西亚和齐维亚同在。"她们的死亡成为希伯来语报纸的头版头条。

青年团体，举国上下，都在哀悼。齐维亚和托西亚成了犹太女战士的神话符号——"地下先锋里的贞德"。战友们被称为"托西亚的朋友"。运动先导被称为"齐维亚A"和"齐维亚B"。齐维亚的名字传遍了波兰、英国和伊拉克。整个波兰都是"齐维亚"，整个国家都因她的逝去而崩溃。讣告上写着："她们的名字将塑造全新的一代人……她们燃起的斗志与情谊，能够碾碎岩石，夷平山脉。"

然而讣告有误。

那天晚上，虚无过后，齐维亚注意到附近的院子里有几位战友。她松了口气跑向他们，猜想那是常规的夜间巡逻。并不是。她吓得连连后退。她看见战友们浑身是血，破烂不堪，在痛苦中扭动着、颤抖着、昏厥过去、喘不过气来——地堡里发生了一场屠杀，他们堪堪幸存。托西亚也在那儿，头和腿都受了重伤。

---

① Davar（希伯来语רבד，意为"话语"），希伯来语日报。——译者注

听到这样的故事，齐维亚陷入了恐慌。当纳粹抵达米拉街18号时，战士们猜想着，也许德国人会因为害怕而不敢闯进来。他们不知道是该从后门逃出去，并发动攻击，还是留在原地。他们知道德国人释放了毒气，但也听说只要用湿布捂好口鼻就没事了。并不是。纳粹一点一点地注入毒气，一点一点地闷死他们。120名战士死去，只有少数几位从一个隐蔽的出口逃了出来。

齐维亚感到震惊又崩溃。她回忆道："我们像疯子一样四处奔走，想要徒手扒开被石块堵死的地堡，触碰到战友们的尸体，并取回他们的武器。"

但他们没有时间发狂，没有时间去哀悼最亲密的朋友和失去的一切。幸存的犹太战斗组织成员需要治疗伤员，寻找避难所，并决定下一步做什么。齐维亚、托西亚和马雷克接过了指挥权。

他们像一队死尸，像幽灵一般行走着，到一个地堡，一个他们觉得还有活人的地方。齐维亚宣布更换总部地址。她总是在行动，在向前，从不陷入被动，因为那意味着向绝望屈服。齐维亚写道："无论如何，对他人的责任感会让你重新站起来。"

他们护送受伤的战士到达新的总部，却发现德军也知道那个地方。虽然危险，齐维亚还是决定留在原地，因为同伴们伤势过重，不能再折腾了。战士们全都既病弱又疲惫，准备好了一起倒下，同生共死。齐维亚派出一支队伍执行下水道逃生任务，还让其他人忙着照顾伤员，忙得没心思发疯。她整夜整夜地陷入同一种不安的情绪，却将情绪深藏在心底——我本该在那儿的……藏身于隔都火海、命悬一线——她已经被身为幸存者的愧疚感和羞耻感所吞噬。

但她哪有那么多时间去焦虑。在下水道里找出路的战士们回来报告说，他们在地道里奇迹般地遇见了卡齐克和一个波兰向导。

卡齐克受命通过犹太军事联盟的地道进入雅利安人区，并寻求援助。本土军拒绝向犹太战斗组织提供下水道地图或者向导。但这支队伍得到了波兰共产党和一个油脂收购贩子头目的帮助——当然，花了大价钱——也得到了其他几位盟友的帮助。卡齐克随后和向导重新进入地道，但向导走走停停，卡齐克不得不哄劝他，给他灌酒，最后甚至持枪威胁他。他们匍匐爬过最狭窄的洞口，像臭鼬般散发着恶臭，终于在凌晨2点抵达了隔都。但卡齐克却惊恐地发现，米拉街18号除了尸体和垂死之际的哭号，什么也不剩。他一无所获地转身离开隔都，几乎要疯了。他在下水道里大声呼喊着犹太战斗组织的暗号"Yan！"——这是他最后的绝望恳求。

他突然听到有个女人在回应他，"Yan！"。

"你们是谁？"扳机被扣上。

"我们是犹太人。"幸存的战士们从拐角处走出来。他们彼此拥抱亲吻。卡齐克告诉他们，外援比他们想象中的要多一些。他跟着大家回到了齐维亚和其他人那里。

5月9日，一支60人的战斗队伍和平民们聚集在新的地堡总部，准备逃亡。齐维亚仍在为刚刚牺牲的120名战士感到心碎。她担心还有其他战士被困在隔都里，不能趁着白天赶过来。一些战友们伤势严重，动弹不得，其他人则因为吸入毒气和烟雾而呼吸困难。人们不知所措，但拒绝离开。

最终，"大姐姐"不得不当机立断，她要拯救她所能拯救的人。她跳进了下水道。齐维亚后来写道："我现在体验到了纵身一跃的全部含义，像是跳进了黑暗的深渊里。污水飞溅，散落在你身上。你感到恶心至极。你的腿浸没在肮脏冰冷的下水道污泥里。但你继续前行！"

在下水道里，卡齐克和向导在前面带路，而齐维亚则是几十名战士的后卫。大家单行前进，弓身在淤泥里穿行，甚至看不见彼此的脸。齐维亚一只手拿着蜡烛（总是被吹灭），另一只手握着她宝贵的枪。下水道里漆黑一片，她低着头。在一些岔路口，水和粪淹没了脖子，大家必须得把枪举过头顶。有些地方非常狭窄，即使只有一个人也很难挤过去。他们饥肠辘辘，还带着受伤的战友们；好几小时没有喝水，一切都没有尽头。齐维亚的身体一直都浸没在污水里，而她满心想着的是被她抛在身后的朋友们。此时的托西亚既沮丧又消沉。她受伤了，偶尔会恳求大家把她丢下，但她还是坚持到了最后。

天亮之前，整支队伍奇迹般地抵达了雅利安人区普罗斯塔街的下水道。卡齐克解释说，本该接他们出城的卡车没有出现，出去对他们来说也不安全。他爬出去求助。在队末的齐维亚不知道发生了什么。她对救援计划的细节一无所知，也不能和外界沟通，因而陷入了焦虑。她担心的并非自己岌岌可危的未来，对于滞留隔都的战友们的担忧"残酷地啃噬着我的心"。

大家在普罗斯塔街的水井盖下面坐了一整天，听着街上的声音——马车、电车驶过时的声音，波兰孩子的嬉笑声。最后，齐维亚再也受不了了。她和同样在后面的马雷克·埃德尔曼挤到了前面。所有人，一无所知。到了下午，水井盖突然被打开，一张纸条被扔了进来。上面写着，救援行动当晚进行。大多战友都在绝望中唉声叹气，但齐维亚劲头十足地发出号召："我们回去把其他人带过来。"

两名战士自愿返回，要将犹太战斗组织的其他成员带到下水道出口。此后大家全都等着。

到了半夜，水井盖被掀开。尽管大家都极度脱水，以至于几乎吃不下东西，但战士们，至少那些还能进食的，都接过了送下来的汤和面包。他们被告知德国人正在巡视当地的街道，所以只能继续等待。有20名战士走了30分钟，到另一个地方去，好减轻这片粪水区的拥挤程度。他们周围积聚着危险的甲烷气体。一名成员虚脱倒下，绝望地喝着污水。

齐维亚等着两位自告奋勇去接回其他人的战友，担心着他们。她守在井盖附近，确保没有人草率行动。她看见一束崭新的阳光从井口射进来，那也意味着有新鲜空气进来。生命的声音从上方传来，那是一个遥远的世界。

5月10日的清晨，重返隔都的情报员们平安归来。但只有他们。他们报告说，德国人堵住了所有下水道的出口，还提高了整个污水系统的水位，所以他们只能回来。当拯救更多同伴的希望破灭时，齐维亚陷入极度的消沉。（她也不知道地面之上发生了什么，为了找一辆卡车接走战士们而付出的努力全都成了徒劳。）接着，传来了德国人的声音。

结束了吗？齐维亚感觉特别沮丧，她心里想着就这样吧。

上午10点，井盖被掀开。阳光洒进来，人们在光照中仓皇后退——他们被发现了吗？"快！快！"不，那是卡齐克，他催促大家立马出来。他们必须爬上金属井盖，上面有人拉，下面有人推着出去。拖着僵硬的肢体，穿着湿漉漉的衣服，他们快不起来，但他们一直一直在往外爬——有一份报告说花了半个多小时——其间，有40个人从地下爬了出来，上了一辆卡车。几乎没有任何安保措施，大概也就两个全副武装的帮手。波兰人在附近的人行道上观望着。

在卡车上，齐维亚终于看见了大家的模样："我们脏兮兮的，浑身污垢，破破烂烂的衣服上还沾着血，消瘦的面庞写满绝望，虚弱得伸不直膝盖……我们几乎没有半点人样。只有眼里的那团火能证明我们还活着。"大家舒展身体，紧紧握着手枪。卡车司机被告知是在运鞋子，而不是犹太人。有枪指着他，威胁他听从指令。

突然有消息说附近有德国人。到另一个地方的20名战士和去接他们的人都还没回到这个井口。齐维亚和卡齐克在这儿产生了一场"名争斗"，虽然齐维亚从来没写过这件事。按照卡齐克的说法，齐维亚坚持要让卡车等战友们过来。卡齐克则坚持说，他已经下令让所有人待在井口附近，现在不立刻离开会很危险。他承诺会再派出一辆卡车，并安排好司机。齐维亚愤怒地威胁要对他开枪。（多年以后，《卡齐克回忆录》一书的译者质问他："我理解你和纳粹抗争……但是和齐维亚？！"）

然后，他们在清晨的车流里前行。如齐维亚所说："这辆载有40名犹太战士的卡车，在纳粹占领的华沙市中心启程。"

这是崭新的一天。

第二次救援行动，也就是对于剩余20名战士的救援失败了。德国人得知了早晨在路中央明目张胆的行动，于是守株待兔。而犹太战斗组织不能在污泥里继续等下去了。他们不知道这一带全是德军，所以一爬出来就遭遇了伏击。他们和纳粹徒手肉搏，震惊了旁观的波兰人。当卡齐克回到井口时，他看见街头散落着一地中弹而亡的尸体。

好几个犹太人回到了隔都。齐维亚后来了解到，他们又整整奋战了一周。

齐维亚和卡齐克都被他们抛弃了同伴的事实折磨着。她承诺会等他们，但她没有。齐维亚背负着这样的负罪感，一直愧疚到死。

在华沙隔都起义中，有一百多位犹太女性和她们的运动团体并肩而战。在纳粹内部会议上，有报告说，这场战斗异常艰难。尤其是那些"恶毒"的女孩们，她们拿着武器，力战到底。在米拉街18号和其他地方，有几位女性自杀了。好多人是握着武器死去的。格罗德诺青年运动的利亚·科恩（Leah Koren）通过下水道逃脱，却在回到隔都，护理犹太战斗组织伤员时被杀。瑞吉娜·弗登（Regina Fuden）在反抗期间负责各组织之间的联络，往返于下水道，多次拯救战士们。她的讣告上写着："当水淹没她的喉咙时，她没有放弃，而是拖着同伴穿过下水道。"22岁的她在一次行动中被杀。德沃拉·巴兰（Dvora Baran），一个"梦想着森林和花香"的女孩，在隔都中心作战。当她所在的地堡被发现时，她的指挥官命令她先出来，她用自己惊人的美貌成功分散了纳粹的注意力，让他们停下了脚步。然后她扔出了手榴弹，"把它们扔进风里"，而同伴们已经占据了新的阵地。23岁的她在第二天被杀害。瑞秋·基什恩博伊姆（Rachel Kirshnboym）和一支队伍一同作战，还加入了游击队。她被杀时，22岁。崩得的玛莎·福特米尔赫用颤抖的手扔出炸药后，从下水道逃脱。

尼塔·泰特尔鲍姆（Niuta Teitelbaum）是斯巴达克斯共产党员，在华沙隔都众人皆知。二十多岁的她，扎着金辫子，看起来像是16岁的天真少女，而这样纯良的伪装掩饰了她的杀手身份。她径直走进了盖世太保高级官员的办公室，冷酷地枪杀了办公桌前的他。在另一位官员家里，她在他的床前扣动了扳机。在一次行动中，她杀死了两名盖世太保特工，还有一位被打伤送进了医院。尼塔就假扮成医生，进了他的病房，射杀了他和他的警卫。

还有一次，她戴上头巾，扮作波兰农家女孩，进入一个德国指挥站。一位党卫军士兵被她的碧眼金发所吸引，问她犹太人里还有其他这样的罗蕾莱①（Lorelei）吗？尼塔笑了，然后迅速掏出手枪。还有一种情况。她走到苏查大楼外的警卫面前，假装面露羞涩，小声说她得和一个官员谈点儿私人问题。警卫们以为这个"农家姑娘"怀孕了，就给她指了路。在她"男朋友"的办公室，她掏出藏好的消音手枪，朝他的头上开了一枪。出去时，她还对着让她进去的警卫们温和一笑。

这位战友被描述成了"自封的刽子手"。她曾在华沙大学学习

---

① 在德国传说中，罗蕾莱是居住在莱茵河中的海妖，以其美丽的歌声吸引船只，并诱导它们撞上礁石。因此，罗蕾莱被用来指代美丽而危险的女性。——译者注

历史，而今为犹太战斗组织效命，负责偷运炸药和人。尼塔在华沙隔都组织了一支女性部队，并教授大家如何使用武器。在华沙隔都起义期间，她帮助突袭了隔都围墙上的纳粹机枪据点。

"扎辫子的小旺达"是她在盖世太保那里的代号，列于最高级别的通缉名单上。她在华沙隔都起义中活了下来，最终却遭遇追捕、拷问。几个月后，25岁的她被处死。

纳粹的最后行动是炸毁特洛马克（Tlomackie）大街的犹太会堂。这栋大楼构筑于华沙犹太启蒙运动的巅峰时期，象征着波兰犹太人的卓越光辉以及归属感。整个巨大的建筑物在烈焰中咆哮，像是在呼号着犹太民族的终结。

大火灼烧的痕迹仍旧烙在隔壁建筑的地板上。犹太自救组织曾在这里驻扎，维拉德卡和齐维亚也曾在此停留。这栋小小的白砖建筑成了第一座大屠杀纪念馆，现在还是伊曼纽尔·林格布卢姆犹太历史研究所（Emanuel Ringelblum Jewish Historical Institute）的所在地。作为世界上最具犹太历史意义的建筑之一，它虽然伤痕累累，但象征着犹太民族生生不息。

这趟离开华沙的卡车之旅并不容易。齐维亚躺在拥挤的地板上，沉默着、震惊着，疲惫不堪、满身脏污，也为抛下战友而感到恐惧。车上的每个人都散发着恶臭。被浸湿的武器也没法用了。她完全不知道自己会被带向何方。在一小时里，没有人发出半点声响。之后他们出了城，进入洛米昂基森林。这里稀稀拉拉地长着一片低矮粗壮的松树苗，附近有一些村庄和德军武装组织，只适合作为临时避难所。已经先一步从隔都逃出来的战友们见到了他们，看见大家都还活着，看见这批新人苍白消瘦的面庞，感到非常震惊。他们的头发被下水道的污水浸湿了，衣服上都是泥。那些他们为之拼搏过的战役，最后两天在下水道里的煎熬，无可挽回地改变了他们的外貌。

老战友们给新人提供了热牛奶。齐维亚喝得头脑发昏,心底却又十分雀跃。这是一个宜人的五月天,周围枝繁叶茂,花香四溢,一片田园风光。齐维亚已经很久没有闻到过春天的气息了。她突然开始落泪,这么多年,这是第一次。以前不允许哭,因为可耻。但现在她不管了。

战士们坐在树下,面对这一切,仍感震惊。他们脱掉腐烂的衣服,挠着脸上的污垢,直到流血。在好几小时的沉默以后,他们吃吃喝喝,围在篝火旁,确信自己是世界上最后的犹太人。齐维亚睡不着,头昏脑涨地思考着:"我们有什么还没做的吗?"

80名战士聚集在森林里,建立了一个临时指挥所。齐维亚、托西亚和其他领袖用树枝搭了一个临时住所,讨论下一步该做什么。他们记录了所有的武器、钱财和一位战士从隔都里带出来的珠宝的金额数量。大家分成小组,搜集木棍,搭建容身之处。在几小时后,他们意识到不会再有更多隔都幸存者加入进来。两天后,安特克来了,听到齐维亚活下来了,就在那儿。

尽管安特克开了数不清的会,也没能在华沙的雅利安人区建立安全屋;本土军没有提供他们承诺的帮助。维拉德卡的努力也都是白费力气。犹太战斗组织接受了人民军的提议,把大部分人转移到了位于维什库夫森林的游击队营地,但少数病号伤员被藏匿在了华沙。安特克把领导们转移到了他的公寓,那里有一间密室,藏在两堵墙后面。他也转移了齐维亚,虽然她并不是正式的指挥官。后来他说:"要是有任何人因为我要照顾妻子而责备我,那就这样吧。"他希望大家都能在身边。

安特克给华沙一家胶片厂的老板付了一大笔钱,让他停产。几位从下水道里逃出来的战友们被安置在了工厂的阁楼里。有梯子可以上去,不用的时候还能挪开它们。阁楼里有小天窗照明,战士们睡在装满胶片的大麻袋上。一名波兰守卫守护着这里,还给战士们带来了食物。这家工厂是一个商量事情的好地方,全体领导人的会议被安排在了这里,就在5月24日,从下水道出来的两周后。

5月24日,一个版本:正当托西亚在阁楼等待着会议开始时,一位战友点了一根火柴抽烟,烧着了成堆的胶片,引发了一场熊熊大火。另一个版本:托西亚住在阁楼上,受了伤,不能动弹,当火灾爆发时,她正在用药膏热敷伤口。

火势蔓延得很快,因为梯子被放到了一边,天窗也太高,所以几乎不可能逃生。几名战士打破烧着的天花板,跳了下来,得以幸存。托西亚的衣服着火了,她设法逃脱,但被严重烧伤,还从屋顶上摔了下来。波兰人发现了她,把她交给了纳粹。他们将她折磨致死。而在另一个版本中,她跳下来自杀了,只因不愿被活捉。

17
武器，武器，武器

雷尼亚
1943年5月

  武器——给那些此前从未想到过这是毁灭性工具的人们。
  武器——给那些被教导要好好工作与和平交易的人们。
  武器——给那些厌恶枪支的人们。
  对于这些人，武器变得神圣……
  我们在神圣的战斗中使用武器，要成为自由的人民。

——卢什卡·科尔恰克

  "弗鲁姆卡，这不是你的错。"雷尼亚重复了无数次。她看着自己的朋友，自己的领导，在尖叫，在打转。雷尼亚顺利完成了使命，并带回了消息，但都不是好消息。"弗鲁姆卡，拜托你，冷静。"

  弗鲁姆卡心里波涛汹涌，失控地宣泄着情绪，开始自我反省。当得知齐维亚还活着时，她激动得脸都红了，重新有了动力。但在听到汉奇死在了华沙隔都时，一切又都崩塌了。

  弗鲁姆卡尖叫道："是我的责任。"她用力捶打着自己的胸口，把雷尼亚吓得跳了起来。弗鲁姆卡上气不接下气："是我送她去的华沙。"雷尼亚不知道该抱抱她还是该回避。战士们尽量向弗鲁姆卡隐瞒她妹妹的死讯,就是因为担心她会像这样崩溃。在日记里,海依卡认为,作为领导的弗鲁姆卡无法面对战时的绝望现实。

其他战友也一起安慰:"不是你的错。"

雷尼亚一次又一次地叫喊着:"我的错!妹妹死了,都怪我!"她抽泣着,滚滚的眼泪,止不住的痛苦。

雷尼亚后来又写道:"但人有钢铁般的意志,可以硬起心来面对痛苦。弗鲁姆卡在这样的打击之后也重新振作起来。"弗鲁姆卡的心里要是还有什么,那就只有一个念头在聚焦、在咆哮:复仇!

雷尼亚看着弗鲁姆卡化悲痛为行动,带着愤怒与激情执行营救和自杀任务。她得知父母的死讯时,也有过同样的感受。这是火上浇油。弗鲁姆卡变得执拗起来:但凡有战斗能力的人都不该坐等救援!自卫是唯一的救赎之道!要以死谱写英雄的终章!

不仅是弗鲁姆卡,对抵抗的热忱也在雷尼亚心里滋长蔓延。事实上,整个本津的犹太战斗小组都是这样。这场发生于华沙,持续六周的战役是对抗纳粹的首次城市起义。每个隔都的战士都希望以波兰战士为榜样,效仿追随。海依卡希望扎格伦比不仅是华沙的一面镜子,而且还要超越它。本津的犹太战斗组织制订了烧毁整个隔都的计划,还提供了少量的武器使用培训课。自从伊齐亚·佩耶蒂克森在琴斯托霍瓦被秘密逮捕,犹太战斗组织就改变了政策:所有运送武器的情报人员必须两人一组行动。

雷尼亚也是情报员之一。

她和青年卫队成员,22岁的伊娜·格尔巴特(Ina Gelbart)搭档。雷尼亚描述对方是"一个活泼的姑娘。高挑、甜美又机敏,典型的西里西亚姑娘。从不惧死"。

雷尼亚和伊娜都有假证件,能越过边境线进入总督府。这些证件是花了一大笔钱,从华沙一位专业造假人士那里获得的。虽然花费巨大，但之后雷尼亚表示，这不是讨价还价的时候。姑娘们在抵达边境时，满怀信心地递交了必要的证件：一张政府签发的过境许可证，上面附带了照片；还有一张身份证，也带有肖像。那时候，通往华沙的路相对宽松，如果证件检查能安然通过，她们就知道这次旅程应该会顺利。

警察点了点头。

雷尼亚此刻更加自信地在华沙展开行动，她自觉经验丰富，熟悉这座城市。两个女孩得找到她们的联络人塔洛夫，他是住在雅利安人区的犹太人，和伪造证件者还有军火贩子都有联系。雷尼亚写道："他很关照我们，当然也收了很多钱。"

雷尼亚走私的左轮手枪和手榴弹主要来自德国人的军火库。雷尼亚解释说："有个士兵经常将之偷出来卖掉，其他人再转卖，我们买到的可能是第五手。"在其他女性的描述中，武器来自德国军营、武器修理店以及劳动营，还有农民、黑市、打瞌睡的警卫、波兰地下组织，甚至是从苏联人那里偷枪出售的德国人。自1943年失去斯大林格勒（现称伏尔加格勒）之后，德军士气下降，士兵们开始卖掉自己的枪。最容易买到的是步枪，但是携带和藏匿步枪都很困难；手枪更方便也更昂贵。

雷尼亚解释说，有时候他们走私一件武器，将之一路带回隔都，却发现它锈得厉害，开不了火，或者没有合适的子弹。大家买之前也没法试用。"在华沙，没有时间，也没有场地试用这些武器。我们必须迅速把有缺陷的武器打包好，藏在角落里，然后坐火车回到华沙换一个好的。人们又一次冒着生命危险。"

女孩们顺利找到了塔洛夫，他给雷尼亚和伊娜指了一个墓地。在那里她们将会买到宝贵的货物：炸药、手榴弹和大量的枪支。

雷尼亚将每一件走私来的武器都视如珍宝。

在这些主要的隔都里，犹太战斗组织几乎都没有武器。早先，比亚韦斯托克犹太战斗组织只有一支步枪，各战斗小组必须轮流领用，好让每个人都能接受真枪实弹的训练。在维尔纳，大家共用一把左轮手枪，在泥墙上射击，以便重复使用子弹。克拉科夫最初一把枪也没有。华沙最开始只有两把手枪。

波兰地下组织承诺提供的武器，或者被取消运送，或者中途被盗，再或者被无限延期。情报员们被派出去寻找和走私武器弹药，并将它们送回隔都和营地，他们通常没受到什么指导，还总是承担着极大的风险。

在这样极端危险的任务中，对于作为情报员的女孩们来说，强大的心理素质是不可或缺的。她们为藏匿、贿赂和为打消怀疑而进行沟通联络，她们所具备的专业技能至关重要。弗鲁姆卡是第一位把武器偷运进华沙隔都的情报员：她把武器放在一麻袋土豆下面。阿迪娜·布莱迪·斯瓦伊格（Adina Blady Szwajger）也是这样走私弹药的。有一回，一支巡逻队命令她打开包裹，她打开时的微笑和高傲的姿态救了她。布隆卡·基尔巴斯基（Bronka Klibanski）是比亚韦斯托克的一名青年战士，在乡村面包里藏了一把左轮手枪和两枚手榴弹，通过行李箱走私。在火车站，有一个德国警察问她带了什么。她"坦白"说走私了食物，从而成功避免了开包检查。警察对她的"供认不讳"回应以保护，要求列车员关照她，确保没人打扰她或者动她的箱子。

雷尼亚知道她不是第一个为了反抗而带回战利品的情报员：为了克拉科夫和华沙的起义，情报员们获取武器并将其送进隔都。当克拉科夫的主要情报员，来自阿基瓦的赫拉·舒佩被派往华沙购买枪支时，她知道自己将要在火车上卧底长达20小时。她把头发染成了亮丽的金色（用了强力漂白胶囊），用包头巾式的披肩绑起了头发，向一位非犹太朋友的母亲借了一套时装，还买了一个昂贵的麻布印花手提包——那在战时非常流行。她看起来像是要去一个午后剧场。在一家诊所门口，她和人民军的联络人X先生碰了面。她被告知接头时对方正在读报。按照指示，她要问他时间并要求看他的报纸。他离开后，她保持一段距离跟上去，与他上了不同的车厢，最后来到一位鞋匠的公寓。

赫拉·舒佩等了好几天才拿到东西：五件武器、四磅炸药和一些弹夹。她把手枪用胶带贴身粘着，把炸药藏在精致的手提包里。她没有去剧院，她自己就是一场戏。在一张照片里，她身处华沙的雅利安人区，微笑着，心满意足的样子，穿着量身定制的短裙套装，下摆刚好及膝，搭配皮鞋、发髻和一枚胸针，她手里拿着一个小巧时尚的手提包。古斯塔这样描述她："无论谁在火车上看到她调情的样子……看到她挑逗的微笑，都会以为她是去看未婚夫或者度假的。"（即使是赫拉·舒佩，有时也会被抓到。有一次，她从监狱的卫生间逃脱。她执行任务的时候从来不穿长外套，以便让双腿不受阻碍。）

在华沙的雅利安人区，犹太战斗组织的成员们要花费好几个月时间努力获取武器。他们乔装成波兰人，在地下室或者在女修道院的餐厅安静地开会，一旦有女服务员走近，就改换话题。维拉德卡·米德最开始往隔都走私的是金属锉刀——犹太人随身带着这些刀，一旦被推上去往特雷布林卡的火车，就可以用锉刀割开窗户栏杆，然后跳下去。维拉德卡花了2000兹罗提从房东侄子那里买到了她的第一把枪。她付给房东75兹罗提，让他把盒子放进围墙的一个洞里，或者叫"meta"①，这一片的守卫比较容易贿赂。人们还加入了劳工队伍，跳下途经隔都的火车，带着"礼物"往来传送于隔都和雅利安人区。走私的物品被放在垃圾车和救护车里，通过排水管送出去。在华沙，法院大楼在隔都和雅利安人区都有入口，许多

---

① 波兰语，意为目标、终点。——译者注

情报员会利用这一点。

有一回,维拉德卡不得不将3箱炸药拆成更小的包装。在一栋大楼里,有一家地下工厂,维拉德卡通过它的窗户格栅把它们送出去,而旁边就是隔都。维拉德卡用300兹罗提和一瓶伏特加贿赂了一个非犹太守卫。当他们在黑暗中紧张地工作时,如维拉德卡所回忆的,"这个守卫颤抖得像树叶一样"。结束时,他浑身是汗,咕哝着:"我再也不会冒这种险了。"当维拉德卡离开时,他问包裹里是什么。"粉末涂料。"她回答道,接着小心翼翼地把散落到地上的炸药收集起来。

哈夫卡·福尔曼(Havka Folman)和提玛·施耐德曼把手榴弹藏在卫生巾和内衣里,偷运进了华沙隔都。当她们搭乘拥挤的电车穿行于这座城市时,有一个座位空了出来,一个波兰人彬彬有礼地让提玛坐下。然而,如果她坐下,那些手榴弹可能会爆炸。女孩们用聊天的方式,聪明地摆脱了困境,用响亮的笑声掩盖了心里的强烈恐惧。

在比亚韦斯托克,情报员哈希亚·别利茨卡不是孤军奋战。18位犹太姑娘携手为当地的犹太战斗组织提供装备,租用波兰农民的屋子,在纳粹家、旅店和餐馆上白班。哈希亚是一个党卫军的女佣。这个男人有一橱柜用来打鸟的手枪。哈希亚定期拿走一些子弹,放进大衣口袋。有一回,他愤怒地把她叫到橱柜前。她以为自己被发现了,而他只是因为武器没被整齐有序地摆放而生气。情报员女孩们把弹药藏在房间的地板下面,并通过隔都围墙边一个公厕的窗户,把机枪子弹递进隔都。

在比亚韦斯托克隔都遭遇清洗,以及青年起义发生之后,情报员们继续向各游击队提供情报和武器,以确保大家能够闯进盖世太保的军火库。为了能将一支大型枪械带进森林,女孩们分批运送每一部分钢件。

哈希亚大白天用一个类似玻璃罩的金属管携带了一支长枪。突然,有两个警察来到她面前。哈希亚知道,要是她不先开口,他们就会开口。所以她问他们几点了。"天哪,这么晚了?"她惊呼道,"谢谢你们,他们在家该担心我了。"正如哈希亚所说,"假装特别自信"是她的卧底风格。在办公室里,她会向盖世太保抱怨,她等自己的(假)身份证等了好久。有一次,一个纳粹看到她试图进入隔都,她想都没想,就脱了裤子小解,把对方吓蒙了。同样,要是一个波兰女人怀疑谁是犹太男人,男人明智的做法就是脱了裤子证明自己没受过割礼——这通常足以把人吓跑。

哈希亚有了一份新工作,她的新老板是个德国平民,在德军手下当建筑主管。她知道他曾经帮助养活他的犹太工人,有一天晚上她告诉他,自己是犹太人。

哈希亚的室友哈伊卡·格罗斯曼曾经领导比亚韦斯托克的起义,在被驱逐出境时逃跑了,她也为反纳粹的德国人工作。

五位幸存的情报员姑娘发起了一个反抗德国人的小组。当苏联人到达时,她们做了介绍,并主持了比亚韦斯托克反法西斯委员会,召集了当地所有犹太抵抗组织。姑娘们把武器从友好的德国人那里取来,递给苏联人,为红军占领比亚韦斯托克提供了所有情报,还从逃跑的轴心国士兵那里获得了武器。

在华沙隔都起义之后,战士们也需要武器自卫,还要为其他集中营和隔都的犹太抵抗运动提供支持,比如在雷尼亚所在的地方。利亚·哈默斯坦(Leah Hammerstein)在雅利安人区的一家康复医院做帮厨。她的青年卫队战友曾经问她愿不愿意偷一把枪,把她吓坏了。他再也没提过,但她一直记挂着这个事情。有一天,她路过一个德国士兵的房间,里面没人。她毫不犹豫地走向衣橱,一把手枪就在那儿等着她。她把枪藏在裙子下面,然后走进浴室,锁上了门。现在怎么办呢?她站在马桶上,看见有一扇小窗通向屋顶。

她用内衣裹住枪，将其滑出窗户。之后，轮到她扔垃圾的时候，她就上了房顶，取回了枪，然后把枪扔进了医院的花园。整个医院进行了搜查，但她并不担心——没人会怀疑她。下班时，她从杂草堆里捡回裹好的枪，放进手提包里，回家了。

在华沙墓地，雷尼亚拿出藏在鞋子里的现金。她和伊娜购买了武器，用结实的布料做成了腰带，把武器绑在自己瘦弱的身躯上。其他走私物，比如手榴弹和燃烧弹，则被她放在一个背包的秘密夹层里。

然而，从华沙到本津的归程比来时更艰难。当火车南下，树木飞驰而过时，她们遭遇了突如其来的搜查，更加彻底。当一个军官翻看每一个旅行小包时，雷尼亚拼命克制让自己不要发抖。另一个军官抢走了所有食物包裹。第三位军官是来找武器的。"对于情报员，付出的是大量的金钱、精力和情绪，"雷尼亚回忆道，"如果情报员没有按时返回，战友们也会抓狂。谁知道在这段时间里发生了什么？"

当军官们走近时，她假装是走私食物的。"先生，就是一些土豆。"

他给自己拿了一些，然后放她走了。

在整个旅途中，雷尼亚和伊娜随时准备应对任何突发状况。她们准备好被枪击，如果必要，也准备好从行驶的火车上跳下去。她们必须清楚地知道在全面搜查时该怎么办。她们必须知道被捕了该怎么办。她们必须知道绝不能被发现是犹太人。绝不能看着不开心，对纳粹的注视只能报以微笑。她们必须知道即使被拷问，也什么都不能说，不能泄露任何信息。一些情报员随身带了氰化物粉末以防被带走审讯。只要她们拉动一根线，那些部分被装在纸袋里、部分被缝在外套里衬口袋里的粉末就会落到手里。

但雷尼亚没有采用这样的逃脱方式。她解释道："你必须举止坚定稳健。""你必须有钢铁般的意志。"这是她在火车上对自己重复的话。穿过森林,通过检查,将枪支绑在身上,她的唇边挂着微笑。这一课她学得很好。

这和她曾经想象过的速记员生活不太一样。

18
绞刑架

雷尼亚

1943年6月

  回到本津。凌晨时分,雷尼亚听见远处传来枪声。她看见窗外的天空明亮如白昼。探照灯照亮了一切的混乱。警察、盖世太保和士兵们包围了隔都。人们穿着衬衫或是一丝不挂地跑上街,"像是被赶出蜂巢的蜜蜂"。

  雷尼亚跳下床:驱逐出境!就在她从华沙回来几天后,就在战友们为她藏匿的武器欢呼雀跃之后,就在莎拉因着她安全归来而开心得几乎晕过去之后,就是现在了。

  但至少,他们准备好了。

  早上4点。弗鲁姆卡和赫谢尔安排所有人下到地堡里。几乎每一位。为了不被怀疑,一小部分人留在了他们的房间里——那些有通行证的人。如果纳粹发现一栋楼空无一人,就会搜查。要是纳粹发现了地堡,那他们就全都死定了。最好是让他们觉得一切如常。

  没时间考虑了。没有时间执行什么伟大的计划。九个人留在了他们的房间里。炉子被抬了起来,其他人,包括雷尼亚,从炉子下方爬了进去。大家一个接一个进入了他们准备好的安全屋。留在上面的一位战士盖紧了炉子。

  雷尼亚坐下。

  一小时后,有靴子踏过的声音。然后,是德国人的声音,他们咒骂着，打开橱柜，把家具翻了个底朝天。屋子被拆得七零八碎。他们在搜查，要找到大家。

雷尼亚和她的战友们一动不动，连颤抖也没有，几乎是憋着气的。

一片静止。

最终，纳粹离开了。

但大家又静坐了好几小时。有30个人被塞进了狭小的地堡。空气从墙上的细缝里流了进来。除了一只苍蝇的嗡嗡声，全然寂静。一阵热浪袭来。然后是恶臭。人们拍打着双手，给彼此带去空气，以防朋友们昏过去。突然，齐波拉·马德尔（Tziporah Marder）倒下了。幸运的是，队伍里有人藏了一些水和嗅盐，试图唤醒她，但这个年轻女子还是浑身湿透、一动不动。他们应该怎么办呢？他们自己也都呼吸困难。大家一直掐她，最终总算得到了微弱的反应。缺氧让人恶心。"我们嘴巴干干的，特别渴。"雷尼亚回忆道。

上午11点。没有人回来。已经在地堡里待了7小时的他们还能坚持多久呢？大家又坐了30分钟。后来从远处传来了声音，这就好像是从坟墓里传来的声音。一片可怕的哭号声与叫喊声。雷尼亚能够听到上面有身躯跌跌撞撞、抽搐打战的声音。

大家等着有战友把炉子抬起来。"谁知道他们是不是还在这儿？"弗鲁姆卡问道，她的希望黯淡下去。没有人来。

终于，有脚步声。门被打开了。

在未来孤儿院照顾孩子们的战士马克思·菲舍尔（Max Fischer）和伊乌扎·汉斯多夫（Ilza Hansdorf）回来了。只有他们没被驱逐出境。雷尼亚的喉咙里发出了一声哀号：他们最好的七位同伴，走了。

雷尼亚费了好大的劲才缓过来，去听战友们传达的消息。所有人都被赶了进去，排成一条长队。德国人不看工作证，也不区分年轻人和老年人。一个盖世太保举着棍子四处走动，把大家分开：部分在右，其他在左。哪一组会被赶去送死呢？哪一组会存活下来呢？最终，右边的人被带上火车运走了，其他人则被送回了家。一根小警棍，向左或向右，轻轻一挥，便决定了一个犹太人的生与死。

一些人在试图逃跑时被射杀。

雷尼亚和她的战友们走到外面，站在他们的小房子前。一切都是徒劳，被送上火车的人不可能被捞出来了。周围的人们哭号着从警察局跑进跑出。有人想念他的母亲，还有人想念她的父亲、丈夫、儿子、女儿、兄弟姐妹，每个留下的人都被夺去了亲故。人们在街头晕倒。一位母亲近乎疯狂，想要加入被驱逐的队伍——纳粹抓走了她那两个还没长大的儿子。5个孩子哭着回来：他们的父母被带走了。他们无处可去，其中最大的才15岁。犹太居民委员会副主席的女儿跌坐在地上，撕扯着她的衣服。他们将她的父母和兄弟驱逐出境，她孤身一人。她为什么还要活着呢？哭喊，绝望。没用，全都没用。被带走的人再也回不来了。

包括赫谢尔·斯普林格。赫谢尔夜以继日地帮助拯救同胞们，在社区中受到所有犹太人的爱戴与尊敬。人们像对父亲一般为他哭泣，包括雷尼亚。

街上躺着晕倒的人，还有在痛苦中扭动的人，他们的身体被有毒的达姆弹损毁。亲人对他们的痛苦无能为力。路人从他们的身体上踏过去。没有人尝试帮他们痊愈复苏，他们伶仃无援。每个人都有自己的苦处，觉得自己才是最痛苦的。全是子弹窟窿的尸体被放在马车上。田里的谷物被藏在麦穗麻秆间的人们践踏。雷尼亚听见周遭尽是垂死的叹息。

对雷尼亚，对任何人来说，见证这一切都太难了。这群人回了家。床被翻了过来，每个角落都有人躺在地上哭泣。未来孤儿院的孩子们伤心欲绝。雷尼亚无法平息他们的啜泣。

弗鲁姆卡撕扯着头发，连带着头皮。"我有罪！"她尖叫着，"我为什么要让他们留在屋子里？我杀了他们，是我送他们去死的。"雷尼亚又一次试图安抚她。

在几分钟后，在另一间屋子里，战友们发现她正向自己举刀。他们从她手中奋力夺过刀，而她尖叫着："我是害死他们的凶手！"

枪击没有停止。遭遇驱逐的那群人站在站台上，由武装士兵们看押着。一些人跳过将他们和大路隔开的金属栅栏，试图逃跑。栅栏的另一边，一些波兰人和德国人观望着，看起来很满意。"真可惜有些人被落下了，但他们的死期也快到了。"雷尼亚听见有人这么说。"他们不可能一次性把所有人都送走。"其他人回应，"希特勒现在没杀的，我们会在战后杀掉。"

火车到了。纳粹把人塞进拥挤的牛车。没有足够的空间。剩下的犹太人被推进了一栋大楼，那里曾经是一座孤儿院和养老院。

雷尼亚看着牛车去往奥斯威辛。

所有上车的人都死在了这一天结束之前。

其余被关的犹太人从四楼的窗户向外张望，发疯似的找寻一个能救他们的人。这栋楼被盖世太保包围了。犹太民兵们四处乱转，紧张地考虑着他们是不是可以帮到一个家庭或是一位朋友。最终，罗斯纳的工人们被释放了。罗斯纳说，只要他活着，就不会让他的工人被拖走。但盖世太保知道这改变不了什么，所有的犹太人早晚都会被杀。

第二天早上，剩下的犹太人被送走了。纳粹还需要再有几百人，来组建一支千人小分队，再将这支小分队装满一车。"我们不太明白这个整数特别在哪里，"雷尼亚写道，"我们常常开玩笑说，他们最少能杀这么多人。"虽然处在暴虐的境地中，幽默帮助犹太人驱散了恐惧，否定了死亡的重要性，使他们感觉能够稍稍掌控自己的命运。

几小时后，盖世太保冲进了一个车间，抓走了剩下的人。于是，两天之内，纳粹从本津带走了8000人进行屠杀，这还不算那些被枪杀或因痛苦和恐惧而死去的人们。

没有了赫谢尔，弗鲁姆卡再也没法继续运营这个基布兹了。她受不了一直要担心和规划未来的状态。自由会开始分崩离析。没有人想出去。"一场驱逐行动悬在我们的头顶，工作还有什么滋味？"雷尼亚提出了这个问题。战友们知道这只是时间问题，很快，他们都将被杀。大家开始考虑离开隔都，各奔东西，每个人都将逃往自己的目的地。

犹太居民委员会的领导们向社区发表了"积极的演说"：工作，唯有工作才能拯救剩下的犹太人。有些人寻求常态，回到劳动中。每走一步都带着沉重的心情。

在本津驱逐行动几天后，有一个小小的奇迹。一位犹太民兵传来一张纸条。雷尼亚不敢相信自己的眼睛：赫谢尔的笔迹。这是真的吗？

雷尼亚、阿莉扎·奇顿菲尔德和马克思·菲舍尔跟着警察回到车间，路上全是盖世太保的人，盖世太保们会拦下每一个路人。他们遇到一位犹太民兵，他血流不止，耳朵被撕裂，脸颊被打瘪，染红的白西装映衬着他苍白的面色。一个盖世太保对他开枪打着玩儿。

传来纸条的民兵护送他们到了顶楼，进入一个杂乱的小厅。他挪开一堆杂物。就在其间，赫谢尔就在那儿，像在一个秘密窝点。

雷尼亚奔向他。他被重创，几乎无法辨认。他的脸被抓破，脚也受伤了。但他轻声笑着，像父亲一般拥抱了大家，眼泪顺着他干瘪的脸颊流下。他安慰大家说，没有发生什么特别危险的事儿。他的腿可能已经被打断了,但"最重要的是,我还活着,还能见到你们所有人。什么也没有失去"。他给大家看了他口袋里的东西,然后讲了他的故事。

"他们把我们推上火车……大家都被打了……我寻思着怎么逃跑。我随身带了一把小刀和凿子。虽然不容易,但我还是撬开了窗户。太挤了,所以没人注意到,但当我要跳的时候,有人按住了我的胳膊和腿,尖叫道:'你干什么呢?因为你,他们会像杀了牲口一样杀了我们!'

"火车继续向前。约尔和古特克(Gutek)拿出剃须刀片要自杀。我不能让他们这么做,我让他们等到所有人都没留神的时候跳下去。突然机会来了。我想都没想就跳了出去。另一个人跟在我后面跳了……我宁愿这样死去也不要死在奥斯威辛。我听见身后有枪声,是守路的德国人。我滚进一个坑里。火车继续向前。我远远地看见有人躺在路上——大概是跳车的人,他已经被射杀了。离我不远处,有一位波兰女人在田里干活。她把我拖进田里,远离铁轨。

"我的脚受了伤,走不了路。她告诉我奥斯威辛就在附近,而我跳车是明智的,因为所有犹太人都是被带去送死的。她从家里给我带了吃的,撕扯开我的夹克,用来包扎我的脚。然后她让我离开,因为如果村民们看见我,就会把我交给德国人。那会儿已经是晚上了。我四肢着地爬起来,朝着她指给我的方向爬行。白天,我躺在田地里吃胡萝卜、甜菜、植物。爬了一个礼拜,我就到这儿了。"

那天晚上,在一位好心的犹太民兵的帮助下(有些犹太民兵是善良的,雷尼亚就认识几个),雷尼亚带赫谢尔去了基布兹。为了躲避盖世太保,他将不得不一直住在地堡里。人们难以置信。他们的"父亲"活着回来了。生活总归会好起来的。

然而他们知道,欢喜是暂时的。犹太居民委员会开始注意到基布兹的动静，起了疑心。到如今，卡米翁卡隔都全都是遇难者的空房子。所以青年团体分成了3队，每10人一组住在隔都的不同区域，但他们仍然维系着共同生活。"我们是一家人。"这是一直以来指引他们的口号。

19
自由之林——游击队

雷尼亚、法耶尔、卢什卡、维特卡、泽尔达·特雷格尔
1943年6月

1943年春末,金发碧眼的马雷克·福尔曼(Marek Folman)从华沙回到本津。最近的起义和他自己的胜利让他精神焕发。几个月前,马雷克和他的兄弟乔装成波兰人,加入了波兰中部的一支游击队。他们袭击了德国军营,在军事列车下布雷,炸毁了政府大楼。悲剧的是,马雷克的兄弟在一次冲突中被杀,但他是作为一名战士而遇难的。雷尼亚听了他的故事,字字奇迹。

现在马雷克有一个计划。他所在的游击队拒绝接纳任何犹太人,但他接触到一位波兰官员索哈(Socha)。索哈和家人住在本津,他愿意帮助扎格伦比的犹太人联系上愿意收编他们的本地游击队。

整个基布兹都感到兴奋。最初,他们的理念是在隔都作为犹太人而战。但当驱逐行动肆虐,有效起义的机会减少时,战友们没有太多选择。加入游击队是一种行动方式,一个黄金机遇。

这位愿意帮助犹太人的波兰人是谁呢?马雷克和兹维·布兰德斯需要评估现状。他们去了索哈简朴的公寓。这是一个工人阶级家庭,有因饥饿而哭泣的婴儿们,还有一个典型的农民妻子。索哈给男孩们留下了积极正面的印象。

犹太战斗组织决定派出一些成员。全是男孩,有几个拿到了手枪。他们将要摘下他们的犹太六芒星，逃离隔都，在约定地点和索哈碰面，然后跟着他进入森林。他们被要求到了之后给家里写信。

漫长的一周过去后，战友们听说索哈已经回到了镇上。基布兹不想把他们的地址给索哈，所以马雷克紧张地去了他的公寓。

索哈有些好消息：战友们已经安全抵达，也得到了本地游击队的接纳。他们每天外出与德军作战。索哈道歉——大家过于兴奋，忘记写信了。

终于，复仇！在兴奋之际，犹太战斗组织准备派出第二支队伍。当大规模驱逐即将来临时，每个人都恳求能加入其中。雷尼亚恳求着，期盼着动起来，采取行动，去战斗。

他们读了名单。来自青年卫队的是海依卡·克林格尔的男朋友，领袖大卫·科斯洛夫斯基，还有赫拉·卡森戈德（Hela Kacengold）——海依卡将其描述为战时新女性的象征："身穿高靴马裤，手持枪械，几乎看不出她是个女人。"来自自由会的是：齐波拉·马德尔，五名男性，一个未来孤儿院的孤儿。这次要离开的人也被要求给家里写信，告诉大家怎么预备下一支队伍。留下的战士们眼看着新的队伍将火柴盒装满子弹，既羡慕又满怀希望。大家都喝着伏特加庆祝。

但雷尼亚感到非常沮丧，因为没有叫到她的名字。弗鲁姆卡和赫谢尔解释说，犹太战斗组织需要她去几趟华沙进行武器交易，尤其是现在，去往森林的战士们把武器都带走了。只有等到完成任务，雷尼亚才会被允许加入游击队。

雷尼亚叹了口气。她能理解。但是，哎，她多么希望，多么期盼能够加入战斗啊！

想要加入游击队是极为困难的，对于犹太女性来说尤其如此。游击队伍有许多类型，虽各有其效忠的对象与理念，但达成了两个共识。第一，出于民族主义或者反犹主义，他们不接受犹太人，或者说他们就是单纯地不相信犹太人有能力战斗。大多数进入森林的犹太人没有武器,也没有经受过军事训练,且身心严重受创——他们看着就是累赘。第二,人们认为女性并不具备战斗素质,她们只适合做饭、打扫和护理。

尽管如此,竟有约莫3万名犹太人加入了游击队。他们通常会隐藏身份,或者必须证明自己,并且付出双倍的努力。在这些人里有10%是女性。大多数犹太女性加入了东部战团,她们的逃离通常是提前计划好的。加入游击队是她们唯一的活路,所以她们愿意冒险。

光是抵达游击队就会有生命危险。她可能会被认出来是犹太人,然后被举报给警察,或者因为在纳粹政策刺激下滋长的反犹主义,被非犹太平民杀害。一些游击队怀疑有纳粹女间谍。森林里到处都是土匪、间谍、纳粹同伙,还有对德军又恨又怕的农民。

战前的波兰犹太人大多生活在城市中。森林里是另一个世界,有动物和昆虫、水道和沼泽、寒冬和酷暑——这里一直充斥着身心的不适。孤立无援的女人们如果没有医疗或做饭这样的一技之长,往往会被拒之门外。大多数犹太女性依附于男人,靠性交易换取衣服、鞋子和容身之处。

这是非常复杂的亲密关系,体现在许多层面上。第一,这些女人和女孩刚刚失去所有的家人,承受着创伤与悲痛,并且感受不到半点浪漫。第二,有重要的社会阶级差异。女人们不仅要隐藏自己的犹太身份,还要改变她们的思维、说话和生存方式。

尽管如此,许多女性还是成了指挥官们的"战时妻子"。他们有时候会发展出真正的浪漫关系,但往往并非如此。战壕中的无麻醉流产是常有的事儿。法尼·索洛米安·卢茨(Fanny Solomian Lutz)上尉是一名犹太理疗师,在平斯克附近的游击队里担任主治医生,擅长从森林中采集植物制药。她利用奎宁①成功进行了几例流产手术,但很多时候也会导致患者死在手术台上。

在大多数情况下,犹太女性隐藏身份,并依附于男性。她们拥有的一切枪支都会被没收,被迫为男性战士制作皮靴、做饭洗衣。再提一点,在森林中做饭并不容易:女人们必须收集柴火、挑水,对有限的供给发挥高度创造性。在战团总部,女性担任文书、速记员和翻译,少部分是医护人员。

但也有例外,一些犹太女性担任情报特务,充当侦察兵,夺取补给、运送武器、从事破坏工作、对逃跑的战俘定位,她们也可以是成熟的森林战士。当她们全副武装,背着枪,有时还带着孩子出现时,当地的农民会感到震惊。

法耶尔·舒尔曼是一名现代正统派的摄影师,来自东部边境的列宁镇。在一场集体枪杀中,包括她的家人在内的1850名犹太人遇难,而她因为拥有"有用的技能"而得以幸存——她被迫用照片记录纳粹对犹太人的折磨。意识到自己死期将近,法耶尔逃向了森林,颤抖着恳求一位游击队指挥官让她加入。他知道她是一位医生的亲戚,就命令她当了护士。她对医药一无所知,但很快就克服了自己的抵触,处理好了心理困扰。在一位兽医的指导训练下,她在一个由树枝搭建的户外手术台上参与了手术,在用牙齿咬断一名游击队员的指骨前,用伏特加进行麻醉。有一回,她用刀割开了自己被感染的皮肤,以免被人注意到自己正在发烧,然后被当成累赘抛弃。在19岁的年纪,法耶尔就是她自己的全部依靠,必须不断地做出生死抉择。

法耶尔坚持参与战斗,对自己的故乡进行报复性袭击。"纳粹用尘沙掩盖了尸体,但几天后,大地又重新被尸体覆盖。最上层裂

---

① 奎宁,一种历史悠久的抗疟疾药物,现在在临床上很少使用了。

出口子，有血一直往外渗出……像一个巨大的伤口在流血，"她后来写道，"当家人的血依然从战壕中流淌而出时，我怎能留在后方？"她找回了自己的相机，后来频繁执行游击任务时，就把相机埋在了森林里。就像她的镜头一样，枪成了她最好的朋友，她每晚都抱着枪而不是爱人入睡。"我以一种痛苦的方式失去了青春。"她回忆道。她曾热爱跳舞，但舞蹈已然结束。"我的家人被杀害，经受了折磨与虐待，我怎能允许自己享受乐趣或者高兴起来？"通常，她觉得自己像是男孩子里的一位，和他们吃着大锅饭（每个人都从自己的靴子里取出一把勺子），分享大家用报纸卷起来的烟草，在布满地雷的森林中长途跋涉，获得顶级战士的荣誉，受邀刺死一群被俘的间谍。（法耶尔故意迟到，以逃避参与这些杀戮——她勇敢无畏，但绝不冷酷。）

她一直都对大多数人隐瞒自己的犹太身份。在逾越节期间，她会编一些故事，好独自吃饭。直到40年后，她才发现，自己曾经想要结交的一个男人之所以无视她，是因为他是一个秘密的犹太人，担心要是被看到跟她在一起，会引起怀疑。即使在反抗者当中，也是要一直隐藏身份的。

除非你加入一个完全由犹太人组成的游击队。这些特殊的队伍一般是由犹太领袖建立于东部茂密的森林中的。这些游击队最初主要是庇护犹太难民的家庭营地（著名的比尔斯基家族拥有一个由1200人组成的强大犹太战团，欢迎所有犹太人），同时，大家还会进行破坏行动。众多女性参与其中，一部分外出执行任务，其余人担任武装警卫。一大群犹太人抵达了鲁德尼基森林，准备进行游击行动。他们是维尔纳的战友。

在阿巴·科夫纳最初的地下会议上，他首次提出了"让我们不要像羊一样走向屠宰场"的口号。此后，维尔纳的各犹太团体迅速热切地团结起来。他们组建了维尔纳战斗组织，大批女性参与其中，担任情报员、组织者和破坏者，其中包括青年卫队的战友卢什卡·科尔恰克和维特卡·肯普纳。

1939年，当希特勒入侵波兰时，小小的卢什卡·科尔恰克沿着逃亡的犹太人建造的地下铁路行进了300英里，成功抵达了维尔纳。在那里，她搬进了一座曾经的救济院，一个突然间住了1000名青少年的地方。犹太难民们在那里等待着移民的机会，从那儿出发还是有可能的（该城市突然由立陶宛统治）。家庭、学校、斗争、梦想——一切都与卢什卡从前的生活毫不相干。她善于倾听和解决冲突，因而很快成了领导者。

一天早上，当卢什卡专心读一本书时，女孩维特卡走了过来。对方有着长长的睫毛，讲一口流利的波兰语。

"为什么读这么严肃的书？"维特卡挑剔道。

"这个世界是一个严肃的地方。"卢什卡告诉她。卢什卡的家乡几乎没有犹太人，当她所在的公立学校有老师发表反犹言论时，她将自己的课桌搬到了走廊，一直待在了那儿。她是一个害羞的人，把自己的空闲时间都花在了图书馆。

"我觉得这个世界没有那么严肃。"年轻女孩维特卡回答道，然后她解释说，"既然如此，就更没有理由读一本严肃的书了。"她最喜欢的书是《基督山伯爵》。

当纳粹把犹太人全都锁进犹太会堂时，维特卡从洗手间的窗户爬了出来，逃离了她的家乡小镇，来到了维尔纳。作为犹太学校的优秀学生，维特卡是第一个加入贝塔尔并接受其半军事训练的女性。她自认为热爱波兰，曾经尝试过加入各种青年团体，最终加入了青年卫队，但她从不追随教条。

卢什卡和维特卡很快成了朋友。卢什卡为人正直谦逊；维特卡虽然失去了太多，却仍保有一股子傻劲儿。有一天，她们注意到一位笨拙的青年卫队领袖正在观察大家。他的帽子遮住了眼睛。每个人都觉得他很帅，但维特卡认为他很奇怪。没有人敢接近他。"我问自己为什么没有人和他说话，"维特卡后来说，"他很吓人吗？"她走过去打招呼。那个人就是阿巴·科夫纳。

当苏军占领维尔纳时，维特卡逃走了，但当纳粹接管时她又回来了。她想着，如果德军无处不在，还是和卢什卡在一起好了。她搭上一个纳粹的便车，但当她告诉对方自己是犹太人时，他惊慌失措地逃走了。她又搭上一辆货车，一到维尔纳，就大胆地在人行道上走动，也没有戴黄色星星。卢什卡被她吓到了。"你疯了吗？你是想找死吗？"

她们一起搬到了隔都，睡一张床，设法避开那些野蛮残暴的行动，有一回还假装是官员的妻子。青年卫队派维特卡前往雅利安人区。卢什卡帮她漂染头发，却染成了红色，只好花钱让一位犹太理发师用过氧化氢重新染一遍。按照卢什卡的说法，"头发的颜色可以换，但她的犹太长鼻子，以及明显有着犹太特征的眼睛都是没法藏的"。尽管如此，维特卡还是信心满满地要去愚弄波兰人。据她观察，德国人很好忽悠："德国人相信自己听到的。"有一回她忘记戴上六芒星，就用一片黄树叶代替了。

1941年12月，维特卡受命找回阿巴。彼时，阿巴正穿着修女服，藏身于一座女修道院。他被带回隔都，见到了萨拉。萨拉是波纳里大屠杀的幸存者。听了她的故事，阿巴明白，武装起义是唯一的出路。他召开了著名的新年会议，发起了维尔纳战斗组织。他还和这些女孩住在一起，共用床铺。"我睡中间。"他告诉一位战士。他们三人手挽手在隔都的街道上行走，关于三角关系的流言由此传开。（据说，当一位学生问维特卡为什么加入犹太战斗组织时，她立即回答说："为了性！"）

在维特卡和卢什卡的大力支持下，维尔纳战斗组织积攒了枪支、石块和硫酸瓶。该组织用厚得足以防弹的《塔木德》为其总部构筑了一堵厚厚的墙,打印了呼吁抵抗的公告,并计划了一场起义。

此后,阿巴派出维特卡执行一项具有开拓性的任务,这是他爱的宣言。她的任务是炸毁一辆载有士兵和物资的德军列车。她用了两周时间,每晚离开隔都,沿着铁轨,一路寻找最佳埋弹位置。这个位置必须得远离所有的犹太人,以防大家受伤、被谴责,或者受到惩罚。同时,它也得靠近森林,让破坏者可以藏身其中。还不能离隔都太远,这样她才能在合适的时间进出隔都。这个行动必须在漆黑的夜晚进行,所以她近距离研究了铁轨,并记录下所有的细节。火车线路由德国人管控,并对平民保持关闭状态。维特卡不止一次被拦下。"我只是在找回家的路,"她撒谎说,"我不知道这里不让人走。"她从好骗的纳粹身边走开,向着远处的路线靠近。

有一次,因为狗吠和宵禁,维特卡没法按照常规路线返回隔都,还误闯了一个德军射击场,差点被击杀。她假装迷路,含着泪走近一名纳粹士兵。士兵对她表示同情,并命令其他两名士兵陪同她离开。后来她声称,每当处于危险境地时,她都会被一种"冰冷的平静"所笼罩,像是成了远处的旁观者。正因为她能够审时度势,所以才总能找到方法安然脱身。

1943年7月,在一个温暖的夜晚,她带着两个男孩和一个女孩出了隔都。维特卡体态纤细,通常都是从隔都围墙的裂缝进出的。但这一回,她带他们爬的是烟囱和屋顶。他们的夹克里藏着手枪、手榴弹和一根引线。而她的夹克里藏的是炸弹,由阿巴用水管制成。[卢什卡是文工团的一员。该组织通过走私的方式,使犹太书籍得以保存下来。在维尔纳的意第绪语科学研究所(或者叫图书馆)中,她找到了一本芬兰小册子。它提供了打游击战和制造炸弹的内容,还包含示意图。这就成了他们的宝典。]

维特卡领着队伍来到她事先确定好的绝佳位置,趁着夜色,在铁轨上固定好了装置，并时不时察看靠近的火车。然后她和战友们躲进树林。突然，火车头飞驰而来，像一团划过天际的野火。维特卡追赶着加速的火车，扔出了其余的手榴弹。随后，火车脱轨，车厢冒着烟，火车头陷入了峡谷。德军疯狂地向森林扫射，击毙了她带来的那个女孩。维特卡将她埋葬于森林中，然后在黎明前回到了隔都。虽然此后，摧毁纳粹火车是游击队的常规破坏行动，但在当时，在被占领的欧洲，维特卡完成的是首例破坏行动。

几天后，一份地下报纸称，波兰游击队炸毁了一列运输火车，导致两百多名德国士兵丧生。纳粹党卫军在最近的小镇上杀死了60位农民，以示报复。"我对此并没有负罪感，"维特卡后来说道，"我知道杀死他们的不是我，而是德国人。在战争中，很容易忘记谁是谁。"

此后，维特卡一直悄悄进出隔都，帮助200名战友逃进了森林。她花了几天时间，步行了几十英里，走遍了维尔纳，寻找那些可以让犹太人成群结队、悄悄通过的地区。维特卡总是亲自送他们离开。但首先，她会带他们去一个墓地，那里埋着枪支和手榴弹。（"德国人不允许任何活人走出隔都的大门，"卢什卡曾经写道，"而死人是可以离开的。"）维特卡将武器分发给她的战友们，解释了她为大家勘探出的路线，并和每个人吻别。有100位维尔纳战斗组织战士留在隔都作战，她是其中之一。她的队伍随即遭遇了伏击，维特卡是幸存者中的一位。一位编年史作者后来描述说："她就那么走了，步伐从容自信，像是有别的地方要去，没人阻止她。"

没有群众的支持，维尔纳战斗组织不过是打响了零星几枪，一场宏大的隔都战役之梦破灭了。在维特卡的安排和带领下，战士们通过维尔纳的下水道逃出了隔都，到达了森林。他们满怀斗志，想要转守为攻。阿巴成为犹太战斗组织的指挥官。该战斗组织分为四支。他领导着名为"复仇者"的一支，而维特卡则指挥着她自己的侦察军团。

在森林中，该战斗组织所隶属的苏联军队要求阿巴建立一个家庭营地来安置女孩们，她们可以做饭缝纫。阿巴认为男女平等，于是拒绝了这个建议。他说，但凡能够战斗的人都要参战。每个人都可以从公用军械库借一把武器，借此机会恢复他们的尊严。此外，他亲眼见证了这些女性的非凡勇气。按照维特卡的说法，阿巴坚持要求每个任务至少得有一个女孩参加，尽管男孩们并不高兴——爆炸物可能重达10公斤，且行军距离远达30英里，而大多数女孩并不参与负重。

卢什卡被选中参与早期由犹太人领导的抵抗运动，和4名男性一起。他们将徒步行走40英里，炸毁一列军火列车。回到隔都后，卢什卡因其令人信服和沉着冷静的举止，得到了"小姐姐"的称呼。她不仅走私书籍，还招募战士。阿巴知道，她的坚韧终将证明犹太女性在战斗中的价值。

卢什卡和几位男性战友在寒冷的傍晚出发，每个人都带了一把枪和两枚手榴弹。瘦小的卢什卡坚持参与负重，而地雷重达50磅[①]。他们穿过河上的冰路，水就在下面流淌着。这支队伍借助一根木头，带上所有弹药，缓缓前行。卢什卡掉进了水里。虽然双腿既发麻又沉重，但她还是抓住了木头，把自己拉了上来。指挥官见她浑身湿透，命令她回到营地以免冻死。但她坚持留下："要想阻止我完成这个任务，除非你开枪打死我。"于是，在又前进了几英里后，这个小队闯进了一个农民家中，为卢什卡偷了干衣服，是男装。她只得把衣服卷起来，塞进袜子里。然后他们用枪指着一位农民，让他指引目的地。在这次任务中，死了50名纳粹兵，还有一座

---

① 1磅约合0.454千克。——编者注

德国军火库被摧毁了。

"我们对德军的首次伏击历历在目,像是发生在今天,"卢什卡后来写道,"自战争爆发以来,直到看着面前被摧毁的军火库,被打垮的德国人,我才感受到最大的幸福。我们完成了任务。我曾经以为自己再也无法快乐,此刻庆祝了一番。"卢什卡成了巡逻队指挥官。

除了要勇敢无畏地执行任务,卢什卡还担任了军需官。森林里的生活有条不紊。游击队营地因所处位置不一和存在时间长短而有所不同,有些地下小屋跨越了整个村庄,设有俱乐部、印刷厂、医务室、无线电传输设备、墓地,以及通过在水中加热石头而建造的"汗蒸浴室"。游击队员们只在晚上开伙,以免炊烟暴露了他们的位置。他们用容器装满泉水与河水,有时这些水源距离他们的营地有几小时的路程。冬天,他们将冰雪融化成饮用水,在隐蔽的防空洞里睡成一排:这些藏身之处是由树枝和木头搭建的,用草和树叶覆盖,采用倾斜设计,以防积雪。从空中和侧面看,这些防空洞看起来像是杂草丛生的地面、小小的山丘。这些精心搭建的容身之处非常拥挤,空气里腐臭的气息让人作呕。

在复仇者队中,卢什卡负责营队的健康问题。流感、坏血病、虱子、肺炎、疥疮、佝偻病、牙龈疾病以及因缺乏维生素而扩散的皮肤溃疡,都很常见。(维特卡曾借出外套,拿回来的时候外套上全是虱子。她把外套扔在一匹马身上,让所有虱子都跑到了那匹马身上。)卢什卡建了一个洗衣房:每周两次,游击队员们把衣服带到一个坑里,将加了石灰的水煮沸以消毒。她会评估大家的冻疮情况。在以肉和土豆为主的饮食中,珍贵的面包被她分配给了病人。

长途跋涉前往维尔纳的情报员们负责带回药品和武器,都是难以获取的物资。金发碧眼的泽尔达·特雷格尔是一位重要的情报员。她沉静且坚韧地完成了18趟旅程,从森林到城市,独自穿过无迹可寻的沼泽与湖泊。作为牙医的母亲将泽尔达·特雷格尔抚养到14岁就过世了。泽尔达·特雷格尔曾经学过幼师。在战争爆发时，她逃离隔都，在一个波兰农场找到了工作。农场主把她登记为家人，还给了她合法的基督徒身份。在几个月后，泽尔达·特雷格尔因为手部受伤感染，回到了隔都，找到了青年卫队的战友们，并加入了维尔纳战斗组织。

因为外貌优势，泽尔达·特雷格尔很快成了一名情报员，借助棺材运输武器，或者将武器包装成农民包裹。她为战士们找到了逃往两处森林的路线（其中一条约有125英里），并且陪同大家离开隔都。她参与了小规模的起义，然后帮助维特卡执行下水道逃生计划。她还协助营救了数百名犹太人，把他们带进了森林。她曾多次被捕，但总能脱身。她或者扮作单纯的村妇，假装是农民，要去看望生病的祖母；或者结结巴巴地说话，装疯卖傻；再或者抓起她的证件就跑。

在一个寒冬的周六，泽尔达·特雷格尔穿上她的农民皮毛夹克，用头巾遮住眼睛，去执行任务，要获取武器。她在篮子里放着给城中犹太战斗组织的密信，径直踏上通往城镇的路，昂首阔步地从警卫身边走过去。因为很晚才到达目的地，她只好和一位她认识的基督徒妇女一起过夜。有一个邻居想敲诈这位基督徒朋友，但是被泽尔达·特雷格尔赶走了。当泽尔达·特雷格尔和这位基督徒朋友聊天时，门响了。她的心怦怦直跳。

一个立陶宛警察和一个德国士兵走了进来。他们要检查她的身份证，她就给他们看了假证。但他们还是怀疑她，开始搜她的衣服，找出了一张来自隔都的纸条。"你是犹太人！"纳粹大声喊叫起来，扇了她一巴掌。"我们要把你交给盖世太保。"

泽尔达·特雷格尔冲进隔壁房间，跳出窗户，滚下山坡，在黑暗中奔跑起来。她撞到了一道栅栏，狗开始叫起来，枪声自她身后响起。那个纳粹抓住了她的手臂,将她按倒在地。"你跑什么?"

"拜托了,杀了我吧,"泽尔达·特雷格尔坚持道,"不要把我抓去拷问。"

立陶宛警察小声说:"你可以用金子换一条命。"

泽尔达·特雷格尔看到了生路。她邀请他们去她寄宿的公寓喝一杯。"我现在先给你们一点,然后晚点从犹太人那里拿剩下的。"她承诺道。立陶宛警察和纳粹抓住了她的手臂,把她带了回去。朋友和孩子们都吓坏了。

"这就是你给我的报酬吗?"朋友生气地问道,"看看这些孩子,他们现在要成为孤儿了。"泽尔达·特雷格尔藏起内心的恐惧,安慰她的朋友,让她摆好餐桌,给男士们端上酒水。

纳粹喝着酒,试图安抚孩子们,还给泽尔达·特雷格尔讲了他深爱的犹太女人的故事。"我没想让犹太人死,但命令就是命令,我必须带你走。"他的执勤时间要到了,他含糊不清地说着,已经醉了,"把钱给我,你逃走吧。"

"我一分钱都没有,"泽尔达·特雷格尔恳求道,"明天,我保证,我会筹到钱的。"

立陶宛警察似乎信了她,他告诉纳粹明天自己会把钱交给他。纳粹走了。立陶宛警察抓住泽尔达·特雷格尔的胳膊,把她带回了自己家。她除了顺从还能做什么呢?

然而,当他们进到他家时,房东大声叫了起来,让他不要带姑娘回家。房东拿起一把斧头,直接就砸向立陶宛警察的脑袋。一片混乱。于是,泽尔达·特雷格尔悄悄溜走了。立陶宛警察在找她,而她藏在漆黑的花园里等着他最终放弃。

此后,她继续执行任务。

苏联游击队希望能摧毁一座德军的要塞城市。他们虽然有武器,但缺少情报,于是找到了阿巴·科夫纳,希望借一些犹太姑娘。阿巴扭转了局面，他说这应该是犹太人的任务，还请苏联人给他们提供武器。在赎罪日前夜，两个男孩和两个女孩乔装成农民，离开了犹太营地。其中一个女孩就是维特卡，她拿了一个破旧的农夫手提箱，里面装着磁性地雷和定时炸弹，它们可以吸附在金属表面。

这个小组前往维尔纳附近的山脉，进入凯利斯劳动营的裘皮厂，那里有一些犹太人还在工作。组员们打算和他们一起过夜。大家和索尼亚·马德伊斯克（Sonia Madejsker）聊起了天。这位住在厂房里的金发共产主义者是他们和维尔纳犹太战斗组织唯一的联络员。她说这家工厂很快就要被关闭了，犹太人会被送去处决。这些犹太人想和维特卡一起逃进森林。

游击队指挥官已经对营地里的大量犹太难民感到不满，并要求减少新人数量。大多数犹太人没有作战经验，不会使用武器，也不想学，而且还有衣食需求。维特卡向索尼亚解释了这一点，还告诉她，自己是作为一名战士来到城里的，而不是人道主义者。索尼亚指责说，要是维特卡不带走这些人，他们都会死的。

然而，维特卡首先要做的是完成她的任务。在那天早上，在工人中，在大家仿佛一切照旧的日常中，她的心中涌起了仇恨，找到了目标。男孩们会炸毁供水系统（这座城市的下水道和水龙头），女孩们则负责配电系统（这座城市的照明）。在黄昏时分，男孩们爬进一处下水道，放置了炸弹。女孩们则进入了维尔纳河畔的厂区。嗡嗡作响的电力变压器完全暴露在外面，但维特卡的地雷被涂上了油漆，没法吸附上去。它们一直往下滑，钟就一直响。维特卡焦躁地用指甲抠掉涂层，直到她的手指流血。女孩们躲在阴影里，每当德国巡逻队经过时，她们就屏住呼吸。耗时20分钟，但成功了。男孩和女孩都将定时器设成4小时。

男孩们累了，想在裘皮厂歇一晚。但维特卡坚持说，爆炸后安保加强，走动起来会很危险，男孩们会让厂里的所有人命悬一线。男孩们嘲笑道：德国人绝不会怀疑是犹太人发动了这样的大规模袭击！双方争论不休。最终维特卡意识到没有时间了。她让索尼亚带上所有准备离开的人，她会立刻带他们到森林里。男孩们留了下来。

不到一小时，维特卡领着60位犹太人穿过黑暗的道路，出了城。他们听到了爆炸声，看见维尔纳陷入黑暗。

男孩们被抓了。"我们做到了，男孩们没有，"维特卡说道，"因为他们累了，虽然我们也很累，但女人比男人更坚强。"维特卡感受到，这群女性被一种道德准则所指引。她们不仅和男性一样，是强干的战士，而且不松懈、敢冒险，也很少找借口逃避责任。"女性更为坚韧。"她深思后这样认为。

多年后，维特卡为难地解释了她为什么违抗指挥官的命令，偷偷把工厂里的那些犹太人带进了森林。"我能怎么做呢？"当时她问自己，"要是这60位犹太人进来了……他们会幸存；而我只是违反了一条命令，没有什么大不了！"

"她不知道什么是害怕，她的心无所畏惧，"卢什卡这样描述维特卡，"她总是温柔有力且上进。"

卢什卡、维特卡、泽尔达·特雷格尔和犹太游击队成员们在1943年至1944年的严冬继续工作。他们学会了不留痕迹地走在雪地上。有时候他们会倒着走，这样看着就像是去了反方向。他们制造了更为安全的炸弹，炸毁了车辆和建筑。1944年，犹太游击队单独摧毁了51列火车、几百辆卡车和几十座桥梁。他们徒手拆除了电话杆、电话线和铁轨。阿巴闯进了一家化工厂，点燃了桶桶罐罐，炸毁了一座桥。德国人无法穿过冰湖。纳粹和犹太人就那么站着，彼此观望，他们之间的冰面上倒映着熊熊烈焰。

一个4月的早晨，阳光明媚，女孩们正欢笑着彼此打趣。阿巴走过来，带着悲伤的微笑。"要我去哪儿？"维特卡问道，察觉到了他的情绪。

随后，她带着一份号召城市共产主义者起义的宣言和一份必备药品清单前往维尔纳。在途中，一个老农看到维特卡，询问她能否结伴同行。他们穿过了一座桥，突然，这个老农对站在纳粹旁边的立陶宛士兵低声说了些什么。作为一名游击队员和犹太人，维特卡值得高额悬赏。

维特卡被要求交出证件，立陶宛人觉得她交出的是假证。德国人说她一头金发，但立陶宛人说："但发根是黑的。"他还争辩说，她的衣服上有游击队篝火的痕迹，而且她的睫毛末梢是白色的。

维特卡撕碎了宣言，并扔向空中，但老农抓住碎片，将之交给了士兵。他们搜身后找到了药品清单。"是给我们村里人用的。"她试图解释，但他们还是将她送去了盖世太保那里。

维特卡坐在他们的马车后座上，聊起了她的天主教童年，不相信这样、这里、现在就是她的结局。拷问之后便是屠杀。她是不是应该跳下车，他们会在森林里射杀她吧？她紧盯着他们的每个动作，留意着道路上的每一次颠簸，等待着她的机会。

维特卡突然间改变了策略。"你们是对的。我是犹太人，也是游击队员。这就是为什么你们得放我走。"她解释说纳粹正节节败退，杀了她的人很快自己也会被杀。另外，有好多警察为游击队工作。在盖世太保总部，有一个警察将她带到了侧门。他把证件塞进她手里，告诉她再也不要过那座桥了，还补充说希望有一天能见到她的指挥官。

在完成黑市药品交易后，维特卡还躲进过干草堆，有人把草耙插进干草堆进行搜查,草耙离她的头只有几寸①。在回到营地后,她宣称自己完成了最后一次任务。"我能回来是一个奇迹,"她说,"一个人能创造多少次奇迹呢?"

事实证明,奇迹不常有,有时不过是幻梦罢了。

第二支队伍离开了本津,加入了游击队。几天后,其中一位参与者,来自青年卫队的艾萨克(Isaac)回来了。他已经面目全非,衣服破破烂烂,害怕得发抖,几乎没法走路。雷尼亚吓坏了。

他给大家讲述了在那个炎炎六月天所发生的一切。

"我们在离开隔都后,摘下了犹太补丁,刚看到树林的时候,兴奋地拿出了武器,杀死德国人的梦就要成真了……走了六小时,已经是晚上了,索哈告诉我们不会再有被德国人抓住的危险,我们可以安全地坐下来吃晚饭了。他递给我们水喝时,我们正为逃离了可怕的隔都而欢呼雀跃。他让我们休息一会儿再继续行程,确认我们的位置。

"突然间,我们被包围了。是骑马的军人。他们开始疯狂射击。我当时躲在一处灌木丛下,虽然摔倒,但没有受伤,并且想方设法活了下来。但纳粹杀死了其他所有人。所有人。然后他们拿出了手电筒翻看尸体,从口袋里抢走了所有的东西。我躲在灌木丛下,一动不动地躺着。一个德国人抬起我的腿,满意地以为我已经被杀了。他们离开后,我爬出来逃走了。"

本津犹太战斗组织简直无法相信他所说的。

一切都是骗局。他们信任索哈,却被出卖了。那个住着哭泣婴儿的公寓也是假的。犹太战斗组织努力伪装自己,却没有识破敌人的伪装。

他们最好的战士都死了。有些在本津的驱逐行动中丧生,此刻

---

① 1寸约合3.333厘米。——编者注

在这两个小组中牺牲了25位。剩下的寥寥，并不足以进行战斗。

"这个消息让我们感到震惊，"雷尼亚后来写道，"我们正在做的一切都失败了。"

马雷克·福尔曼想要自杀。他内疚得要疯了，悄悄出了隔都。没有人看到他离开。

这种背叛的痛苦给海依卡的伤口上撒了一把盐。战友们不知道，早些时候，海依卡和大卫已经秘密地在一个拉比的见证下结婚了。大卫曾经拿到了离开波兰的证件，但却不愿离开。晋升为指挥官后，他坚持和男孩子们一起参加训练，还带了一些人和索哈一起进森林。"他不眠不休，稳步前进，努力创造，"海依卡描述道，"他每时每刻都梦想着行动。"

此刻的海依卡是一个绝望又愤怒的寡妇。复仇之心比从前更甚。

20

梅利纳斯[①]、金钱和救援

雷尼亚和维拉德卡
1943年7月

在游击队遭遇致命惨败几周后,本津犹太居民委员会的负责人被捕了。雷尼亚知道这意味着什么:最后的驱逐即将来临,隔都的终结,他们的终结。

基布兹该做准备了。

然而大家产生了分歧。大多数人不再对宏大的战役抱有幻想——已经死了这么多潜在的战士,是时候逃跑了。但海依卡和战友里维卡·莫斯科维奇(Rivka Moscovitch)拒绝离开,仍然坚持起义。非战即逃。

弗鲁姆卡和赫谢尔决定送孩子们离开,强壮的人留到最后。未来孤儿院的老师阿莉扎·奇顿菲尔德将孤儿们打扮成雅利安人,要送他们去德国农场。雷尼亚和战友们改动了文件,用假信息和假指纹覆盖了旧数据。黎明时分,伊乌扎·汉斯多夫偷偷带走了孩子们,陪着他们去一个村镇政务厅。孩子们解释说他们没有父母,要找工作。好多农民都同意了,廉价劳动力总是受欢迎的。在几天的时间里,伊乌扎为八个孩子找到了工作。根据计划,孤儿们会写

[①] 原文为melinas,转写自意第绪语מעלינאס,是指战时隔都犹太人为躲避纳粹袭击而建造的避难所。——译者注

信，并把信寄到一个波兰地址，汇报一切都好。后来有两个女孩不再来信。雷尼亚猜想她们被认出来了，"只有天晓得她们遭遇了什么"。

犹太特征过于明显的孩子们留在了隔都。

藏身于华沙的齐维亚给本津犹太战斗组织写了信，敦促大家放弃抵抗。她亲眼见证了自己起义的后果，所以不再鼓励战斗——死了那么多人，并不值得。她告诉他们，如果大家想活下去，就来华沙吧。

海依卡非常愤怒，声称这条消息"扇了一记让我们震惊的耳光"。她猜测华沙的战士们"在精神上疲惫了"，"对自己亲自开展的行动感到害怕，肩上的责任过于沉重"。为什么本津的战士们要活在他们的荣耀阴影之下呢，为什么要在他们的荣誉之上安享太平呢？

齐维亚建议那些有雅利安人长相的人可以靠假证件在大城市里生活。那些外貌特征明显的人得住进地堡里。"波兰人会把他们藏起来，"雷尼亚解释道，"当然，要付出高额报酬。"这可真是隐秘的藏人生意。

在战争后期，尤其是隔都被摧毁之后，情报员女孩们的一个主要任务就是救援并供养隐蔽起来的犹太人。他们要么乔装成了雅利安人，要么躲了起来。女孩们将隔都犹太人，包括许多孩子，重新安置在城中的雅利安人区，为他们找在公寓、住宅、谷仓、商业区域里的藏身之处（梅利纳斯），为他们提供假证件，向藏匿他们、照应他们食宿的波兰人支付费用。在东部，许多犹太人被安置在了游击队的营地中。在华沙和西部城镇，女孩们会定期但并不频繁地探望她们的受托人，给他们带去消息和道义上的支持。她们不断阻止那些威胁要烧掉藏身之处的勒索人。当犹太人被房东出卖或者快要被发现时，女孩们不得不重新安置他们。她们在伪装好自己的同时,完成了这一切。

当隔都依然完好时,维拉德卡·米德开始拯救孩子们。纳粹对儿童尤其残忍,因为他们代表着犹太人的未来。在第一批被杀害的犹太人里,有一些就是参与不了奴役劳动的男孩女孩们。一起行动的另外两位情报员是崩得的成员。一位是犹太儿童医院的电话接线员,马丽西亚〔布朗卡·费因梅瑟(Bronka Feinmesser)〕;另一位是儿科医生,因卡〔阿迪娜·布莱迪·斯瓦伊格(Adina Blady Szwajger)〕,她试图将华沙仅剩的犹太儿童安置在波兰家庭中。这些女性从哭泣的母亲手中接过孩子,这些母亲已经一次又一次救下了她们的儿女。母亲们知道这可能是最后的告别,但也知道她们的孩子留在雅利安人区才更有可能活下去。

犹太儿童去了墙的另一边,从此隐姓埋名,绝口不提隔都。他们不能发问,也不能孩子气地喋喋不休。他们必须讲好波兰语,如果被捕,不能泄露任何消息。寄宿家庭必须做出承诺,不到最后一刻,绝不放弃。有一家的女主人对送到家门口的10岁双胞胎不太满意,因为她们有棕色的眼睛和黑色的头发。最终,她接纳了她们,但孩子们却因为和母亲分离而悲痛绝食。维拉德卡常常带着信件去看望她们。当寄宿家庭搬到了隔都对面的公寓时,女孩们意识到她们可以透过窗户看见母亲,于是恳求在隔都工作的男主人给母亲带去食物,告诉她窗户的事儿。母亲每天都要路过好几次;女孩们见到她时喜出望外,但也只能偷偷瞥一眼。要是被守卫看到,他会把枪对准窗户。维拉德卡不得不硬起心来警告她们,这么做可能会害死所有人。

维拉德卡给寄宿在另一家的犹太小孩带去了衣服、玩具和食物,但全都被女主人拿给了自己的孩子。维拉德卡一直在转移一个6岁的男孩。虽然每个月会有2500兹罗提的报酬(战时的货币价值波动很大,按照1940年至1941年的汇率,这大约相当于今天的8000

美元），但收容他的人要么没法应对他的抑郁症，要么害怕德军突袭。2008年，在伦敦大屠杀幸存者中心，"被隐藏的孩子"沃尔德卡·罗伯逊（Wlodka Robertson）给出了一份证词，回忆了辗转于各个家庭的经历。每个月，她都会担心没有人帮她付"租金"。但每个月，维拉德卡·米德都会过来，勇敢又迷人地出现在任何需要她的地方。

一旦隔都被夷为平地，雅利安人区的犹太战斗组织就会陷入迷失。起义，一直都是他们存在的理由。燃烧的恶臭仍然挥之不去，到处都是德国人。他们搜查并逮捕了波兰人，杀死任何帮助犹太人的人。当地的波兰人建立了防御部队：他们为自己的社区提供安全保障，但会通报所有的外来人员，这让维拉德卡的工作举步维艰。现在，犹太战斗组织转而致力于帮助幸存的战士和其他幸存的犹太人。几个基于党派关系的犹太救济组织被建立起来。成立于1942年的波兰天主教组织"扎高塔"也在努力工作。扎高塔的领导人在战前是公开的反犹主义者，"热戈塔"（Zegota，即犹太救援委员会）却在战时声称扎高塔会竭尽全力，冒着生命危险帮助犹太人（扎高塔显然希望，在战后犹太人最好能离开波兰）。

这些组织为犹太人寻找藏身之处，给予支援，帮助孩子们，还同波兰地下组织、劳动营和游击队保持联络，彼此间交织重叠。它们都得到了国外的资助。其中一些来自流亡于伦敦的波兰政府。还有一些资金来自美国犹太劳工委员会（支持崩得）和联合分配委员会，后者还资助了隔都食堂和起义。在1941年以前，联合分配委员会能够直接向波兰供应钱财，钱财主要由美国犹太人捐赠。在1941年以后，边境封锁，资金是从波兰犹太富人那里借来的（他们被禁止拥有超过2000兹罗提）；还有的来自逃离的人，他们没法随身带走自己的积蓄。大部分资金来自战前的财富。也有一些犹太人继续在华沙隔都赚钱，比如走私者，他们会销售隔都仓库中的货物，还会卖出为德军和波兰私人市场生产的商品。其他资金则是通过走私进入波兰的。一些回忆录讲述了来自伦敦的现金是如何在黑市上从美元兑换成英镑再兑换成兹罗提的,以及各组织如何谴责彼此赚取了汇率差价。总体上,联合分配委员会在战争期间向欧洲提供了超过7800万美元,大约相当于今天的11亿美元。其中有30万美元,是在1943年至1944年被捐赠给了波兰犹太战斗组织的。

这些组织使用这些资金将十字架和《新约》走私进集中营,提供给想要逃跑的犹太人,并支持包皮和鼻部手术,以及堕胎。扎高塔有一个制造假证的作坊,制造包括出生、洗礼、婚姻和工作的证明;还设有一个医疗部门,由可信赖的犹太和波兰医生组成——他们愿意去往秘密地点,治疗生病的犹太人。

维拉德卡找到了一位靠谱的摄影师,他可以去犹太人的藏身处拍照,将拍好的照片用在假证件上。她是主要的情报员,所在的组织帮助了华沙地区的1.2万名犹太人。而这位年轻女子在所有行动中都没有保留波兰姓名或最新的地址记录,因为那样过于危险。一些情报员会把假收据藏在手表带下面,好多人都用了化名。维拉德卡则把一切记在心里。

截至1943年年末,维拉德卡发现,活下来的大多是成年犹太人,而且属于职业阶层。他们有能力付钱给走私者,和非犹太人保持联络,讲一口流利的波兰语。其中一些人在非犹太朋友那里存放了贵重物品,但大多数人一无所有。据估计,有两三万名犹太人藏身于华沙,而维拉德卡则是靠口口相传开展工作的。犹太人会通过他们与维拉德卡共同的朋友在街上和她偶遇来与她取得联系。为了得到帮助,他们必须提交一份求助信,详细说明自己的处境和预算。维拉德卡会仔细阅读这些潦草的求助信。

大多数申请人是家里唯一的幸存者,从集中营里逃了出来,或者跳下了火车。一位男性口腔外科医生请求提供牙科工具,以便开展工作；而另一位男性则请求资助他抚养自己的外甥女和外甥。一位年轻的送报男孩家里只剩下他自己。他找到了一个波兰家庭收留庇护他，但对方要求他赚钱。他迫切需要一件冬衣，只有这样他才能在寒冷的月份继续工作。组织上每个月只能资助每个人500兹罗提到1000兹罗提，而当时的生活成本约为2000兹罗提。但组织尽其所能提供帮助。有着雅利安人面孔的年轻女性每个月出去送钱，探访受托人，并在计划失利时提供帮助——这种情况时有发生。

有些房屋广告是陷阱，有些邻居爱管闲事。而且有时候，一旦发现来租房的是犹太人，房东就会涨价。在一个秘密地点，一个女人因产生幻觉而开始用意第绪语胡言乱语。房东的儿子因为害怕，就毒死了她，将她的尸体藏在了地堡的地板下。其他犹太人，包括这个女人的女儿都承受着创伤。维拉德卡为这些犹太人安排了新的公寓。

同样，维拉德卡还为一位名叫玛丽的年轻犹太女子找了一份家政工作。这是最好的情况了，有食宿供应，也很少需要外出。有一天，这家的小女孩问玛丽，隔都的生活是怎样的。玛丽陷入了惊慌。原来，这个女孩的妈妈是犹太人，而父亲把母亲赶去了隔都。盖世太保来到他们家搜寻失踪的母亲。玛丽感到不安，于是维拉德卡为她找到了新的避难所。

一对犹太夫妇之前的女佣在党卫军官邸里有一个小房间。这对犹太夫妇和女佣住在那里，维拉德卡必须转移他们。另一个女人和她的儿子住在废墟中，在黑暗中蹲了好几个月，他们一直都没有洗过澡。女主人把他们的衣服都给卖了。维拉德卡不得不重新好好安置他们，并提供医疗援助。

当德军在东线节节败退时，华沙的恐怖统治达到了巅峰。波兰人被绑去充当奴隶劳工，或者被送到帕维亚克监狱。寻找藏身之处需要进一步发挥创造力。在一套公寓里，人们在厕所里砌了一堵墙，所以可以藏一个犹太人在马桶边的剩余空间里。这面墙被粉刷过，还挂上了用于装饰的刷子，丝毫看不出墙后还有可以容身的地方。而另一个犹太人则藏在了空心的瓷砖炉子里。

有些人则躲藏在更宜居的秘密居所，虽然因为被限制在狭小的空间里而产生焦虑，感到抑郁，但总归能正常生活。维拉德卡为一位躲藏的音乐家带去了乐谱，他一直在用音叉演奏；她为两个女人带去了书本，好给主家的孩子当家教。维拉德卡从事地下工作的同事本雅明和家人们藏身于一间小屋的厨房，就在一个郊外的墓地里。虽然他们没什么食物，但还是会点燃安息日的蜡烛。

30位犹太人，包括历史学家伊曼纽尔·林格布鲁姆，住在郊外一个安全的藏身处，就在一个花园下面。这个花园的准入费用为每人2万兹罗提。这些犹太人从事研究工作，撰写论文和报告。花园的主人开了一家杂货店，以便掩护大量的食品运输。悲剧的是，这个男人和他的情妇发生了争吵。除了男人的家人，她是唯一知道地堡的人。她告发了这件事，所有人都被杀了。

维拉德卡联系上了匈牙利走私人以及游击队和华沙之外的犹太人。有一群犹太战士从琴斯托霍瓦隔都逃了出来，和农民们一起躲在乡下。维拉德卡没带证件，就前去支援。在火车上，她假装是带着假货的走私人，而给犹太人的钱就藏在她的腰带下面。在一次大规模检查中，一位"走私同伙"领着她上了一辆货车，所有走私人都躲在那里。她了解到波兰走私人有很好的手段可以避开纳粹，就经常跟着他们。她到达了那个村庄，找到了安特克所描述的房子，但女主人否认了一切。维拉德卡一直坚持，最终那个女人带她去了一间小屋。战友们非常高兴，他们还欠着债。此后，她就定期给他们带去现金、衣服和药物。有一次，美国和伦敦的资金来迟了，她也因此迟到了，结果发现房东已经赶走了他们。有几个人被杀了；一些人加入了游击队；还有一些人藏在森林里，骨瘦如柴。维拉德卡重新安排了波兰人收留他们。

维拉德卡还帮助了劳动营里的犹太人，他们大多身心严重受创。她很难接触到拉多姆劳动营里的犹太人，那里非常残酷。她问了当地人，上哪儿去买便宜的犹太商品。他们说犹太人已经没什么可卖的了，但也告诉了她犹太人的洗澡时间，在那个时段可以靠近围栏。维拉德卡发现那里挤满了卖残羹剩饭的走私人。他们不想有竞争，试图赶走她；而她自称是买家，于是说服了他们。她和一个犹太人说上了话，但对方并不信任她，哪怕她说的是意第绪语。还有一个联络人把她给的钱据为己有。

最终，她得到了一个犹太女人的回应。这个女人非常开心，因为她们没有被遗忘。她向维拉德卡打听消息，主要是好奇被藏起来的孩子们。交谈的时候，当地的小孩向维拉德卡扔石头，喊着"犹太人！"。维拉德卡跑开了，找到了一匹马和马车，匆匆赶去火车站，在那儿等了整整一夜。不久后，她带着5万兹罗提回到了那个劳动营，拜托一位乌克兰守卫同意她进去买犹太人的鞋子，并成功移交了现金。这个守卫希望晚上和她约会，但到了晚饭时间，她已经离开了。

在所有惊心动魄的工作中，每位情报员都得维持好自己虚构的人设，以应对敲诈者和告密者。马丽西亚曾经在街上被她小时候的波兰邻居认出来，对方让她做选择：跟我去见盖世太保或者去旅馆开房。她跑进了糖果店，店主陪着她回"家"，去了附近的一栋房子。店主离开后，为免再次被发现，她在森林里过了一夜。

维拉德卡搬过好几次家。她曾经把崩得青年运动的负责人藏在了自己家，结果被告密者出卖了，她的公寓被烧毁。波兰人把他们锁在里面。她烧光了所有文件，借助床单，和崩得的伙伴一起，试图从窗户逃生，但这位负责人受了重伤。他们双双被捕。战友们贿赂了监狱守卫，用1万兹罗提将她赎了出来。这位崩得的领袖却死了。组织上将维拉德卡送去乡下待了一段时间，好让她被当局忘记。她在森林中感受到了自由，因为在树木面前不必有所伪装。然而，在乡村教堂里度过的周日却尤为压抑。

回到华沙后，维拉德卡继续为自己寻找合适的身份证，并且四处奔走，在需要为自己的夜不归宿做出解释时，会假装是个走私人。她租了一套狭小阴暗的公寓，是从另一位情报员那里接手过来的。藏身于墓地的地下工作者本雅明帮她设计了藏东西的地方，比如一个底部有夹层的行李箱，一个手柄中空的勺子。邻居们发现上一位住户是犹太人，就开始怀疑维拉德卡。但要是她走了，就会加深他们的怀疑，影响到她长期打造的基督徒人设。所以她留下了，并且表现得极度波兰化：她安排了一位波兰朋友，后者作为"母亲"，经常来看望她；她还搞到了一部留声机，用来播放欢快的音乐；她会邀请邻居们来喝茶。为了证明自己，躲藏的犹太人会从附近的城镇给自己寄信，以营造有本地朋友和家人的假象。哈希亚有一个"求婚者"来看她。维拉德卡的"母亲"主持了她的守护圣人节派对，弗拉德卡为此邀请了自己幸存的崩得伙伴。他们用波兰语唱歌，用意第绪语说悄悄话。对年轻的犹太人来说，参加派对并非易事，越是假装高兴，心里的悲伤就越深。

大约有3万名犹太人像维拉德卡一样，通过"伪装"活了下来，他们的生活就是持续地表演。他们中大多是年轻单身的中产和上层阶级的女性，有"合适"的波兰口音、证件和外貌。有一半的人（再不然就是他们的父亲）从事贸易行业，或者是律师、医生和教授。伪装的多为女性，因为相对容易。女性求助时通常会受到更礼貌的对待。一些父母敦促孩子们逃到雅利安人区，给他们使命——"为了家人活下去"。大多数伪装者都曾被误以为不是犹太人，所以他们有胜任这个角色的信心。他们通常不得不共享房间，没有隐私，没有喘息的机会。

那些有犹太社交圈的人在外过着双重生活，最终还能有更好的心理状态，是因为他们有一个"后台"。在持续的表演中，他们可以来这个"后台"休息充电——他们得到了朋友的欣赏，因而能够更加自信地在"前台"扮演好角色。大部分伪装者不属于任何组织，但有些人受到了波兰地下组织的招募。内务委员会的领导巴西亚·贝尔曼这样写道："每一个名字都是假的，每一句话都带有双重含义，每一次电话交流都比使馆的机密外交文件加密度更高。"

在这场持续的演出中，维拉德卡和热戈塔成了一家人。许多波兰人进行了帮助，不是为了钱，而是出于道德操守、反纳粹的态度和同情心。他们为犹太人提供工作、藏身之处、会面地点、银行账户、食物，还有证明其不是犹太人的材料。犹太战斗组织成员需要打消房东对房客的怀疑。他们的目标是那些可以在地板下藏文件、安装隐蔽保险箱的地方。在这样的公寓里，前门附近有两颗凸起的钉子，它们实际上是秘密门铃——战友们在它们之间放了一枚硬币，若硬币被碰到就会触发电流和铃声。因卡和马丽西亚所租的公寓成了一个主要的会面地点。每一块地板、每一个角落都藏着文件和现金。减弱了声响的唱机、喝光了的伏特加，让邻居们以为她们是妓女，接待着无数的男人。

另一个活动中心是齐维亚的藏身之处。她有着过于明显的犹太外貌特征，不能外出上街。外面的世界"被别人过滤了"，每一次敲门声都会吓得你躲回避难所。安特克带回了侦探小说，帮齐维亚打发时间，但她更加内疚和抑郁了。她通过琐碎的家务和写信让自己忙起来，尤其当她迫切想要分享自己的建议时。在看到华沙的死亡人数之后，齐维亚恳求本津犹太战斗组织逃跑而不是战斗，她恳求里夫卡·格兰茨去投奔游击队。但她拒绝离开自己的人民，因而留在了华沙。

齐维亚开始为扎高塔工作，成了重要的管理员，负责分发钱财和假证件。她展开了通信联络，管理预算，并再度派出"齐维亚的女孩们"全天候执行任务，去联系、通知和保护犹太人。她还派女孩们找回陷入困境的战士，有时也会去寻找神秘失踪的情报员们。

21
血花

雷尼亚
1943年7月

    本津的犹太战斗组织在听到齐维亚的恳求后制订了计划。有雅利安人长相的人们将会搭乘火车前往华沙；其他人则由安特克安排巴士，偷渡至华沙。出行所需的假证件由情报员们从华沙送来，但是数量不多。等雷尼亚和伊娜·格尔巴特到达华沙时，剩下的签证就会准备好，可以领取了。雷尼亚和伊娜迄今已经多次一同外出执行任务，她们将钱财、武器和指令藏在文胸、包包和腰带里。

    一天晚上，伊娜带着地址、钱财和交给伪造者的物品离开了。第二天早上，雷尼亚和里维卡·莫斯科维奇带着同样的东西离开了。22岁的里维卡来自本津的一个工人阶级家庭，是家中最后的幸存者。这个投身于青年运动的姑娘生病了，需要在康复期间找一个容身之地。里维卡长着雅利安人的面孔，还拥有过境所需的签证和文件。她非常希望留下来继续战斗。但组织上坚持要等她康复了再帮大家寻找在华沙的藏身之处。最终，他们说服了她，而她已经病得过不好接下来的日子。她整理好个人物品，将它们装进了手提箱。

    雷尼亚约伊娜在城中的指定地点见面。她和里维卡化身为旺达和左西亚，坐上了火车。两个波兰女孩踏上了去往大城市的旅程。实际上，这是两个站在死亡线上的犹太人在冒着生命危险帮助拯救其他人。一直以来，雷尼亚都在心中默默祈祷，恳求能够平安越过边境。

她们到了边境。

"查证件！"

雷尼亚浑身上下都在发抖，她必须稳住自己，停止颤抖。里维卡能做到吗？她能圆好谎话，讲好故事，一刻也不露怯吗？

"好，过！"

松了一口气。

然而，甚至没有完全呼出气的机会，一刻也不能放松。车厢里挤满了人，没有任何空隙，空气没法流通。病倒的里维卡和别人挤在一起，很不舒服。她看起来像是要晕倒，这会引起骚乱的。雷尼亚偷偷扫视周围，发现中间的军用车厢有一个空位。里维卡坐下来后感觉好多了，但里面的雷尼亚并不好过。她必须微笑着昂起头，安抚好每一根神经，在听到士兵带着病态的"兽性喜悦"谈论杀死犹太人的过程时，装出截然相反的样子。

"我就在那儿，"有人说道，"我看见他们把扎格伦比的犹太人带去处死。"

"没意思！他们不是真的杀死犹太人。"

雷尼亚了解到，他们是从前线过来的，那里的人不知道杀人机器正在波兰搅动风云。

"多快乐的画面！"她听见第一个人继续说话，"看着犹太人像羊羔般奔赴死亡，真是一场视觉盛宴。"

雷尼亚没有去想她那遇害的家人们，没有去想死去的朋友们、年幼的弟弟。什么也没想。

她笑了。她看着里维卡，她的笑容更加明亮。

已经过了整整一日。树木、城镇、站台、汽笛。最终，疲惫不堪的她们抵达了华沙，这场不能停歇的表演让她们筋疲力尽。夜间，她们独自穿过安静的街道，要在指定的时间地点和伊娜碰面。丝毫不能出错，一丁点儿都不行。雷尼亚注意到，在街道尽头的两个拐角处，有警察在检查路人的证件。她迅速想了一下，她们的假证在途中还能应付，但华沙的警察会认出上面的假印章。雷尼亚向里维卡示意。她们加快了脚步，拐弯后，混入了人群。女孩们一次也没有回头，就这么一直一直向前，隐匿于人群中。

终于，她们到达了会面地点，可以松口气了。

但伊娜没有出现。

她们能在那儿站多久呢？她们应该等多久呢？

这看起来很可疑。人们有时会在商店附近接头，可以假装逛街，浏览货架上的书，小说、浪漫故事、间谍故事。但这儿什么也没有。

伊娜是在路上被捕了吗？

她在哪儿呢？附近吗？

谁会看见她们呢？

雷尼亚没有其他地址。考虑到可能会被抓受刑，没有特工会一次性携带过多情报。

她有足够的钱再过一天。

但没有备用计划。

每过去一分钟，就像熬过了一辈子。雷尼亚脑子里的想法呼啸而过，她盘算着下一步该怎么办。她得带着里维卡找个地方，她必须找到犹太战斗组织的熟人。但是去哪儿呢？要是联系不上任何人，她们该怎么办呢？把里维卡带回本津吗？她病得太重了。

雷尼亚决定把里维卡送进原本计划入住的旅馆。她自己则冒险出去找门路。

然后她有了一个主意。有一个熟人的姐姐从本津过来，住在雅利安人区。雷尼亚想到了马雷克·福尔曼——说不定他在游击队经历了悲剧事件之后回到了这里?

"你知道马雷克的地址吗?"雷尼亚一赶到就询问起来。

女人细细看了好久的小笔记本。雷尼亚就在一旁焦虑地等着,最终得到了答案:马雷克母亲的地址。

每一丁点儿的情报都如同黄金般珍贵。

伊娜还是没有出现。

雷尼亚回到了旅馆。她们大部分的钱都用来付房费了。

第二天一早,她就把生病的里维卡带到了那个地方。马雷克的母亲和嫂子都在那儿。嫂子已经成了寡妇,因为丈夫在游击战中被杀。马雷克的姐姐哈夫卡曾经作为情报员,投身于青年运动,在内衣里藏炸药。雷尼亚听说她现在在奥斯威辛。马雷克的母亲也曾帮助过犹太战斗组织。这是一个真正的战士家庭。然而,让雷尼亚失望的是,她没能打听到马雷克的下落。她最后听到的消息是,他和雷尼亚在本津。"非常抱歉,"马雷克的母亲摇着头说,"我不能收留里维卡。"警察和通敌者每天都在敲她的门。事实上,她正计划着赶快搬家。

但她出了一个主意——把里维卡送到一个波兰邻居那里。

雷尼亚向女孩告别,希望她能安然无恙地藏身于此——又一个藏身于城市深处的犹太人。

雷尼亚此刻独自一人穿行于华沙。虽然隔都早先被毁,但这里熙熙攘攘的广场,开着门的商店,却一切如常。无论如何,她的钱只够在旅馆再住一夜了。第二天早上,马雷克的母亲帮齐维亚联系上了卡齐克——他是犹太战斗组织的战士,曾经领导过下水道逃生行动。

雷尼亚在一处街角和他见了面,还没来得及说上一句话,就听见了枪响。一个警察追赶着卡齐克,他逃走了,消失在车流中。雷尼亚迅速朝着相反的方向走去,没有跑起来,也没有回头看。

幸运的是，卡齐克安排了和安特克的会面，就是雷尼亚从信件和故事里认识的那个安特克。在雅利安人区，安特克是一位犹太指挥官，忙于和波兰地下组织开会，处理财政事务，派人加入游击队，走私武器，并与伪造证件的人保持联络。她听说有一整个工作团队在帮助他。

雷尼亚和安特克原本是要在一处街角碰面的，这次是在一所职校前面接头，或者叫技校。雷尼亚穿上了事先安排好的裙子和新鞋。她在发辫上插了一朵鲜红的花，这样就能被他认出来。雷尼亚走到接头处，祈祷着一切顺利，能够见到他，拿到需要的东西，再赶回本津，回到朋友们那里，回到姐姐莎拉那里。雷尼亚远远地瞧见了一个男人。他的胳膊下面夹着一份报纸，这就是他的记号了。

她简直不敢相信。"他真的是安特克。"她这么写道，还提到了他的波兰绰号。她尽量不去直勾勾地盯着这个高大的金发青年，"他留着贵族般漂亮的胡须，穿着一身绿"。

她路过时，放慢了脚步，显露出她的花。

但他没有动。

现在该怎么办？

她冒了个险，转身回到街上又走了几步。

仍然没有得到回应。

他怎么不过来呢？是不是找错人了？或者他知道有人在监视？还是被设局了？

直觉告诉她，还是得冒险一试。"你好，"雷尼亚用波兰语打了招呼，"你是安特克吗？"

"你是文达吗？"他问道。

"是的。"

"你说自己是犹太人？"他低声问道，看起来很惊讶。然后他单膝下跪。她表现得太好了。

"你也是犹太人？"雷尼亚松了口气回答道。

安特克和雷尼亚并肩前行，坚定有力地走在属于雅利安人的土地上。不知何故，这片土地支撑着他们。她不敢相信，这个"看起来高贵自信的男子"真的是个犹太人。她说他像是灵巧的松鼠、机敏的兔子，周围的一切都在掌控之中。她觉得，他那双眼睛是能够洞悉旁人身份的。

然而在交谈时，她注意到他的波兰口音并不地道。她能够听出来，这是个来自维尔纳的犹太人。

安特克和雷尼亚悲伤地聊起伊娜的突然消失。"她肯定是在过境查证件时出了问题。"雷尼亚说道。

"我们也不能确定，"安特克回答，想要安慰她，"可能有什么意外导致她回家了。"后来，雷尼亚回忆起他的关怀与温柔，就像是对女儿一样。在这个孤儿的世界里，他年长的9岁像是19岁、29岁一般。

安特克承诺雷尼亚，会尽快为其余人准备好签证，为那些犹太长相的人准备好巴士。没有什么是容易的，都需要时间来安排。他们暂时分别了。

在战友们为里维卡找到常居的公寓前，他们决定先把她藏好。安特克为雷尼亚提供了地址和每晚200兹罗提的经费，还额外加了伙食费。

雷尼亚在华沙等了几天，睡在地下室的门口。一个有着波兰长相的犹太男孩住在地下室的走廊里，雷尼亚就假装是他的妹妹。他们告诉房子的负责人，雷尼亚是从德国偷渡过来看望兄弟的，所以不想注册通行证。雷尼亚保证，她只待几天。她尽可能避开房东，不在邻居面前露出马脚。大多数伪装起来的犹太人会为自己的日常活动、工作、家庭编好故事，然后在城里游荡八小时，假装有什么事要做。

雷尼亚实际上要做的也就是等待签证，等待关于巴士的具体消息。她的耐心逐渐耗尽。她每天都会和安特克见面，催他加快速度。她要回到本津，不能再耽搁了。全面的驱逐随时都可能爆发。要不然别等了？她一次次思考着。雷尼亚心里清楚，度过的每一天都至关重要。时钟嘀嗒作响，指针正加速转向杀戮的时刻。

一拖再拖地等待着。几天后，巴士终于准备好了，雷尼亚发出了电报，通知了巴士抵达卡米翁卡隔都的时间。签证已经备好。她没能获取更多武器，但就这样吧。雷尼亚告诉安特克，她不能在华沙继续待下去了。

雷尼亚将22张假签证，还有对应的照片和旅行证件贴身缝在了裙子里。从踏上大街的那一刻起，她的心就怦怦狂跳。她无时无刻不在害怕出问题。伊娜遭遇了什么呢？

在火车上，有常规的检查，还有另外的搜身。警察们向她走了过来。

她甜甜地看着他们的眼睛，勇敢地翻开了自己的包裹。"他们在包里搜查着，就像小鸡在沙子里啄食一样。"她回忆道。雷尼亚稳住自己，自信地微笑着，一直和他们聊着天，保持着眼神交流，这样他们就不会想要搜身。她毫无惧意。

他们离开了，完全没有怀疑。

然而，行动还要继续。

雷尼亚决定在琴斯托霍瓦稍作停留，去见一见特工里夫卡·格兰茨，交流一下最新消息。里夫卡比较情绪化，为人感性且充满活力，是犹太战斗组织中知名的领袖、组织者和走私人。纳粹首次入侵时，她正在港口城市格丁尼亚执行任务。她在这看见了逃亡的战友们。有些人搭船入海，但她留了下来，直到被纳粹驱逐。里夫卡迅速收拾好行李后，突然注意到了基布兹的口琴。这个小小的乐器给战友们带来过太多的欢乐，让她产生了深深的依恋之情。她放下手提箱，拿起了这个乐器，羞愧地来到了瓦吉：她没有衣服，也没有什么实用的。她将口琴藏在了基布兹的门边，两手空空地进去。"我什么也没能带来。"她宣称。后来，她得知战友们发现了那个乐器。他们理解她的心意，她想要保存这个带来欢乐的物品。这个口琴成了一场运动的传奇。

雷尼亚想起了口琴，很想见见里夫卡，赞美她的善良与勇敢。但这已经不可能了。当雷尼亚到达这个边境城镇时，隔都已经被夷为平地，完全烧毁，她感受到了绝对的恐惧。同胞们已经无处可寻，销声匿迹了。

"发生了什么事？"她总算说出话来了。当地的波兰人告诉她，几周前，隔都爆发了一场战斗。年轻的犹太人装备简陋，只有几把枪和几百枚燃烧弹，他们躲藏起来，开枪反抗。有些人设法从纳粹那里偷来了武器。而有些人则用隔都厨房里的大桶从弹药厂走私铝、铅、碳化物、汞等，用于制成炸药。他们挖出了几条隧道。虽然在人数和武器上有悬殊，但他们还是坚持战斗了整整五天。许多犹太人逃进了森林，现在正像野兽一样在那里生活。德国人担心森林中的游击活动，派出当地警察搜寻隐藏的犹太人。他们将犹太人逐一找出，但肯定还有遗漏。

关于里夫卡·格兰茨，雷尼亚只知道她在战斗中牺牲了。当时她手握武器，指挥着一支队伍。"我的心为她哭泣！"雷尼亚写道，"她就像是每一位琴斯托霍瓦犹太人的母亲。"她想起当初里夫卡想要离开时，剩下的犹太人不让她走。他们说，只要里夫卡和他们在一起，他们就有安全感。

雷尼亚很快回到了火车站，压制住一切情感。她现在需要回到本津。火车整夜间轰鸣着驶过林木葱茏的乡村。她沉沉的眼眶想要合上，但是不行，不，不，不能入睡。她必须一直保持清晰的头脑，清醒着，警惕着。谁知道什么时候会有检查，会看证件或者发生什么事;谁知道接下来会怎么样。

直到后来,雷尼亚才得知,在边境附近的检查站,一名纳粹女兵抓住了伊娜。当盖世太保将伊娜送往奥斯威辛时,她跳车跑了。筋疲力尽、沮丧压抑、伤痕累累的她躲在了当地隔都的朋友那里。但纳粹高额悬赏她的人头(要么交出伊娜,要么杀了20名犹太人),于是犹太民兵将她交了出去。这一次,盖世太保的负责人亲自将她押送到奥斯威辛,还在车上命令一条狗攻击她。她一口唾沫啐在这位军官的脸上,然后死在了途中。

22
扎格伦比的耶路撒冷在燃烧

雷尼亚
1943年8月

1943年8月1日。

终于,雷尼亚风尘仆仆、身心俱疲地抵达了本津。然而当她下车时,眼前的一切,包括站台和广场上那个很有辨识度的装饰大钟,都变成了乌泱泱的一片黑。纳粹正在将乘客赶离车站。

雷尼亚远远地就听到了刺耳的尖叫声、骚动声。

"发生了什么?"雷尼亚询问聚集在附近的一些波兰人,想要搞清楚情况。

"从周五开始,他们就一直在把犹太人往城外赶。一拨儿接着一拨儿。"

现在是周一,第四天了。而且还没结束。

"他们会赶走所有的犹太人吗?"雷尼亚改换语调询问着,不仅得假装不在意,还要表现得很开心。她装作这个世界的旁观者,假装这不是她等待了几个月、害怕到来的时刻。

她后来写道,这一切发生时,"我的心被撕成了痛苦的碎片"。他们正在驱逐雷尼亚所有的朋友、她的战友,她生命中的每一个人。她不知道他们会遭遇什么,也不知道是否还能再见到他们。

隔都被党卫军包围得严严实实,完全进不去。雷尼亚偷听到了一些谣言，试图看到更多情况。在隔都里，德军找到了地堡，杀害了里面的人。四天来，他们不停地将犹太人推进牛车，从四面八方向隔都射击。犹太民兵抬出伤员和死尸，用破布盖着。在大街上，德军领着一排排的年轻人走向火车。他们就像罪犯一样，铐着脚镣。德国人踢着他们的脚。这些男孩和女孩试图逃跑，但又被波兰人抓住，交给德国人。盖世太保便衣像野狗般在城市里横冲直撞，检查证件，注视着每个人的脸，寻找更多的犹太人。

之后雷尼亚看见，在关卡的另一边，在车站旁的一片开阔处，站着一大群人。他们当中有她的朋友。波兰人紧盯着这些"罪犯"，好像他们是动物园里的动物。她的战友们，她所爱的人们，正被拿着步枪、左轮手枪和鞭子的流氓们包围着。

她到处都没有看见莎拉。

雷尼亚几乎无法站立，就差要昏过去了。她知道自己得尽快逃跑。要是他们检查她的证件，她就完了。

"然而，"雷尼亚后来写道，"那一刻，我看见自己的心变成了石头。他们离我那么近，我怎么能不知道他们的命运就离开呢？"她转了一圈，但是这么做毫无意义，她进不了隔都。"我在心里想着：我的生命意义全失。我还活着干什么呢？他们夺走了我生命里的一切。没有了家人，没有了亲眷，现在连我所爱的朋友也要夺去？"她回想着自己的人生，愿意为这些战友们，为她的姐妹们冒一切风险。

"心魔让我想自杀，"雷尼亚回忆道，"我为自己的软弱感到羞耻。不！我这双手是不会让德国人轻松完成工作的！"她的思绪转向了复仇。

雷尼亚漫无目的地走着。她现在没有家了，真的无家可归。

她只有一条路可走：回到华沙。但是怎么回呢？下一班火车要等到第二天早上5点。

雷尼亚·库基尔卡是最后幸存的自由情报员。

雷尼亚整日整夜地待在路上，直到下午3点。她疲惫不堪，心力交瘁，已经很久没有吃东西了。她唯一能想到的就是面包。但只有凭借配给卡才能获得一块面包。她没有配给卡就进不了商店；即使进了商店，只要没卡，就会被怀疑是犹太人。她突然想起一个认识的人：一位来自索斯诺维茨的苏联籍非犹太女人。她就是牙医，维斯医生。索斯诺维茨距离本津约四英里。

雷尼亚搭上了电车。在车厢另一端，有人在检查证件。她尽可能多坐了一段时间，然后跳下了车，上了第二辆。她在车厢之间闲逛，不停地换乘，直到抵达目的地。

在索斯诺维茨，隔都被包围了。

这里也进行着驱逐行动。到处都是纳粹，尖叫声和枪声不绝于耳。

雷尼亚向牙医家飞奔而去。她不停地告诉自己，只有几条街了。

维斯医生开了门，震惊地看着雷尼亚。"你是怎么过来的？"

她给了雷尼亚一把椅子，担心这个姑娘会昏倒，然后去厨房沏茶。

直到坐下来，雷尼亚才意识到，自己就快晕厥过去了。她振作起来，想把一切都告诉维斯医生。

但是她做不到。

她的喉咙里有一种压迫感。

她突然哭了出来，号啕大哭，抽泣不止。

雷尼亚有些难为情，但她止不住自己的痛苦。如果不哭，她就会心痛到爆炸。

维斯医生轻抚着她的脑袋。"不哭不哭，"她说，"你一直都很勇敢。你在我眼里是个英雄，你是我的榜样。孩子，你必须坚强。

也许你的有些同伴还活着。"

雷尼亚饿得厉害，但吃不下东西，她处在自己的极限。就是这样了。"我的心碎了。"她写道。

但她渐渐开始放松，想要休息几小时，整顿好自己。要活下去。

"我本该出于爱心收留你一个晚上。"维斯医生说道，而雷尼亚呼着气。"但是，"她继续道，"德军总是闯进屋子，搜捕躲藏的犹太人。要是他们在这片儿，就一定会来这儿。我是苏联人，他们已经怀疑我跟犹太人有联络。"她叹了口气，"原谅我。我不能拿自己的生命冒险。"

雷尼亚几乎无法相信自己的耳朵。她感到既沮丧又恐惧。这种时候，她能去哪儿过夜呢？在火车站，他们会检查她的证件。大街上危险不断。她在城里谁也不认识。

维斯医生给她准备了路上的吃食。她含泪祝福，并再一次请求雷尼亚的原谅："我很抱歉。"

雷尼亚离开了她的避风港，前路未卜。"我就这么走着，走到哪儿是哪儿。"她回忆道。

她离开了这座该死的城市，来到了一片稀疏的树林。又一次昼夜轮回。这是一个明朗的夏夜，月光笼罩着她，星辰在她眼中闪烁。雷尼亚看见了她的父母、兄弟和战友。她看见了那些悲伤扭曲的面庞，仿佛他们就站在她的身边。苦难在他们的身上留下了痕迹。她多想拥抱他们，带着爱意，将他们拥入心口。但幻象开始消散，就像电影屏幕上的画面消失不见一样。她什么都没能抓住。

雷尼亚反思着自己的人生。"我有给谁施加过很多压力吗？我是犯了多大的罪孽？我是杀了多少人？为什么我要承受这一切苦难？"

突然，她在林间看见一个男人的身影。这么晚了，是谁呢？这个身影在向她靠近，一股寒意渗透骨髓。这个醉酒的男人在她附近坐下。她越是走开，对方就靠得越近。这个男人如同捕食的野兽一般，瞪大了亮晶晶的小眼睛。他开始向她叫喊，字字句句都带着气焰、敌意和怒火。雷尼亚不能尖叫，也逃不了。这里地处荒僻，没有人能听见她的呼救。他就这么跟着她，跟着她，随心所欲。

在大屠杀期间，从羞辱到强奸，针对犹太女性的性暴力非常普遍地存在着。最早的一些战后回忆录提及了性虐与暴力，但战争结束后，这些故事大多陷入沉默。采访调研很少在这样的问题上施压，也很少有人主动给出信息。大多数受害者并不知道折磨她们的人姓甚名谁。许多女性被先奸后杀；其他人则耻于说出口，担心会嫁不出去。提出这个问题的人往往会被阻止。在很多时候，人们并不相信这样的事情。问题被回避，受害者得不到安慰。

犹太人中还存在着性等级。在斯卡日斯科-卡缅纳劳动营，从马伊达内克（Majdanek）带来的赤脚姑娘们属于"商品"；有些女性成了精英男的"表姐妹"，搬进了男人的营房。在游击队中，为了受到保护，中产阶级的犹太姑娘会和来自小村镇的犹太鞋匠产生浪漫的情爱。其中一些到了战后，还会继续在一起。在隔都里，性是一种商品，可以换取面包。

哈希亚·别利茨卡说，在格罗德诺附近的一个集中营，指挥官会挑出漂亮的犹太姑娘和女人，给她们安排晚礼服，将她们送到德军的派对上。每一位女性都被要求和一位男性在众宾客面前跳舞。然后，在意想不到的时刻，指挥官会走近，拔枪射向那位女士的脑袋。"我没法想象，那些裹着舞裙的身躯承受着怎样的恐惧与死一般的寒意，"几十年后，哈希亚回忆道，"我没法明白，被带到舞厅时，这些女人是怎么做到双腿不打战、膝盖不发软的。当这对搭档挪动舞步时，她们竟然没有因为恐惧而发出接连不断的声响，没有将情绪带给周围的人。"

好些隔都领袖与纳粹同流合污，参与了性暴力。他们将犹太女人交给纳粹，从而免遭驱逐。一些女人指控隔都领袖对她们实施了性虐待。有这样一段描述，里夫卡·格兰茨不断受到领导的性骚扰，因而放弃了在瓦吉犹太居民委员会的工作；也有其他人声称受到了同一个自大狂的骚扰。

有一些外邦人保护并藏匿犹太人，却对藏起来的女人们进行了性虐待，或者要求对方用性作为报酬。有些贪得无厌的人，性和钱都要。来自克拉科夫犹太战斗组织的安卡·费舍尔在雅利安人区找到了公寓和工作，却遭遇了敲诈：这个流氓威胁她，如果不提供性服务，就告发她的犹太身份。她拒绝后，很快就遭遇了逮捕。躲躲藏藏的少女们委曲求全，靠着性服务来保护年幼的妹妹。性成了她们唯一的货币——用于活命，但也只是暂时的。

最后，犹太女人在逃跑的路上也遭受了性暴力。15岁的米娜·费舍尔（Mina Fischer）受够了隔都。有一天她从被迫工作的地方逃了出来，在森林里徘徊游荡。从两个农民手中逃脱后，她奔向了森林深处。到了晚上，她无处可藏。有三个男人突然出现，轮奸了她。"我不知道他们对我做了什么，我对性没什么概念。"她回忆道。但当她醒过来时，她既震惊又痛苦，流着血，站不起身。直到多年后，当米娜因为怀孕而险些丧命时，她才知道，那些人对她的器官造成了怎样的伤害。

在漆黑一片的森林里，因为那个年轻男人的存在，绝望又疲惫的雷尼亚保持着清醒的头脑。那个男人一步步靠近，提出了一连串的问题。雷尼亚像个傻子一样，本能地给出了愚蠢的回答。

在这期间，雷尼亚一直想着，她不能再等了。已经是凌晨1点了，每一分钟都至关重要。她慢慢拉开了和他的距离，然后突然发起了冲刺。

他追赶着她。

她用尽剩下的一点力气,向一栋房子飞奔而去。她看见有一扇门开着,就爬进了这栋楼,进入了黑暗的走廊。她稳住呼吸,蹲在楼梯底下,等待着,"像一只被追赶的狗一样坐着"。

早晨,倍受折磨、疲惫不堪的雷尼亚离开了这里,前往华沙。

第三部分　"什么边界都拦不住她们"

"她们已做好一切准备,什么边界都拦不住她们。"

——哈伊卡·格罗斯曼,《论运动中的妇女》,出自《隔都女性》

23
地堡内外

雷尼亚、海依卡
1943年8月

  无家可归。没有实际居所,没有精神避难所。没有证件,没有合法身份。没有家人,没有朋友。没有工作,没有钱,没有面包。虽有家族的千年遗产,但没有国家。别人对你毫无期待,没人好奇你在何处,没人知道你是否活着。

  但幸存者必须坚持下去,坚持活着。

  终于,来到了华沙,在安特克的熟人的庇护下,雷尼亚心神不宁。用她后来的话说,"人们只需朝我看一眼,就会明白发生了什么,就会知道我从本津带来了什么消息"。没人能让她平静下来,就连雷尼亚也觉得自己随时可能失去理智。

  日复一日,她等待着是否有消息到来,是否有来自本津的信件。

  她的朋友,她的爱人,她的姐姐,遭遇了什么?

  既然不会有扎格伦比起义了,那么她会怎样?雷尼亚需要知道事情的进展,这样她才能计划自己的下一步行动。

  三个星期过去了,伊乌扎·汉斯多夫的一张明信片总算寄到了。"马上来本津,"雷尼亚逐字飞快念完,"等你来了,我全都解释给你听。"

  几小时内,雷尼亚就联系到了安特克,整理好了出门的行囊。

犹太战斗组织为她提供了一张极其昂贵的假旅行许可证，还多给了两张证，以防在本津还有幸存者。雷尼亚还获得了几千马克，以备不时之需：供给"敲诈犯"（schmaltzovniks①），贿赂警察，用于支付住所、食物、日常用品的费用……谁知道会用在什么地方呢？

她抵达了伊乌扎明信片上的地址——在基布兹洗衣店工作的一名波兰机械师诺瓦克（Novak）的家。在战争期间，他一直与自由会成员保持着联系，总是想要帮忙。他们都知道他的地址。

雷尼亚能听出户主诺瓦克夫人在摸索钥匙。她几乎无法控制自己。

门开了。一片寂静。雷尼亚看到两个孤独的身影坐在一张桌子前，瘦弱而憔悴。但他们很高兴见到雷尼亚。

这对夫妇是梅尔·舒尔曼（Meir Schulman）和妻子纳哈（Nacha）。梅尔不是组织成员，而是一个热心的朋友，他曾是基布兹的邻居。他非常有才干——按雷尼亚的说法，是一个完美主义者。他对技术颇有研究，曾帮助建造地堡，并安装秘密无线电。他为他们清洗破碎、磨损的武器并修理好。当他们从华沙收到制造炸药的指示时，是梅尔为他们带来了必要的材料。他制作了假的橡皮图章，还尝试印制假币。

此刻，他坐在这里，她希望能获得自己迫切想知道的答案：大家都在哪里？驱逐出境期间发生了什么？战士们遭遇了什么？莎拉遭遇了什么？

海依卡对这个故事有自己的说法。

几周前，某个星期天的凌晨3点，枪声大作。

就连海依卡也很惊讶。她无法相信纳粹会毁掉他们的假期。大

---

① schmaltzovniks是第二次世界大战期间的波兰俚语，指的是专门敲诈躲藏的犹太人或包庇保护犹太人的波兰人的那些人。——译者注

家都醒了。兹维·布兰德斯打开地堡的板条，抽出了一些武器。"怎么这么少？"海依卡问道。

他们根本没有准备好。武器大都分散在不同的地方，而不在赫谢尔的自由会庇护所里。海依卡变得愤怒。"难道我们一直在头脑中培养'哈加纳'[①]（Haganah）的思想，现在却两手空空？……我们不会让他们驱逐我们的。我们会做一些蠢事——也许只开一枪，但会发生点什么，得发生点什么。"和他们在一起的一名华沙隔都战士抓起了一支武器，气愤它竟然这么脏。他开始清洗。

他们都下楼了。他们抢走了两块面包和一壶水。随后，穿过烤箱，他们中的20人进入了青年卫队的地堡。

里面很小，没有完工，挤得让人无法忍受。

他们锁上身后的烤箱门。一股稀薄的空气从厨具上的一个孔流入。海依卡因屈辱而愤怒——要被迫在睡觉的地方解手，这胜过最残酷的折磨。

他们的藏身地位于两条街相交的十字路口下面。纳粹多次进入大楼，在上方搜寻。他们用十字镐在地板上砍来砍去，试图打开烤箱。他们开始刨开头顶正上方的地面。兹维·布兰德斯摸了摸自己的枪，命令华沙战士做好准备。"跑吧，"他对大家说，"如果成功了，很好；如果没成功，就太糟糕了。"

无法呼吸。下一秒他们的生命就可能会不复存在。背景音是无情的枪声。

这样的搜索持续了整整3天，每天10次。

无法与犹太战斗组织的其他藏身地联络，他们担心自己是最后的犹太人。兹维·布兰德斯决定去看看自由会基布兹的情况。海依

[①] 哈加纳，在希伯来语中意为"抵抗"，是一个犹太锡安主义军事组织。1920年，由早期犹太移民建立。目的是保卫犹太人的居民区。——译者注

卡和战友们为他担心,他们敬爱的、可敬的领袖、兄长和父亲。

他离开了。又是锤击与镐敲的可怕一天。"屏住呼吸,致命恐惧,神经紧张。"纳粹在他们地堡附近搜查了三小时,刨开一半地板,喊他们出来。犹太人惊慌失措。海依卡用全部意志力请大家冷静下来,让大家伏在地上。他们照做。"我本能地接过指挥棒,"她后来写道,"我只期盼一件事:他们犯懒。我没有失望。德国人离开了。"

兹维·布兰德斯回来了,这令人长舒了一口气。但没有足够的补给了,队员们也耗尽了水源。他们打开了出口,接着听到了枪声——有人在大厅里。他们动弹不得,但又怕会因缺水而死,只得打开烤箱的门。这制造出了"巨大的噪声",每个人都吓坏了。凡事带头的兹维·布兰德斯和另一个人出去了,过了一会儿他们带着水回来了。谢天谢地。

现在该怎么办?"我们能在这个粪坑里忍多久?"里面太闷了,人们一天天变得虚弱。无论从什么意义上讲,这里都是地狱,海依卡说:"无论你是否听说过,或者从油画上见过。"

他们是一群口渴难耐的人,在黑暗中分不清每张脸。"你能看到许多年轻的身体,脱掉衣服,半裸着躺在破布上。许多条腿,一条挨着一条……手臂,太多手臂……手心又湿又黏,压着你,"海依卡写道,"很让人恶心。这也许是他们的最后时刻。让他们至少向彼此告别吧。"海依卡不禁谴责兹维·布兰德斯和他的女朋友多拉缺乏奉献精神,谴责他们把时间都浪费了。

水又没了。这一次地面上方没有人。纳粹切断了他们的水源。兹维·布兰德斯的妹妹佩莎(Pesa)经历了歇斯底里的一幕,她用最大肺活量尖叫着想让纳粹杀了她。每个人都努力让她平静下来,但不起作用。

兹维·布兰德斯决定让大家搬到自由会基布兹地堡。多拉和一位名叫哈西亚的女性先去了。海依卡和战友斯鲁莱克亦一同爬出了烤箱，回到了"人间"。起初，路上畅通无阻。接着突然之间，火箭点亮了整条街。枪声响起，灯光耀眼，弹片和炮石从四面八方飞来。他们卧倒躲避。海依卡的心怦怦直跳。她为何要这样死去，一事无成，独自在荒郊野外，正在逃跑却不在战斗？痛苦、孤独，这一切都令人无法忍受。她伏在地上时为自己哀悼。她的人生也有过美好，她曾有很多伙伴，和大卫有深厚的亲密关系和美妙时光。如今她也要被枪毙了，注定和他一样死去。"真倒霉。"她自言自语。

不知怎么，海依卡设法爬进了附近一栋建筑，进入了一套公寓。她能感知到自己的身体：她竟然还活着？她和斯鲁莱克亲吻着庆祝，他们喝到了水。他们成功地来到了自由会基布兹。现在是凌晨3点。大家都在这里了。20个人，或许还有更多。

兹维·布兰德斯的妹妹被安置在一套公寓里，他们期望开阔的空间能让她镇静，但她依然歇斯底里。一名纳粹发现了她。

兹维·布兰德斯从背后射倒了那个人。

"第一枪，"海依卡写道，"我太骄傲了。我无比开心。"

她的快乐转瞬即逝。一个德国人倒下来，但还没等海依卡回过神来，她就发现许多战友被杀。"我们应该一起冲上去，不该像这样，让活生生的、健康的肉被一块一块地撕下来。为什么？！我们应该做点什么，做点大事！"她后来写道，"这让我愤怒，我的内心在尖叫，我肝肠寸断。"

梅尔和纳哈避难的新藏身地，比他们离开的那个地方还要糟糕，里面又闷又潮。除了随身携带的两支枪，什么武器都没有。每个人的皮肤都泛着光。他们穿着睡衣或者衬衫，衣不蔽体地到处走动或者像尸体一样躺在地上。海依卡几乎无法呼吸，幸好还有电风扇，扇叶转动时不停的嗖嗖声是小小的安慰。而且，他们拥有一个配有电炉的货真价实的厨房。但自由会的医生哈卡·伦茨纳（Chawka Lenczner）为阿莉扎·奇顿菲尔德烹制了粗面粉。大家一同吃了温暖的午餐，不必吃面包片，雷尼亚的姐姐莎拉也在其中。海依卡很喜欢哈卡，她站在火炉旁照看战友，包扎伤口，递来爽身粉，命大家清洁，免得浑身上下长满虱子。海依卡深情地回忆："看到她这么干净和善，真好。"最开始，海依卡很气愤赫谢尔把她留在地堡里，因为她长着如此精致的雅利安人样貌，但他说要是没有她，大家就都完了。

海依卡环顾四周：都是活死人。她无法忍受。

"我想在地面上再呼吸一口新鲜空气，再看一次天空，再吞一口水。"她沉思道，"窒息、口渴，无边无际的黑暗压倒了一切。我不能活着坐上马车了。"

夜里，他们打开了出口。海依卡跟着男孩们出去了，为空气欢欣雀跃，"鲜活、健康和新鲜的空气"。她呼吸得深之又深，期望尽量多吸进点空气，为以后预存。

突然枪声大作。

火箭点亮了大楼。她打了退堂鼓。接着，海依卡愤怒于自己的恐惧，强迫自己走出去。她看见了营房的明亮灯光，那是德国人把犹太人赶上火车的驱逐中心。探照灯、观察哨，犹太人无处可逃。火箭更多了。这就是前线，海依卡笑出了声。纳粹向地堡里口渴难耐、手无寸铁的犹太人发动了全面战争。当然，这似乎是一场他们必胜的战争。

男孩们带回了水。他们冒着生命危险取水，海依卡下定决心，下次她要和他们一起去。他们都回到了地窖。她以为呼吸下新鲜空气会好些，但结果只是让情况更糟，因为现在她的肺得重新适应什么都呼吸不到的环境。而且，地堡里一片混乱：女人们在为破布争吵，地窖的入口洞开。多么荒唐。海依卡气得泪水直流。她为什么要和这些人坐在这里？她深爱的那些人在哪里？大卫呢？佩萨克森姐妹呢？或许他们没坐在这里看到他们的梦想破碎会更好，她料想。不过她接着又想起，有他们在，事情原本就会大不相同——当然会不同——她的心陷入了前所未有的悲伤。

他们在地下坐着。意义何在？他们快要窒息了。外面当然是排犹组织在进行犹太人大清洗。供水不可靠，缺少空气。他们会被发现。他们会死在这里。每天，团队抽签决定哪对夫妇将要尝试进入雅利安人区。没有人想去，没有人想脱离团队。他们没有地址，没有安全的目的地。他们抱怨说，他们没有准备好逃到未知的地方去。"我们认为，我们要一起去。"他们齐声说。海依卡的悲伤不可抑制。她的气愤也是。他们都是这样的懦夫。他们什么都没做。他们什么来信都没收到。还有其他人活着吗？

有位战友出去搜寻信息。几小时后，他回来了，喘着粗气。他说还有一些犹太人，在清算营工作，这个清算营是为了清除犹太区的所有剩余财产而设立的。

后来有一天，轮到了海依卡。队伍在缩小。她想和兹维·布兰德斯或赫谢尔一起离开，但阿莉扎·奇顿菲尔德一拖再拖。她可以和兹维·布兰德斯的兄弟姐妹一起走。她应该这么做吗？现在？

突然间，凭空一声大喊："德国人在附近！他们在挖煤，正打开出口！"

他们被发现了！

一位逃脱了的战友与经营清算营的沃尔夫·博姆（Wolf Bohm）敲定了一项计划。博姆派一名犹太人把他们带出地堡，把他们带到清算营，但有两名纳粹跟着这个犹太人。

海依卡对这一交易毫不知情，不明白他们是如何被发现的赫谢尔和兹维·布兰德斯也困惑不解。

一片骚动。人们拿起公文包和包袱。他们决定：女孩和孩子先出来。海依卡在赤裸的身体上套了条裙子,她没有鞋子,什么都没有。梅尔和纳哈打开了第二个出口,海依卡正要跟着他们出去,砰的一声,他们把出口关上了——守卫太多了。

终于,哈卡走了出去。但她很快就回来了,神色慌张,说话结结巴巴。纳粹问她,赫谢尔在不在里面,并告诉她,如果他们都马上出来,就会被送去罗斯纳工厂附近的一条街上。海依卡猜得没错,博姆就是幕后主使。她想,这也许是一线希望。但是枪怎么办?兹维大声叫梅尔拿上枪离开,但梅尔拒绝了,躲在折叠床下面。人们情绪激动,匆匆忙忙。赫谢尔把一大笔现金分给了他们,然后走到了室外,被俘了。"我从未见过这么多钱。"海依卡后来写道。

她走出了地堡。三名纳粹站在门口。他们搜查每名犹太人,拿走了所有货币。海依卡从煤炭储藏室里观察,不知道该如何处置她那份钱,担心德国人会拿走他们的所有积蓄。她能把钱藏在哪里呢?藏在她的内裤里?她看到阿莉扎脸色惨白,低声询问纳粹是否可以让他们搬到罗斯纳工厂附近的街上去。

身旁的佩莎悄声对她说:"我的枪该怎么办?他们把它拿给了我,认为他们不会搜女孩的身。"海依卡吓得浑身发冷。这是谁的蠢主意?那把枪要么拿来用,要么就得被深埋地下。

海依卡告诉她把枪放在煤堆里。想着枪的事,佩莎的注意力涣散了。当她走到室外时,纳粹马上没收了她所有的钱。

接着德国人走到煤堆前,探进去,抽出了一只覆满鲜血的包裹。

枪。

一名纳粹大喊:"这么说,你们有攻击我们的东西!"

女孩们开始大哭、恳求:"不是我们的。有人栽赃。"

"恶心,"另一名纳粹嘟囔着,"我们是来帮你们的,你们却要杀我们。"

他们在劫难逃。海依卡偷偷溜回了地堡。兹维·布兰德斯惊慌失措。他已弄丢了另一支枪。他以为自己把它放进公文包了。每个人都在寻找,忙作一团。

华沙战士坠落原地。"他们把所有人都安排在空地上,威胁要处决所有人,除非你们都出去。"

"我来当牺牲品,"兹维·布兰德斯说,"我去。"他离开了地堡,被俘了。

梅尔和纳哈不肯动弹。海依卡下定决心:"好吧,我去。"

这一次海依卡走到了室外。12个人四仰八叉地躺在地上,海依卡加入了他们,也被俘了。

"里面还有人吗?"

纳粹派赫谢尔去察看。"没人在里面。"他想帮梅尔和纳哈隐藏起来。

纳粹下了一级台阶,捡起了一只公文包,伸手进去。那支枪。他拿了出来,放声大笑。"不是你们的,对吧?"他在公文包里摸索,找到了一张阿莉扎·奇顿菲尔德的照片。"多么蠢!还留下了照片!"他们哈哈大笑。

阿莉扎开始央求:"不是我的。"

海依卡愤怒到了极点:阿莉扎本来至少可以勇敢些。

随后他指向海依卡:"这是你的。"

命运下达了审判,海依卡想着,木已成舟。

他什么也没说,但踢了她两下,然后用木头戳了戳她。她只在最后尖叫了一声,那时她看到他变得多么恼怒。

她从地面向上看,她确信这是最后一次看到天空了。

德国人命令他们所有人站起来。他们不准海依卡穿鞋或拿上公文包。她的裙子因为躺在地上变脏了。

他们命令海依卡走在最后,用一把来复枪枪托顶在她后面。"我现在把她解决了。"其中一个纳粹说道。

另一个纳粹说:"随她去吧。什么事也别主动做。"

他们排成一列纵队到达了营房对面的广场。士兵们、军官们,每个人都瞄准他们。

阿莉扎哭着哀求。

"你这白痴,冷静点,"海依卡轻声说,"有点尊严。"

隔都空无一人。驱逐行动已持续一周。接受过清剿犹太人专门训练的士兵被招来,把犹太人从地堡中拖了出来。所有人都被赶进了有棚的牛车,只有犹太居民委员会的人例外,他们乘坐的是马车。人们试图逃跑。罗斯纳工厂藏了500人,但全部被捕。少数犹太人被送往劳动营;少数人被留在卡米翁卡,清理隔都的公寓。被驱逐者被关进营房,他们能在那里自由活动。但犹太抵抗组织的人却被迫坐在外面的地上,不得动弹,像在动物园里一样接受检查。

海依卡看着口渴难耐的人们"像野兽一样冲向水桶"。他们几周以来都没有正常的水喝,只能喝雨水甚至尿液。多么肮脏。海依卡可怜这些老人和孩子。

犹太人试图通过收买德国人获得工作,但是他们手头没有可贿赂的。海依卡想活下来,可是怎么办?她不相信奇迹。

纳粹传唤她和阿莉扎。

这就是了。海依卡死期已至。

"永别了。"她说着,勇敢地阔步前行,扬起头。

他们押送她走向了从前的民兵大楼——附近的一栋建筑,然后在外面等着。阿莉扎走了进去。

一名犹太居民委员会的文员经过,看上去吓坏了。"你在这里做什么?"

"其实没什么,"海依卡说,"他们想把我处决。"

"怎么会？为什么？"

"他们在我们的地堡里搜到些东西。"

该文员正拿着一只装满苹果的托盘。海依卡轻松地伸出了手，拿了一个，一口咬进去。他看着她，仿佛她已经精神失常。她当真疯了吗？还在咀嚼的时候，她被叫进民兵大楼。她把苹果核扔在地上，排练了最后时刻的台词："凶手们，清算你们的日子就要到来！我们的鲜血会复仇！你们的末日就在眼前。"

当海依卡走向行刑地点时，她想尖叫——可是这里荒无人烟，没人能听到她的声音。虽然没有任何号令，但她依然保持安静。

阿莉扎在房间角落里。惨遭毒打。鲜血淋漓。粉身碎骨。

事到如今，海依卡意识到她也会受折磨。

他们命令她躺下。命令下达了：把她打死。殴打开始了。无情，猛烈。接着，他们开始击打她的头。她竭力忍住呼痛的叫声，让他们看看"讨厌的犹太人能做到什么"。可她必须否认一切，所以她不得不大声为自己辩护。

"说出来是谁的枪，我们就会放过你！"他们大喊。

"我不知道，"海依卡回答，"我是无辜的。妈妈！妈妈！"

终于，他们停下了，回到了阿莉扎那里。"我肯定是一头可恶的动物。"海依卡后来写道。她太过痛苦，却也感受到了一种异常强烈的喜悦——她确信自己能忍受。

接着他们又开始打她。一个纳粹走了过来。"一条身材高大、瘦削的灰狗，"她写道，"拥有窥探者的熟悉目光。"海依卡嘲弄地瞥了他一眼，似乎这就是他殴打她的原因。

脸颊，双眼，鲜血涌出。"要是再偏一厘米，我就会失去眼睛。"他用粗壮的手臂掐住她细细的脖子。她开始气喘吁吁。他松开手。"我正要体会人会在什么时点死去，"她反思道，"我一直好奇痛苦的过程是从何时开始的。"但他不再勒她，她们被送了出去。她听到有人提到奥斯威辛。

海依卡几乎无法拖着身子回到队伍中。战友看到她和阿莉扎时,都潸然泪下。

她的身体"像石头一样坚硬,而且那么黑。不是蓝色的,是黑色的"。她这样形容:"我没有坐下,我像猫一样蜷缩着,躺在佩莎身上。"没有外衣,没有鞋袜。又黑又冷,于是士兵们砍下旧家具生火。

突然,兹维·布兰德斯一跃而起。

他向前冲得太快,以至于海依卡的眼睛都没来得及跟上。

他在逃跑!

士兵间一阵骚动。射击,追赶。指挥官被激怒了:"追上他,把他带回来,不论是死是活。"几分钟过去了。海依卡的心脏怦怦直跳。士兵们回来了。天太黑,看不清他们的面庞,但她听到有人说:"好了!我抓住他了!"

海依卡对自己说,也许不是真的,他或许在吹牛。然而,在她心底深处,她知道兹维·布兰德斯已经死了。他们失去了人群中最优秀的一位:一个伙伴,一位真正的领袖,她最亲爱的朋友。

兹维·布兰德斯的弟弟妹妹坐在她旁边。"他们刚才在说什么?"

"我不知道。"海依卡说了谎。她坐着,内心一片空洞。她写道:"如果你敲敲我,很可能会听到回声。"

在黑暗中,海依卡的思绪转向了士兵们的生活,转向了可能的逃亡,以及对奥斯威辛将会发生什么的好奇。她向自己许诺,永远不会过去,她会飞奔、跳跃,然后自杀。后来在厕所里,她考虑过爬到洗衣房,偷偷溜走。但守卫离得非常近,她没有勇气,她想到了兹维·布兰德斯。"如果明天才溜走,恐怕就太迟了。"

清早,折磨继续开始。没有食物,没有水。经过的犹太人本可以给他们几滴,但相反,他们保持距离,目光警惕。这就是她想为之献身的民族吗?随后,她明白了。是纳粹逼他们这么做的。

终于,德国守卫怜悯他们,命令他们站起来。他给他们水,给未来孤儿院的孩子们一点食物。

下午,纳粹过来了。他们带走了一组四人。海依卡推想,他们肯定要每次处决四个人。

但没有。这些人带着什么东西回来了。

兹维·布兰德斯的尸体。

为了展示他们能做出什么事。

兹维·布兰德斯的妹妹哀号着。海依卡想让她停下来,让她骄傲地看着他们的脸。但有些什么在她体内号叫。"我的头皮全都麻木了……我以为我的头发要变灰了。"

抬着他的男孩们看上去双腿要断了。兹维·布兰德斯的脸看上去有些恐怖,"他的尸体已经残缺不全,像筛子一样满是孔洞"。这是他们挚爱的、正义的朋友。赫谢尔啜泣着。

男孩们被派去挖坑——他们自己的坟墓,他们这样想。每天10次,他们觉得德国人要来杀他们了。"等待比死亡更糟糕。"海依卡写道。晚上,一道命令传来。海依卡正要到营房中去,她将和其他犹太人混在一起,然后明天,她要被转运到奥斯威辛。

恐惧笼罩着她。她会违背诺言,到奥斯威辛去吗?她为何一直在等待?至少外面有逃生的机会。她能混在人群中逃跑吗?赫谢尔安慰她:转运不会来得那么快。

早上,犹太人抓着毛巾洗脸,一如往常。海依卡被激怒了。为什么大家都如此镇定?有传闻说,火车会在10点到来。**起义!跳出窗户逃跑!**

在被驱逐的人当中,海依卡注意到一个机敏的年轻男孩贝雷克(Berek)。海依卡信任他——他有一双诚实的眼睛。他经常外出执行工作任务，那天也打算出门。他想帮忙，提出要护送女孩们到厨房去。男孩们出去工作了，海依卡劝赫谢尔和他们一起去，但他仍留在原地。

快到10点了。贝雷克伴着一群马站在营房旁。

她必须得走。

等待，等待，等待合适的时机。突然一群人经过，贝雷克对她使眼色。

逃跑。

她这么做了。她走到了贝雷克跟前。

"去厨房那栋大楼。"他小声说。

"跟我来。"

"不，"他坚持，"你还是一个人去吧。"

海依卡去了。

一名士兵站在门口。他放她进去了。

阿莉扎、佩莎、哈卡、莎拉——雷尼亚的姐姐——也随着海依卡来到厨房。她们对犹太民兵说去找赫谢尔。接着指挥官到了。海依卡明白，她会因为自己的面孔而被送回去，她受伤的脸让她很容易被认出来。阿莉扎躲了起来，但海依卡没有，她再也无法忍受。

指挥官盯着海依卡看了很久，然后摇了摇头。"新面孔，"他说，"但是（好吧），他们应该待在这里。"

上午10点，向奥斯威辛的转运启程了。赫谢尔和他们一起离开。"多么奇怪，"海依卡后来回想，"从营房到厨房两分钟的路程，就把我从奥斯威辛拯救出来，从死亡中拯救出来。我们整个人生多么奇怪！"

梅尔告诉雷尼亚，在其他人被带出地堡后，他和纳哈在折叠床下藏了几天，然后逃到了这栋波兰机械师的房子。"我们有一点钱，"他说，"不过钱花光了该怎么办？"他们知道青年卫队的很多女孩还在本津，她们伪装成非犹太人。舒尔曼夫妇不知道别的事情，也不认识那些到过厨房的人。

雷尼亚在20世纪40年代的书面记录没有提到她的姐姐莎拉——也许出于安全考虑，也许因为雷尼亚心神不宁，很难写到她，也许出于对运动的尊重，一个人不该爱亲生姐妹胜过战友。但莎拉遭遇了什么？她是否已经去世？库基尔卡一家还有别人活着吗？还是说雷尼亚完全是孤身一人？

她的确快要失去理智了。

所幸，就在那时，伊乌扎到达了机械师的公寓。她哭着抓住了雷尼亚，拥抱着她，滔滔不绝，无法抑制自己。"弗鲁姆卡死了，我们的战友们死了。"

伊乌扎与雷尼亚坐在一起，讲述了另一个关于地堡的故事。"战斗者的地堡"在斜坡上一栋小建筑下——一栋环绕在草地上的简单丑陋的大厦。弗鲁姆卡和其他六名自由会同志待在房子下方一个极隐蔽的地下室里。这是团队最好的建筑，入口绝妙地藏在墙壁里，还有电力、水源和加热器。

这七人全程听着外面的所有噪声。自由会的领袖巴鲁赫·加夫特克站在一条小裂缝旁，守卫着地堡。突然，有德国人的声音——他们就站在上面。难道他们看到了从裂缝中射出的光？巴鲁赫不假思索，满腔怒火地吼道："在我们倒下之前，让我们复仇！"然后他扣动了扳机，直接在出口处开枪。两个德国人倒在了地上，他们结实的身体让大地震动。

巴鲁赫的女朋友从后面紧紧抱住他，其他人都能听到他们骨头裂开的声音。

枪声引起了注意。一伙气喘吁吁的德国人包围了房屋，但没有靠得太近。他们抬走了两名纳粹分子的尸首，气得发疯，非常惊讶还有主动反抗的犹太人。

弗鲁姆卡不顾地堡里的禁令,一根接一根地抽烟,站得比别人都高。她握着自己的武器,强硬而冷酷,她那双长期压抑的眼睛里闪烁着不寻常的光芒。"谨慎行事,"她喊道,"但要杀几个,要死得光荣!"同志们上了膛,开了枪。

十几名纳粹用手榴弹和烟雾弹伏击这栋房子。地堡变得一片漆黑,但炸弹和上方燃烧房子的火光照亮了战士们的眼睛。烟雾让他们窒息。"野蛮人!"他们尖叫着,熟练地投掷一枚手榴弹,但纳粹逃开了。德国人用从奥斯威辛带来的一种特殊水泵往地窖里灌水,想把他们都淹死。

"房子就像站在火炕上,"伊乌扎形容道,"黑烟冲天而起,随之而来的是尸体和头发燃烧的臭味。人们可以听到枪声、叹息声、呻吟声、哭声、咒骂声、德国人的声音——震耳欲聋。垫子上的羽毛在空中飘荡。简直一片火海。"

盖世太保命令犹太民兵扑灭火苗,一个德国人把左轮手枪的枪管对准了犹太民兵、运尸组成员阿布拉姆·波塔兹(Abram Potasz),并告诉他把尸体运出来。阿布拉姆从机枪子弹造成的孔洞爬进地堡。地上满是黑色的、被烧焦的尸首,有些半死不活,抽搐着、扭动着,几乎没有人样。"从匍匐在地的人的嘴里传出了非人的呻吟声,类似于整个飞机中队发出的嗡嗡声",他后来如此描述。枕头和羽绒在炮击中起了火,燃起了一股浓烟。阿布拉姆咬紧牙关,把每一具变形的尸体一个接一个地拉到花园里。弗鲁姆卡被烧得只剩一半,但仍然紧握着一把六连发的左轮手枪。

弗鲁姆卡抬起了上半身——下半身完全烧焦了。她想骄傲地说话,但她的神情十分惊恐,仿佛失明了。她喃喃低语着,环顾四周,然后把头低垂。一名盖世太保凑近,想听听她是否在提供有用的情报。但另一个盖世太保飞快跳了过来,大笑着,用沉重的靴子踢她的脸。他"以极度坚忍和残酷成性的平静"踩过她的尸首。他们射击她的头部和心脏，一遍又一遍地攻击她已死亡的躯体。

盖世太保用机关枪扫射了全部七具尸首，即使尸体"像筛子般全是孔洞"，也不能让他们停止。海依卡描述了他们如何踩过半死不活的尸首，踢打、射击尸首。他们"像鬣狗扑向腐肉一样扑向他们"，直到他们的脸颊变成"黏乎乎的红色血肉"，他们的身体变成"蓝色的、鲜血淋漓的人体碎片。"

第二天，弗鲁姆卡的残余尸体被运往奥斯威辛焚烧。

大约在雷尼亚回到本津、坐在机械师公寓里的时候，海依卡还活着，在清算营的厨房里工作，为那些从已经空无一人的犹太公寓里清运物品的人准备食物。她是青年卫队最后的领袖，是本津犹太战斗组织最后的领袖。其他犹太人怜悯海依卡的伤口，假意嘲笑她，想让她逃跑——他们担心如果盖世太保记起她是谁，会把所有人都杀掉。无论何时那些殴打过她的人进入住处，海依卡都藏在浴缸下。

她见证了那些收集被屠杀的犹太人的财物的营房。她被"德国人的速度和强有力的组织"惊得无话可说。她看到一系列小屋，每间小屋专门收纳一种类型的物品，规划清晰得就像一座画廊。海依卡后来如此描述它的缜密："一座营房储藏着精心整理的蓝色厨房用具。它们按照质量被美妙地分类。"还有储存锅具、玻璃器皿、丝绸、银器和其他各类物品的营房。当她奉命做整理工作时，她想把瓷器砸得粉碎。德国妇女穿着从犹太人那里偷来的两件套装和狐狸毛皮，走进营房为她们的家庭挑选物品，互相炫耀，试图证明自己的高级品位。

海依卡不再喜欢"被选中的"犹太女孩：那些漂亮姑娘在厨房工作，有鹅肉和多层蛋糕可吃，有裙子穿，还有自己的卧室和三个枕头。她们从不与别人分享东西。"哦，你们这些犹太妓女！"她后来写道，"我恨不得把你们勒死。"

在不断被拣选的环境中,每个犹太人都站在生命的边缘,距离死亡只有一步之遥。清算营的生活尤其不受控制,道德败坏:殴打、偷窃、抢劫犹太人的房屋、黑市销售。更不用说犹太人在食物和性方面沉迷无度,临死的享乐主义者及时行乐。伏特加,葡萄酒,男人们不断骚扰海依卡。"不,我不想和你在一起!"她想对他们所有人大喊,"我就是不想在死前挥霍放纵,这让我作呕。"

原本驻扎在本津的士兵们被调往前线,大概是为了抵御苏联人的进攻。新一批年长的德国士兵到来了。海依卡与他们结成了朋友。他们也在受苦。他们不相信那些大规模屠杀的故事,她按照组织的要求,承担起传播工作,启迪德国人,告诉他们纳粹究竟在做什么。

24
盖世太保之网

雷尼亚
1943年8月

如何救他们出来?

绝望而紧张不安的雷尼亚,除了解救清算营的战友,别的什么也不想管。除了海依卡,她听说阿莉扎也在,还有哈卡·伦茨纳和未来孤儿院的孩子们——甚至有他的姐姐莎拉。每一天,都有更多的犹太人被驱逐而死。雷尼亚不知道守卫或出口的布局。她自己进不去。

她疯狂似的询问并发现了博尔克·科雅克(Bolk Kojak),他是犹太青年会(Hanoar Hatzioni)的成员。这是一个政治色彩没那么浓厚的青年团体,注重犹太人的多元性和救援工作。博尔克认识几个守卫,每天都会进出清算营。他住在本津的雅利安人区,伪装成一名天主教徒。他曾与多名自由会成员结识。雷尼亚希望他能援助她——至少能给她些建议。为了见到他,雷尼亚带上了伊乌扎,"像狗一样站在街上",等了两天。突然,博尔克在远处现身,雷尼亚一跃而起,充满希望地向他跑去。

他们并排而行,就像在长廊上散步一样,然后在市场的一个长椅上坐下。他们举止自若,但小声嘀咕着,注意到两位年长的波兰女性坐在旁边。雷尼亚恳求:"请帮帮我。"

"我的首要目标是拯救犹太青年会成员。"他告诉她,让她心碎。她如此接近，太接近了，却始终未能获得帮助。

可是雷尼亚不会轻言放弃。她竭尽全力争取自己想要的，一如既往。她以低沉的语气恳求、协商。终于，她提出给他几千马克，只要他能救下哪怕一个自由会基布兹成员的性命。

"后天上午再来见我吧，"他说，"早上6点。"

他们离开了，博尔克走了一条路，雷尼亚和伊乌扎往另一个方向走。她们匆忙赶乘到附近城市卡托维兹的电车，要在那里过夜。突然，刚才坐在她们附近长椅上的两个老妇人出现了。"你们是犹太人，对吗？"

她们开始追女孩们，后面跟着一群孩子大喊："犹太人！犹太人！"

"我们跑吧。"伊乌扎小声说。

"不。"雷尼亚不想引起怀疑。他们快步走进一栋犹太人曾经居住过的空旷建筑。然而，就在那时，一群人追上了他们，为首的就是那两个老妇人，她们大喊："你们伪装成波兰人。你们和一个犹太男人见过面！"一伙暴民将她们围住。"我们应该杀了你们这些希伯来人，你们所有人！"一位女士大喊，"即使希特勒办不到，我们也可以。"

不假思索，没有一刻犹豫，雷尼亚扇了那女人一个耳光。接着又扇了一下。然后继续。"如果我真是犹太人，"雷尼亚在揍她的间隙说，"你该见识下犹太人能做到什么。"

"再叫我一遍犹太人，"她威胁道，"你还会得到更多。"

两名盖世太保便衣到达现场，倒让她如释重负。"怎么了？"他们发问。

雷尼亚用波兰语告诉他们事情的来龙去脉，街上的一个男孩做翻译。"如果这女人怀疑我是犹太人，那么她精神就不太正常。"雷尼亚冷静地说，然后拿出了她们的证件。"检查我们的证件吧。"

盖世太保询问她的全名、年龄、出生地。当然,她全都记得,伊乌扎也是。和所有伪装的人一样,她们花费几小时排演虚假生活的细节。即使你在午夜把她们摇醒,她们也还是能背诵完整的故事线。一个士兵凑了过来。"如果她们不说德语,"他说,"那么她们肯定是波兰人。所有犹太人都懂德语。"

大家很赞同,表示这些女孩看上去确实不像犹太人。

老妇人此刻觉得很羞愧。雷尼亚又扇了她一巴掌,这一次当着盖世太保便衣和士兵的面。"记住她的姓名和地址,"雷尼亚对盖世太保说,"也许有朝一日我要报复她。"

盖世太保大笑。"你们都是波兰狗,"他说,"你究竟能对她做什么?"

女孩们转身离开。孩子们在身后煽风点火:"你应该把她的牙齿打断,谁让她怀疑你是犹太人!"

"她一头灰发,年纪大了,"雷尼亚回答,"我不想对她不敬。"

那天夜晚,女孩们和一个德国女人待在一起,她是莎拉一位富有同情心的熟人。只要可以,她就会告诉她们,自己能帮忙救助战友们。经过白天的戏剧性事件,她尽力让雷尼亚平静下来,安抚她。雷尼亚正为第二天面见博尔克做准备,告诉他遇到的麻烦。

清晨5点,整个小镇还在沉睡,雷尼亚坐上了电车,带着华沙送来的钱赶赴会面地点。她等了一小时,不见博尔克。

起初,雷尼亚很吃惊。接着她变得恼怒,极其恼怒。他应该知道她待在原地不动有多么危险。在整整两小时后,雷尼亚觉得太不安全了,她离开了。但现在该怎么办?她需要找到能溜进集中营的其他人,得知道里面怎么走。

几天过去了,问题持续在雷尼亚的脑海中萦绕,她非常清楚、非常悲剧性地知道，在这病态的世界里，每一分钟都很重要。

突然间，在德国女人的房子里，莎拉出现了，仿佛一位梦中幽灵。

莎拉。

雷尼亚喜出望外，难以置信。

她的姐姐马上对她讲述了逃生故事：一位犹太民兵买通了守卫，她装扮成外邦人①，偷溜出去到雅利安人区。既然她掌握了逃脱的办法，她就得找到能藏几个人的地方。莎拉承诺过，她会倾尽全力帮助战友们逃脱。

莎拉就在那天返回了清算营，从来没有一秒钟的空闲。

与此同时，雷尼亚需要把伊乌扎带到华沙，把她安顿在雅利安人区。之后，她要找到自己的容身之所。

从卡托维兹到华沙的车票已买好。伊乌扎和雷尼亚手持护照和旅行证，离跨越边界还剩两小时。由于两个姑娘是从同一个华沙商贩处购买的假文件，所以她们坐在不同车厢。雷尼亚不断回想着带里维卡·莫斯科维奇成功过关的经历，祈祷这一次也那么简单。

午夜0点，她们抵达了边境处。她能看到外面行走的守卫们正准备进入车厢。伊乌扎在前面那节车厢——他们会先检查到她。

雷尼亚等待着，谨慎乐观。以往成功过很多次了，她告诉自己。

可是随后她一直在等待。为何要这么久？通常，检查车票和护照不需要这么久。或者只是她的想象力作祟？终于，她的车厢门打开了。雷尼亚递上了自己的护照和文件，正如她以往无数次做过的一样。

---

① 外邦人（Gentile），泛指犹太人以外的民族，在《旧约》中曾多次出现。——译者注

他们检查着她的证件。

"这个与前面那节车厢的一样。"其中一人说道。

雷尼亚的心骤停了一下,然后开始加速。她什么也没说,像往常一样假装不懂德语。

他们没有交还她的证件。

他们十分坚决地用德语告诉雷尼亚,拿上所有行李,跟他们走。

她装作没有听懂。

一位礼貌的男士为她翻译。

她勇敢地直视着守卫的眼睛。但就在那时,一股新念头浮上脑海:这就是末日了。

雷尼亚保持专注。现在是午夜时分,到处是士兵。雷尼亚尽可能不引人注意地打开她的包,把地址找出来,然后把纸片塞进嘴里,整个吞下去。她把藏匿的钱扔到一边。她的帝国指纹文件和另外几个华沙地址被缝在吊袜带里——但她没办法在公共场合拿到它们。

他们把她带到了海关室。她看到被士兵包围着的伊乌扎。

士兵们问雷尼亚是否认识这个女人。

"不认识。"

伊乌扎的脸涨得通红。雷尼亚能看出她的眼神在说,"我们已落到刽子手的手上了"。

他们把雷尼亚带到一间小检查室。"一个胖胖的德国女警察,像女巫一样从鼻子里发出喘息声",在里面调查。她搜查了雷尼亚的衣服——夹克、衬衫、短裙——用一把小刀割开了外露的缝线。雷尼亚尽力保持不动,但她割得离皮肤太近了。

她就这样找到了,在雷尼亚的吊袜带里:指纹文件和地址。

雷尼亚立即乞求她发善心。"求您。"

没用。

雷尼亚摘下了手表,将之递给女警察,请她毁掉文件。

"不行。"

守卫护送雷尼亚到了一个大厅。她不仅上交了那些文件和地址,还汇报了雷尼亚试图贿赂她的举动。

士兵们聚在四周,他们开始放声大笑。这些女孩是谁?该怎么处理她们?

雷尼亚赤着脚。她的鞋子被切开,夹克外衣被拆散,手提包被裁成了碎片。她看到他们把她的牙膏管刺穿,寻找是否有隐藏的材料。他们打碎了她的小镜子,拆开了手表。所有东西都被查了一遍。

首先,他们盘问伊乌扎,然后转向雷尼亚。她从哪里拿到的这些文件?她花了多少钱?她是如何把照片放进护照里的?她从哪一个犹太隔都逃过来,是犹太人吗?她打算去哪里?为什么?

"我是天主教徒。这些文件是真的。我从上班的公司拿到的,我在那里做职员。"雷尼亚坚持自己的说法,"我打算去拜访一个在德国工作的亲戚,但我碰到了一个女人,她告诉我亲戚已经搬走了,所以我回到了华沙。我和不认识的人一起待在国内。我付钱给他们,所以他们让我留宿。"

"那么,让我们从头说起,"一名军官说,"给我们看看你待过的地方。"

雷尼亚毫不停顿。"这是我第一次来这里。我不认识这里的人。我记性不好,记不住城镇和具体房屋的名字。如果我知道,我会马上给你写地址。"

雷尼亚的回答激怒了士兵。其中一人踢打她。他抓住她的头发,在地板上拖着她。他命令她别再撒谎,说实话。但他们大吼大叫得越厉害、殴打得越重,雷尼亚就越坚强。

"仅在这周，就至少有10个带着这种文件的犹太人像狗一样被枪毙了。"一名士兵说。

雷尼亚咯咯笑。"好吧，那可能证明华沙签发的所有护照都是假的，拿着这些护照的人都是犹太人。但显然那不是真的，因为我是天主教徒，我的证件是真的。"

他们告诉她最好诚实些，威胁道："只要我们想得到真相，就从来不会失手。"

雷尼亚态度坚决。

于是，他们仔细审查了文件。他们比对她和护照上的照片。他们让她一遍遍地签名，与护照上的相对照。她的所有文件都正常，只是盖章与真的有些微不同。

雷尼亚的头一阵阵地痛。一堆刚从她头皮上扯下来的头发散落在地。审讯持续了三小时，现在是凌晨4点。

他们叫她擦地板。

雷尼亚环顾四周，想找逃跑的路，看是否有缺口。但门窗都罩着金属网格。一名全副武装的士兵在看守她。

早上7点，士兵开始了一天的工作。雷尼亚被扔进一个狭窄的牢间。她以前从未被锁起来过。她会被枪毙吗？什么样非人道的折磨在等待着她？她的思绪开始盘旋而下。她羡慕那些已经倒下的人，她希望他们现在就把她枪毙，结束她的苦难。

在筋疲力尽之际，雷尼亚坐在地上打了个盹。接着她被钥匙转动声惊醒了。两名士兵，一老一少，走进了牢房，然后把她带到主厅进一步审讯。年轻的士兵朝她笑了笑。等一下：她认识他！他曾在边境查验过她的护照。无论她什么时候从华沙运送禁运品到本津，她都会请他在检查期间拿包，解释说里面有食物，她不想她的包被没收。

现在轮到他把守监狱了。多么美妙的好运！他拍了拍她的头，告诉她不要担心。"不会伤害你的。振作点，你很快就会出来。"他把雷尼亚带回了牢房，把她锁了起来。

雷尼亚想，他要是知道我是犹太人，就不会这么友善了。

他能听到士兵们在主厅争吵。年轻士兵信守诺言。"不，我们无法推断她是犹太人，"他说，"她在我面前越过边境很多次了。就在上周，我还在从华沙到本津的路上检查过她的文件。我们应当立即释放她。"

但前一晚殴打过她的那个年长而严格的军官不赞成。"你不知道，她的证件是假的，"他说，"这是她的最后一次旅程了。几小时之内，她就会像金丝雀一样放歌，对我们全盘托出。我们见过太多像她这样的鸣禽。"

每隔几分钟，士兵们都会打开牢房的门看看她在做什么。他们嘲讽地笑了。雷尼亚非常想报复他们，嘲讽他们的自鸣得意。她没有保持沉默。"这么做你开心了？"她攻击道，"伤害一个无辜女性？"他们一言不发地关上牢门。

早上10点，牢门敞开。伊乌扎在那里。士兵们把两人都带到了大厅，给她们戴上了手铐，让她们带上全部行李。雷尼亚的手表、珠宝和其他贵重物品被放进一名盖世太保军官的手提包中，他们陪着两人回到火车站。

当她们离开时，年轻的士兵同情地看着雷尼亚，似乎在告诉她，他已尽力帮助，但无济于事，因为她的罪过太严重。

火车到了。乘客们看到盖世太保把她们推进一节特殊车厢，上了锁。一节囚犯车厢。一束灯光透过小小的车窗试图安抚她们，让她们从大限已至的凄凉思绪中暂时解脱出来。

盖世太保不停警告她们前面还有更可怕的事。"我们会在卡托维兹的盖世太保办公室查明一切。"他说。他扇了她们耳光，不准她们全程坐着。

在他们启程后，一群旅客跟随在后，好奇这两名年轻女性为什么被捕。

两个女孩被绑在一起。手铐很紧，勒着雷尼亚的皮肤。伊乌扎脸色苍白，颤抖不停。雷尼亚为她遗憾——她那么年轻，只有17岁。雷尼亚悄声对她说："别承认你是犹太人，永远不要。一个字也别说起我。"

盖世太保踢了她。"走快点。"

经过30分钟被捆绑着的步行，她们到达了一条狭窄的街道，来到一栋装饰着德国旗帜和纳粹万字符的4层大楼。盖世太保办公室占据了整栋建筑。

雷尼亚和伊乌扎由盖世太保从后面推着，爬上铺着绿色地毯的楼梯。哀号和呻吟从一排房间里传来——有人正经受折磨。

盖世太保打开了其中一扇房门。雷尼亚见到了一个男人，大约35岁，高大健壮。他鼻孔宽大的鹰钩鼻上架着眼镜。每说几个词，他就会用力打一下雷尼亚，以致她除了几道白光，什么都看不见。接着，他拿出了那些假文件。一名年轻些的盖世太保走近，卸掉了她们的手铐。又是一阵殴打。

"这是卡托维兹监狱！"带她们过来的人大喊。卡托维兹是纳粹监狱及政治犯拘留所，据说是最残酷的地方之一。"在这里，如果你不说实话，他们会让你粉身碎骨。"

她们的随身财物留在了楼上房间。女孩们被带到了潮湿的地下室，锁在不同牢房里。

这是一个炎热的夏日，但雷尼亚在颤抖。她的双眼慢慢适应了一片漆黑。她看见了两张帆布床，便在其中一张床上坐下，却发现上面全是凝固的血迹。她感到恶心，一跃而起。窗户又加了两道金属格栅。她成功地拆下了第一道——但哪怕对她的头来说，窗户也太小了。她把那道格栅放了回去，以免有人注意到。

她怎会感到健康强壮，却又如此无助，只能等待折磨？每过一段时间，她就觉得更冷。"水从墙上滴下来，"她写道，"仿佛在哭泣。"她坐在帆布床的边缘，蜷缩得像一个球，努力暖暖身体。无论将来怎样，顺其自然吧，她反复安慰自己。

教堂音乐从小窗里飘进来。这天是星期日：对波兰人来说，是做礼拜的日子。

雷尼亚回忆着近几天发生的事情，脑子里嗡嗡作响。这样苦难的一生还值得过吗？她觉得愧疚，因为还有人等着她帮助，等着她从华沙带来更多的钱。不过至少她给梅尔和莎拉留下了盟友伊雷娜·阿达莫维奇的地址。如有必要，他们可以找她。接着，雷尼亚强迫自己不再思考，尤其是不再想战友。谁知道有没有人透过墙上的小孔读懂她的心事呢？一切皆有可能。

下午晚些时候，女孩们被带出地下室。她们奉命收拾好行李——这一信号说明她们还不会被枪毙，一个盖世太保拿着一条连接在她们手铐上的锁链，押着她们走上街，她们"就像被人用绳索拴着的狗"。雷尼亚想起她曾见过一个年轻人，也是这样被牵着走的。路上行人注目，德国小孩扔来石头，盖世太保咧着嘴笑。

她们朝一栋高大的建筑走去——主监狱。小窗覆盖着粗壮的金属条，铁门打开时发出刺耳的尖声。守卫们向盖世太保致敬。大门在他们身后关上了。盖世太保卸下她们的手铐，将她们移交给狱管。他悄声对她耳语几句，然后离开了。雷尼亚觉得好些了。只要盖世太保在附近，她就有莫大的恐惧。

一名职员记录下她们的相关信息：外貌、年龄、出生地点、被捕地点。她们一同被关进另一间牢房里。

晚上8点，狱管打开门。两个憔悴的年轻女孩递给她们几小片黑面包和用军用水壶装的咖啡。雷尼亚和伊乌扎接过食物，门又被拴上了。她们一整天都没有进食，但她们不能碰那顿饭。那个水壶令人恶心，面包不能食用。

绝无逃走的可能。女孩们挤在一起，讨论自杀的方案。伊乌扎确信，她会在严刑拷打下崩溃，在遭受毒打时对他们吐露一切：她就是这样的人，她也将始终如一。"他们会枪毙我，那么一切就结束了。"

雷尼亚并不惊讶，伊乌扎年轻、缺乏经验。这个女孩会有保持沉默的意志力吗？她向伊乌扎解释，如果她说了，会招致更多的死难。"是的，我们失败了，"她坚定地说，"但没有必要把痛苦带给别人。"

她们疲倦地躺在肮脏的草垫上，但她们躺不了多久：跳蚤开始咬她们，令她们颇为痛苦。她们不受控制地挠痒痒。在黑暗中，她们追捕虫子，在自己的皮肤上碾死它们。那股恶臭令人窒息。她们最终躺在光秃秃的地上。

午夜时分，十几个妇女被送进她们的牢房。这些人是已被"定罪"的囚犯，正在前往德国的路上，只会在这里过夜。无论长幼，人人都有自己的故事。有位德国妇女因为未婚夫是法国人，被判刑5年，她已经入狱3年，现在被送去做苦役。两名年轻女孩不停地哭。她们曾在德国为农民工作，在那里不仅超负荷劳动，还饿肚子，于是逃走了。她们在华沙待了9个月，直到被一名邻居告发。她们也要去服苦役。两名年长的女性在火车上运送酒精和猪油时被捕。她们甚至不知道自己是如何被审判的，已经被关押了一年半，这是她们待过的第六座监狱。一名憔悴的老妇人被关了几个月，因为她的儿子躲过了德国军队的征兵。她温柔而痛苦的手势刺痛了雷尼亚的心。

尽管各有艰辛苦痛，雷尼亚依然羡慕这些女性。相比她即将面临的遭遇，苦役就是一场幻梦。

"你们因为什么进来？"妇女们问雷尼亚和伊乌扎，"你们多么年轻。"

"我们想要偷渡边境,被抓住了。"

"哦,为这事你们只用待6个月,"妇女们安慰她们,"他们会把你们带到德国做工。"

她们都像沙丁鱼一样躺在地上,盖着浸满陌生人汗水的毯子。有些女性因为连续几周被转运到不同监狱,身上肮脏不堪。雷尼亚抓挠着——她已经抓到了虱子。妇女们让灯亮着,以抵御那些在黑暗中更肆无忌惮的跳蚤。但尽管如此,它们还是咬个不停。雷尼亚无法入睡。

破晓时分,妇女们走了。雷尼亚和伊乌扎浑身都是虫子留下的红点,那些虫子爬满了她们的衣服。雷尼亚后来以一种黑暗中的乐观精神写道:"至少我们还有些事情可做,比如追捕跳蚤。"

早上8点,面包,咖啡,浴室。雷尼亚遇见一名被怀疑从事反德活动的波兰军官的年轻妻子。她形容枯槁,几乎挪不动脚步。她的丈夫已经死去,她在几周后也要被绞死了。她仅有的希望是战争先一步结束。她三个年幼的孩子会面临什么?

浴室里另一名波兰妇女告诉雷尼亚,她的姐妹几天前就在这座监狱里被斩首,理由是非法屠杀一头猪。她留下了七个孩子,肚子里还怀着一个。

在她们交谈时,邪恶的守门人像死亡天使一样靠近,据说她会用大串钥匙把囚犯的头拍碎。

妇女们从网状的窗户里能看到附近的男子监狱,以及男人们憔悴的面孔。当狱管们经过时,她们弯下身子,似乎在表明刚才没有好奇而绝望地观看。她们知道,监狱附近就是绞刑犯行刑的地方——每天都有几场行刑,但通常是被斩首。这些人不得向亲人和朋友道别,也不得临终告解。

在午饭过后,雷尼亚和她的狱友们沐浴,换上了监狱制服。伊乌扎看上去很开心，希望盖世太保把她们忘掉。或许她们只会在监狱中待上几个月，等待战争结束后事情过去。女孩们整天坐在她们的牢房里，难以置信地看着对方。她们是真正的囚犯，穿着粗麻布长裙、内衣和打满补丁的衬衫，每块布都盖着卡托维兹监狱的戳。

夜幕降临，白天的紧张随之烟消云散。盖世太保并不加班，可是跳蚤永不休止。雷尼亚打起盹来。突然之间，她清醒过来，不敢相信自己的眼睛——伊乌扎企图上吊自杀。她用裙子上的腰带，但腰带撑不住她的重量，她跌落在地。

雷尼亚不可抑制地放声大笑，仿佛已经疯了。接着，她稍作克制。她凑到伊乌扎身边，但那女孩正为自己自杀失败怄气，把她推开了。这就是犹太战斗组织携带氰化物胶囊，游击队员持有额外的手榴弹用于自毁的原因。

清晨，狱管们尖叫、咒骂着将她们拖了出去。她们被转移到不同的牢房。雷尼亚的新牢房条件更好，住着八个女性。床上铺着床垫，碗和勺子存放在架子上，还有一条干净的长凳可坐。

"你为什么进来？"一名五官清秀的女子问道。

"我因为要穿越边境被捕。"

"我因为占卜卡牌被捕。"那女人说完便开始哭泣。她是助产士，有两个成年儿子，一位是工程师，另一位是教士。有位邻居恶意向盖世太保报告，说她是算命师。女人在卡托维兹住了七个月，还没有被审判。她小声对雷尼亚说："对其他妇女小心说话，她们中间有卧底。"雷尼亚点点头。

这位妇女看上去令人愉快，如慈母一般。"不要感受，也别想你的家人"，她对雷尼亚说。

早饭后，她们被转移到主走廊。狱管无缘无故地重重打了雷尼亚。"你可能想懒散坐着，什么也不干，但那是不可能的。去干活！我不会容忍娇气的小姐！"

走廊里排着长桌，妇女在"拔羽毛"，或者更确切地说，从绒羽上取下坚硬的翎毛。雷尼亚加入了她们的队伍。当她干活时，她谨慎地环顾四周，寻找伊乌扎。她瞥到伊乌扎在附近，但她们不能交谈。手持鞭子的狱管站在她们身旁——聊天是被禁止的。坐在雷尼亚对面的是那个五官精致的女人。雷尼亚盯着她悲伤而美丽的眼睛，注意到它们一闪一闪，散发着同情。女人的面容诉说着曾经受过的折磨，以及她对雷尼亚的同情，她开始落泪。雷尼亚为此觉得痛苦，只好转过来。当雷尼亚关注未来的时候，时间飞逝。她会在这里待多久？会被处决吗？那恐怕比遭受毒打要好。

她们回到牢房吃午餐——蔬菜叶烧汤。雷尼亚厌恶地拒绝了这顿饭，其他囚犯抢过她的碗，狼吞虎咽地吃着她的食物。她们说："过段时间，你就会祈求有这种汤喝。"

"她是淑女，" 一个农妇愤愤不平地咕哝着，"她觉得这汤配不上她，但她会想念的。"

午餐过后，回到工作岗位：还有4小时拔羽毛的活。最开始，雷尼亚一刻不停歇；但随后，每隔15分钟，就有一名囚犯被传唤，带到外面审讯。

每逢大门打开，战栗就传遍她全身；每当叫到其他名字，她的冷汗就会流下来。直到……

"文达·维杜霍瓦！"

雷尼亚僵住。鞭子抽在她的背上。

"跟我来。"

25
布谷鸟

贝拉·哈赞和雷尼亚
1943年8月

雷尼亚不是第一个以波兰人身份被囚禁、审讯和折磨的交通员。贝拉·哈赞伪装成非犹太人的时间，远比自己想象得久。这是个可怕的隐秘负担，但具有明显的优势。

从苏哈抵达帕维亚克监狱后，贝拉·哈赞曾希望找到世界上唯一理解她的灵魂的人——隆卡·科齐布罗德斯卡，而她最终却被关进了隔离室，一间漆黑的地牢。她摸索着找那张狭窄的床，但痛苦得无法躺下，于是她大部分时间都在狭小潮湿的空间里踱来踱去，啃着面包皮，喝着水和假咖啡，听着其他囚犯的尖叫声。她担心自己会死去，没人知道她曾经的遭遇。隆卡曾那么接近。

被殴打后经过六周的康复时间，贝拉·哈赞被转移到了病房。她在黑暗中待得太久，快要失明了。她获得了一副太阳镜，以便逐渐适应日光。然后，她被转移到了另一间牢房。

隆卡就在那里。她骨瘦如柴，身上没有肉，脸色苍白。当然，她们没法奔向彼此，所以有几分钟只是尴尬地盯着对方，眼含泪水。贝拉·哈赞再也无法忍受。她走过去。"我觉得我在哪里见过你。"她用波兰语说。

隆卡点点头。

很快，当其他人的注意力分散时，她们获得了一刻时间。"你是被当作犹太人还是波兰人被捕？"隆卡悄声说。

"波兰人。"

隆卡如释重负地叹气。"你怎么会来到这里？"

"我来找你。"

"我受的苦还不够吗？你为什么也要忍受？"隆卡阻止贝拉·哈赞继续说下去，躺在床垫上，哭了起来。

"你怎么哭了？"波兰狱友问道。

"我牙痛。"隆卡回答。

贝拉·哈赞跪在地上，和波兰人一起祈祷。她与她们成为朋友，她们中有来自波兰知识界的年长女性。贝拉·哈赞与一名曾奉命为德国人画像的画家关系密切。她为贝拉·哈赞画了一幅站在窗前俯瞰隔都的肖像。她非常虔诚，贝拉·哈赞相信她敏锐的目光。有天夜里，炮弹像雪花一样落在华沙，其中一枚炸毁了隔壁的男子监狱。贝拉·哈赞向她坦白自己是犹太人。她拥抱了贝拉·哈赞，答应帮忙。在被释放后，她通过红十字会向贝拉·哈赞寄送食物礼包。虽然看守把食物礼包没收了，但贝拉·哈赞很感激礼包中她的字条。知道外面有人挂念着她，让她觉得自己的人生是真实的。

贝拉·哈赞几乎无法对隆卡说话。她始终觉得，她们中间有通风报信的人。交通员尽量在院子里独自干活，主要在往返浴室的路上聊天，分享亲朋好友的信息。隆卡积极向上的态度，让她在牢房里很受欢迎。不过，贝拉·哈赞还是很不情愿地注意到，习惯了优渥生活的隆卡无法忍受监狱现实中的物质困难。腹泻，一阵阵胃痛——她的身体在恶化。

贝拉·哈赞的窗户对着犹太隔都，她们在自由会的对面。"我觉得他们在注视着我们。"隆卡常常这样说，她们猜想齐维亚和安特克能够看到她们。隆卡往窗外丢下字条，她曾见到有人捡起来。她祈祷其他人知道她在这里。透过窗户，贝拉·哈赞能够看到犹太儿童在孤儿院玩耍，但她也能看到警察在恐吓犹太人。贝拉·哈赞得假装乐于得见此事。有一次，她听见疯狂的尖叫声，就拖来一把椅子，站上去看。她看到纳粹把犹太儿童殴打致死，接着用棍棒打一位恳求他们住手的长者。他们将其射杀后，那人的儿子说："也把我杀了吧，我没理由活下去。"盖世太保很开心地答应了，但先让他埋葬父亲。儿子放声大哭，亲吻死去父亲的额头。纳粹向他开枪，然后命令附近所有的犹太人清洗血迹。贝拉·哈赞愣住了，她被复仇的渴望占据，无法告诉询问的狱友自己看到了什么，怕自己崩溃大哭。

隔壁关押犹太政治犯的牢房条件甚至更差。犹太人半裸着躺在地上，几乎没有吃的，被迫清洗厕所。他们每天两次被带到外面，一边做操，一边遭受毒打。隆卡认出其中一名囚犯是16岁的肖莎娜·格耶德纳（Shoshana Gjedna），她是华沙一个工人家庭的独生女。她很小就加入了自由会，参与犹太隔都的地下活动，在携带运动报纸时被捕。她试图在院子里引起贝拉·哈赞和隆卡的注意，要是在浴室碰见她们就欢欣鼓舞，告诉她们要在她被杀时充当见证者。

有天夜里，贝拉·哈赞听到尖叫声响彻天际。她无法入睡，担心肖莎娜。清早第一件事，她请求到浴室去。肖莎娜脸色苍白，哭着告诉贝拉·哈赞，夜里犹太人还穿着睡衣就被带了出去，被纳粹放狗追。她掀起了裙子——右腿一整块肉被扯掉了。她因病痛变得虚弱，却一直在清扫厕所。贝拉·哈赞径直去见女医生，让她私下在浴室里为肖莎娜包扎。贝拉·哈赞用围巾遮住绷带。

女囚中不断有人被带去处决，波兰人也一样。不论德国人遇上什么事件，都会把几人被吊在城市广场上，以警示波兰人。有天夜里，女孩们排成10人队列，被迫下床跑到另一栋建筑里。贝拉·哈赞站在第七位，隆卡站在第九位。每排第十人被要求向旁边挪一步。贝拉·哈赞后来发现，她们被吊死在华沙各处的路灯柱上。

囚犯们从外界获得的新闻很少，但有时波兰秘书会带进来一些报纸。当她们听到苏联飞机在头顶飞过时，她们欣喜不已。

每周日都有一整支随行团队检查她们。有一周，贝拉·哈赞恳求随行团队的波兰指挥官给她一份差事，她表示没活干快要疯了。第二天，她在自助洗衣房得到了一份差事。她告诉指挥官，她的朋友"克里莎"也想工作，于是隆卡被派往厨房削土豆。工作让她们减少对饥饿和虚弱的关注，让日子过得快些。隆卡偷了些土豆，在厨房的壁炉上烹制熟这些土豆。她给了肖莎娜一些，让后者分给那群犹太妇女。

贝拉·哈赞受审讯已经四个月有余。有一次，她曾被告知，如果不供认是谁给了她武器，他们就立即把她处死。她一如既往地坚称那些武器是她自己的。她被拳打脚踢，然后被拖着穿过街巷到森林里去，被告知她还剩一小时可活。可是过了一会，看守们回心转意，又把她带回牢房。隆卡在窗边守候。贝拉·哈赞后来写道："当我看到她的面孔时，我忘记了自己的痛苦。"

1942年11月，50个人被驱逐出境，贝拉·哈赞和隆卡位列其中。贝拉·哈赞其实很兴奋：或许，逃脱的机会终于来了。女孩们领到了面包和果酱，被迫登上了塞满看守的带顶棚的车，奉命保持沉默，随后被推上了囚犯专列。贝拉·哈赞和隆卡穿着夏天的裙子坐在角落，拥抱彼此，互相取暖，全程保持警惕。

不知多少小时后，她们抵达了目的地，下车。一支乐队奏响了德国进行曲。她们看到了车站名：奥斯威辛。大门上方写着："劳动带来自由。"贝拉·哈赞不知道这意味着什么，但她立即注意到，虽然入口巨大，但这里没有出口。

奥斯威辛最初建成时是一座监狱兼劳动营，用于收纳波兰领导人和知识分子。贝拉·哈赞和隆卡与犹太人分开了，她们奉命走过了带刺的铁丝网，经过了几百名穿条纹衣服注视着她们的女性，她们大声叫喊，然后被殴打。在浴室中工作的斯洛伐克犹太妇女乐于见到波兰人被带进来。因为不得不隐藏真实身份而与同胞分离，让贝拉·哈赞倍受折磨。

他们拿走了贝拉·哈赞的靴子和皮夹克。她赤身裸体地站着，被男囚检查是否感染。她恨不得死去。她试图买通理发师，为她多留一些头发，而不是只剪寸头。"如果我没有头发，"理发师说，"你也不会有。"贝拉·哈赞提醒自己，只要我肩膀上的头还在，我的头发就还会长出来。接着，她收到了衣服：条纹裙，带鞋带的夹克，不合脚的木屐，还有水壶。没有内衣。站了几小时后，她的右臂被电子笔纹上数字。可怕的疼痛。但当她们变成数字时，她周围没有人哭，只剩大雨倾盆。在一张摆在泥泞地面的床垫上，隆卡和贝拉·哈赞蜷缩在角落里睡着了。

凌晨3点，大点名。有全副武装的看守和拴绳的狗待命。成千上万的妇女赤脚陷在泥泞里，站几小时，半梦半醒，互相拍打背部取暖。没有水可喝。然后是行军、再行军，被迫跟上一根橡胶棒的节奏。身体稍弱的妇女若是倒下，就会遭到鞭打。看守们因为这些女性不懂德语而愤怒。大雨倾盆，贝拉·哈赞浑身湿透，身上都是泥点。她们被带去拍照，以便在有人逃跑时追踪——拍一张戴方头巾的，再拍一张不戴的。从贝拉·哈赞的"泥点照"看，她当时面带着微笑，甚至看上去很健康。

经过一整天的等待、行军和挨饿，贝拉·哈赞闻着远处火葬场里烧焦的肉味，睡在上铺——离老鼠最远的地方，脚下还有六位女性蜷缩着。她穿着湿衣服躺着，没有盖毛毯，整夜无法动弹一寸。至少其他妇女身体的热量能为她取暖。夜里，她被床垫上的尖锐物品刺到，她发现这些是从前囚犯的骸骨。那是她在奥斯威辛的第一天。

贝拉·哈赞和隆卡被安排在田间干活。她们原本以为有希望离开劳动营，可是即使在田间，她们也被重兵把守。她发现女看守更恶毒——她们折磨的囚犯越多，升职越快。每个谋杀犯都是凭经验挣得自己的位置的。50岁的女人伯曼（Burman）是贝拉·哈赞的看守，她总是牵着她的小狗特罗利（Trolli）的绳索。特罗利会攻击所有不服拷打的人。贝拉·哈赞得到了一把镐，她要从早上7点一直干到下午4点。如果停下来，就是25鞭。她的手臂酸痛，但她持续不停——这样至少能让她保暖。

在一天结束的时候，女性们把体格稍弱的同伴安排在队伍中心，免得她们被伯曼殴打。这支突击队，或者说工作小组一起返回劳动营，奉命歌唱。一支军乐队（军乐队由囚犯组成，为纳粹提供消遣服务，也能欺骗新来的人）在门口等候她们，紧接着是彻底的搜查。有一次，贝拉·哈赞被抓到私藏了四个土豆。她不得不整夜跪在地上，不得向左右动弹，否则就会被枪毙。她后来反思："我当时肯定很强壮，我的母亲给予了我忍受这种折磨的身体。"

贝拉·哈赞和隆卡整夜苦思冥想，想知道她们要如何获得不同的工作。有天清早点名过后，女孩们藏在浴室中——女囚讽刺地称那里为"社区活动中心"或"咖啡屋"。十来个语言和民族各不相同的妇女在那里躲避工作。在突击队离开后，两名女孩凑到她们的指挥官跟前，说着德语，令后者大吃一惊。隆卡表示她能说很多种语言，可以在办公室工作，而贝拉·哈赞说自己是训练有素的护士。这招奏效了。隆卡被派到了办公室做翻译，贝拉·哈赞则被派到了"病区"（revier）——医院病房。

女子医院被分成波兰区、德国区和犹太区。贝拉·哈赞被派往德国区。尽管她不太乐意帮助德国人，但她很高兴能在屋檐下工作。不过话说回来，每张床上有三个病人，大多数患有斑疹伤寒、痢疾或腹泻。她们大小便失禁，痛苦地号叫着。没有药品。

作为唯一的波兰人,她受到了德国病人的糟糕对待,她们把弄脏的床单扔到她的头上。她被分配到最困难的活儿,比如从厨房用手推车运送大约13加仑①的水。有一次,她按照要求为全部工作人员搬运午餐。她拿起了托盘,可是虚弱得把它掉在了地上。就因为这样,她被人反复踢肚子,躺在地上时还被殴打。贝拉·哈赞号啕大哭,被勒令回到室外工作,可至少外面的树木和风不那么无情。

贝拉·哈赞回到了田间,偷听到波兰人带有反犹主义倾向的交谈,她们把这一切折磨都归罪于犹太人。她担心自己的身份泄露,担心自己在睡梦中用意第绪语咕哝。在田间,她想到自己的朋友,想起希伯来歌曲,努力寻找脱身的办法,但希望渺茫。等她回来的时候,整日待在党卫军办公室尽力帮助犹太妇女的隆卡,带回了一点面包等候着她。

营房内变得更拥挤了。由虱子传播的斑疹伤寒在肆虐。经过一个月的田间劳作,贝拉·哈赞染上了病。她在营房里躺了4天。当她问狱管能否在点名期间待在床上时,那个女人把她打倒在地。她的体温升高到104华氏度②,意味着她能获准到医院病房去。病房里人满为患,如今只好混住。6个女孩挤在一张床上,彼此依偎着,就快要被汗水粘在一起了。没有洗澡水,没有绷带,没有躺下的地方。贝拉·哈赞只好坐起来,她甚至都找不到自己的腿。德国病人殴打贝拉·哈赞,偷走她的食物。周围是持续不断的噪声:喊叫声和求援声。贝拉·哈赞确信自己会干渴而死,却无法啜饮天降的雨水。她紧紧倚靠着自己的邻居,却没注意到她们已经死去。

波兰友人为她祈祷,有人认为她死了,有人期望拿走她那份食物。但奇迹降临:她痊愈了。有一天,贝拉·哈赞睁开了眼睛,什

---

① 1加仑(美)=3.785升。——编者注
② 相当于40摄氏度。——译者注

么都记不得,担心自己在狂热的幻觉中吐露了秘密。她在所有对话中都额外加上一句"耶稣和玛利亚"。

当隆卡来拜访时,贝拉·哈赞能看出来她也生病了,而且日渐虚弱。隆卡在生理和情绪上都丧失了活下去的意志,但她的朋友却重振精神前来为她鼓劲。当贝拉·哈赞情况有所好转时,隆卡的情况却恶化了,她也被送进了同一个医院病区,几乎让人认不出来。贝拉·哈赞恳请医生把她们二人安排在一张病床上。她们日夜依偎着彼此。

六周后,贝拉·哈赞觉得身体有所好转。她为肿胀的双脚裹上破布,这使她能够行走。她明白自己得出去干活,否则就会被毒气杀死。可是她也要紧紧守着隆卡,照料她。贝拉·哈赞决定重新开始在医院工作。她是"小黑工",于是被分派到最艰苦的工作,比如用小刀清除病床间的石头上的泥土,以及倒空满是尿液和粪便的马桶。

这时候,隆卡因为斑疹伤寒发着高烧。接着,她感染了腮腺炎,然后是痢疾。贝拉·哈赞守在她身旁,倾尽全力,用雪为她的朋友擦拭身体,冒着生命危险偷来饮用水,通过一名污水清洁工从男子营房偷运药品——那是她一位朋友的兄弟。

贝拉·哈赞随后听说,有"死亡天使"之称、对囚犯施行非人道的医学实验的党卫军医生门格勒(Mengele)要过来挑选。她知道病情如此严重的隆卡会被送往毒气室。贝拉·哈赞把隆卡从病房带回了她自己的宿舍,告诉大家她的朋友只是被那些累人的工作弄得疲惫不堪。但是要藏住她的斑疹伤寒,并且让她撑过漫长的点名太难了,于是贝拉·哈赞又把隆卡带回了医院。她的病情恶化了,双眼光彩不再,眼眶深陷进脸颊。她只剩一副骨架了。

隆卡把贝拉·哈赞叫到了床边。"我担心我会丢下你一个人,担心你没法保守秘密。"她悄声说,"你千万不能暴露你是犹太人。"隆卡把贝拉·哈赞留在病榻旁整整四小时,她们交谈、哭泣、提到自由会的战友、她的兄弟。她不愿意这样冷漠无情,变得这样孤独。她抓住贝拉·哈赞的手。"我已经扯断了生命的线,但你要继续讲述我们的故事。坚持到底。保持善意。直视每个人。别迷失自我。你会活下去。"

隆卡低声说再见,这用尽了她最后的气力。

贝拉·哈赞无法动弹。她不肯放开隆卡的手。没了最亲爱的朋友,她要如何在这样的地狱里活下去?她该依靠何人?对谁诉说?

世界上仅有的、知道她身在何处、姓甚名谁的人离去了。

一个波兰女人走过来,一边祈祷,一边在隆卡的手指间放置圣像和卡片。贝拉·哈赞不愿看到她最好的朋友以这样的方式死去。她用尽全身力气咬住舌头。

处理尸首的突击队过来了。他们通常一把抓住尸身,将其肚子朝下扔到木板上,让头和脚在两端晃来晃去。贝拉·哈赞不想让隆卡被这样对待,她请求医生特别允许她借用担架,表示隆卡是她的亲戚,她想带她去"墓地"——在火化前,她们把尸首堆在这里。最开始,医生拒绝"区别对待死者",但最终妥协了。

帕维亚克监狱所有认识隆卡的波兰人聚在了一起。贝拉·哈赞颤抖着把遗体从折叠床上运过来,小心地掀开毯子,清除里面的卡片和圣像。四个女人抬着担架,其他人唱着悼念歌曲。在遗体周围,贝拉·哈赞再一次掀开盖在隆卡脸上的布。她不住地凝视,她动弹不得。她默念着"卡迪什"[①](kaddish)。

然后她记起了隆卡鼓励她继续活下去的话语。贝拉·哈赞后来写道:"在未来的岁月里,隆卡的品格无时不与我相伴。"

但在此生中,贝拉·哈赞已孤身一人。

---

① 犹太哀悼者祈祷文。——译者注

此时此刻,在卡托维兹监狱拔羽毛的雷尼亚,看了伊乌扎最后一眼。"跟我来"回荡在她们的耳边,她受到了召唤。伊乌扎回望了她一眼,羞愧而同情。

雷尼亚向上爬了几层,来到了大楼顶层,走进了狱管办公室。她眼神朦胧,觉得有些乏倦。一个盖世太保正在等她,目光严厉,双眼突出。他就是雷尼亚和伊乌扎被第一次带进来时的那个鹰钩鼻。"去穿好衣服。"他喝令。他们是从哪里把她带来的?

雷尼亚穿上了短裙和毛衫。她什么也没带。狱管和盖世太保讨论到她的被捕。盖世太保先是低语,随后大声说:"暂时来看,她姓维杜霍瓦,不过在审讯时,她会放声歌唱,我们会发现她的真实姓名。"(讽刺的是,库基尔卡的另一层含义就是"布谷鸟",一种孤独且守口如瓶的鸣禽。)

狱管问雷尼亚是否会回到监狱。盖世太保说他不清楚。

雷尼亚再次发现自己走在大街上,戴着镣铐,被一名盖世太保牵着。"好好看看你穿的裙子,"他用德语对她说,她装作听不懂,"鞭打过后,它就会被撕得稀烂。"

雷尼亚为自己感到惊奇,她居然不觉得恐惧。他的话语无法撼动她,仿佛他是在谈论别人一样。她把自己与身体经验区隔开来,做好了忍受的准备。

在回到盖世太保大楼之后,雷尼亚被问起是否懂德语。她说不懂,被报以两记雷鸣般的耳光。雷尼亚冷静地站着,仿佛什么事都没发生。

又进来四名盖世太保,还有一位女翻译。主审人是格林格司令,他是把她带到这里的人,卡托维兹盖世太保副手。

交叉审讯开始了。雷尼亚被各种问题淹没了。这些人一个比一个聪明,试图迷惑她。

但她的回应更加坚定,坚持自己的故事:文件是真实的;她的父亲是一名经常被囚禁的波兰军官；她的母亲已经故去；她做办公室文员艰难度日，变卖家里值钱的物品，直到最后卖个精光。一名盖世太保从抽屉里拿出了一沓文件，表示有这些文件的人都在边境被扣押了。这些文件与雷尼亚的相似，有同样的伪造戳。

雷尼亚的血液僵住了。所幸，她的脸颊还因为挨过巴掌而通红，否则他们本可以看出她脸色发白。

他们在等她回应。她当然知道伪造商会把这些文件卖给肯付钱的随便什么人，但她没有退让。"那些人的文件也许是假的，但这证明不了我的也是假的。我工作的公司是真实的。我在那里工作三年了。我的旅行证件是那家公司的一名职员写的，印戳来自华沙市长。我的证件不是伪造的。"

盖世太保怒火中烧，继续刨根问底："每个被捕的人都这么说，后来都被发现是犹太人，他们第二天都被枪毙了。如果你认罪，我们保证你会活下来。"

雷尼亚嘲讽地微笑。"我有许多才能，但说谎不是其中一项。我的证件是真实的，所以我没法说那是假的。我是天主教徒，所以我没法说自己是犹太人。"

她的话激怒了他们，他们狠狠打她。那位翻译纯粹出于个人判断，担保雷尼亚不是犹太人——她强调，她有着雅利安人的样貌，她的波兰语完美无瑕。

"那么你就是间谍。"盖世太保头子说道。人人都同意这点。

新一轮审讯开始了。

她是什么组织的交通员？是社会党人，还是为已故的波兰流亡政府总理瓦迪斯瓦夫·西科尔斯基[①]（Władysław Sikorski）做事？

[①] 瓦迪斯瓦夫·西科尔斯基（1881—1943）：多次出任波兰总理，第二次世界大战期间担任波兰流亡政府总理、波兰军队总司令，1943年7月坠机身亡。——译者注

她的服务能获得什么报酬？她运送的是什么？同党的据点在哪里？

其中一个人唱红脸。"别太天真，"他告诉她，"不要袒护你的上级。他们听说你失败了，是不会帮助你的。告诉我们真相，我们会放你自由。"

雷尼亚完全明白这番"好心"话。"好吧，"她慢慢地说，"我会告诉你真相。"

所有人全神贯注地听着。

"我不知道什么是信使，"她说，"是送报纸的人吗？"她显露了最天真的神情。"我不知道什么是波兰地下党，也不知道西科尔斯基，我只在谈话中听人提过。我只知道游击队员住在森林里，攻击手无寸铁的人。要是我知道他们在哪里，我很乐意告诉你们。要是我想撒谎，我早就编出几个名字了。"

此刻盖世太保愤怒不已。审讯持续了三小时，依旧一无所获。

问起教育背景，雷尼亚回答自己上过小学，上到七年级。

"难怪她不愿意说，"他们大笑，"她蠢到不明白她的生命比别人的更宝贵。"

有一人插话："就像她在别的方面撒谎一样，她对教育背景也没讲实话。没上过高中的单纯女孩可不会这样骗人。"他们都一致同意他的说法。

意识到自己的努力付诸东流，格林格司令命令雷尼亚去另一个又大又空旷的房间。几名盖世太保手持粗壮的皮鞭跟在后面。"这番教训过后，你就会像小鸟一样放歌。你会告诉我们一切。"

他们把她踢倒在地。一人抓住她的脚，另一人抓住她的头，余下的人开始鞭打她。雷尼亚觉得浑身疼痛。10鞭之后，她大叫一声："妈妈！"他们抓住了她，她像落网之鱼一样开始抽搐。有一名杀手把她的头发缠在手上，拽着她拖过地板。现在，鞭子不仅抽在她的背上，而且鞭痕遍布全身——脸、脖颈和双腿。她变得越来越虚弱，但雷尼亚依旧不声不响。她不会展现懦弱。她不会。接着万事万物变得昏暗，痛苦消失了——雷尼亚昏倒了。

她醒来觉得如同置身在水池里，在水中游泳。她除了一件衬衫，什么都没穿。

两名盖世太保扶她站起来。她摸索着找出自己的毛衣，尴尬地穿上。

他们继续审讯。他们检查她的证言是否前后一致。

她为何不坦白？

一名盖世太保手持手枪说道："如果你不想说，就跟我来。我会把你像狗一样枪毙。"

雷尼亚跟随他下楼。那把枪闪闪发光。雷尼亚觉得开心——终于，折磨到头了。

她最后一次回望日落，品味着每种色彩和其中的深浅渐变。大自然美得如此完满，精准而优雅地划分了每一块天空。

在外面街上，盖世太保真心好奇地问她："你不觉得英年早逝是种浪费吗？你怎么这么蠢？为什么不索性说实话？"

雷尼亚不假思索地回答道，"只要世界上还有你这种人，我就不想活着。我告诉你实话，你却千方百计让我撒谎。我不会撒谎，我很乐意被枪毙。"

他踢打了她几下，然后把她带回室内，把她转交给其他人。雷尼亚后来回忆道："他可能厌倦了和我打交道。"

一名盖世太保给她拉来了一把椅子。雷尼亚认为他试图用善意接近她。他答应如果她说实话，他们会把她派往华沙为盖世太保做间谍。她答应了，但没有改变证词。

盖世太保头子告诉他们别再戏弄她，"再打25鞭，打到她求着对我们说实话"。

两名盖世太保开始愤怒地殴打她，残忍无情。

鲜血从她头上和鼻子里流出。翻译不堪忍受直面这种酷刑，走出了房间。疼痛让雷尼亚从房间的一侧跳跃到另一侧。指挥官命他们继续，也凑上去踢了几下。

雷尼亚昏厥过去了。没有记忆，没有知觉。过了一会儿，她察觉到有人撬开她的嘴，往里面灌水。她的双眼紧闭。有人贴着她的脸说话。"她已经死了。她身上冰冷，嘴角有泡沫。"有人往她身上浇了更多桶水。她半身赤裸，快要冻僵了，装作失去了意识。两名盖世太保检查了她的脉搏，扇了她几下。"她还活着，她有心跳。"他们凑得更近些，想听听她是否要说什么。他们检查了她凸出的、有裂纹的眼睛。"她完全失去意识了。"他们把她放在长凳上，鲜血从她身上渗出来。那一刻，她后悔被救了回来。她会再被殴打，可能下一次她就忍不住了。她的心脏几乎无法跳动。她自我安慰地想，他们现在认识到从她口中什么也得不到，他们会直接把她枪毙。

雷尼亚没法自己站起来。一名盖世太保用脏抹布缠住她的头，给她套上毛衣，扶着她的胳膊，带她到桌前。他把笔录递给她说："在这些无耻的谎言上签下你的名字。"说话间，他的妻子进来了。她见到雷尼亚的脸时，面容抽搐了下，于是转过身。接着，她注意到桌上雷尼亚的手表，对丈夫说，既然雷尼亚早晚会死，她想要这块手表。他表示她会得到的，但不是现在。这使她有些生气，她气呼呼地离开了。

盖世太保帮雷尼亚握住钢笔，她签字了。

接下来，他们叫了一辆出租车。

司机请盖世太保看守坐在副驾驶，因为她让人非常不愉快。

但看守拒绝了。"即便她看上去是行尸走肉，她也能砸碎门逃走。"他说道。

出租车司机轻声笑。

夜间，一片漆黑。从与男人的交谈中，她意识到自己不是在返回卡托维兹的路上，而是要被送往梅斯沃维采（Mysłowice）的监狱。

26
姐妹们，复仇！

雷尼亚和安娜
1943年9月

梅斯沃维采。他们在黑暗中走进一片开阔的院落，几只巨型犬从四面八方向他们扑来。全副武装的看守们在院子里巡逻，随时待命。盖世太保走进去把她的证词交给办公室，然后回到出租车上，乘车离开。一名22岁上下的盖世太保打量着雷尼亚。"他们真是把你伤得不轻，不是吗？"

雷尼亚没有回答。

他用拳头示意她跟上来。

他把她锁在地下室里。她在黑暗中眯着眼睛看。一张床。由于疼痛，她既不能坐，也不能躺。无法承受的疼痛。她浑身肿胀。她的双手双腿都动弹不得。终于，她成功地伸了个懒腰。她的骨头、肋骨和脊椎仿佛都碎裂了。

她多么羡慕那些死去的人。"我从来没想到有人能忍受这样的殴打，"她后来写道，"要是像我这样遭受毒打，哪怕是大树也会被折断，而我还活着，能呼吸，也会思考。"

不过，雷尼亚的记忆离她远去了。事情在她头脑中混乱模糊，她清醒地知道自己的头脑不清醒。这当然不尽如人意。

她的情况恶化了。一连几天，她都绑着绷带躺在那张床上。午餐时，她得到一些稀汤，还有一杯水，用于洗脸和漱口。她还没有洗澡。这里没有地方可以大小便,那股恶臭令人窒息。黑暗也令人窒息,她就像被活埋了。"我等待着我的死亡,但一无所获",她后来如此形容自己当时的心态,"你没法预判何时死亡。"

一周过去了,一名年轻女子来到了她的牢房,她把雷尼亚带到了办公室。一名盖世太保盘问她,并记录细节。雷尼亚很惊讶,为何她还没被处死?他们会把她关进另一间牢房吗?那女人带她去洗澡,见她疼痛不已,帮她脱衣服。

现在雷尼亚看到了鞭打的伤痕。她身上没有一处白皮肤,只有青一块、黄一块、红一块的皮肤,还有黑如烟灰的瘀伤。浴室管理员啜泣着,说着波兰语,满怀怜悯地安抚她、亲吻她。她的关心让雷尼亚潸然泪下。**竟然还有人关心我吗?还有富有同情心的德国人吗?这个女人是谁?**

"我被囚禁有两年半了,"那个女子对她说,"过去12个月我一直在这。这里是审讯营,他们把人关在这里直到审讯结束。梅斯沃维采有大约2000名囚犯。"

她继续说:"战争前我是一名教师。但战事一起,我所在的切申(Cieszyn)城里所有被怀疑从事政治活动的人都被捕了。我的朋友们都身陷囹圄。我东躲西藏了一阵,但还是被捉住了。我也受尽了苦。"她向雷尼亚展示身上戴着的镣铐和被殴打的伤痕,指甲里塞着烧红的金属针。"我的两个兄弟也在这里。他们几乎快死了。他们被锁在床上6个月了,时刻被人把守着,有一点动作就被鞭打。他们被怀疑是某一个秘密组织的成员。可怕的事情在这里上演。被打死的人没有哪一天少于10个。在这里没有男人和女人的差别。这座审讯营是关押政治犯的。大多数人都会被处决。"

雷尼亚泡着澡,任这全新的信息涌进脑海。

这个女子主动与雷尼亚交朋友。她能拿到她所需要的一切东西。"到目前为止,我被关在牢房里,"她对雷尼亚说,"虽然我还被当成囚犯,但至少我能自由地四处走动,我能洗澡。"

雷尼亚被带进一个狭长的房间,里面有两扇覆有金属网的窗户,一排上下铺床沿着一面墙摆放着。门旁边有一张为宿舍长准备的桌子。角落里有一堆废水盂,就是那种通常用来喂小猪的碗。她负责清洁房间。

狱友们——有许多教师和社会名流——围着雷尼亚,仔细为她检查,东问西问各种问题。她来自哪里?她为何被捕?她入狱多久了?听说她两周前刚刚被捕,她们问起了外面世界的情况。这是一个混杂的群体:有好有坏,有长者有青年,罪行有轻有重。其中一人也许是疯了,开始为她跳舞,胡乱唱起什么。

有个刻薄的女人嘲笑她:"你刚从自由世界过来,看上去就已经这么糟糕了,你怎么撑下去呢?饥饿感强烈得在你内脏里呼啸。你有一片面包吗?拿给我。"

雷尼亚被一个年轻姑娘带走了,她可能只有10岁或15岁,面容令人愉悦。她们还没说过话,这姑娘就对她产生了好感。她站在一旁盯着雷尼亚,后来才鼓足勇气凑上来,问一些问题。"还有犹太人留在本津和索斯诺维茨吗?"小米尔卡(Mirka)是犹太人。她被赶出了索斯诺维茨,但和姐姐一起跳下了火车。她的姐姐身受重伤,但活了下来。小米尔卡不知该怎么办,走到了附近的警察局。他们把她送交给盖世太保。她的姐姐很可能被当场枪毙了。小米尔卡被送到了梅斯沃维采,在那里待了3周。

"我对生活如此有热情,"小米尔卡说道,尽管她走起路来犹如僵尸,"或许战争很快就会结束,每天夜里我都会梦见监狱大门敞开,我重获自由。"

雷尼亚安慰她:"战争会很快结束的。你会见到的,有朝一日你会获得自由。"

"女士,等你出狱了,请来帮帮我,做什么都行,哪怕只送一包食物。"

小米尔卡帮助雷尼亚轻松适应监狱生活,教她如何做,确保雷尼亚总能得到一碗食物,夜里总有稻草枕头可睡。

后来雷尼亚开始把自己的汤留在桌上,低声让小米尔卡拿走。"那你呢?"小米尔卡十分关切,但雷尼亚告诉她别担心。她多么想告诉她真相,证明自己的存在。

牢房里住着65名女性。每天,有一小部分人被带出去——或被审讯和拷打,或被送往另一座监狱,或迎接死亡。每天,都有新来的女性取代她们。

雷尼亚的狱管很恶毒,是个真正的虐待狂,总是寻找各种借口使用她的鞭子。她随时随地都能主动攻击一名囚犯,狠狠殴打她。她每天都无缘无故地挑起事端。妇女们强忍着怒气,哽咽着幻想:等战争结束,我们会把她撕成碎片,把她喂狗。所有事情都被推迟到战争结束。有一名狱友对雷尼亚说,战前,残忍的狱管和丈夫经营一间小小的杂货铺,在市场上卖些梳子、镜子和玩具。在占领之初,她的丈夫死于饥荒,狱管从家里逃出,改名换姓,成为一名"德意志裔人"。她的地位从赤贫寡妇跃升为掌管500名囚犯的"德国女士"。"你们这些波兰狗!"她一边打她们一边大喊。盖世太保喜欢她的行事风格。

雷尼亚的日常生活既枯燥又可怕。她清晨6点醒来。妇女们10人一组走进浴室,她们在水槽里用冷水匆忙洗漱,因为其他人在等待。早上7点,虐待狂狱管到岗。她们3人一排,排好队形。宿舍长清点人数,向她的两名盖世太保头子汇报人数。随后,大约50克的面包被分发下来,有时候配一点果酱和一杯苦涩的黑咖啡。牢房大门上了锁,囚犯们闲坐无事,饥肠辘辘,这些食物不过是在挑逗她们的食欲。她们数时间数到上午11点,然后获准在院子里散步半小时。在这里,她们会听到鞭子抽打声和尖叫声。她们看到男人们被带去审讯或是带回来——后者犹如行尸走肉,他们的眼睛被剜去,鲜血淋漓,牙齿破碎,头上缠着绷带,面色蜡黄,双腿扭曲脱臼,满是疤痕和皱纹,破衣服遮不住腐烂的肉体。有时雷尼亚看见遗体被运上搭载囚犯到奥斯威辛去的公共汽车。她更愿意待在室内。

牢房里一片沉寂,没人敢发一言一语。看守们在过道里巡逻。雷尼亚饿得胃痛。每个妇女手里都捧着一个碗,当她们听到锅哗啦作响时,就知道中午到了。两名被控犯有轻罪的囚犯负责发放食物,一名全副武装的看守陪同在侧,其他人排成一条直线等待着,狱管站在门口。尽管她们饿得发抖,但没人推推搡搡。"命令第一,命令至上"是雷尼亚对纳粹监狱体制的枯燥描述。

她的碗里装满汤汤水水,一些煮熟的卷心菜和花椰菜叶子混着虫子漂在汤上。妇女们拨开看到的虫子,吃掉剩下的。"狗都不喝这种汤。"她后来写道。没人有勺子,所有比液体浓稠的东西都要用手吃。如果哪名囚犯拿到的汤比以往要多,那么算她走运,饥饿能够稍微缓解一会儿。有些妇女拿到的只有汤。可惜,没人抱怨伙食,雷尼亚讽刺地说。在吃过后的几小时里,她都想把烂菜叶呕出来。她的胃好似被塞满的麻袋,可是她非常不满足。她能感到自己的五脏六腑在收缩。她记得一开始如何不肯吃这种汤,可是现在她想,要是她能多分到些就好了……

随后,囚犯们闲坐在靠墙的长凳上,等待晚餐的时间漫长得好像一辈子。妇女们梦想着,一旦重获自由,要做的头一件事就是吃到犯病。她们不敢奢望蛋糕或佳肴,只要一点面包、香肠和没有虫子的汤就行。"但是我们中间有谁能活着离开呢?"雷尼亚好奇。她不会沉浸在这种想法中。

晚上7点,她们排好队等待晚餐:100克面包,配人造奶油和黑咖啡。她们大口吞吃面包,小口啜饮咖啡,让自己感觉饱一些。晚上9点,就寝时间到了。饥饿的痛苦撕裂了雷尼亚的内脏,让她难以入睡。

梅斯沃维采比卡托维兹干净。1942年，由于营养不良和卫生条件不佳，致命的伤寒流行病暴发。从此以后，监狱变得很严格，会为囚犯提供床垫，但没有足够的填充稻草。雷尼亚裹上有些破但干净的毯子。囚犯们穿着裙子睡觉，好在游击队员攻进来时能立即逃走。全副武装的看守们整夜在过道里巡逻，警惕一切声响。女囚们在就寝时间后不得离开牢房。雷尼亚在便壶里解手。

时不时地，女性们被枪声惊醒。雷尼亚猜想，或许在男子营房有人试图越狱。逃走是不可能的：窗户覆有金属丝网，大门紧锁，监狱的围墙上布满瞭望台。看守们包围着大楼，每两小时换岗一次，有任何可疑之事都会发射三枪。

有几个早晨，她听说有些男人在夜里上吊自杀了，或者有女人试图从浴室逃走，被毒打，然后被锁进漆黑的牢房。

雷尼亚整夜无眠，思考着逃跑。**但要怎么做?**

有一天，来了五个来自索斯诺维茨的犹太女性。她们漂染了头发，乔装改扮，但还是在卡托维兹车站被捕了。有个波兰小孩对她们产生了怀疑，向盖世太保报告。她们的财物都被没收了。雷尼亚夜里与她们交谈，但小心地隐藏着自己的犹太身份。她们会认出她吗？可矛盾的是，她的身份被识别出又是她最渴望的事。因为世上没有人知道她在哪里，她得告诉某个人，万一自己死了，得有人知道她在哪儿。

每隔几天，就有更多的犹太女性相继到来。有人在常规证件审查时被捕。有人藏在德国朋友的家中，她不知道是谁告发了自己。那位德国人全家被捕。一位年长的母亲和她的两个女儿在火车上带着伪造文件，因而被捕。有人大哭，承认自己是犹太人。雷尼亚写道，大多数妇女被波兰人移送给盖世太保。

每当聚集20位犹太女性，她们就会被送到奥斯威辛。看到她们离开,雷尼亚的心怦怦直跳。这是她的同胞,尽管她们不知情。她们被转运出去,而她留了下来。她们直到最后一刻还在哄骗自己——或许战争会结束!但离开时,她们潸然泪下,完全明白自己就要死了。人人都和她们一起哭泣。

被通缉审问的妇女的名字没有事先通知就公布了。有些妇女听到自己的名字时昏厥过去,被人用担架抬去检查室。第二天,她们回来时被打得遍体鳞伤。有时候,她们回来时已经死了。

大多数囚犯被怀疑从事政治活动。她们当中有许多是一家人。母女们和雷尼亚在一起,丈夫们则待在男子狱舍。妇女在受审期间或许被告知,她的丈夫已经被杀或被送往奥斯威辛。母亲们也随时可能收到有关子女的这样的消息。她们会丧失活着的意志,每个人都受此影响。

雷尼亚听说许多波兰男女因为帮助犹太人而被处决。他们绞死了一位妇女,因为怀疑她庇护了从前的犹太雇主。她年仅25岁,留下了两个幼儿、丈夫和父母。因为犹太丈夫逃避警察的追捕,有些与犹太人通婚的妇女会被关押进来作为人质。有些人甚至不知自己为何被捕。她们已被羁押了三年,却未受到正式指控,也没有人注意到她们的案子。被监禁的人缺席审判也很常见:她们不清楚自己被处决的原因和时间。有一次,全村几百人一起进来了。显然,村民们曾接触过一位游击队员。

有一天,雷尼亚在休息期间待在院子里,这时有满满四卡车的儿童抵达。游击队在那一区域内活动。德国人折磨无辜平民,偷走他们的孩子,作为对游击队的报复。孩子们在年长囚犯的照料下,住在一间特殊牢房里。她们按照成年人的方式投喂、审讯他们。孩子们一看到鞭子,就什么事都招了。这些被迫认罪的孩子被送往德国的学校,他们被"教育"成"受尊重的德国人"。

一位波兰妇女给雷尼亚看自己的手,光秃秃的,没有指甲。她的指甲在被热别针戳插后脱落了，脚后跟被燃烧的金属棒砸烂，腋窝上有铁链的痕迹。她被吊着毒打了半小时，然后他们又把她倒挂过来，继续殴打。她头顶的头发被拔得精光。她做过什么要承受这一切？1940年，她的儿子消失了。相传，他领导了一伙游击队员。他们怀疑他的亲戚联系过他，可她是全家最后一个还活着的人。

雷尼亚的狱友有些犯了轻罪，其中的女性们被捕是因为在黑市上卖货，在灯火管制时点灯，以及其他类似的"鬼罪名"。那些囚犯的生活要轻松些。她们被允许接收食物和衣服包裹——德国人通常会先翻一遍，把好东西留给自己。

雷尼亚一直好奇，为什么她还在梅斯沃维采？为什么她还没被带走？为什么她还活着？这么多女性死去，这么多人取而代之。

接着，有天下午，轮到她了。一名男狱管走进牢房，他看着雷尼亚，问她为什么进来。她对他说，她在通过边境时被捕。

"我们走吧。"

后续如何？一颗子弹？绞刑？中世纪般的酷刑？还是奥斯威辛？

她不知道具体手段。但她知道结果：

这是她的生命尽头。

奥斯威辛，野兽般残酷的典范，离梅斯沃维采只有一站公交车的距离。尽管环境臭名昭著，抵抗还是在集中营的缝隙中滋生。奥斯威辛的犹太战斗组织由不同国家和拥有不同思想背景的团体组成（通常彼此不和），其中包括不会被立即送进毒气室的奴隶劳工——年轻犹太人。（为此，许多犹太妇女试图在集中营看上去年轻些——她们用鞋流苏上的红色染料做腮红和口红，用人造黄油把头发梳顺，遮住白头发。）从本津转移过来的犹太战斗组织的战友，为奥斯威辛犹太战斗组织贡献了几名成员，使之重焕生机。

安娜·埃尔曼最先从一位狱友那里听说了犹太战斗组织，她是一位被当成波兰人的犹太女孩,与本土军有联络。安娜年仅14岁,一年前和姐姐埃丝特·埃尔曼(Esther Heilman)一起来到奥斯威辛。两姐妹来自华沙一个受到波兰人高度同化的中上层家庭,从小有保姆的陪伴,经常光顾美味的冰淇淋店。现在她们住在比克瑙的女子集中营,在联合工厂"工作"。所谓的"工厂"其实是位于一个有玻璃屋顶的大型单层建筑内的军工厂,为德国军队制造炮弹的雷管。奥斯威辛有大约50个分支集中营,它们像劳动营一样,其中许多隶属于私人。

安娜听到起义的消息很兴奋。她加入过华沙隔都的青年卫队。那是她的精神救世主。[她不懂希伯来语和意第绪语——她来自另一个部落,组织为她取名"哈加尔"(Hagar)。]每天晚上,她的犹太朋友都和姐姐唱歌、讲故事,思考着抵抗。她曾见过华莎隔都起义,她渴望有更多活动。现在,她听说本土军正在华沙筹划一场起义,还与奥斯威辛的犹太战斗组织有联络。他们计划从外部攻打集中营,当狱友们听到暗号时,就从内部进攻。男男女女开始筹备。安娜和她的小组负责收集材料——火柴,汽油,重物,她们在商定的地点安顿下来。她们拿到农场工具房的钥匙,拿到若干耙子和锄头。每栋大楼有大约五位女性参与,一名负责人协调。只有各负责人与这一有组织的秘密行动上线保持联系。

安娜在每天去干活的路上,都会遇见一个总是朝她微笑的锁匠。有天清晨,她大胆地问他要了一对绝缘剪线钳(为破坏带电的铁丝网)。他看着她,目瞪口呆,一言未发。她整日担心自己太粗心大意,会被发现。后来有天下午,他把一个盒子放在她的工作台上。工厂女孩们柔声说道:"他是你的爱人!"当时,人们普遍用"爱人"这个词来形容自己的男性守护者。一整条面包!她很兴奋,也很失望。万幸,那天没有检查,所以她把面包偷偷带回集中营,藏在衣服下的一个小钱包里。

"爱人们"经常给女孩们送来礼物。一切财物都是禁止的，所以一旦被发现，女孩会说："是我找到的。"安娜蜷缩在床上，给埃丝特·埃尔曼看那条面包。她们注意到面包被挖空了，里面是剪线钳，漂亮的剪线钳，有红色的绝缘把手。两姐妹把这宝贝藏在她们的床垫里，并且——以防发出暗号时她们在外面——告诉她们的朋友阿拉·格特纳（Ala Gertner），这是她们在本津的优雅的地堡伙伴。在战前的一幅肖像里，她戴着时髦的女式软呢帽，穿着有领上衣，姿态妖娆。

几天后，阿拉通过一位朋友、23岁的青年卫队同志萝扎·罗博塔（Roza Robota）传递消息，此人在衣物突击队工作，负责整理被谋杀的犹太人的物品、衣服和内衣。萝扎有个爱人在被称为"特遣队"的突击队里，其成员是管理火葬场和搬运尸体的犹太男子。他告诉她，自己所在的小组很快会被消灭。（突击队会定期"退休"——也就是，被扑杀殆尽。）他说，起义即将发生。

她们没有武器，但安娜恍然大悟：在她们干活的工厂里有火药。安娜请埃丝特·埃尔曼——在火药室值守的少数女性之一——偷些出来。

从火药室偷？整个工厂是开放、透明的，专门建造得让秘密无从发生。道路监控环绕着工作台，管事的人坐在隔间里，观察得一清二楚。洗澡、进食、工作时的停顿，都是禁止的，一切可能被控为蓄意破坏的事情都做不了。火药室勉强只有10英尺×6英尺大。"不可能，太荒唐，别想了。"埃丝特·埃尔曼说。但她考虑过这事。

尽管有无休止的监视，但令人发疯的干渴、丧心病狂的折磨和集体惩罚的威胁，还是让集中营的犹太女性起义了。弗兰切斯卡·曼（Franceska Mann），华沙旋律宫殿夜总会的著名犹太芭蕾舞演员及舞者，在奥斯威辛被命令脱下衣服，这位年轻女人朝色眯眯的纳粹扔了一只鞋，夺下了他的手枪，射中了两名看守，并杀死了其中一人。一队500名女性被分发棍棒并被命令殴打两名偷土豆皮的女孩，她们哪怕自己遭受毒打，被罚整夜饿着肚子站在严寒里，也不肯动手。在布迪（Budy），在一座由农场改造的分支集中营，一整队的女性试图有组织地逃脱。在索比布尔，妇女们从工作的党卫军那里偷走武器，然后送给犹太战斗组织。

在奥斯威辛，会说六种语言的比利时妇女马拉·齐默鲍姆（Mala Zimetbaum）当选为党卫军的翻译，这份差事能让她自由活动。她利用自己的特权地位帮助犹太人：带来药品，联络家庭成员，伪造新进的犹太人名单，为身体虚弱的人找轻松的差事，提醒医院病人未来的选择，劝说党卫军不要实行集体惩罚，甚至请求他们允许囚犯穿袜子。马拉打扮成一个男囚，假借"工作职责"逃离集中营——她是第一个逃走的妇女——但在试图离开波兰时被捕了。当宣读她的最终审判结果时，她用藏在头发里的剃须刀割腕了。一名党卫军一把抓住她，马拉用鲜血淋漓的手一巴掌扇在他的脸上，对他咆哮："我死时是个女英雄，而你会死得像条狗！"

当马拉被处决时，贝拉·哈赞在场。贝拉·哈赞继续保持波兰人的伪装，回去做护士的活儿。隆卡死后，她一蹶不振，但后来有一天，军乐队演奏的歌曲让她想起了一名本津的战友。贝拉·哈赞开始大哭。一位音乐家注意到了。两人交谈起来，结果发现，那名音乐家欣达（Hinda）曾是青年团体的成员。贝拉·哈赞冒险向她吐露，自己是犹太人——被人知道就等于**存在**。两人哭作一团，不顾一切地拥抱，谈起犹太抵抗运动。欣达告诉贝拉·哈赞，有一群被转运到这里的犹太女孩想要反抗，有人拿到了剪开铁丝网的工具。每到晚上，看守们总是酩酊大醉。在一个无月之夜，她们去干活，想要挖地道逃到安全的地方。两名女孩动手挖掘，4名女孩值守。贝拉·哈赞也曾帮忙挖地道。地道从铁丝网下方穿过，始于火车抵达的地方。当时有两个来自德国的15岁犹太女孩，她们听说要噤声滚入地道，非常震惊。当她们成功进入医院时，贝拉·哈赞欣喜万分。她指导她们作为非法闯入者如何行事，为她们穿上已故病人的衣服。点名期间，有位在浴室工作的犹太女孩把她们藏在里面。贝拉·哈赞偷来土豆和胡萝卜投喂她们。少女们不明白为什么一个波兰人要帮助她们。

贝拉·哈赞一直利用自己护士的身份帮助生病的犹太人，给她们的汤里多盛一些卷心菜，喂她们喝水时轻柔地安抚她们的额头，志愿在犹太疥疮区工作。（每个人都认为她承担后一项工作是出于她的"共产主义理念"，或者如她所说，是为了防止疥疮蔓延到波兰人和德国人中间。）她在门格勒医生来之前提醒病人们，把病情最重的人藏起来。

贝拉·哈赞知道自己的善意对犹太囚犯来说不仅奇怪，还值得怀疑。她当然能听懂她们用意第绪语小声嘀咕，说她可能是个间谍。尽管如此，她们很开心她能允许在医院工作的犹太妇女举办光明节聚会。虽然私下里贝拉·哈赞因不能出席而伤心欲绝，但她必须表现得比"教皇更像波兰人"。她用圣诞老人雕像装饰了一棵圣诞树。

贝拉·哈赞的一名上司阿尔纳·库克（Arna Cook）身材短小，易怒且残忍。她坚持要求贝拉·哈赞为她打扫房间，端咖啡，擦洗她的靴子。

后来，阿尔纳因为贝拉·哈赞没有准时来干活而殴打她、把她押回比克瑙做奴隶劳工，强迫她加入一个挖壕沟的小队——一份极其艰苦的重活。一刻也不许她休息，持续不断地殴打她。女孩们一旦崩溃，就会被枪毙。其他人只好在军乐队的伴奏下，搬运她们的尸首。

贝拉·哈赞和她的狱友们害怕出去干活。她们下定决心，会奋起反抗。当他们打算拖走另一个女孩时，全队20个女孩尖叫不已。党卫军把她们关在地下室里，她们被迫在里面站了几天几夜，96小时后才进餐一次。她们独自离开时身体快要垮了，但很欣慰自己抵抗住了。女性们联合起来，保护彼此。

包括奥斯威辛在内的许多集中营的妇女，蓄意破坏她们生产的物品，损害其产量或者质量。她们在纺纱厂把麻线磨细，误测炸弹零件的尺寸，在滚珠轴承中间放电线，让窗户整夜敞开以把管道冻住。弹药受损导致德国武器爆炸。法尼亚·法伊纳（Fania Fainer）是比亚韦斯托克本地人，来自崩得分子家庭，她有时候把沙土而不是火药放进她在联合工厂生产的产品里。

法尼亚快满20岁时，她的朋友兹拉特卡·皮特鲁克（Zlatka Pitluk）认为这是个值得庆祝的标志性日子。兹拉特卡喜欢做手工，她冒着生命危险在集中营收集材料，用面包和水的混合物把它们粘在一起，做成心形的三维生日贺卡——就像一本签名簿，这是生日当天的流行摆设。这小东西有着紫色织物封面（从兹拉特卡秘密的女式衬衫上撕下来的），卡片封面上用橙色线绣着字母"F"。兹拉特卡接着把小册子递给其他18名女囚，安娜也在其中，她们纷纷写下生日祝福。在8张精心折叠、呈现三叶草图案的纸上，囚犯们用各自的母语书写祝福：波兰语、希伯来语、德语和法语。

"自由，自由，自由，在你生日当天的祝愿。"一个名叫马尼亚（Mania）的女性冒着被杀的风险写道。

"不死就是我们的胜利。"另一人写道。

有位妇女引用了一首波兰诗："在人群中欢笑……跳舞时放轻松……当你老了，戴上眼镜，记住我们曾经历过的事。"

同志情谊，一种亲密甚至非法的挑衅，给予女性希望，帮助她们坚持下去。

最终，埃丝特·埃尔曼答应去偷火药。

安娜的姐姐在机器前做12小时一班的差事，把火药——灰如板岩，硬似粗盐——压制成棋盘格的样式。这一零部件能引爆炸弹。

安娜穿过气味刺鼻、满是灰尘的大厅，经过几名管事，径直走向火药室，就像要去收垃圾。埃丝特·埃尔曼的工位就在门口，她递给安娜一个金属小盒子，用来装垃圾的那种。埃丝特·埃尔曼用布包裹着火药，打好结，将其藏在垃圾里。（包布是从衬衫或用面包换来的方巾上扯下来的。）安娜把盒子带到了自己的桌上，拿出了布包裹，将它塞进自己裙子里。她在浴室见到了阿拉，两人在那里拆分包裹，把包裹藏在各自的衣服里。当天结束时，埃丝特·埃尔曼在回到营房前，也在身上藏了一些，她穿着木鞋，在雨、雪或酷热的太阳下走了近一英里。要是遇到检查，女孩们会把布料扯开，让火药倒在地上，再用脚碾进地里。阿拉把收集到的火药送给了萝扎。

不只是她们。大约30名犹太妇女，从18岁到32岁不等，用废旧火药替换产品里的优质火药。她们把炸药装在火柴盒里甚至自己的双乳间偷运出来。她们用纸包好250克的微型贮藏物，偷偷塞进自己的蓝色粗布连衣裙的口袋里。3个女孩一天能收集两茶匙的火药。安娜的一位密友玛尔塔·宾迪格（Marta Bindiger）是收集人，她把这些藏在手里好几天，直到有人来"领取"。4层楼的女孩都牵涉其中，彼此却不知情。所有一切都落在萝扎手上，她为不同的犹太战斗组织牵线搭桥。

萝扎把火药递给男人们。突击队获准进入女子营房搬运尸首，用双层底的汤碗、围裙缝和清运夜里死去的犹太人遗体的马车偷运爆炸物。火药包裹就在他们的尸体下，然后被藏在焚尸炉里。一名苏联囚犯将炸药制成炸弹，用沙丁鱼或鞋油的空罐头作为包装。附近，一名叫基蒂·费利克斯（Kitty Felix）的少女被迫整理被杀的男囚的夹克外套，寻找有价值的物品。她偷走钻石和黄金，将其藏在一间厕所后面。它们是用来交换炸药的。

女孩们生活在恐惧和兴奋中。后来有一天,骚乱爆发。没有提示,没有暗号。精心计划数月的起义不能如期进行,因为突击队发现他们马上要被送往毒气室。机不可失。

1944年10月7日,犹太战斗组织用锤子、斧头和石头攻击了一名党卫军,炸毁了一座焚尸炉,他们在那里放置了许多浸满油和酒精的抹布。他们挖出了藏起来的武器,杀死了几个党卫军看守,伤了其他人。他们把一个特别残暴的纳粹分子活活扔进焚尸炉。他们剪断铁丝网,然后逃跑。

可是不够快。纳粹把他们所有300人全部射杀了,然后正式清点尸体,让每个人的尸首排好队形。混乱中,几百名囚犯逃走了。他们也都被射杀了。

之后,纳粹发现了手工手榴弹:源自火药室的装满火药的铁罐头。接着是一场声势浩大的调查,人们纷纷被带走、拷打。关于告密和背叛,有很多相互矛盾的说法。按照安娜的回忆录,她们营房的狱友克拉拉(Klara)被发现夹带面包,为免受责罚,她告发了阿拉。随后,阿拉在严刑拷打之下供认萝扎和埃丝特·埃尔曼与此事有关。可还有一种说法是,纳粹有一名卧底特工,是具有一半犹太血统的捷克人,她用巧克力、香烟和关爱之情引诱阿拉,直到她吐露姓名。

埃丝特·埃尔曼被带到酷刑室。安娜惊恐且沮丧。有一天,她也被带去审讯,并遭遇殴打。他们擦掉了她脸上的血。有个"唱红脸的"用慈父般的口吻问道:"谁偷的火药?为什么?在哪里?你姐姐对你说了什么?"

安娜看着他,哑口无言,沉默不语。

"埃丝特·埃尔曼招认了一切,"他说,"所以你最好也对我们说。"

"埃丝特·埃尔曼怎么会招认？"安娜反问，"她是无辜的，她不是骗子。"他们放了她，万幸，也把埃丝特·埃尔曼送回了营房。她身上青一块黑一块，背上的皮肤绽开一道道裂痕。她无法说话，也动弹不得。玛尔塔和安娜照料着她，她逐渐好转了。

然而，几天后，纳粹回头来找阿拉、埃丝特·埃尔曼、萝扎和火药室主管——本津人雷吉娜（Regina）。

女孩们被判处绞刑。安娜发疯了，她试图与姐姐埃丝特·埃尔曼取得联系，想见她，但始终没有成功。

来自萝扎家乡的一名犹太战斗组织男成员，用伏特加收买酷刑室的看守，让对方放他去见萝扎。"我走进萝扎的牢房，"诺亚·扎布鲁多维茨（Noah Zabludowicz）回忆道，"……然后她说出了最后几句话。她告诉我她从未背叛过（任何人）。她期望告诉她的战友，她们没什么好怕的。我们必须继续。"她不后悔，不遗憾，可是希望死时知道犹太抵抗运动会继续进行。她递给他一张写给其他战友的字条。落款是一句勉励："要坚强，要勇敢。"

埃丝特·埃尔曼给安娜和玛尔塔各写了一封遗书，请后者"照顾我的妹妹，这样我死得轻松些"。

"集中营姐妹"是一家人。

在行刑那天，四名女性被绞死了。这是少见的公开行刑，是为了恐吓女囚，让她们别再继续蓄意搞破坏和起义。两人在白天换班期间被处决，两人在夜间换班时被处决。所有犹太女囚被迫观看。她们的眼睛若是走神一下，就会被打。安娜的朋友把她藏起来，控制住她，这样她就不必观看了。但她听到了。"鼓声响起，"她后来描述当时的场景，"数千人的喉咙发出呻吟声，余下都是薄雾。"贝拉·哈赞也在场，她是被安排搬运尸首的波兰护士。

在套索收紧前，萝扎凭最后的气力用波兰语大喊："姐妹们，复仇！"

27
黎明时分

雷尼亚
1943年10月

此刻，在梅斯沃维采的牢房外，一名士兵在等雷尼亚。
"你。"他说。
她徘徊太久了，现在她准备好了。准备赴死。
"从现在开始随时哪一天，"他说得缓慢而从容，"随时哪一天，会有人带你出去做一项新任务。你会在警察局的厨房工作。"
什么？
雷尼亚什么都没说，但如释重负地摇摇头。真是神奇，竟然不是奥斯威辛。甚至不是审讯，而是提拔。

入狱一个月以来，雷尼亚第一次离开梅斯沃维采。走在街上，真正的街上，走向警察局，她疯狂地搜寻是否有认识的人——一切熟人，一切她能谈论自己被囚的人。但是他们都是陌生人。

雷尼亚的转移从凌晨4点一直持续到下午4点。她离开牢房时，黑夜里晨光熹微，然后散入白昼。她记得，厨子是一个贪食的德国女人，但她给雷尼亚提供了丰盛的食物，使雷尼亚恢复了精力。由于每日都有检查，她无法把食物带回牢房，就把牢饭送给比她还饥肠辘辘的妇女——大多数是犹太妇女。其他人愤怒地看着她。

护送雷尼亚去工作的其中一名士兵待她很宽容，送给她香烟、苹果和涂黄油的面包。他告诉她，他住在波兰很多年了，但原本来自柏林,他由此成为"德意志裔人"。他被迫与波兰妻子离婚,她带着两人的孩子逃回父母家。

"我说不清为什么相信他,而且很信任他。"雷尼亚后来写道,"我真心觉得他为人真诚,与他做朋友对我有利。"

有天晚上,在囚犯们入睡后,雷尼亚写了一封信。她非冒险不可。她请那名友善的士兵替她邮寄到华沙。"寄给我父母。"她解释说。自从被捕以来,没人知道她的下落。他答应会贴上邮票寄出去,然后他对雷尼亚挥挥手,提醒她和谁都别提这件事。

但从此以后,雷尼亚无法安眠。要是士兵把信交给盖世太保怎么办?那么她的处境将更为艰难。那封信虽是加密的,但包含重要信息和若干地址,以及在那些地方的应该被清除的物品。最重要的是,她想让战友们知道自己在哪里。可是日子一天天过去,她在纳粹监狱的漩涡中越陷越深,似乎有人找到她的希望亦越来越渺茫。

有一天深更半夜,四名妇女以及一个婴儿被带进了牢房。除了一位妇女塔季扬娜·库普里延科(Tatiana Kuprienko)是生在波兰的苏联人,其余都是犹太人。雷尼亚结识了塔季扬娜。塔季扬娜讲话夹杂着波兰语和俄语,她解释说她曾藏匿过战前帮助过自己的犹太妇女。她在阁楼上为六个成年人和那个婴儿提供庇护和食物,以为无人知晓。她雇用伪造商为她们提供极其昂贵的波兰证件,期望她们在德国找到工作。大多数妇女犹犹豫豫,不愿离开她们犹太特征过于明显的丈夫,但有一位妇女去了德国,写信说自己找到了一份工作。

"两个半月后,警察带着一个17岁的波兰男孩来到我家,"塔季扬娜继续说,"我还没来得及说一个字,那个男孩就对警察说我窝藏犹太人。我们都被捕了。我的两个兄弟和那个伪造商也被捕了。我依然不清楚他们是如何得知阁楼、假证件、远在德国的妇女,甚至伪造证件的费用的。在记录我的证词前,他们大声朗读了已经知道的事情。"在警察局,塔季扬娜遭到了殴打。盖世太保告诉她,幸亏她是苏联人;否则,她早就被绞死了。他们不停威胁着要将她处死,或者终身监禁。

两天后,那些犹太妇女和丈夫们一同被送往奥斯威辛;去了德国的妇女也被带进来,彻底陷入了绝望。她原本确信自己为柏林附近的一位农民工作,能安然活到战争结束,可是却突然被捕。在审讯后,她被用担架抬回牢房,面目全非得让雷尼亚几乎认不出来。大片皮肉从她的身上被撕扯下来。纳粹堵住了她的嘴,然后用金属棒敲打她的脚,用热铁刺穿她的皮肤。尽管百般折磨,那个犹太妇女也没有透露伪造商的姓名,没有招认自己认识塔季扬娜。纳粹也用同样的办法虐待塔季扬娜。

有一天,当塔季扬娜精神好转些时,她对雷尼亚说:"经过这一切,我感觉终有一天我会被释放,我必须活着照顾我的母亲。我在华沙有个富裕的姐夫,或许他会保释我。"

雷尼亚微笑着,认为她肯定是被打得精神失常了。

几天后,塔季扬娜的名字又被点到了,她脸色惨白——又是一轮审讯。她的结局就要到来。她离开了牢房,被盖世太保带走了。

但几分钟后,雷尼亚听到了一阵狂笑。塔季扬娜回来了,亲吻着每个人,对她们说她已经自由了,她就要回家!

当她走过来亲吻雷尼亚的时候,她小声在她耳边说,没错,她的姐夫为她支付了500克黄金。

雷尼亚的眼睛一亮。如果有可能贿赂盖世太保,即便是在梅斯沃维采这里,也或许还有希望。

有天下午,一辆出租车停在集中营大门前,两个穿便服的人下车,拿出证件表示自己是盖世太保卧底,然后走向了男子监狱,来到了最可怕的牢房,那里活人的躯壳被紧锁在床上。穿便衣的盖世太保点了两个年轻人的姓名,他们因为领导游击队而被控有罪。他们解开后者的镣铐，将其拖进一辆等候的汽车，然后迅速消失了。这种事并无先例，看守们看到盖世太保带走囚犯，起了疑心，于是在出租车离开后，通知了卡托维兹的盖世太保。结果发现，两名"便衣盖世太保"是使用假证件的游击队员。四个人都消失了。自由。

雷尼亚欢欣鼓舞。"那次事件唤醒了我对生命的热情和对自由的信仰，"她回忆道，"谁知道呢，也许奇迹也会降临到我身上。"

然而，监狱高层领导勃然大怒。看守们被监禁起来。纪律收紧，案件重审。突然有天早晨，雷尼亚被通知不必去工作；相反，她遭到殴打，被锁进一间黑暗的牢房，据说是惩罚她撒谎说自己只是想偷渡边境，现在他们怀疑她是间谍。鞭子在她的前额刻下了永久的伤疤。

雷尼亚被转移到专门收押女政治犯的牢房。每隔几天，盖世太保委员会就会过来检查，她们就像集市上的牲口，没有出狱的希望。

偶然间，雷尼亚从一位来自卡托维兹的妇女那里听说，伊乌扎坦承自己是犹太人，被处以绞刑。她的心脏碎成万片，但她一动也不动。"即便我被刀捅了，我也不会垮掉。"

雷尼亚日夜思索着战友们的命运。她觉得自己的记忆力在消退，仿佛要发疯了。她无法集中精神。她记不住自己的证词。如果他们决定重新审讯她，她不确定还能否相信自己。她持续头痛。她无比虚弱，几乎无法站立。囚犯们在白天被禁止躺在床上，但看守可怜她，允许她在行军床上稍坐。每当她听到狱管的吵嚷声，她就会一跃而起，所以没人能看到她闲坐。她眼前浮现着伊乌扎年轻的面庞。

她曾离自由那么近。

28
大逃亡

雷尼亚和古斯塔
1943年11月

"这是给你的,"一位妇女小声说并递给雷尼亚一张字条,"我在地里干活时有人给我的。"正要去厕所的雷尼亚吃了一惊。"那个女人说明天来领答复,并送一包食物。"

雷尼亚双手颤抖地接过那张纸。可能吗?她整日里紧紧攥住它。

终于,在夜里,当周围的人都睡着后,雷尼亚打开了她的宝贝,如饥似渴地逐字阅读。这是真的吗?这笔迹不像莎拉的。

她的姐姐写道,大家都还活着。战友们在波兰人的家里找到了藏身之所。她从齐维亚在华沙收到的信中得知了雷尼亚的命运。那个士兵真的寄出去了!现在莎拉想知道他们该如何帮她。战友们会千方百计救她出来。"别灰心。"她劝道。

雷尼亚将那张字条读了几十遍。

思索,计划,密谋。

雷尼亚察看一番,确认大家还在沉睡。已过午夜时分。

她偷偷溜下床,蹑手蹑脚地走到监控桌前。她尽量安静地在黑暗中摸索着铅笔。她找到了一支!

莎拉总是有所准备,夹了一张供她回复的纸。

雷尼亚蹑手蹑脚回到床上,写道:

"首先,你要付些钱给那位慷慨送字条的女士,因为她是冒着生命危险的。其次,她有可能和我交换岗位吗?这样我就可以到地里去,然后我们就能见面,讨论该怎么做。"

清晨,在浴室,雷尼亚把那张字条偷偷塞给那位女士——贝利科娃(Belitkova),约定当晚在那里再与她见面。

一整天,雷尼亚一有机会就反复阅读莎拉的来信:"我们会竭尽所能救你出来。齐维亚派人带着钱过去了。"她的朋友们是安全的。

就在当天晚上,另一张字条到了:

"一切都安好。经过一番劝解,贝利科娃答应让你代替她到田地里去。她会收到价值不菲的物品和一大笔钱。她很贫穷,所以获得现金让她很开心。"

第二天,雷尼亚迅速换上贝利科娃的裙子,搬到她的牢房去。贝利科娃则替雷尼亚参加点名。这是11月一个寒冷的早晨,雷尼亚用能找到的各种破布裹住脸。万幸,没有看守认出她。

她和贝利科娃所属的突击队一起来到广场上,见到了苏联、法国和意大利囚犯——这么多人。她们都要干活,把砖块搬进火车车厢。尽管这份差事相对轻松,但雷尼亚还是虚弱得无法胜任。她搬起的每块砖都跌落在地,引来了众人的目光。她非常不耐烦。莎拉什么时候来?度日如年。

接着,雷尼亚从远处看到两位衣着体面的优雅女士——其中一人像莎拉那样步态自信。她看到她的姐姐环顾四周。**她的姐姐甚至很可能认不出她。**雷尼亚走了过去。女囚们看着她,迷惑不解:这个没有本地亲戚的华沙女孩,要跟谁说话?

"她们是一位狱友的熟人。"雷尼亚试图表现得无动于衷。

看守长跟在雷尼亚后面。他不认识她,万幸的是,也不知道她的政治犯背景。雷尼亚走到了墙边,尽管看守长紧随在后,但姐妹们还是抑制不住自己的泪水。当真是她。莎拉递给看守长一些点心，这时雷尼亚正与另一个女孩哈利娜（Halina）交谈。齐维亚派她从华沙过来，她的绿眼睛紧盯着雷尼亚的脸。"你必须尽力出来。你的生命危在旦夕。"

她们相约下一周还在同一个地点见面。女孩们带给雷尼亚一些更换的衣服——她要准备逃走。

雷尼亚无法站在墙边太久却不引人怀疑。当她望着姐姐和哈利娜逐渐远去、踪迹全无的时候，她情绪激动，非常动容，感受到许久未有的坚定。她在心中重复着哈利娜的话：你必须尽力出来。

但是一回到工作中去，雷尼亚就崩溃了。她脑袋阵痛，无法站起身。她后来写道，与莎拉的会面刺激了头脑中的某些事物。药物不起作用。她连续3天高烧，体温飙升到104华氏度。在迷迷糊糊中，她开始胡言乱语，这是真正的威胁。她要是说了意第绪语怎么办？万一她吐露真相了如何？几个狱友可怜雷尼亚，把自己的早餐面包带给她，可是她一口也吃不下。她就要失去机会了。她就要死去了。

当雷尼亚的高烧终于奇迹般地退去后，她的狱友举行了一场特殊的星期日祈祷。雷尼亚万分感激，起身加入大家，跪下专注地祈祷，就像学过的那样。

但在诵读声中，一股潮热袭来。雷尼亚昏倒了。大门紧锁，妇女们接不到一丁点儿水。她们将洗过碗的脏水洒在她的身上。

雷尼亚苏醒过来，但又在床上躺了两天。怎么会发生这种事？她必须起来，她必须好转。她必须如此。**"你必须尽力出来。"**

"1943年11月12日。刻骨铭心的一天。"雷尼亚在日记中写道。一夜无眠后，她第一个跳下床。就是今天。

"不，"看守突然对她说，"你今天不能到田里去。"

"为什么不行？上周你让我去了。"贝利科娃曾答应过她再交换一次角色,为了一大笔钱。

"太冒险了。要是看守长认出你是从政治犯大牢里来的怎么办?我们都会摊上麻烦。"

"求你了。"雷尼亚恳请。那是她仅有的机会。"求你了,我恳求你。"

看守嘟囔着,让她出去了。小小的奇迹无穷无尽。

雷尼亚穿着贝利科娃的衣服,裹着方头巾离开了。看守长没认出她。她被妇女们左右搀扶着,免得垮掉。这么多女性帮她活下去。终于,她们来到了广场。15个妇女,5个看守。雷尼亚摆弄砖块、环顾四周,寻找莎拉和哈利娜的身影。杳无踪迹。

上午10点。她们到了!雷尼亚环顾周围:每个人都专注于自己的砖块、自己的重活。警报解除了。她迅速离开了工作岗位。

但她还没走到女孩跟前,看守长就站在她旁边大喊:"你怎敢不经过我的允许就离开工作!"

莎拉试图安抚他,甜言蜜语,百般恳求。

"下午2点带着香烟和酒过来。"雷尼亚对哈利娜低语。

狱友们对雷尼亚不遵守看守长的命令很生气——她让大家都置于险境。

雷尼亚回到那堆砖块周围,暂时冷静下来。然后,就在午餐前,一名看守把她叫过来。"所以你是个政治犯。"他对她说,这令她惊慌不已,"你太年轻了,我替你惋惜。不然我会汇报给集中营指挥官。"

他在雷尼亚的面前摇了摇手指,告诉她别再起逃跑的念头。他们会把她碎尸万段的。

"我根本没有可能逃跑,"雷尼亚回答,"我很识时务,知道自己会被抓住的。我因为偷渡边境被捕,很可能很快就要被释放了。我为什么要浪费自己的机会?"

雷尼亚以为那女人把她的秘密告诉了看守长。这也不稀奇：如果雷尼亚逃走，她们全得遭殃。自从游击队越狱事件后，每个人都格外谨慎。

这一切让逃跑更为困难。每个人都盯着她：看守以及狱友。但是雷尼亚也知道自己的掩饰暴露了，她们知道她是"政治犯"。无论如何，她都在劫难逃。

莎拉和哈利娜在哪里？雷尼亚没戴手表——当然，手表被拿走了——可是她们似乎已经离开了好几小时。万一有事发生怎么办？要是她们没回来怎么办？她能凭一己之力飞奔出去吗？

终于，远处出现了两个身影。

这一次雷尼亚主动出击。"请跟我来。"她请求看守长。他跟了过来。

三个犹太女孩和纳粹站在一栋被炸毁的建筑的墙壁后面。

哈利娜递给看守长几瓶威士忌。他一饮而尽，她们又往他的口袋里塞满了香烟。雷尼亚捡起了几小瓶酒、几包香烟，将之裹进自己的方头巾。她把烟酒分发给看守们，请他们不要让其他妇女到墙脚下。她对他们说，她的熟人给自己带了热汤，她不想和别人分享。看守有些心不在焉，因为他们知道顶头上司亲自盯着她。

此时此刻，看守长完全酩酊大醉。雷尼亚需要想清楚如何处置他。"你为何不去看看是否有别的妇女朝我们这边看？"她提出建议。他跟跟跄跄地走了。

此刻就是她的机会。时不再来。

雷尼亚并非试图越狱的唯一犹太女特工。在克拉科夫爆炸后，希姆雄失踪了。古斯塔遍寻警察局才找到他，然后寸步也不肯离开。这是第二次，他的妻子坚守婚约，主动前来自首。

古斯塔被监禁在赫兹洛（Helzlow），这是蒙特鲁皮克监狱（Montelupich Prison）的女子分部。蒙特鲁皮克高高矗立在美丽的老城中心，是以使用中世纪酷刑而闻名的另一座可怕的盖世太保监狱。纳粹将古斯塔毒打一番后，把她带到丈夫那里，希望用她的伤口使他坦白招供。相反，古斯塔对他说："我们做到了。我们组织了战斗小组。如果我们从这里出去，我们甚至会组建起更强大的小组。"

古斯塔和50个妇女一同被带到巨大且没有灯光的"15号牢房"，其中包括几位犹太特工。她为狱友们安排日常行程：只要有水，她会让她们洗刷头发、擦洗桌子，一切都为了保持卫生和体面。她主办了关于哲学、历史、文学和《圣经》的定期研讨会。她们庆祝欢乐安息日。她们背诵诗歌，创作新作品。当有小组被带出去枪毙时，余下的人在歌声中分享悲伤。

戈拉·米雷在波兰地下组织的印刷厂中被纳粹抓住，被带进牢房。戈拉不断创作意第绪语和希伯来语的诗歌，总是把自己的作品献给她的丈夫和死去的孩子。她在频繁审讯中被无情拷打，全身发灰，指甲脱落，头发被扯掉，双眼暂时失明。但一回到牢房，她就捡起铅笔，然后向她的狱友背诵自己的诗歌。

古斯塔也在遭到毒打间隙写作她的回忆录。她待在角落里，被一群犹太妇女包围着，好不让其他狱友看到她在做什么——其中有些罪犯并非完全可信赖。古斯塔用三角形卫生纸，在食品包裹中的由波兰妇女秘密捐赠的铅笔，以及在酷刑中被碾碎的手指，谱写了克拉科夫的犹太战斗组织的故事。安全起见，每个人都起了一个假名，她写作时用第三人称——"尤斯蒂娜"（Justyna）——来称呼自己。

许多材料来自其他人的视角，特别是希姆雄的狱友和她自己的狱友，大家都有所贡献。安全起见，古斯塔只提到盖世太保已知晓的过去事件。她写到疲倦不已，痛苦万分，然后把铅笔递给狱友，由她口授。狱友们轮流抄写，同时保持她的独特文风和内省语气，对战士们、隐藏者,甚至敌人进行心理素描。为掩盖她的说话声,女性们唱起歌来,其他人则留意看守。古斯塔检查每页纸,至少修订10次,注重准确。她们幻想着自己的故事有一天会被讲述出来,于是她们同时写了4份日记。3个副本藏在狱中——在炉子里,在门垫里,在地板下面——有一份是被为盖世太保工作的犹太汽车修理工偷运出去的(他也给古斯塔带来了铅笔和额外的卫生纸)。战争结束后,藏在牢房地板下的文字碎片被发现了。

1943年4月29日,曾谋划越狱的古斯塔和战友们得知,她们即将踏上下一趟死亡转运的旅程。她像雷尼亚一样,决心孤注一掷。当她们被带到外面转运车上的时候,就在人流熙攘的城里大街上,古斯塔、戈拉和他们的战友吉尼亚·梅尔策(Genia Meltzer)等人突然停止前进,不肯动弹。盖世太保看守们大惑不解。有一人掏出了枪。吉尼亚从他的身后全速飞奔过去,把他的胳膊举向空中。

就在这时,女孩们绕过一辆轻马车纷纷逃跑了。当她们寻找藏身处时,盖世太保在人潮汹涌的大街上朝她们开枪。

只有古斯塔和吉尼亚幸存。吉尼亚藏在一扇门后面,古斯塔腿部受伤。

妇女们不知道的是,希姆雄也在那天越狱,他和古斯塔在克拉科夫外面一个小镇见了面,几名阿基瓦成员藏在那里。他们重新开启了森林战斗,组建了战斗小组,撰写并分发地下小册子。在几个月之后,在雷尼亚入狱前后,希姆雄在安排大家偷渡到匈牙利时,再次被捕。他告诉盖世太保去找他的妻子。纳粹带着一张他的字条来到古斯塔的藏身之处,她立即暴露了自己的身份。两人都遇害了。

刹那间,女孩们帮雷尼亚穿戴好新裙子、披肩和鞋。

莎拉和雷尼亚面朝一边,而哈利娜面朝另一边。

如果她们注定要失败,雷尼亚不想让哈利娜和她们一起失败。

然后她们飞奔而去，快如以往，上气不接下气，气喘吁吁。

姐妹们来到一座山前，雷尼亚爬不上去。无路可走，没有路。

但奇迹再次降临：一名意大利囚犯经过。"来吧。"他伸出了手，帮助雷尼亚上了山。

她勉强翻越了广场周围的铁丝网。女孩们来到了街上——开放空间。这是逃跑中最危险的一段，也是她此生最关键的时刻。她们不认路，径直向前。雷尼亚的裙子在爬山时沾染了泥土，但她继续奔跑，调动起一股不可能的力量。快点，再快点。雷尼亚回头看了看，确保没有人追上她们。风吹过她汗涔涔的身体和脸颊，她感到阵阵清凉。她感到父母与她同在，似乎就在这里保护着她。

一辆车开到了面前。

莎拉双手抱头。"他们逮住我们了！我们死定了。"

但那辆车继续行驶。

莎拉大喊，"雷尼亚，再快点！就看这次。如果我们成功了，我们就都能活下来。"

每过去一分钟，雷尼亚都更虚弱一分。她努力再努力，但双腿渐渐不支。她倒在了路上。莎拉把她扶起来，她泪流满面。"雷尼亚，"她恳求，"请继续走。要不然我们两个人都完了。振作起来。我只有你。我不能失去你。求你。"

她的眼泪滴在妹妹的脸上，将她唤醒了。雷尼亚站起身，稍作停顿。她们继续前行。

雷尼亚喘着粗气。她的嘴唇干裂了。她感受不到手臂的存在，仿佛中风了。她的双腿像软糖，蜷缩在下方。

每当听到有公共汽车经过，她们的心脏就骤然停顿。行人放慢脚步看着她们，很可能认为她们疯了。

又一辆公共汽车停在附近路边。雷尼亚确信死到临头了。她们怎么会逃过呢？盖世太保追捕她们易如反掌，随时随地。姐妹们穿着沾满泥点的衣服,鞋子上布满尘土,实在惹人怀疑。

公共汽车从身旁开过。

莎拉走在前面,雷尼亚在后面拖着脚步,两人慢慢靠近卡托维兹。没有守卫陪着独自行走,看上去多奇怪。她们走了四英里。

莎拉用自己的唾液和方头巾擦洗雷尼亚的脸,清除她夹克外套上的泥土和碎屑。她欢心荡漾。她认识一个住在附近的德国女人。梅尔的妻子纳哈·舒尔曼伪装成了天主教徒,担任她的女裁缝。她们不能乘坐电车,以免被士兵认出,但那里不太远,只要再走四英里就行。

雷尼亚沿着路边,一步一步慢慢地走。这时,远处出现了一队士兵。

一群穿制服的人。雷尼亚瑟瑟发抖。太迟了,她们无法调头。

男人们朝这边走,打量着这两个妇女……然后继续行进。

雷尼亚强迫自己走下去。每走两三步,她都要停下来歇息。她的呼吸沉重而炙热。

"不剩多少路了。"莎拉鼓励道。要是可能的话,她会抱着雷尼亚的。

雷尼亚像醉汉一样摇晃不稳,莎拉推着她前行。她们的衣服被汗水浸透了。

雷尼亚全力以赴——为了她的姐姐。

终于,她们走近谢米亚诺维采镇外的第一栋建筑。雷尼亚每走一两步,就要停下来倚靠在墙上。她不理睬路人,她的视力太模糊,几乎看不见他们。

雷尼亚停在一户人家院子里的一口井边,把水泼到了脸上。**清醒了**。

两姐妹穿过小镇,雷尼亚用尽力气站直,希望不引人注意。她们走街串巷,终于来到了一条小街。莎拉指着一栋两层楼的建筑。

"就是这里。"

然后莎拉弯下腰,抱起她瘦小的妹妹,把雷尼亚像新娘一样抱上楼。"我不知道她哪里来的这么大力气。"雷尼亚后来写道。门打开了,但雷尼亚还没等看到里面,就昏倒了。

雷尼亚苏醒过来后,吃了一片药,但仍高烧不退。她脱下了肮脏的破衣服,躺在了干净的床上——她不确定自己还能否再享受到这种快乐。她的牙齿在打战,即使盖着毯子,她也一直在瑟瑟发抖。

莎拉和纳哈坐在她的身旁,哭泣着。纳哈完全认不出雷尼亚。但莎拉安慰她们两人:"忘掉一切吧。重要的是你自由了。"

可是哈利娜在哪里?

莎拉告诉德国女房主,雷尼亚是她的一位朋友,生病了需要休息。但女房主表示,雷尼亚不能待在那里。常见的说辞。

那天夜里,不知怎么,雷尼亚恢复了元气,她再走了2.5英里,到达了米哈沃维采——至少黑夜有助于掩饰她们的一瘸一拐。

她们在夜里11点到达那个村,朝波兰农民的小屋走去。科布勒茨(Kobiletz)夫妇热情欢迎了她们。他们听说过雷尼亚的事,对莎拉的才干大为赞赏。他们为雷尼亚端来了食物,但她不能在堂屋待太久——她是要去地堡的。她通过楼梯下的一扇窗户偷偷溜进了地下室。里面太小了,即使是瘦弱的雷尼亚也只能勉强容身。接着她爬下了梯子。20名战友开心地和她打招呼,"仿佛我刚刚出生"。

他们想知道一切,立刻马上。

她太虚弱,只好躺下来,但莎拉告诉了大家她的逃生故事。她头晕目眩,内心也荡漾着。她就在那里,和她的战友、她的姐姐在一起,并且暂时安全。

当大家聆听时,雷尼亚观察着地堡里的每个人。她还发着烧,还觉得自己在监狱里，还觉得自己正在被追捕。那种感觉会离她而去吗？

几小时后，哈利娜到了，用自己的故事逗大家开心。

当我从你们那里走远的时候，我把夹克外套反过来穿，摘下了我的方头巾。在我前面，我看见了一个铁路工人。我问他是否介意陪我走一段路。他看了我一眼，然后说"很荣幸"。我挽着他的手臂，踱着步，谈东说西。他可能以为我是个妓女。不到10分钟，我们遇到两名看守发疯般向集中营跑去。他们问我们是否看到过3名妇女在逃跑，还描述了我们的衣着。看到他们慌乱的样子我真开心。我若无其事地继续和那个铁路工人交谈。那个工人陪我坐电车。我们相约明天再见面！

第二天早晨，哈利娜兴致高昂地出发到华沙去。一周后，他们收到了她的一封来信。她的旅程平安无事。她步行越过边界。她很开心能帮助雷尼亚逃生。马雷克·福尔曼的母亲寄来了一封令人动容的信，还有一封来自齐维亚、安特克和里维卡·莫斯科维奇。他们已经痊愈，正充当信使，偷运武器，为那些躲藏的人提供援助。她出来了，三人都很高兴。

然而，马雷克不太走运。在离开本津前往华沙后，他对索哈造成的不幸深感内疚，心烦意乱，以至于在琴斯托霍瓦换乘火车时引起了纳粹注意。他被当场枪毙。

日复一日，雷尼亚坐在梅尔·舒尔曼修建的科布勒茨地堡里。梅尔在战前与科布勒茨的长子米特克交好。米特克在克拉科夫为盖世太保工作，但始终与隔都的犹太人保持联络。在一个朋友醉酒吐露他的秘密后，米特克跳上摩托车飞奔而去。梅尔听说米特克在别尔斯科有偿安排犹太人住在他的朋友那里，于是心生一念，请他允许自己在其父母的房子下方建一座地堡。起初，科布勒茨予以拒绝，但他的儿子说服了他，特别是他对父亲说，他自己也能在里面躲避盖世太保。

几个犹太人藏在小小的阁楼里，一直等到地堡建成。梅尔必须在夜里修建，这样才不会被邻居们察觉。雷尼亚在回忆录中写道，科布勒茨收留他们时收了一大笔钱。"他说是出于同情，但实际上，他是为了赚钱。"还有说法是，尽管科布勒茨一家人收取报酬，但他们受到了反德政治和热情的鼓舞。有偿帮助犹太人的波兰人能否称得上"义人"，依然是热议的话题。

雷尼亚安全且自由——相对如此——但在科布勒茨地堡的生活并非永久性的解决方案。建造庇护所是为了容纳两三个人，但更多的隔都避难者纷纷前来。人们共同睡在几张床上。其中一名女孩冒着生命危险前往雅布隆卡（Jablonka）村，用每隔几天收集到的假配给票购买食物。科布勒茨夫人负责准备午餐。最开始，战友们用从隔都带来的个人钱财支付这些账单，不过后来，哈利娜从齐维亚那里带来了额外的经费。

除了闷热，地堡中的人们生活在被邻居发现的持续恐惧中。科布勒茨一家也是，一旦被捕，他们也会被处决。

雷尼亚到来几天后，她在半夜爬梯子上来，被转运到科布勒茨的女儿巴纳斯科娃（Banasikova）家里。这次搬家令人振奋。如今她与自由会战友哈卡医生和负责照顾孤儿的阿莉扎在一起（此时阿莉扎已经从清算营逃出来了）。大门时时刻刻紧锁着，所以邻居们一无所知。巴纳斯科娃尽力满足他们的全部需求。她的丈夫在军中服役，她几乎无法糊口，所以她很珍视避难者送来的钱和物品。

还有几百人散布在本津的集中营和当地的隔都里，人数随着每次转运而减少。莎拉、哈卡、哈西亚和多尔卡——这些女孩都具有非犹太人的特征——相继偷偷溜进来，试图拯救尽可能多的人，尽管几乎不可能找到藏身之处了。雷尼亚依然虚弱得无法走到外面。

她们都明白，摆脱令人窒息的生活的唯一出路就是借道斯洛伐克,那里的犹太人暂时拥有相对自由。但是为了把战友们送到那里,她们需要些人脉。经过许多尝试,她们才终于获得了海牙的一个地址。但她们要如何到那里去?在遭遇索哈如此无情的背叛后,人们尤为谨慎。米特克亦试图寻找偷运者,但这一如既往并非易事。尽管有这些收入,但科布勒茨一家越来越担心自己的性命,全力促成犹太人离开。

大家与华沙联系频繁。齐维亚和安特克也敦促她们去斯洛伐克。尽管他们提出可以把雷尼亚带到华沙去,那里也许更安全,但雷尼亚不想与同志们分离,"我与他们共命运"。

最终,米特克找到了合法的偷运者。他们会先送一个小队,如果成功了,其余的人就跟上。

第一小队在12月初出发。他们打扮成波兰人,携带假旅行证件和工作文件。偷运者带他们乘火车从卡托维兹到别尔斯科,又到边境城市耶莱希尼亚。其余的人坐在地堡里,着魔似的思索着、讨论着他们面临的致命威胁。

一周后,偷运者回来了。

大获成功!他们的朋友已经在斯洛伐克。这一次他们的确写信回来,告诉他们此行没有预想中的困难。"一刻也别再等。"他们提醒道。

1943年12月20日:阿莉扎和雷尼亚从早到晚等待哈卡或莎拉过来,告诉她们谁会和第二小队一起离开。午夜时分,有人敲门。警察?

在片刻的胆战心惊之后,哈卡进来了。

她转向了雷尼亚。"准备好启程。"早上将有八个人离开。雷尼亚是其中一个。

要么战斗,要么逃走。

雷尼亚拒绝了。

这并非出于信仰，而是出于爱。莎拉一直有任务在身，帮助被偷运到德国的未来孤儿院的孩子，雷尼亚已经有两个星期没看到她了。她不想在姐姐不知情的情况下离开，当然更不能在没有告别的情况下。"她是我姐姐，"她对哈卡说，"她在我越狱时冒着生命危险，我不能没经过她同意就走。"

但哈卡和阿莉扎试图说服她。盖世太保在追捕雷尼亚：街上到处挂着现金悬赏的寻人启事海报，上面有她的相貌，说她是间谍。她必须立即离开。她们告诉她，莎拉会理解的，而且会紧随其后。莎拉和阿莉扎必须得去接寄宿在德国农民家中的未来孤儿院的孩子们。阿莉扎保证，她和莎拉、孩子们会加入下一小队到达斯洛伐克。

经过一整夜的劝说，雷尼亚终于同意了。

火车早上6点从卡托维兹发车。雷尼亚换了新发型，穿上了新衣服，一切都是为了不被盖世太保或警察认出来。"只有我的脸是同一张。"除了衣服，她什么也没带。

巴纳斯科娃满怀同情地与雷尼亚作别，只是请求雷尼亚在战后能记住她。与阿莉扎分别让雷尼亚非常痛苦。谁知道会不会成功。

一个寒冷的12月清晨，5点半，雷尼亚和哈卡在一片漆黑的田野里摸索着前进。她们用德语悄声说话，免得引起赶去矿里上工的路人注意。在米哈沃维采火车站，她们遇见了米特克，他陪着两人到达了别尔斯科，此外还有六个共同逃走的人——包括海依卡·克林格尔。

海依卡已经逃出清算营，那里的出入口守备不严，看守很容易被收买。起初，她和梅尔一起躲在诺瓦克家，但她称诺瓦克夫人过于紧张，也太贪心。她后来藏身于科布勒茨家的各处避难点，在那里写下了无数日记。本津周围的其他战友被安置在谷仓和鸽舍里，但由于海依卡负责记录他们的故事，她往往被分配到更舒适的地方。

　　海依卡最初拒绝担任记录员的角色，但牺牲的战友如此多，她终于接受了自己的使命。她不断书写、不断重温自己的苦痛，这极其艰难。她有四年没有听音乐了，如今从收音机传来的德国歌曲使她想起被杀的每个人以及纳粹从她身边夺走的一切。海依卡在兹维·布兰德斯死时没有哭，遭受毒打时也没有哭，现在却痛哭不已。大卫。她做得够吗？她为不能拯救自己的家人而深深愧疚，以致无法动笔提到他们。

　　沮丧之情植入她的骨髓。

　　现在雷尼亚、海依卡、哈卡等乘火车从米哈沃维采来到了卡托维兹。在那里，尽管时辰尚早，但已是车水马龙。雷尼亚自信地和米特克一起沿着站台走。每当他们遇到警察或盖世太保，就避让在一旁，混进人群中。米特克开玩笑："要是我们一起被捕该多么棒——我是昔日盖世太保和逃犯的政治指导员，而你是越狱的可疑间谍！"

　　突然，三名盖世太保凑进来。雷尼亚认出他们来自梅斯沃维采，他们在列队点名时见过她。雷尼亚**灵机一动**。她拉低帽檐，用方头巾遮住自己的脸，假装犯了牙痛。

　　那些人走开了。

　　在几分钟之内，所有人都登上了火车，从卡托维兹驶向别尔斯科。对在这里有被认出的风险的雷尼亚而言，这是整段旅途最惊险的一段。但此行最终无比顺畅，没人向他们要证件，甚至没人检查她们的包。

　　在别尔斯科，偷运者在等候她们。他们买好了去耶莱希尼亚的车票，那是离斯洛伐克边境最近的一站，他们将在当晚抵达。米特克像近亲一样与她们道别。"请千万不要忘记我为你们做过的事。"他恳求道。米特克答应救出其他战友后，就一并到斯洛伐克来。他告诉偷运者照顾好这些犹太人。战友们快速写了些字条给留守后方的人看，雷尼亚写的是"赶快来见我"，写给她的姐姐和阿莉扎。米特克拿起了这些纸，折起来，然后回到了火车上。

逃亡者在偷运者的住处待了几小时，为徒步穿越塔特拉山脉做好准备。剩余旅程都是步行。

然后时间到了。他们悄悄地离开小小的村庄：八名战友，两名偷运者，两名向导。在远方，他们看到了白雪覆盖的山脉直插云霄。边境线是目标。

最初的几英里很平坦。他们的世界一片洁白，但雪很浅。"夜晚如此明亮，犹如白昼。"雷尼亚写道。

她只穿了一条裙子，没有外套，但她察觉不到寒冷。

接着她们抵达了山脚。步行变得困难。这群人排成纵队前进，尽量快速赶路。积雪齐膝深，一不小心就会打滑摔跤。每一根移动的树枝都会吓他们一跳——会是警察吗？

向导熟知道路。其中一人带路，另外一人和偷运者一起协助战友们。狂风怒吼，倒是很有助益，因为这声音盖过了他们嘎吱嘎吱的脚步声。但步行变得越来越艰难。他们没有大衣，也没有靴子，却要向6233英尺高的山峰攀爬。每隔一会儿，他们就要停下来喘息，躺在雪地里，就像躺在一床羽毛上。尽管寒气逼人，他们汗涔涔的衣服还是紧紧贴在皮肤上。

这支小分队走进了一片森林。他们跌跌撞撞，就像蹒跚学步的小孩。他们震惊于未来基布兹的小穆尼奥什（Muniosh）：棕色头发，白皮肤，尖耳朵，他勇气非凡，带队在前，嘲笑其他人的登山技术不合格。

突然，在远处，他们看见白雪上有黑色斑点：边境巡逻队。

他们躺下来，把自己埋在雪里，一直等军官经过。

雷尼亚浑身湿透，她还没有从虚弱中恢复。她在这样的海拔下几乎无法呼吸。"我没法做到了。"

  偷运者协助她,像搀扶孩子一样搀扶她走路。她记得逃离梅斯沃维采时的情景,如果她能从那里逃生,那么现在也能做到。**努力**。

  这支小队仔细谨慎,缓慢且安静地越过边境巡逻大楼,走向山顶。他们筋疲力尽,不得不加快步伐。他们每走一步都跌跌撞撞,陷进雪里。但这是艰苦跋涉的最后一段路,他们必须设法奇迹般地恢复元气。**逃亡**。

  经过六小时折磨人的徒步,他们发现自己已经来到了斯洛伐克。

  这是迄今为止他们最不可思议的穿越。

  雷尼亚离开了波兰。

  现在,奔向世界上的其他地方。

29
"永远别说最后的路在眼前"

雷尼亚
1943年12月

> 永远别说最后的路在眼前,
> 永远别说我们看不到应许之地,
> 盼望已久的时刻就要到来,噢,不要害怕。
> 我们的脚步传递着消息——我们在这里!
> ——来自赫什·格利克(Hirsh Glick)的《游击队之歌》
> 用意第绪语作于维尔纳隔都

斯洛伐克,这个第二次世界大战前夕新成立的国家,并非犹太人的天堂。该国统治者是直言不讳的反犹主义者,斯洛伐克与轴心国为谋,成为德国的附属国。斯洛伐克的大部分犹太人在1942年被转移至波兰境内的集中营。此后,转运行动暂停,直到1944年8月重启。在那两年,犹太人生活在相对安全中,要么用文件保护自己,要么假装是基督徒。

这段平静时期部分得益于抵抗领袖吉西·弗莱施曼(Gisi Fleischmann)。她出生于一个正统派犹太中产家庭,与大多数斯洛伐克犹太人一样,不说斯洛伐克语,观点也与国内新兴的民族意识格格不入。在首都布拉迪斯拉发,她承担着多个团体的公众领袖的角色。(在幅员辽阔的波兰,即便在左翼团体中也没有女性担任公职。吉西颇为独特。)到1938年,她开始经营一家援助德国犹太难民的事务所,随后成为美国联合分配委员会斯洛伐克分会的领袖。国际资金从瑞士账户汇给她。

当战争爆发时,三十多岁的吉西在伦敦试图安排犹太人大规模移民。她的努力不算成功,尽管同事们鼓励她留在英格兰,但她还是坚持回到故乡,觉得要对自己生病的母亲、丈夫和社区负责任。安全起见,她把两个青少年女儿送出境了。

在战争时期,吉西是一个犹太社团的领袖,为了帮助同胞,她坚持加入犹太居民委员会的领导层(鲜有女性如此)。她与无数国际领袖保持联络,告诉他们正在发生的事情。斯洛伐克曾承诺把人民送到德国集中营,又与纳粹达成协议,请他们驱逐境内的犹太人。斯洛伐克是正式要求纳粹带走其犹太公民的唯一欧洲国家。

起初,纳粹只想带走2万名犹太人,协助建造奥斯威辛,但斯洛伐克恳请他们多带走一些人。事实上,斯洛伐克政府按照每名犹太人500马克的标准,向纳粹支付额外带走犹太人的费用——纳粹凭借"最终解决方案"牟利的另一种手段。吉西希望金钱能进一步撼动纳粹,于是着手开展工作。她推动了"欧罗巴计划",试图用贿赂德国人来抑制全欧洲转运和谋杀犹太人的行动。她与德国人和斯洛伐克政府协商,最终募集现金贿赂纳粹,减少被驱逐出境犹太人的数量。她为斯洛伐克的犹太人建立劳动营,以免他们被带到波兰。她的几次调停似乎很见成效——尽管驱逐人数的减少可能出于其他政治原因。

吉西始终保持活跃,通过有偿信使为波兰犹太人寄去药物和金钱。她在募集国际资金帮助偷运犹太人方面也至关重要,偷运犹太人的线路主要是波兰的"地下铁路"——比如雷尼亚走的那条路。

在这个全新的国度,雷尼亚和她的战友徒步下山进入山谷。远方有篝火升起——货物走私者在休息。战友们在一处稍事休息,在那里等候当地向导前来会合,然后生火。

现在他们感觉到寒冷了。他们的双脚湿漉漉的,快要冻僵了。他们在火焰上烤干鞋袜。然后他们听到雪中沉重的脚步声——斯洛伐克偷运者带来了酒精,温暖了所有人。战友们休息了一小时,他们最初的向导与他们友善分别,回到别尔斯科接送更多小队。雷尼亚后来写道,向导向每个人都收取了一大笔钱。山地居民十分贫困,他们以此为生。

战友们几乎穿不上缩水的鞋子,但他们要继续赶路。

他们和斯洛伐克人一起前行,试图寒暄几句。他们越过高山、小丘、峡谷和森林,走进一座沉睡的村庄。一声犬吠欢迎他们。他们被领进一间有马、牛、猪和鸡的马厩。只有一盏小油灯照明,粪便的恶臭令人难以忍受,但他们不能走进房屋,因为担心邻居们看到。

尽管屋内很热,但外面却很寒冷。疲惫开始显现。人人都倒在成捆的干草上。雷尼亚的双腿太过虚弱,以至于无法伸直。她蜷缩着,酣然睡去。

中午时分,女房东穿着传统山间服饰——方头巾、彩裙、用白蕾丝勾住袜带的毛毡鞋——唤醒战友们吃午餐。那是星期日。她告诉他们保持不动,因为村民们都在去教堂的路上。他们要小心翼翼。这些天,每个人都打探着邻居的行动,每个人都是嫌疑犯。当然,对他们来说,并无新事。

用餐后,雷尼亚又睡了一会儿,像被压缩的沙丁鱼一样躺在干草上的战友身旁。阳光从一扇小窗户射入。犹太人开始交谈——有史以来第一次——重新讲述往昔岁月发生的事情。在迈入安全之境之际,他们开始充分意识到所失去的一切。

对未来的恐惧冲淡了他们穿越国境的幸福。他们的跋涉还未结束，战争也没有。夜里来了一辆雪橇。战友们一跃而上，途经小路和空地到隔壁村庄，远离警察。几小时后，他们到达了一个小镇，暂居在农户的一间小屋里，第一小队几天前就在那里。战友们被告知在他们的汽车到达前不要离开。只要有钱，这里有大量食物可买，万幸，战友们每人身上都有一点现金。户主为他们购买了补给。雷尼亚觉得，他是个真诚热情的人，谈起德国人时极度厌恶。饱餐过后，战友们又睡了一会。

在那天夜里，一辆车停在村庄郊外等候他们。司机是一名海关职员，已经被收买。他向他们问起关于波兰犹太人的问题。

突然，他停下了车。

现在该怎么办？一片漆黑，周围什么都没有。他们完全不堪一击。

司机走到了后排座位。大家都握紧了拳头。

"别担心，我不会伤害你们。"他说道。

令雷尼亚吃惊的是，他拥抱了小穆尼奥什。

然后他问起了每个人亲戚的情况。他无法相信他们是家族中的唯一幸存者。他被那些德国人的暴行激怒了。

司机带他们穿越斯洛伐克的城镇乡野。天黑黢黢的，但他们能看到窗户里透出的星星点点没有熄灭的光。司机告诉他们会带他们去米库拉什（Mikuláš），那个小镇的犹太社团会照看他们。雷尼亚惊奇地发现整个行动计划得多么缜密，每件事都计划到最小细节。

在米库拉什，汽车停靠在社区中心。司机接上一个犹太人，那人领他们去一家旅馆。他们在那里遇见了马克思·菲舍尔，他一头黑发，看起来风度翩翩。马克思转告他们，第一队其他人已经在匈牙利了，他们希望从那里合法移民。雷尼亚突然觉得犹如飞鸟出笼，终于能展开双翼。

米库拉什犹太人很开心他们逃出来,但大家担心警察突袭,所以没人主动收留他们。战友们被安置在专为难民设置的学校礼堂——避难所,它只收留曾被边境巡逻队逮捕以及等候当局审判的人。至于警察,只要发现有难民到来,他们便索取贿赂。在这里,雷尼亚很快学到,只要金钱到位,你就能从警察那里获得一切。

在宽阔的空间里有几张床,一张桌子,一条长凳和一个取暖器。难民们自己建了一间特殊厨房,可供购买食物。战友们要在这里待几天,等候第三小队到达,他们一起继续往匈牙利去。莎拉会在其中吗?

次日,青年卫队的本地成员贝尼托(Benito)到了,问起幸存战友们的境况。贝尼托始终忙碌个不停,为出逃者做出安排。他提醒雷尼亚不要太放松——众多斯洛伐克犹太人已经被转运到波兰;而且在这里,犹太人也需要戴上可供辨识的徽章。谁知道他们还能停留多久?

在避难所的每一天,雷尼亚都能遇见从克拉科夫、华沙、拉多姆、塔尔努夫、卢布尔雅那和利沃夫来的犹太人——命运让这些饱受折磨的避难者凑成一锅大杂烩。年轻的犹太人在不再面临持续的致命威胁时,简直换了一副面孔,轻松闲谈,活力四射。不过习惯使然,他们依然小声低语。有些人曾被边境看守逮捕,大多数人曾躲藏在雅利安人区。大家几乎都没什么亲戚,但每个人都想活下来——对很多人来说,他们被复仇的梦想驱使着。雷尼亚得知波兰各地依然存在犹太隔都和劳动营,每座大城市都藏着几千名犹太人。其中可能有她的家人吗?她尽量不燃起一丝希望。

与此同时,海依卡的感受截然不同。她与贝尼托一见钟情。贝尼托来自被同化的斯洛伐克中产家庭,与她年纪相仿,长期担任青年卫队的领袖。在斯洛伐克驱逐犹太人时,他逃到匈牙利,侥幸逃生——那是在他安排60名同志逃走后。在匈牙利几次被捕后,他回到斯洛伐克,帮助接收涌入的犹太难民。他与欧洲的青年运动领袖保持联络。海依卡经受过那些他只能道听途说的恐惧。她依偎在学校礼堂的大烤箱旁取暖,熬夜对他讲述自己的故事。"在斯洛伐克活动家身上,她找到了失去的一切,"他们的儿子多年后解释道,"他和她一样,甘愿为朋友冒生命危险,他也相信未来的理想。"贝尼托立即对海依卡产生了一种保护欲。正如他日后所回忆的:"整整一代人都在透过她的口尖叫。她谈了好几个钟头,似乎担心没有时间吐露全部的信息……我倾听着,偶尔握住她的手,感受着用全身心承载着这一切的她。"

在房间里的另一边,马克思·菲舍尔和哈卡注意到两人在窃窃私语。马克思对哈卡眨眨眼:"我看有麻烦了……"

雷尼亚住了几天,第三小队的八个人到了。

没有莎拉。

犹太人全都计划着跟随一位被买通的警察,一起到匈牙利边境去。他们准备好的说辞是:这些同志是匈牙利国民,警察把他们带到边境驱逐。大部队出发了,但雷尼亚留在了斯洛伐克,海依卡也是,她们在等下一小队——一个等莎拉,一个等贝尼托。

接下来的小队在下一周到来。依然没有莎拉。

这支小队受到了创伤。

在波兰时,科布勒茨家发生了意外。巴纳斯科娃的丈夫帕韦尔(Pavel)在军队休假时回家,来岳父家里拜访。梅尔没想到他会来,在地堡外撞见了他。喝醉酒的帕韦尔把他叫过来,向他透露,他从帮助犹太人逃离隔都的米特克的朋友那里听说科布勒茨家藏有犹太人。"别担心,"他坚称,"我不会伤害犹太人。"

帕韦尔很好奇地堡是如何建成的,于是打开了秘密的门。当时他酩酊大醉,几乎站不住。待在地堡里的五个人震惊不已。梅尔跟在他后面进来,手持着自制的手枪,试图震慑帕韦尔。可当帕韦尔要梅尔手中的枪时,梅尔把枪给了帕韦尔。

"对我们讲这个故事的人始终不理解梅尔为何这么做。"雷尼亚写道。

帕韦尔检查了手枪,观察它的每一部分。紧接着,他扣动了扳机……朝自己开了一枪。

当同志们把他拖出地堡时,他意识尚存。梅尔求他不要说出地堡的事,帕韦尔向他们保证自己不会。然而,他的情况不妙。警察到了,他向警察展示了梅尔自制的手枪,说这枪是自己的在军中服役期间从游击队员那里偷来的,他在擦洗时意外走火了。一辆急救车到达了,把他送到了卡托维兹的医院。两天后,他过世了。

科布勒茨依然没有坚持让同志们离开,但是他们十分恐惧,不敢久留,一有机会就逃往了斯洛伐克。

紧接着,雷尼亚得到了消息。她和海依卡要立即离开:她们获得了移民的文件。她们的照片被寄到匈牙利,女孩们需要在布达佩斯(Budapest)逗留,领取所有文件。

她们的梦想。

雷尼亚写信给莎拉和阿莉扎,向她们解释"回归"是可行的,请她们和孩子们赶快到斯洛伐克来。

就在她启程前往匈牙利的那天,小队收到了来自一名走私者的信。山中的雪如今深及臀部,波兰—斯洛伐克边境变得不可逾越,他们无法再穿行了。就此终结。

一切都黯淡下来。雷尼亚明白,莎拉不会来了。她察觉到,她再也无法见到自己的姐姐。她是库基尔卡家最后的幸存者。

1944年1月初,雷尼亚不敢错过这次转运。

她和海依卡、贝尼托以及青年卫队的摩西一起出行,后者能说流利的匈牙利语。他们乘火车驶向斯洛伐克的最后一站。他们即将躲在一辆货运列车的火车头里穿过边境。

天色已晚，一片漆黑。一位工程师从火车头上爬下来，示意他们跟上。雷尼亚、海依卡和摩西爬上车，然而，贝尼托留在后面帮助更多的犹太难民。他们蹲在里面，那里还有其他一些逃难者。工程师按人头收费，把他们塞到了隐蔽的角落里。火车开始移动，大家聚在一起祈祷不要在过关时遇到搜查。锅炉的热量不可承受，雷尼亚简直无法深呼吸。每当列车停下来，他们全都弓身伏在地上。幸运的是，行程很快。她忍住不去想阿莉扎、莎拉和孩子们。

在匈牙利境内的第一站，工程师释放了蒸汽，这些蒸汽形成了一片厚重的云。"去吧！"工程师对雷尼亚说。在这片云的遮挡下，逃难的人爬下了火车头，向车站冲去。工程师给他们拿来了车票，指给他们到哪里搭乘到布达佩斯的客运列车。

这段行程花费了一天半的时间，其间同志们一言不发，不想引起任何人的怀疑。"匈牙利语听上去陌生而奇怪，"雷尼亚写道，"匈牙利人本身有着闪族特征。他们很难分清谁是犹太人，谁是雅利安人。"这里的大多数犹太人说匈牙利语，不说意第绪语或希伯来语，所以她在纳粹统治区构建的识别系统再也不能发挥作用。犹太人不需要在袖子上佩戴缎带或六芒星。火车上没有证件核验或搜查，这大概率是因为，匈牙利人恐怕难以想象他们竟是来自波兰的犹太难民。

然后，终于来到了布达佩斯。宏伟的火车站熙熙攘攘。警察检查了旅客的包。雷尼亚快速通过，匆忙赶往他们拿到的地址。摩西的匈牙利语技能不可或缺。

他们乘电车到办事处，那里人声鼎沸，回荡着德语、波兰语、意第绪语和匈牙利语的请求。每个人都想要文件，每个人都在表达需要立即离开的原因。然而，英国仍保持配额，对犹太移民数量加以限制。签证优先级最高的是像雷尼亚这样经受过最可怕折磨的波兰难民。

雷尼亚不耐烦地等待着出发的日期，可日子不断在推迟。首先，她的照片还没有寄到。接着，当护照备好时，来自土耳其的签证又延期了。她离得越近，等候就越牵动神经。不确定性始终存在。"我们不停在想，会有什么事发生。"雷尼亚后来反思。我们经历的一切困难都是徒劳的吗？在匈牙利的境况暂时不错，但随时可能改变。她已经懂得，生活从来没有稳定，时光飞逝，机遇薄如纸，时钟主宰一切。她明白。

雷尼亚需要恰当的文件，不仅是为了移民，也是为了在匈牙利生存。她看到人们时不时被拦在路上，接受检查——没有在警察局登记的人会被逮捕。希特勒还没有入侵，但犹太人的权利已经受到了限制。犹太人长时间认为，自己已经脱离了野蛮的波兰，可如今的日子也与在波兰的生活差不多。

雷尼亚到波兰领事馆报告自己是波兰难民。波兰长官抛来源源不断的问题：她是波兰共产党成员吗？不，她当然不是。同时，每个波兰人都有责任支持西科尔斯基运动。没错，她当然也支持。

一名职员问道："女士您当真是天主教徒吗？"

雷尼亚完全肯定地对他说，是。

"谢天谢地，"他说，"到目前为止，只有伪装成波兰人的犹太人来找我们。"

雷尼亚佯作愤慨："什么？犹太人伪装成波兰人？"

"没错，很不幸。"他回答道。表演永无止境。雷尼亚1944年在布达佩斯街头拍摄的一张照片显示，她做了发型，穿着口袋有毛皮镶边的修身大衣，拎着一只手提皮包，嘴唇上挂着淡淡的微笑，完全看不出前几个月遭受过身体与情感上的暴行。

她获得的24帕戈①可供几天的食宿费用，她还获得了一份允许

---

① 帕戈是匈牙利旧货币。——译者注

她在全城自由走动的许可证。

当她回到同志们身边时,她得知尽管大家都注册为波兰基督徒,但职员们怀疑其他人是犹太人,没有给他们什么钱,只有一张应付检查的许可证。

雷尼亚从未回到那个办事处,以为自己再过几天就要离开了。可是一个月后,她依然待在布达佩斯,还等待着签证。

在这一个月里,雷尼亚逐渐强壮,开始写作回忆录。她知道她需要告诉世人她的同胞、她的家人、她的同志的遭遇。但该怎么做?怎么用词?她用波兰语书写,用首字母缩写代替姓名——很可能出于安全考虑。她用写回忆录来为自己理清发生过的事情——五年来如何过得犹如好几辈子,她是谁,她能成为谁,她将成为谁。

在同志们于匈牙利的一张合影中,她细长的手腕上点缀着一块全新的手表。全新的时代。

同志们除了在想象中,无一人抵达他们的精神家园。不过,他们知道那里温暖且熟悉。"他们会张开怀抱接纳我们,"雷尼亚相信,"就像母亲拥抱自己的孩子。"他们渴望那片土地,在那里能找到治愈痛苦的所有办法——让他们活下来的希望。在那里,他们终于能摆脱持续的威胁了。

可是,雷尼亚依然忧心忡忡。"我们在当地的朋友会理解我们所经历的事情吗?"她很有先见之明地发问,"我们能过上正常而平凡的生活——像他们那样生活吗?"

然后,雷尼亚终于来到了车站。海依卡也来了。站台上挤满了几天前刚认识的人,但一种同志情谊已经形成——一种不可磨灭的精神亲密。雷尼亚启程了。

人人都羡慕她,她心知肚明,尽管期待已久,但她找不到快乐。"对数百万名遇难者的记忆,对心心念念应许之地、却倒在终点前夕的同志们的记忆,久不消散。"突然没来由地,犹太人被推进火车车厢的画面闪现在她的脑海里,她浑身发抖。她的家人、她的姐姐——她几乎不敢挂念这些。

雷尼亚盯着一辆德国军人专列沿另一侧铁轨驶过火车站。她想,他们肯定知道那是一群犹太人。他们用邪恶的眼睛看着她,看着所有的犹太人。有些人咧嘴笑。要是可以,他们会过来殴打她。但那时,雷尼亚想,如果可以,她会还手。她察觉到一股向他们发起挑衅的强烈欲望,要让他们瞧瞧她已经成功逃离了盖世太保。她做到了。

忧郁且快乐。温暖的拥抱,悲伤的告别。这些拥抱似乎在说,**记住我们,记住那些留在身后的人。做你能做的事,无论终点在何处,帮助幸存的少数人。**

火车缓缓行进。人们在一旁奔跑,割舍不下自己挚爱的人。雷尼亚也割舍不下——不是放不开双手,而是放不开思绪。她多么想欢欣雀跃,沉醉在灿烂的太阳和葱翠的景色中,但她心情沉重、悲恸欲绝,因为她不由得想起莎拉、阿莉扎、留在波兰的孤儿、她的弟弟小扬克勒,所有的孩子。

雷尼亚与一支共10人的小队共同出行。大部分人的护照上有照片,一部分人使用假名。根据雷尼亚的移民文件,她"又名'伊雷娜·格利克'(Irena Glick),有时被称为'伊雷妮·纽曼'(Irene Neuman)"。关于她的文件中包括一份签字声明,她与伊扎克·菲什曼(Yitzhak Fiszman),又名维尔莫什·纽曼(Vilmos Neuman)的婚姻并非真情实意——他们假装结婚大概是为了减小移民难度。(在布达佩斯自由会的一张照片中,伊扎克身着宽大翻领的优雅西装站在雷尼亚身旁,但其实当时他已经与自由会在华沙的交通员哈纳·格尔巴德结婚了。)每对假夫妻身边都跟着孤儿或者父母无法离开的儿童。孩子们欣喜若狂,满心期待全新的冒险之旅。

次日夜里，雷尼亚抵达了边境。检查可有尽头？守卫们毫不例外地搜查了他们的物品。在罗马尼亚，他们得知办事处雇员被逮捕了。虽然紧张，但他们顺利平安地来到了保加利亚。在这里，火车铁轨被一块大石头拦住，雷尼亚只好步行半英里乘坐另一列火车。保加利亚人——有军人，有铁路工人，有市民——热心地帮助雷尼亚和其他犹太人。当他们一路蜿蜒驶向土耳其边境时，保加利亚人的善意在雷尼亚心中留下了永久的印象。

他们就要离开欧洲了。

现在，雷尼亚察觉到在未来她可以直视人们、不再畏惧他们的目光，她开始感到一阵喜悦。

贝尼托与一位被雷尼亚命名为V的同志，在伊斯坦布尔站等候他们。大家都兴高采烈。他们都待在一家小旅馆里。V不断问起熟人的消息。他开心地为跟随第一小队到来的小穆尼奥什沐浴。他始终很忙碌，试图接洽全欧洲剩余的一小拨犹太人。听到他们丧失至亲的故事，他"哭得像个婴儿"。V急于把齐维亚救出波兰，但她不肯动身。她来信说，她还有太多工作要做，她需要留在原地。

犹太人在伊斯坦布尔大街上自由漫步，没人追赶在后，没人指指点点。雷尼亚有一周时间都在惊叹这一切多么神奇——没有怀疑，没有追捕。紧接着，一艘船横渡博斯普鲁斯海峡，一列火车穿越叙利亚，停在阿勒颇和黎巴嫩首都贝鲁特。

1944年3月6日，来自延杰尤夫的19岁速记员雷尼亚·库基尔卡，抵达了巴勒斯坦的海法（Haifa）。

第四部分　情感遗产

采访者：你还好吗？

雷尼亚：（停顿）通常来说，我很好。

——以色列犹太大屠杀纪念馆证言，2002年

我们摆脱了对死亡的恐惧，但没有摆脱对生的恐惧。

——哈达萨·罗森沙夫特（Hadassah Rosensaft），犹太牙医，他在奥斯威辛为病人偷来食物、衣服和药品

30
对生的恐惧

1944年3月

> 幸存者就像被狂风吹得四处乱飞的树叶,一片不属于任何人的树叶。它失去了早已枯萎的母亲树……随风飞舞,找不到自己的位置,也找不到叶子中的老相识,更找不到一块往昔的天空。依附在新树上已经不可能。可怜的树叶徘徊着,回忆悲伤却渴望重返的旧时光,但它找不到自己的位置。
>
> ——海依卡·克林格尔,《为你写下这些话》

雷尼亚顺利踏上新的土地,茫然无措却欣喜若狂。她离开波兰时是个逃亡者,被盖世太保追捕,如今置身于梦想之地。在"吉瓦特·布伦纳"(Givat Brenner)基布兹的疗养院休养了一段时间后,她和同志哈卡一起定居在加利利(Galilee)地区郁郁葱葱的"达夫纳"(Dafna)基布兹。[莱昂·乌里斯(Leon Uris)的小说《出埃及记》也提到了这个基布兹。]在这里,与600名基布兹居民相伴,她终于感到惬意,"我仿佛回到了父母家"。

即便如此,依然有许多差异和困难。尽管雷尼亚结束了漂泊生活,自由唱起了歌曲,感觉如释重负,但她依然被曾经的折磨和对逝者的回忆压得喘不过气来。"我们觉得自己比周围的人更渺小、更虚弱,"她在到达不久后写道,"好像我们不像他们那样拥有生活的权利。"

雷尼亚和许多幸存者一样,并不总觉得被理解。她四处巡游,在从海法的圆形剧场到本地基布兹的餐厅等各类场地发表演说,谈论她的战争经历,向世人讲述波兰犹太人的劫难。在20世纪80年代为以色列国家图书馆提供的证言中,雷尼亚讲过自己曾经受邀到"阿洛尼姆"(Alonim)基布兹演讲的经历。她开始用波兰语和意第绪语讲述自己的故事,突然被一阵骚乱打断。就在她停止演说的那一刻,有观众挪动桌椅。发生了什么?结果是,他们在准备一场舞蹈。音乐尖利地响着。雷尼亚觉得深受冒犯,她匆忙离开,不确定他们只是听不懂她说话,还是根本不在乎。

犹太女性的抵抗故事湮没不闻,有很多原因。大多数被杀的战士和交通员——托西亚、弗鲁姆卡、汉奇、里维卡、隆卡——没有活着讲述自己的故事。但即便是幸存者,女性在不同国家和社团,出于不同的政治原因和私人原因,其叙述也较为沉寂。

历史在美国不同。在大众观念里,美国犹太人在20世纪四五十年代并不讨论大屠杀——或许出于恐惧、内疚,或许他们当时正忙着成为郊区居民,想融入中产阶级的非犹太人邻居。但正如哈西娅·迪纳(Hasia Diner)在其颇具开创性的书《我们以尊敬和爱纪念:美国犹太人和后大屠杀时期的沉默之谜(1945—1962)》中说明的,这是无稽之谈。如果非要说有什么变化,就是战后有关大屠杀的书写和讨论的数量激增了。(曾有犹太领袖担心,对战争的关注太多了。)其原因正如迪纳所指出的,美国犹太人如今自视为世界上主要的犹太社团,努力解决的问题是如何谈论种族灭绝,而非应该谈论与否。

随着时间的推移,故事有所改变。尼查马·泰克(Nechama Tec)在《抵抗:反抗纳粹恐怖的犹太人和基督徒》和《反抗军:别尔斯科游击队》(后来被改编成电影)中声称,20世纪60年代初在美国学术界有种趋势,即认为犹太人具有顺从性,甚至因而指责受害者。这一"顺从的神话"部分是由政治哲学家汉娜·阿伦特（Hannah Arendt）引发的，这种观点失之偏颇，在事实上毫无根据。迪纳称，到了20世纪60年代晚期，美国犹太社团已经走入公共社会，形成了气候，新出版的大屠杀著作纷纷涌现，湮没了早期作品，这可能是雷尼亚的书消失在我们集体记忆中的部分原因。

即便如今，在美国呈现这类资料仍然存在种族方面的顾虑。书写抵抗者也许会造成大屠杀"没那么糟糕"的印象——在种族灭绝逐渐从记忆中消失的背景下，确有这种风险。许多作家担心，歌颂抵抗者甚于关注组织，暗示幸存者之所以幸存不只是因为幸运，并因此批判那些没有拿起武器的人，最终是在谴责受害者。此外，这些故事使受害者、侵略者的比喻变得灰暗，揭示了微妙的复杂性，突出了犹太社区内部关于如何应对纳粹占领的激烈分歧。这些故事不可避免地提到了那些与纳粹同谋的犹太人和偷钱买武器的犹太起义者——道德常常摇摇欲坠。这些犹太女性回忆录中的愤怒和暴力言辞是断断续续的。而且许多抵抗者来自中产阶级和城市，更现代也更复杂，而不那么令人舒适。所有这些因素都不利于讨论。

还有性别的问题。女性照例被排除出关键的故事，她们的经历在历史中被抹去。所以女性的故事尤其湮没无闻。按照海依卡·克林格尔之子、大屠杀学者阿维胡·罗南（Avihu Ronen）的说法，这与女性在青年运动的角色部分相关。女性一般在逃离时肩负着"讲述的任务"。她们是指定的记录员，是亲历一线的历史学者。关于抵抗的许多早期编年史是由女性书写的。罗南认为，作为作者，她们记录其他人的活动——通常是男性的活动——而非她们自己的。她们的个人经历化作了背景。

女性与大屠杀研究的奠基学者莉诺·韦茨曼（Lenore Weitzman）解释道，这些女性的著作刚出版的时候，主流历史由男性书写，人们关注男性，而不是对自身活动轻描淡写的女交通员。

她认为，只有身体作战——公开而有组织的——值得尊重，其他卧底任务则无足轻重。（即便如此，许多犹太女性的确在起义中作战，参与武装战斗，她们不应该被从那些故事中抹除。）

即便女性试图讲述自己的故事，她们也经常有意沉默。一些女性作品受到了政治审查，一些女性面临公然的冷漠，还有一些女性则被怀疑、被指责彻头彻尾地编造了这一切。战后，一名美军记者警告别尔斯科的游击队员弗鲁玛·贝格尔（Fruma Berger）和莫特克·贝格尔（Motke Berger）不要重复讲述她们的故事，因为人们会认为她们不是骗子，就是疯子。许多女性倍受嘲讽——亲戚们指责她们逃跑去打仗，而不是留下来照看父母；其他人则被指控"在睡梦中走到安全地带"。女人觉得自己应当受人评判，这是因为有一种理念挥之不去，即纯洁的灵魂会灭亡，而奸诈的灵魂会幸存。通常，当她们脆弱的倾诉没有得到同情或理解时，女性就会转向内心，压抑自己的情绪，把回忆深藏在表面之下。

然后就是应对的问题。女性的自我缄默。许多人觉得养育新一代犹太人是她们具有"重要意义"的"神圣责任"。她们急于把过去留给自己，为子女、也为她们自己创造"正常的"生活。在战争结束时，这些妇女中的很多人才二十多岁，她们有无限未来，要想方设法朝前看。她们不想成为"职业幸存者"。家人们也让女性噤声，担心面对自己的回忆对她们来说太过艰难，揭开旧伤疤会让她们完全崩溃。

许多女性作为受压迫的幸存者，承受着愧疚感。等到比亚韦斯托克交通员哈西亚做好准备分享她偷运和破坏武器的过去时，犹太人开始敞开讨论他们在集中营的经历。与他们的经历相比，她"过得很轻松"。她的叙述似乎太"自私"。其他人曾说到幸存者社区内部的苦难等级。弗鲁玛·贝格尔的儿子曾在后代聚会上觉得自己受到了冷遇，因为他父母是游击队员。有些战士和他们的家人觉得与紧密联系的幸存者社区逐渐疏远，于是转身离开。

此外，还有在过去几十年统治着女性的叙事手法。汉娜·塞内什或许是很好的典范。但学者们提到，汉娜之所以比她的跳伞同伴哈维娃·赖希（Haviva Reich）更出名——后者曾说服美国飞行员将她盲投在斯洛伐克，她在那里为数千名难民筹集食物和寻找避难所，拯救了盟军士兵，帮助儿童逃生——只是因为：汉娜年轻貌美，单身富裕，还是个诗人；而哈维娃是三十多岁的棕发离异女士，有着曲折复杂的感情史，不符合大众对女性典范的期望。

对于北美的犹太人来说，这些都是遥远的过去，不过依然利害攸关。波兰参议院近期通过了一项法律（后经修订），宣布波兰在大屠杀中犯下的一切罪行都不能受到谴责。对波兰反抗的记忆在今天的波兰十分盛行，它的标志性符号就被涂鸦在建筑上。如果谁家中有本土军战士，就一定倍受尊敬。关于抵抗及其微弱的作用，叙事还在构筑中。如何展现战争——为我们自己，也为外部世界——可以解释我们是谁，我们为何这么做。

对幸存者和战士们来说，令他们感到困难重重的不仅是压抑生存故事，还有对自由本身的迷思。

这群年轻女性是二十多岁便无家可归的成年人，她们失去了童年，没有机会为事业发展进行培训和学习，没有正常的家族网络，性发育经常被忽视，普遍受创伤并且创伤愈演愈烈。这些女性中很多人——特别是那些不信奉强大的政治哲学的人——根本不知道要去哪里，要做什么，要成为什么样的人，要如何去爱。

在森林中游荡多年的游击队员法耶尔·舒尔曼炸过火车，做过户外手术，拍摄过士兵，她写过战争结束并非欢乐的象征，而是"我人生中的最低点……我此生从未感到如此孤单，如此悲伤。我从未如此怀念再也见不到的父母、家人和朋友"。在家人惨遭杀害、失去一切后，游击队的凝聚力以及在游击队养成的严谨、责任让她保持理智、专注和目标：生存和复仇。如今，她在世上彻底孤身一人，一无所有，甚至没有国籍。当游击队战友们围坐在篝火旁，思索着战争结束，梦想着重聚和庆祝时，她的感受截然不同。

  当战争结束时，我会拥有属于自己的一席之地吗？谁会等在车站迎接我？谁会和我一起庆祝自由？可能压根不会有人。如果我当真活了下来，我要回到哪里去？我的家、我的城市已经被夷为平地，百姓罹难。我的处境和周围的同事不同，我是一个犹太人，是一个女人。

  法耶尔收到过苏联政府的奖章，但不得不交还她的武器。毫无安全感和认同感的她，决心加入苏联军队，继续在南斯拉夫作战。在去军事局的路上，她遇见了一名长得像犹太人的军官，他劝说她别再冒生命危险。法耶尔在平斯克成为一名政府摄影师。她能找到幸存的兄弟，一亮出奖章，就有机会接触火车和官员。通过一名幸存的兄弟，她见到了莫里斯·舒尔曼（Morris Schulman），他是游击队指挥官。她曾在树林中见过他一次，战前就与他相识。有些幸存的女性把逝去的父辈理想化，艰难地努力发展亲密关系，但法耶尔和莫里斯彼此一见钟情，她为他拒绝了许多其他人的追求。"我们感到一种快速发展的紧迫感，无论我们之间是哪种爱。"她回想。

  尽管他们是一对相对富裕、成功的苏联夫妇，但平斯克城的排犹还是令人非常沮丧。经过无数艰难且危险的旅行，他们在欧洲来回奔波，成为在欧洲大陆漫游的数百万名难民中的一员。他们被迫进入一个糟糕的难民营，这让法耶尔想起了隔都的生活。不久之后，他们加入"布里哈"，一个将犹太人非法偷运到巴勒斯坦的地下组织，那里移民人数管制依然严格。法耶尔带着一名婴儿，渴望安全。她和莫里斯改变了路线,在多伦多度过余生,发展了事业和家庭。法耶尔公开讲述自己的战争经历有几十年了。"有时候,往昔的世界对我而言几乎比现在更真实。"她写道。她有一部分始终扎根于那块失去的宇宙。

对幸存者来说,另一个伴随一生的问题是愧疚。

1944年夏,透过华沙藏身地的窗户,齐维亚能看到疲倦的马拖着农民车,满载着逃命的德国人。主要由本土军控制的波兰地下组织决定,是时候反抗了——赶走疲弱的纳粹。尽管齐维亚、犹太战斗组织和波兰共产党人不认同本土军全部的政治主张,但他们还是决定加入——一切毁灭纳粹的尝试都值得。齐维亚通过波兰地下媒体放出消息,说所有犹太人都应该战斗,无论属于什么派别,为了"自由、独立、强大且公正的波兰"。华沙起义于8月1日打响。各个政治派别的犹太人都参加了,包括女性在内。在这次起义期间,里维卡·莫斯科维奇被杀——一名纳粹路过,在街上对准她扫射。

本土军不愿与犹太人并肩作战,但人民军欢迎犹太战斗组织的合作。他们担心犹太人伤亡,为后者提供幕后角色,但齐维亚和她的战友们坚持参与一线战斗。她守卫着一个重要却孤立的据点,几乎在作战中被忽视。这22个犹太人虽微不足道,但对齐维亚来说,犹太战斗组织只要能保持活力和攻击性,与波兰人通力合作,就意味着一切。本土军曾为作战准备了多日,但苏联人坚持插手其中,这场可怕的战斗持续了两个月。宏伟的华沙城被夷为平地,变成了一堆三层楼高的瓦砾。近90%的建筑已被毁。终于,华沙起义失败,波兰人投降了,德国人把每个人都驱逐出去。可是犹太人——特别是看上去像犹太人的——该怎么办?

战士们又从下水道逃了出去。这一次,齐维亚筋疲力尽,差点淹死。安特克趁她睡着,把她背在了背上。

即使红军就在附近,齐维亚依然保持现实主义,或者说悲观,提醒战友们别太兴奋。在许多梅利纳斯中经历过多次挣扎后,躲藏的犹太人处境危急。持续六周威胁生命的轰炸,食物和用水短缺,从树上摘下的叶子冒着烟,藏身的狭小地窖里令人窒息——他们劫数难逃,特别是当德国人开始在街上挖战壕——就在他们这栋大楼下时。

纳粹正在拆除齐维亚藏身地附近的墙,犹太人能听到每一铲的声音。这一天,像往常一样,德国人照例在午休时停工。五分钟后,波兰红十字会的一支救援小队赶到。崩得派交通员联系到附近一家医院的一名左翼波兰医生。他派了一支救援小队营救他们,打着接伤寒病人的旗号——因为他知道这会让德国人不敢近身。两个最具犹太特征的人脸上缠着绷带,被人用担架抬走了。其他人戴上红十字袖章,假装是救援人员。齐维亚伪装成老农民,在各房屋间流转。这队人漫步走过毁灭的城市,尽管发生过几次争吵,但还是设法逃脱了——甚至说服了一个"被那些犹太土匪"弄瞎一只眼睛的纳粹,用他的马和车拉着他们走。

当苏联人在1945年1月解放华沙时,30岁的齐维亚觉得心中空荡荡。她这样形容苏联坦克驶入的那天。"一大群人兴高采烈地跑出来,在集市广场迎接他们,"她写道,"人们欢欣雀跃,拥抱着他们的解放者。我们垂头丧气地站在一旁,我们是民族孤独的残留血脉。"这是齐维亚人生中最悲伤的一天:她所熟知的世界正式不复存在。正如许多幸存者靠过度活跃来度过战时岁月一样,齐维亚曾全身心投入到援助他人中。

大约30万名波兰犹太人还活着:仅仅是战前人数的1/10。这里面有集中营的幸存者,有过路人,有躲藏起来的人,有林中的游击队员,还有大多数——20万名犹太人在苏联境内,生活在战争之外。这些犹太人没有归属——没有家人,没有家。战后的波兰是反犹主义猖獗的"狂野西部"①。在小城镇,特别是在某些地方,人们担心犹太人回来认领他们的财产,犹太人能被当街杀害。齐维亚为犹太人提供援助,她还筹划逃跑路线。在卢布林,她联系到阿巴·科夫纳,尽管两人着手合作,但他们闹翻了。齐维亚把社区建设作为重中之重;而阿巴则希望立即离开波兰,展开复仇。

齐维亚返回华沙与幸存者们共事,建立安全公社,并吸引犹太人加入自由会。一如既往,她是人人都敬仰的如母亲般的人物,可是她保持个人情感方面的隐私。

1945年,精疲力竭的齐维亚终于请求移民,仿佛她奇迹般地死而复生,特别是在这么多讣告发布后,但生活并不容易。她觉得,基布兹在欢迎幸存者方面做得还不够。尽管她的姐姐在那里,但由于组织上的工作,她没空与亲朋好友见面,她想念安特克,担心他的轻佻个性会让他陷入与其他女性的风流韵事。她的沮丧和内疚加剧。她本该在米拉街18号的。她本该已经死了。

齐维亚立即被派去发表巡回演说,她称之为"一场马戏表演"。她受到了无数团体的邀请,觉得都不好拒绝。太多机构希望赢得她的支持,渴求她散发英雄主义的光芒。

1946年6月,6000人聚在"亚古尔"(Yagur)基布兹聆听齐维亚用希伯来语脱稿做出流利且坚定的长达8小时的证言,思绪从她的头脑中清晰涌出。人人都凝视着,震惊不已。"她站在那里,就像女王。"一位观众后来观察到,提到她散发着某种圣洁的光芒。她的演说关于战争,关于青年运动,关于犹太战斗组织,从不提个人情感或私生活。齐维亚捍卫着隔都中的犹太大众,呼吁与幸存者感同身受,但多数听众想听起义的事。由于对女性颇有吸引力,以

---

① 狂野西部,特指美国西部地区,即19世纪并入美国的路易斯安那州及更西部的各州。——译者注

及强调武器和英雄主义的重要性,她受人喜爱,帮助党派获得支持,但这样的露面及其中的政治让她耗尽了气力。每次演说都在撕开她的伤口,唤起她的苦难和内疚。她想独自待着,想喘口气。

第二年,齐维亚当选为关键角色。她和安特克在瑞士相聚,在拉比的主持下秘密成婚。她回国时怀有身孕——她还穿着在亚古尔时的那条裙子,但现在裙子紧紧贴在身上。安特克几个月后随之而来。然而,尽管这对有权势的夫妇有着英雄的名声——他们是华沙隔都起义中仅剩的领导者——但他们从未在以色列获得较高的政治位置,可能因为政治家对他们神话般的地位感到恐惧。安特克在田间劳作,齐维亚在鸡舍里工作。她避开了公众视线。按照熟人的说法,她不觉得自己有什么特殊之处,她只是做了应该做的事。

在齐维亚的写作中,她强调自己受过训练。大多数犹太人根本不知道要做什么,但犹太青年受的教育是,要为自己设定目标,并努力实现。哈希亚的女儿60年后回忆道:"我们知道如何分享,如何共事,相互尊重,克服困难,超越自我。我们那时还没意识到,在未来的岁月里我们多么需要(这些技能)。"青年运动诞生在犹太人感受到威胁的背景下。他们教会参与者解决生存问题,如何共同生活和工作,全方位合作。

如今,齐维亚和安特克觉得必须有一个能理解他们并能纪念过去的社区,他们决定建立自己的基布兹——这并非易事。青年卫队担心,这一基布兹会专注于昨日的创伤,因此齐维亚与安特克必须不断证明,他们不会在精神上被打倒。经过一番争取,他们成功建立了"隔都战士之家"基布兹,成员主要是幸存者。齐维亚依靠工作和母职——两件需要她不断平衡的事——淹没她的过去,锐意向前。许多幸存者觉得灾难会毫无征兆地降临,惧怕打雷和闪电(让他们想起炸弹),基布兹居民亦然,他们承受着创伤后的压力和夜惊之苦。然而,总的说来,他们努力成为生产实体。后来,安特克在那里开设了以色列首家大屠杀纪念馆和档案馆,那是一栋有着高高的弧形天花板的优雅的野兽派建筑。关于他们呈现的叙事的本质,争议四起,就连基布兹成员也心存疑问。它与青年卫队和亚德瓦希姆以色列犹太大屠杀纪念馆的争端,随着时间的推移而消散,但人们依然能感觉到暗藏在表面下的那种氛围。

齐维亚坚守原则,保持克制,受青年运动的理想驱使。她花钱节俭,强烈反对德国的赔款和与德国和解(除了在考虑现实情况时)。在莱昂·乌里斯的强制要求下,她才买了一身出席重要场合的新裙子。她只允许自己的孩子们接受书作为礼物。他们是基布兹里最后一批获得自行车的人。(安特克是浪漫的幻想家和享乐主义者,享受更多的物质上的东西。)齐维亚想要新门廊时,就收集石头和锤子亲手打造。她总是觉得,平凡的行动是价值所在。她不纠缠于问题,而是相信人必须得做出决定并坚持到底。"给自己一巴掌!"这是她的信条。

齐维亚工作、旅行,管理基布兹财务,如饥似渴地阅读新书,招待客人,养育两个孩子。像大部分幸存者一样,她和安特克对子女溺爱有加,精心哺育。许多幸存者父母不愿让孩子知道他们的过去,急切地渴望他们的后代拥有正常生活,但这无意中造成了分歧。在各地的基布兹里,孩子们生活在单独的集体宿舍里,只在下午时与父母待在一起,这给发展亲子关系造成了麻烦。在隔都战士之家,孩子们做噩梦和尿床的问题特别严重,齐维亚同意雇一名心理医生——她一般不会允许有这么奢侈的外部工作开销。她自己也深受困扰:她的儿子哭个不停,她却只能放任他号叫,因为父母的儿童探视时间已经结束了。

齐维亚依然处于公众视野的边缘。1961年,她在纳粹分子阿道夫·艾希曼(Adolf Eichmann)的审判中出庭做证。她曾在政府中获得官职,但最辞去了,她希望在基布兹工作,和家人在一起。她更喜欢烹饪和养殖家禽,不喜欢做领袖时令人厌烦地打哑谜。20世纪70年代,知识分子关注日常生活中的抵抗,而不颂扬英雄战士。由于齐维亚躲避聚光灯,她的姓名在人们的意识中淡去。她关于战争的书是以演说为蓝本的,由安特克编辑整理。尽管里面没有多少私事,但她坚持要求死后再出版她的文章。她说:"你能从一句话看出一个人的很多方面,看里面使用了多少次'我'。"

即便在英雄的齐维亚和安特克的家中,过去也很隐秘。正如幸存者的子女普遍察觉到刺探过去不太安全,齐维亚的孩子们亦很少问起父母的历史。她的女儿雅埃尔是心理学家,想知道如何能不让他们坐下接受提问,就将过去所发生的一切和盘托出。小时候,她希望父母是更年轻、说希伯来语的本地人。他们的儿子西蒙作为传奇之子感受到巨大的压力,无法满足别人的期待:"我应该做什么?扔燃烧弹,杀德国人吗?"

很多幸存者的孩子感受到相反的压力:要实现父母做不到的事,为整个大家族完成目标,同时始终过得幸福,证明父母幸存的价值。他们感到压力,只因为想变得"正常"。还有人觉得,要抓紧追寻事业,比如学习医学。("哲学家在森林中毫无用处。"一名幸存的游击队员对他的加利福尼亚孩子说。)很多人成为精神健康领域的社会工作者。

就在齐维亚去世前,她的儿媳为她生下了孙女:埃亚勒·楚克曼(Eyal Zuckerman),恰好是犹太战斗组织的希伯来语名字。齐维亚抱着孩子,当众大哭,这是自从进入波兰森林以来的头一次。埃亚勒公开谈论她的家族历史,把自己的爽直归因于祖父,她小时候与他非常亲密。她期望多了解一下祖母的内心生活,她把齐维亚的书视为力量之源。书里讲述了一份事业、一个实干家的故事,主人公以他人为先,对所有人持有极高标准,也包括她自己。

埃亚勒也表现出坦率的自我批评精神,这是自由会的遗产。在关于这家人的一部纪录片中,她怀疑自己是否有齐维亚那样的力量去战斗。

当埃亚勒从事人力资源工作、像祖母当年那样组织人事时,她的姐姐罗尼(Roni)追随了齐维亚的战斗步伐。罗尼是一位女飞行员,站在队列中,长长的辫子垂落在背上。罗尼很少公开讲话——部分是因为她是军人,但主要是因为她继承了祖母的低调。她为祖母而活,她们从未谋面,但她觉得祖母"沉默的领导力"妙不可言。姐妹俩开玩笑,楚克曼家的行为方式是凡事埋在心底,用一个词回答问题。最重要的是:"楚克曼家的人从来不哭。"她从祖父母身上学到最多的是,"你永远不会掌握所有情况,但你可以掌控自己的反应。你必须相信自己能撑下去"。

"我能做的只有寻死,但我活下来了,"齐维亚反复说道,"命运决定我应该活着,我别无选择。"尽管有成功的人生,但齐维亚还是深受内疚的困扰。她本可以救更多人,做更多事,早点做。错失的机遇、失去的战士——这些始于华沙的懊悔从未消散,反而在幸存后不断滋长。为什么我能挺过来?这一问题不断显现。

对齐维亚来说,吸烟的习惯是另一个常态。在花甲之年,她被烟雾所吞噬,患上了肺癌,尽管她千方百计像往常一样继续工作,但还是在1978年逝世,享年63岁。在安特克的要求下,她的墓碑上只写了她的名字。"齐维亚是知名人士。"她的儿子解释道。无须多言。

在她走后,安特克打造的脆弱生活支离破碎。他不想活在没有齐维亚的世界上。他不遵医嘱,开始喝酒。"他在寻死。"埃亚勒说。尽管他富有魅力且天性乐观,但仍深受折磨,放不下过去,谴责自己没有拯救自己的家人,被自己战时做的决策困扰。他从未停止想过怀疑自己,甚至产生了幻觉。安特克的悔意与日俱增,"就像熔岩从地面喷涌而出"。领导华沙隔都起义,然后在基布兹摘水果,是一条艰难的人生路线。很多战士发现自己从未真正摆脱充满创伤且跌宕起伏的二十多岁。安特克比齐维亚晚三年去世,死在赶往她的纪念仪式的出租车上。

"齐维亚是树枝,安特克是树干,"雅埃尔说,"如果树枝弯曲,那么树干也会倾倒,无论它看上去多么坚强。"

身处波兰的犹太战士在战后波兰生存也不容易。

他们在掩饰过去,与之切断联系。救雷尼亚出狱的"哈利娜"其实是"伊雷娜·格尔布卢姆"(Irena Gelblum)。战后,她修习医学,从事记者工作,在意大利成为有名的诗人,并改名为伊雷娜·孔蒂(Irena Conti)。最终她回到波兰定居,但因为不断改变身份,她的过去成为埋藏得越来越深的秘密。

其他人过着更公开的生活。波兰侦察员伊雷娜·阿达莫维奇在波兰国立图书馆工作。她从未结婚,而是照看母亲,与战时结交的朋友在一起。伊雷娜与共事过的犹太女性保持书面通信,1958年造访以色列,这是她人生中的高光时刻。她生活在对孤独终老的恐惧中——随着年龄增长,她变得离群索居。1973年的一天,她猝死在街头,享年63岁。1985年,她被提名为以色列犹太大屠杀纪念馆的"国际义人"。

对其他人来说,幸存的苦难简直不可承受。海依卡·克林格尔成功来到以色列,和雷尼亚乘坐同一辆火车到来,但沮丧之情与日俱增。她和贝尼托搬到青年卫队的"加隆"基布兹,试图融入那里的社区生活,但与青年卫队的冲突还是爆发了。她的日记选段被青年卫队出版——但遭到大幅删改、省略,青年卫队删除了她日记中质疑抵抗是否奏效的部分。海依卡没有被噤声,而是受到了审查。她的言语和思想——对她这样的知识分子来说,是她的身份——被她为之献身的青年运动篡改了。

她躲藏时产生的病态念头起起伏伏,但永远不会离开她。她和贝尼托搬到了新基布兹"哈奥根"（Ha'Ogen），那里的老朋友要少一些。海依卡开始专心享受家庭生活。她开始把日记编辑成书，终于感受到幸福，甚至对自己的幸福感到内疚。对她来说，在基布兹获得一份永久工作非常困难，特别是她想在儿童之家工作，可她没有相关资历。经过种种磨砺，她不得不从零开始。她的儿子阿维胡写道："在战争中领导过青年运动的她，起身反抗过盖世太保的她，如今只是海依卡·罗南。"（她改随贝尼托的姓罗南。）紧接着，海依卡怀孕了。在怀孕期间，她时常在夜里醒来，伴有幻觉。贝尼托开始理解，这是"精神疾病"的症状——那时的人就已经在用这一无所不包的词了。"创伤后应激障碍"（PTSD）或"集体创伤"还不被理解。在哈奥根，幸存者没有受到区别对待，也不谈论自己的过去。基布兹的规则、成员在劳动力中的角色、现在，才是最要紧的。

她为儿子取名兹维，以纪念兹维·布兰德斯。

海依卡没有一个理解她的幸存者社区，能在那里回忆甚至幻想复仇。她交友不多。（大多数基布兹同胞说匈牙利语。）海依卡被派去接受在鸡舍工作的训练，而不是按自己的心愿攻读更高的学位。重要工作都给了男人。她的职业目标——成为无所畏惧的智者的目标——化为了泡影。

海依卡发现她有一个姐姐还活着，这给了她希望和稳定。可是后来青年卫队领袖决定，还承担援助难民工作的贝尼托要回到欧洲。海依卡奉命放弃了为自己打造的一切舒适条件，回到她侥幸逃脱的浸透着鲜血的大陆。

她没有停留太久，然后返回以色列生下了次子阿维胡，他是个学者。她饱受严重的产后抑郁症折磨，一连几天都不能下床，不敢吃药，担心自己被下毒。她被强行送进了医院。后来，没人讨论她的疾病——那是禁忌。

回到基布兹后,海依卡与本津的朋友渐渐疏远,觉得才华没有施展之地。随后,在第三次怀孕期间,一篇文章未经许可便引用了她的日记,在里面批评青年卫队的领导,从而将她置于一场激烈争论的中心,再次迫使她在真相和对青年运动的忠诚之间挣扎。她再次罹患产后抑郁症,被送医治疗。作为治疗的一部分,海依卡被迫讲述盖世太保的酷刑。她深受这种干预的创伤,不肯接受进一步的医疗援助。

阿维胡记得关于母亲的欢乐记忆,也记得她把毛巾缠在头上静坐时的情景。她幸存下来,想完成青年卫队给自己的任务:告诉世人她所看见的事。终于,在更严重的抑郁发作后,42岁的海依卡同意回到医院。有天晚上,她穿着一件长大衣来到儿童之家——她是来告别的。

第二天早晨,1958年4月,在华沙隔都起义15周年之际,海依卡·克林格尔在一棵树上自缢,就在离她3个儿子玩耍的基布兹托儿所不远处。

不是每个人都能坚持活下来。

31

被遗忘的力量

1945年

雷尼亚也许没有面向基布兹特定小组演讲的运气，但她的巡回演讲也有意外收获。有一天，难民营里有些交通员提到她的名字。当着他们的面，一个男人昏倒了。

他是雷尼亚的哥哥。

兹维逃到苏联，加入了红军。他们的弟弟亚伦也活着，由于带有金发的漂亮样貌、魅力和在教堂唱诗班歌唱的美妙声音，他在劳动营存活下来。现在兹维与幸存的难民一起被羁押在塞浦路斯岛肮脏的难民营。两兄弟最终都抵达了以色列。

尽管早有预感，但雷尼亚还是对莎拉心怀希望——谁也说不准。后来她发现她的姐姐连同一队同志和孤儿，在离斯洛伐克边境不远的别尔斯科被捕。"请照顾好我的妹妹雷尼亚。"是她留下的最后请求。

1945年，雷尼亚为她的书找到了一位读者。在诗人和政治家扎尔曼·沙扎尔（Zalman Shazar）的鼓励下，她用波兰语完成了回忆录。出版过许多幸存者故事的机构哈基布兹·哈马查德（Hakibbutz Hameuchad）请著名翻译家哈伊姆·沙洛姆·本-阿夫拉姆（Chaim Shalom Ben-Avram）将她的作品翻译成希伯来语。希伯来语译本大受欢迎。

雷尼亚的故事被选编、翻译成意第绪语，由开拓者①出版为《隔都女性》一书。1947年，沙伦图书发行了全书的英文版，将之命名为《逃离深渊》（*Escape from the Pit*），这一出版商与开拓者同在曼哈顿下城区。序言由作家路德维希·刘易森（Ludwig Lewisohn）提笔撰写，他翻译过多部重要的欧洲著作，是布兰迪斯（Brandeis）大学的创立者。

20世纪40年代末，许多评论家提到了《逃离深渊》：一方面，是在谈到美国大屠杀出版的（过度）繁荣之时；另一方面，是将其列入学生的参考书单。不止一名幸存者在证言中提到这本书，他批评这一故事只关注自由会。雷尼亚为幸存者出版《扎格伦比纪念册》尽了一分力，也对出版弗鲁姆卡和汉奇的选集有所帮助。写作是一种疗愈。她把痛苦用语言表达出来。一番宣泄过后，雷尼亚觉得能够继续前行。

然而，她的英文版作品随着时间的流逝而褪色。或许是被美国大屠杀出版的洪流淹没，或者像有些人所说的，许多犹太人经历了20世纪50年代的"创伤疲劳"，她的故事不再流行。这个故事的吸引力不再，或许还因为雷尼亚与汉娜·塞内什和安妮·弗兰克不同，她还活着——人们往往很难把生者奉为名人。她亦不想大肆宣扬，或者成为发言人。如果非要说有什么目的，那么出版这本书就是要把波兰抛在脑后。

"它发生了，它过去了。"是她的信条。雷尼亚与兄弟和战友们保持亲密，特别是哈卡。但她也会投入到基布兹的生活中去，做手工活，参加社会活动，还第一次学起希伯来语。

接着，雷尼亚被介绍给阿基瓦·赫尔斯科维奇（Akiva

---

① 一个先锋妇女组织，与本书最开始出现的开拓者不是同一个组织。现已改名为"纳阿玛特"（Na'amat）。——编者注

Herscovitch），他来自延杰尤夫，在1939年战争前夕移居到这里。在波兰时，雷尼亚与他的妹妹和富裕的父亲交好。阿基瓦记得雷尼亚是位年轻有魅力的少女。他们迅速坠入爱河。她不再是孤身一人，1949年正式成为雷尼亚·赫尔斯科维奇。

阿基瓦不想在基布兹生活。尽管雷尼亚舍不得失去这份社交情谊和喜爱的达夫纳基布兹社区，但她坚守爱情。他们搬到了重要的港口城市海法——位于迦密山山脚下的风景如画的城市。她在犹太代办处工作，接收船上的移民，一直工作到1950年她头胎分娩的前两天。虽已历经千难万险，可她还面临着一个障碍：雅科夫生来部分瘫痪——此名是为了纪念她遇害的弟弟小扬克勒。雷尼亚不再工作，专心为他治疗——她做到了。

五年后，她生下了女儿利娅，这名字取自她的母亲，利娅继承了雷尼亚母亲的样貌和坚韧。后来，雷尼亚戏称她为"克拉夫塔"（Klavta），意第绪语"泼妇"的意思。雷尼亚曾祈祷有一个女儿，觉得以母亲的名字命名自己的孩子，是她能缅怀这段记忆的唯一方式。许多幸存者的孩子提到，觉得自己像是已故亲属的"替代品"，特别是他们从未谋面的祖辈。"缺失的亲属"影响着幸存者家庭。家庭成员通常没有祖辈，没有叔叔阿姨，也没有堂表亲戚，他们要承担非同寻常的角色——改变了几代人的亲属结构。

雷尼亚在子女还小时待在家里。她非常有趣，生机勃勃，思维敏捷，有良好的判断力。她仍然很有魅力，衣着也很讲究。她有好几身套裙，每一身都有专门搭配的鞋、手提包和首饰。当头发变白时，她惊慌失措，尽管她72岁了。（当然，她从未目睹母亲变老的过程。）按照雅科夫的说法，在成长过程中，他与母亲的主要争论在于他的外貌。她觉得他看上去乱蓬蓬的。

等雅科夫和利娅长大些，雷尼亚到一家幼儿园做助理，那里的孩子们都喜爱她。之后，她在健康护理诊所做行政文员。自学成才的她在左翼的工党中始终活跃。阿基瓦是一家国有公司的经理,后来在一家电力公司任职。他是一个博闻强识的人,也是艺术家,创作了悬挂在当地犹太会堂中的马赛克和木雕作品。尽管阿基瓦生长在虔诚的家庭,但他不再保持信仰。他的大家族里大部分人遇难了。他不肯再说波兰语,仅在不想让孩子们理解他在说什么时才说意第绪语。家里人在家说希伯来语。

尽管雷尼亚在隔都战士之家与学生们谈话,和自由会战友们保持联络,与多愁善感的哥哥兹维分析过去,但她很少在自己家中谈论过去。她想把欢乐留给自己的孩子,鼓励他们探索。他们的生活中充满了书本、讲座、音乐会、古典音乐、自制曲奇、自制鱼饼(她母亲利娅的菜谱)、旅行和乐观主义,她喜欢口红和耳环。每周五晚上,他们房子里都会举办50个人的聚会。唱片响起,探戈、交谊舞跳了起来。少年雅科夫加入了青年卫队,不被允许参加他母亲举办的酒宴和舞会。"生命短暂,"她说,"享受一切,珍视一切。"

尽管有愉快的家庭,雅科夫和利娅亦总能感受到过去的黑暗。他们察觉到自己吸收了雷尼亚的历史,哪怕他们并不理解。利娅在13岁时读过母亲的日记,但基本无法理解。雅科夫把自己的姓氏由"赫尔斯科维奇"改成"哈雷尔"(Harel),让自己远离故土。他自知是悲观主义者,40岁时才第一次阅读母亲的书。

"我的父亲把母亲当成'香橼'对待。"利娅说。香橼是一种稀有而昂贵的住棚节仪式性水果,被人盖着柔软纤细的棉花或马毛,装在小盒里。"她很坚强,也很脆弱。"雷尼亚受邀在艾希曼审判上做证,但阿基瓦不让她去,担心这次经历让她压力太大。雷尼亚从未要求德国做经济补偿,因为她不想被迫讲述自己的故事。她为什么要费时间、费口舌,送别人这份情?在大屠杀纪念日,家人关掉电视。每个人都担心雷尼亚难以面对自己的记忆,担心她会崩溃。或者他们会崩溃?"我害怕她的故事伤害我。"雅科夫透露，像母亲一样坦诚。

雅科夫是退休工程师、以色列理工学院毕业生，在2018年才第一次观看纪念日电视节目。雷尼亚的孩子们多年未读过她的回忆录，记忆模糊。六十多岁时，雷尼亚难以置信地读到了自己的书：她当年怎么可能做到那些事？她对那段时间的所有记忆就是对复仇的信心和不可思议的渴望。她的成人生活如此不同：快乐、热情，充满美。

雷尼亚变成了一片新叶、一千片新叶、一整棵树。

每隔几天早上，雷尼亚就会与兄弟们通电话——比亚韦斯托克的5名幸存者，包括成为以色列议会上著名的自由派成员的哈伊卡·格罗斯曼。法尼亚与联合工厂的几位女性保持着联络，她们在手工心形卡片上签名，漂洋过海看望家人。很多维尔纳游击队员多年来保持亲近，他们的后代依然参加一年一度的纪念活动。森林中无数犹太人为他人冒生命危险的故事传颂了数十年。今天，被那些从别尔斯科逃离的犹太人拯救的犹太人已有2.5万名后代，他们都是"别尔斯科宝贝"。来自集中营、隔都和森林的"姐妹"成为一家人，那是他们早年生活中唯一剩下的人。

不过，不是所有人都有这样的战后情谊。或许因为曾孤身一人，大屠杀时期多年过着伪装的生活，贝拉·哈赞的战后生活也形单影只。当她创造一个新世界的时候，她把记忆大多留给了自己。"我养育子女，沉浸在日常生活中。我尽量掩饰我自己的故事，"她写道，"我不想让孩子们在大屠杀的阴影下成长。"可是当然，故事"在我内心依然鲜活，有同样的力量"。

回顾1945年1月18日，当苏联人靠近奥斯威辛时，在那里医院工作的贝拉·哈赞正踏上前往德国的死亡之旅。她衣衫褴褛，赤着脚，在雪地里艰难跋涉了三天三夜，既没有吃的也没有喝的。谁要是跟不上节奏，谁要是站了一会，谁要是弯腰捡起雪解渴，就会被当场枪毙。几千人死在了路上。被视为非犹太人的贝拉·哈赞病情严重，被送往拉文斯布吕克（Ravensbruck）的一个营区，然后是莱比锡附近的劳动营——她在那里做护士，在转运生病的囚犯到美国人区时逃脱。她的日记不间断地记到1945年，开篇标题就是"从死亡行军到生路"。

美国人在看到她那瘦弱的身体时，和她一起大哭。他们协助贝拉·哈赞找到了巴黎的犹太办事处，在那里她终于得以丢弃雅利安人布罗尼斯拉娃·利马诺夫斯卡的身份，多年的可怕伪装终于被卸下。她遇见了犹太旅士兵，把他们带到意大利去。一位记者哈伊姆·泽尔辛基（Haim Zelshinki），采访了她并写下了她的故事。贝拉·哈赞在意大利做了3个月咨询顾问，指导并聆听从6岁到14岁不等的43个幸存女孩的悲惨故事，她们主要来自游击队家人营。这一小组被称为"弗鲁姆卡小组"，以纪念死后被授予波兰十字勋章的弗鲁姆卡·普沃特尼卡。

（与之类似，比亚韦斯托克交通员哈希亚在瓦吉建立了一座儿童之家，在那里为73名来源混杂的受创伤的犹太孤儿提供咨询，他们曾藏身于修道院、波兰人家中、游击队基地、苏联境内、集中营、壁橱和森林中。多年以后，许多儿童的"认养人"质疑他们的早年行为：这些孩子深受创伤、寻求稳定、想成为家庭的一员而不是民族的一员，让他们迁居他处正确吗？但是按照哈希亚的说法，他们一方面担心孩子们及其庇护者在波兰的安全，另一方面又认为，让少数存活的波兰犹太人融入基督教，在道德上似乎是不可接受的。经过两年的旅程，哈希亚和她的孤儿们抵达了以色列，她此生都与他们保持着联系。）

1945年，贝拉·哈赞和她的女孩们一起移民，她在当地与记者哈伊姆结婚，把姓氏改成了更有以色列特征的"雅里"（Yaari），养育了两个子女。虽然她有自由会的背景，但她从不觉得自己与犹太战斗组织战士有什么关联，她觉得隔都战士之家是一个封闭的社会。她把故事留在了心底，但从未忘记。

有一天，布隆卡·基尔巴斯基联系到贝拉·哈赞。此人曾是比亚韦斯托克交通员，后来在以色列犹太大屠杀纪念馆工作。在隔都的时候，布隆卡曾与提玛生前的未婚夫莫迪凯·特南鲍姆产生恋情。布隆卡曾藏过他在比亚韦斯托克隔都的档案，他也把提玛保存的一份贝拉·哈赞、隆卡和提玛在罪恶的盖世太保圣诞派对上的照片交给她保管。现在布隆卡把它传递下去。贝拉·哈赞把这份传家宝放在卧床旁，余生都将它立在那里。

当1990年隔都战士之家联系贝拉·哈赞，想要出版她长达45年的回忆录时，她立即拒绝了，她担心面对自己可怕的记忆。但最终，她决定这么做，为那些没有活下来的无辜而勇敢的人讲述自己的故事。她这么做，是因为隆卡在临死前请求她这么做。她这么做是为了安居的孩子，为了孙辈，以及未来的一代又一代人。

贝拉·哈赞的儿子约尔·亚里（Yoel Yaari）形容她极其谦逊，从未把自己当成一个英雄，从不要求赔偿或者认可。她在20世纪90年代收到了党派组织的奖章，这是约尔代她申请的。如果非要说有什么，那就是贝拉·哈赞非常内疚没有拯救自己的家人。正如许多战士把成为正人君子、援助不那么受眷顾的人作为首要的事，贝拉·哈赞献身于帮助穷人和病人：她愿和盲人在一起，待在医院里。（安娜·埃尔曼成为加拿大儿童援助协会的社工。）贝拉·哈赞的丈夫才智超群；她为人务实，擅长社交，有数十名女性朋友。"每次她搭乘公交车，"她儿子开玩笑，"下车时都会拿到一个新电话号码。"晚年，相比独自一人，她更喜欢到养老院去。八十多岁时，她仍对诗歌和戏剧充满热情。她是个乐观派，满怀希望，总是足智多谋。

在她死后，身为神经生物学家的约尔找到了她在奥斯威辛拍摄的大头像，那是在第一个阴湿可怕的日子拍摄的。照片上贝拉·哈赞在微笑，美丽、大胆而强壮。和许多幸存者的子女一样，他所知道的她的故事十分破碎，他感觉自己始终在捕捉朦胧的记忆，以及不连续的情绪碎片，而不是完整的故事。他开始对母亲的故事着迷，被她那从未提及的细节困扰，花了几年时间研究并记录她的故事，传递她可贵的遗产。

解放后几天，在维尔纳市郊，卢什卡看到一位母亲抱着一个瘦瘦小小的男孩。男孩在啼哭，用意第绪语对母亲咕哝。卢什卡在隔都从未哭过，在森林中从未哭过，此时此刻却突然大哭起来，抽泣不已。她原本确信，她再也听不到犹太儿童的声音了。

维特卡和卢什卡在战争期间共度了大部分时光，在余生多数时间里，她们也彼此相伴。也就是说，她们只经历过一次短暂的分别。解放后不久，阿巴派维特卡到格罗德诺研究犹太难民的处境，寻找犹太复国主义者，并回来汇报。维特卡担心巡逻收紧，不得不跳下火车。只有从集中营出来的人才能自由跨过边境，许多没去过集中营的幸存者为此给自己文身。

卢什卡被派往立陶宛科夫诺（Kovno），随后到罗马尼亚的布加勒斯特（Bucharest），成为游击队员的使者会见以色列官员，说服他们接管所有幸存者。阿巴明白，她的存在、她的个性都适合这份差事——人们会相信她。旅程很艰难。战后的波兰四分五裂又危险重重，所以能自由走上街头却不会立即被杀令她困惑不解。卢什卡的故事对伊休夫[①]使者来说太震撼了，这是战斗者的故事，于是伊休夫的领导人命她直接前往以色列，分享她的故事。

她带着别人妻子的假证件出行。坐船航行很孤独，她晕头转向。移民一直是她的梦想，但现在她觉得无所牵绊。她在阿特里特

---

① 伊休夫是一个巴勒斯坦的犹太社群。——编者注

登陆，震惊于那里的恶劣环境，这是为非法犹太移民设立的营地。没有人来解救她，她觉得自己被遗忘、被困住，直到她的故事传开了。突然之间，领导人携夫人如潮水般前来拜访。她觉得自己像"展出的奇珍异宝"。最终她被派去巡回演讲，讲述自己的故事。每个人都被她的风格和故事吸引：恐惧，以战士的视角。很多人记得，她是"第一个信使"。

维特卡对卢什卡的离开很气愤——她的部分生命终结了。她不知道该怎么回信，于是她没有动笔。她与阿巴在维尔纳正式结为夫妇。

然而，阿巴还一心要复仇。他和维特卡召集犹太战士，成为一支复仇者小队的领袖。他们以意大利为基地，沉迷于复仇和破坏，在欧洲各地和关押纳粹分子的集中营附近部署战斗人员。泽尔达·特雷格尔在完成寻找幸存者并把犹太人偷运出国的任务后，被招募实施复仇行动，她调拨资金，帮助活动分子，为他们找到安全住所。

1946年，维特卡乘坐英国人允许停泊的最后一艘船抵达了以色列。不久之后，她在"埃因奥雷什"基布兹安家，这里离卢什卡的家还不到18米。尽管战后有短暂的分别，卢什卡和维特卡的成年生活大多数交织在一起，她们的子女也一起成长。卢什卡嫁给了一个战前移居到此的奥地利人，她是第一个得知维特卡怀孕的人。回到森林中后，她们都不再来月经，以为自己无法生育了。她们重新具备生育能力是一个出人意料的惊喜。

泽尔达·特雷格尔和曾经是森林战士的丈夫桑卡也来到了这里。他们决定不在基布兹安家，而是来到了内塔尼亚，后来又到了特拉维夫。她有两个孩子，她坚持向他们讲述大屠杀故事，尽管桑卡希望避而不谈。泽尔达·特雷格尔重拾战前的职业，成为一名幼儿园教师。她还在特拉维夫市中心开了一家熟食店。从反纳粹战士到三明治——对这些幸存者来说，这并不罕见。

卢什卡和维特卡都在基布兹工作，最开始在种田——一种非常宣泄情绪的社会活动。卢什卡后来成为教育工作者和基布兹秘书。随着时间推移，她们发展出了额外事业。卢什卡不被允许做研究，因为基布兹想让所有幸存者优先接受"再教育"（重新社会化）。不过，她和阿巴最终建立了"莫谢特"（Moreshet），一个研习大屠杀和犹太抵抗运动的青年卫队中心。不同于自由会的隔都战士之家，它希望从不同角度来思考战争，重点关注妇女以及1939年前生机勃勃的波兰犹太人生活。卢什卡是该机构负责人。她是编辑、作者、历史学者、活动家，她体恤、鼓励、教导他人。卢什卡患病多年，但一直隐瞒自己的症状，连家人也不知情。1988年，阿巴过世还不到一年，卢什卡死于癌症。卢什卡的三个孩子之一约纳特（Yonat）是高中教师，此后开始在莫谢特工作，延续"家族事业"。

与阿巴和卢什卡不同，维特卡从不谈论过去——当然不包括她在波兰的早期生活。维特卡在长子三岁时，患上了结核病。医生告诉她，她只有四个月可活，但她对他说："我会活下去。"的确如此。维特卡被隔离了，有快两年见不到儿子。在休养期间，她参加了历史、英语和法语的函授课程。尽管她明知自己不应该再生育了，也还是在几年后又生下了一个女儿。这次也充满困难：她被迫与婴儿保持距离，也不能哺乳，以免传染她。

维特卡并不适应基布兹女性下厨缝补的生活，而是辅导孩子们。在治愈结核病之后，在45岁时，她读了大学，取得了文学学士学位以及更高等的学位，受训成为临床心理学家。她是乔治·斯特恩（George Stern）博士的弟子，是一个热情且不寻常的从业者，用她的强项——直觉——和幼童共事。她设计了一种方法，让不安的孩子用颜色表达自我，引导他们的前语言思维，就像她在森林中做过的一样。她发展了成功而忙碌的事业，培训了许多对这一技术感兴趣的治疗专家。她在85岁时退休。

维特卡的女儿什洛米与她有复杂的情感联结，她为一本关于母亲的书写诗，此书在母亲死后由莫谢特出版。她的儿子迈克尔是住在耶路撒冷的艺术家，曾创作关于父母的绘本小说和文字。问起母亲的个性，他不假思索地答道："她总是那个冲向危险的人。"他解释说，维特卡在那些令人生畏的人看来非常有吸引力，从阿巴到斯特恩都是如此。她受到火的吸引，敢于触摸它，无论是从象征意义，还是从字面意思来看。

"她不在乎规则。她有真正的'虎刺怕'①精神。"

维拉德卡·米德搭乘运送幸存者到美国的第二艘船抵达了美国，与丈夫本雅明定居在纽约，他是帮她在行李箱里做隐蔽隔间的人。登陆不久，曾向华沙提供资金的犹太劳工委员会派她讲述自己的经历。维拉德卡和本雅明深度参与大屠杀幸存者机构、纪念碑和博物馆的建设，其中包括华盛顿的美国大屠杀纪念馆。维拉德卡被正式认定为美国在这一领域内的领导者。她组织了关于华沙隔都起义的展览，发起并主持了关于大屠杀教育学的国际研讨会。维拉德卡与自己的崩得派根源保持联系，成为犹太劳工委员会副主席，纽约意第绪语电台（WEVD）的每周意第绪语评论员。他们的儿女都成为医生。她退休后来到亚利桑那州，于2012年去世，此时离她91周岁生日只差几周。

雷尼亚一直又瘦又小，身体虚弱，可是她从未停止成为一股力量。"当她走进房间时，"她的儿子解释道，"如同火焰四射。"她快乐的举止和乐观的态度使家人感到困惑。"怎会有人经历过她

---

① 虎刺怕（chutzpah），意第绪语音译，现为褒义词，形容人不惧权威、不屈不挠。——译者注

所经受的一切，还依然如此快乐？"她的长孙女梅拉夫·瓦尔德曼（Merav Waldman）好奇，"通常来说，活下来的都是悲观主义者，但她是例外。"梅拉夫边说边回忆起她的"萨夫塔"①多么喜欢大海，漫步海滩，信步穿过城镇。74岁时，雷尼亚甚至到阿拉斯加旅行。

她的丈夫阿基瓦于1995年逝世。雷尼亚一直到年近90岁，还不断有新追求者，她精致讲究的外表从未褪色。但与之形成强烈对比的是，她需要更多的每日看护。于是雷尼亚说服她的朋友搬去养老院，试一试，熟悉一下。然后，等她的社会关系已经扎牢，她也来了。她还是那么有趣、机敏、引人注目，她的样貌和活力让人着迷。在87岁时，她经常不带辅助生活设施，直到午夜才回来。她的儿女每天晚上都心惊胆战。

"我在这里和这些老人家待在一起能做什么？"她像往常一样，恼火而夸张地问他们。

"妈妈，他们都和你年纪一样大。"

大多数老年人的身体和灵魂都已老去，而雷尼亚依然活泼欢闹，充满生气。

很多女性战士果断，注重直觉，目标至上，天性乐观。其中很多幸存者精力充沛且长寿。同样定居在以色列的赫拉·舒佩享年96岁，留下了3名子女和10名孙辈。维拉德卡在90岁时逝世。维特卡享年92岁。写到这里时，法尼亚·法伊纳、法耶尔·舒尔曼和几名维尔纳游击队员都还在世，年纪在95岁到99岁。

雷尼亚从未接受过倾慕者的追求。在20年的孀居时光里，她一个男朋友也没有。她因对丈夫的忠贞不渝而成为儿孙的榜样。"家庭是最重要的事，"她不断对他们说，这显然是她从痛苦和遗憾中

---

① 在希伯来语中意为"祖母"。——译者注

学到的,"要一直待在一起。"

　　雷尼亚的孙辈(和曾孙)是她最终的财富,但他们的出生也让她想起了消逝的一切。她充满热情地准备周五晚上和节假日的晚餐,穿着闪闪发光的连衣裙,绽开特别灿烂的笑容。但她也向他们讲述自己的故事:战争的故事,遇难的兄弟姐妹,尽可能把她的遗产传递下去。很多幸存者与孙辈相处更轻松,他们不是"替代家人",他们的关系不那么紧张。他们对孙辈的保护心没那么强,由于失去至亲而对亲密感的恐惧日益消退。雷尼亚也许没有带子女去过,但她在大屠杀纪念日带孙子到隔都战士之家去,认可把故事传递到未来有多么重要。和许多第三代儿童一样,她的孙辈在学校了解大屠杀,也持有学术性看法,问过她许多问题,她乐于解答。这让她敞开心扉,也能对利娅谈论过去。雷尼亚的青春也许被隐藏了,但从未消逝。

　　2014年8月4日,星期一,在延杰尤夫的安息日前夕出生后90年,雷尼亚离开了人世。她被葬在海法的内夫大卫公墓,在郁郁葱葱的草地和树林之中,紧邻大海,挨着阿基瓦。这正是她的理想之地。她比大部分朋友长寿,但她的葬礼聚集了70位爱她的人,有的来自养老院和工作过的健康诊所,还有许多她毕生难忘的、与她的子女相处了几十年的老朋友。但最重要的是,这里有她从无到有建立起来的强大家庭,一棵被削去顶部的树上长出的新枝。她的孙子利兰致悼词,追忆了她的风趣谈吐,尤其是她的幽默感。他对着雷尼亚的后代们说道:"你总是像真英雄一样战斗。"

尾声
失踪的犹太人

2018年春天。我在大英图书馆昏暗的灯光下第一次发现《隔都女性》一书后，就订了飞往以色列的机票。那些女性在我脑海中徘徊了多年，没错，如今我要和她们的孩子们喝咖啡。我将要见到她们的落脚地，她们度过后半生、然后离开人世的地方。我一次嚼两块口香糖，焦虑得晕头转向。总的来说，我已经变成一个恐惧飞行的人，一想到要待在以色列就觉得紧张。我有10年未造访这里，而且从未独自来过。

没有多少书是描写这些女战士的，但我把能找到的书都随身带到了飞机上，像在考试前临时抱佛脚一样准备我的采访。我不断提醒自己，我的研究计划不再是关于抽象的人物的。我要和战友们的孩子见面，见到那些女性生育、抚养长大的人。接着，我又担心起我自己年幼的小孩，我把他们留在纽约10天了——这是我与他们分别最久、距离他们最远的一次。

我曾为犹太女性的抵抗故事的沉默而震惊，但真相是，我也曾缄默不语。我花了整整12年，才终于完成本书，相当于从出生到成人礼①的完整周期。这样的时间跨度，部分源于研究本身的困难。毫不夸张地说，我的意第绪语有点生疏，翻译《隔都女性》中20世纪40年代的充斥着德语词汇的散文（与我在家中听到的波兰腔意第绪语、我在学校学习的加拿大腔意第绪语不同）对我来说很困难。

---

① 犹太人女孩12岁行成人礼。——译者注

《隔都女性》是一部文章汇编,作者都是些姓名很难读的人,描写的人物名字也很难读。里面没有注释、脚注,也没有解释说明。没有上下文,这对前智能手机时代的人们尤其具有挑战性。

不过,拖延这么长时间还有情绪上的原因。虽然我能连续几小时翻译,但我还没有做好准备,或者说不愿意连续多年日日夜夜沉浸在大屠杀里——这是完成一本书必要的投入。即便在当时,我也明白这项研究在情绪、智力、种族、政治等各方面多么困难。我发现《隔都女性》这本书时30岁,单身,急于寻求事业上的认可,那时还结实的骨头里满是焦躁不安。沉浸在1943年的故事中,我觉得自己仿佛从当代世界和个人生活中抽离出来了。

其中有些当然和我的家庭背景有关。我的"巴比"①虽然逃出去,被囚禁在西伯利亚的古拉格②,活了下来,但从未撑过重生的日子。她没法平静度日,每天下午都为姐妹的遇难而痛苦号叫,其中最小的姐妹遇难时才11岁。她大声咒骂我们的德国邻居(以及她觉得欺骗过她的水果店工人)。她拒绝乘坐电梯,因为电梯是封闭的。最终因为妄想症接受药物治疗。我的母亲1945年降生在我的外祖母返回波兰的路上,她也承受着严重的焦虑。我母亲和外祖母都是囤积爱好者,用廉价的地下室衣服、成堆报纸和旧丹麦糕点填满她们破裂的核心。毫无疑问,我的家人们爱彼此,但这份爱很强烈——有时太深沉。情绪是爆炸性的。我的家庭生活忧虑且脆弱。这份沉重的心情只有在看喜剧桥段时才能有所提振。

因此,我早年的人生大多时候在砌墙、清理、逃跑。我逃到不同国家和大陆,从事尽可能远离大屠杀的职业。"策展人"是我知道的最不像意第绪语的词。我想入行。

---

① 巴比(bubbe),在意第绪语中意为"祖母""外祖母"。这里指作者的外祖母。——译者注
② 古拉格泛指苏联的劳动营。——译者注

直到我40岁,有了房贷、回忆录(描述了创伤在我家里代代相传的问题),腰间因中年发福而松弛,我才觉得有足够的安全感投入其中。但这意味着我要从全新的视角面对大屠杀。我不再是那些战士们的同龄人,我已经到了战士们反抗对象的年纪:在当年,这些人不会被送去左边工作,而是被送去右边,走向死亡。现在,我不仅要让令人厌恶的大屠杀恐怖叙事填满生活,还要承受施加在祖父母身上的特殊折磨,他们无法保护快要饿死的孩子们。在一个小女孩的故事里,她只有7岁,和我女儿一样大,家人就在她的面前被杀,留下她独自在森林里游荡,吃野生浆果和青草果腹。我在小女儿犹太会堂幼儿园对面的咖啡店工作时,听说、读到幼儿从母亲怀中分离的恐怖故事并不容易,尤其在武装的白人至上主义者袭击美国犹太会堂,幼儿园开始加强安保措施之后。现在我几乎每天都要把自己完全敞开,面对着证词原文,这在75年后依然令人痛苦。现在,我即将横跨地球,离开我的女儿们,离那里更近。

万幸,在特拉维夫本-古里安(Tel Aviv Ben Gurion)国际机场平稳降落让我从闷闷不乐中释怀,引我进入以色列。我沿着湿咸的雅法海岸散步很久,希望缓解我的时差(没有效果),准备第二天早上6点起床工作。

最令人紧张和激动的会面,是我设法约到了雷尼亚的儿子,她的女儿也可能来。《隔都女性》提到她住在达夫纳基布兹(1946年),我访问了在线档案,追踪到一位"雷尼亚·科基尔卡",在线档案的细节与《隔都女性》的内容完全吻合。后来,我在以色列国家档案馆找到了她的移民记录,附带照片!之后,我还找到了她的希伯来语回忆录。我发现了一份家谱报告,其中提到她有一个儿子,以及她死后的慰问信链接——来自埃盖德巴士公司,致某位雅科夫·哈雷尔(Yakov Harel)。那是她的孩子吗?哈雷尔是姓,还是名?

在脸书上搜索了几位"雅科夫·哈雷尔"（留着时髦的小胡子，年龄看着不符）之后，通过绝妙的以色列人"百事通"[①]，我成功联系到那家巴士公司。的确是他！他答应在海法的家中碰面。他可能还有一个妹妹，她也可能有兴趣加入。我要去见这位作者的孩子们，多年来我一直与她保持亲密联结。更不必说，我的整篇故事都是由她讲述的。

但在见到雷尼亚的家人前，还有许多其他人。我从北向南，在以色列全国各地搜寻，从高档时尚的郊区咖啡馆到特拉维夫的包豪斯客厅。从恰好位于哈维娃·赖希街街角的耶路撒冷餐厅，到以色列国家图书馆，在那里有大量被用作《隔都女性》原始资料的20世纪40年代的讣告和文学随笔丛书，供我开架查阅，我还能在阅览室交谈（与大英图书馆的氛围不太一样）。从宽敞的木镶板、优雅的隔都战士之家到以色列犹太大屠杀纪念馆（午休时间，入口处被一堆士兵的机关枪封锁着），从莫谢特的地下室（有一个专门为我打开并点亮的展厅）到由著名建筑师阿里耶·沙龙（Arieh Sharon）设计的以色列莫德哈伊纪念馆的国际风格地下室，都有浩瀚档案和大量关于犹太抵抗运动中的妇女和战前波兰犹太人的展览。我见到了学者、策展人、档案保管员以及卢什卡、维特卡、海依卡、贝拉·哈赞、哈希亚和齐维亚的子女和孙辈。

我已参观过北美的大屠杀纪念馆和博物馆，采访过纽约、加利福尼亚和加拿大的许多崩得游击队员和意第绪主义者[②]（Yiddishists）。但以色列家庭令人感觉不同。语言、举止、礼仪——他们的世界更具有政治性，更活跃，有强烈的情感和高度风险。我经常与家庭中的"大屠杀发言人"会面，他们往往是从事或

[①] 指本书作者在当地聘请的导游。——译者注
[②] 在日常生活中主动选择使用意第绪语、推崇意第绪文化的犹太人。——译者注

非常爱好这一主题的成员。有人质疑我,觉得我的兴趣很肤浅;有人担心我会剽窃她的小组编撰的作品;还有人不愿意透露太多,除非我答应与他合写一部电影。不过也有人告诉我他们家人的肖像在学术出版中产生的法律纠纷。每份档案都重申了自己的特殊性,以及它为何比别的更重要。

在那周的所有会面中,与雷尼亚孩子的见面让我最紧张,甚至吃不下我事先准备的炸肉排。我把我的写作计划寄托在这位女性身上,我感受到和她有种写作上的联结。要是她的家人不喜欢我,什么都不肯告诉我,冷漠或者刁钻,或者有他们自己的安排,那该怎么办?

可是当我走进她儿子的家,那座俯瞰着微风吹拂的蓝色海法的山间公寓时,我的感受截然不同。他们热情、善良,并不经营"专业的幸存者生意",他们很感激我与他们分享了解到的关于雷尼亚的事。我坐在沙发上,雷尼亚的女儿利娅坐在扶手椅上——是雷尼亚的扶手椅,她告诉我,没人把它扔掉。我在档案网站上找到的女主人公照片上的面孔以不同的形象凝视着我:硬朗的下颌线,有着深邃目光的眼睛。就像在童年好友的儿女身上看到他们的影子一样,遗传学让我大吃一惊。

然后,我为他们告诉我的事情感到惊奇。没错,雷尼亚风趣、犀利、好讽刺、富有戏剧性,也是周游世界的时尚达人。是一团火焰。一股社交旋风,常常大笑,具备欢乐的力量。

当看到谈起自己的母亲,他们的敬爱、深切悼念之情溢于言表时,我恍然大悟,我探寻这么多,其实并不是在寻找我的同类。我凝视着群山和山谷,望着海法的金色落日,明白雷尼亚不是与我一模一样的写作伙伴,而是截然相反的。

一个月后,我正要从伦敦飞往华沙做调研。或者这么说,我以为我要到华沙去了。我还没意识到,我选择的廉价航空公司的航班延误，将把我送到华沙以北距华沙一小时车程的一个旧军用机场。午夜时分，独自一人——欢迎回到波兰。

我第一次去波兰是在2007年，即最初发现《隔都女性》不久后。在我当时的未婚夫、我的兄弟和一位朋友的陪伴下，我踏上了秋天的"寻根"之旅。我在一周之内走遍了波兰，访问了我的外祖父母和祖父母成长的所有四个犹太聚居小镇，以及较大城市中的犹太历史景点。那时候，我选择了几位导游，他们迫不及待地带我四处转转，对我讲述他们自己的故事。有天夜里，我的手机在午夜时分响起，来电的人是瓦吉副市长，他听说我在城里。他问第二天能否约一杯咖啡？能否为我安排一次旅行？新犹太组织层出不穷，犹太社区中心即将在克拉科夫开设。他们保护墓地，提供符合犹太洁食标准的午餐。我遇见了几个二十多岁和三十多岁的人，他们最近才发现自己是犹太人，他们的祖父母把这事隐瞒了多年。有位导游和我一样大，和我的祖父来自同一个小镇，就在马伊达内克集中营对面的街区长大。他对战争很感兴趣，和我彻夜长谈。我来波兰是为了寻找失落的根，却发现波兰正在寻找她失踪的犹太人。

一次，我在克拉科夫一家犹太主题餐馆用餐，那里的乐手在演奏《屋顶上的小提琴手》，服务员端上哈曼塔什①当甜点，和我同时用餐的是拍手称赞的德国游客。我见到了信仰共产主义，战后留在波兰的远亲，他们扛过了反犹主义者的攻击。其中一人讲述了在他还是个小男孩时，父母抓住他的手，三人从隔都逃进森林的故事。

现在，2018年夏天，我重返波兰，为这本关于女性抵抗者的书做研究，我依然不确定。但我在10年前经历的事不复存在了。一方

---

① 哈曼塔什（Hamantaschen）是多在普珥节食用的传统犹太糕点，原意是"哈曼的耳朵"，以纪念波斯王朝时期，大臣哈曼被处死，犹太人躲过灭顶之灾。——译者注

面，华沙已经成为特大都市。我住在一家酒店的41楼，俯瞰着极其现代的城市景观，那里原本是犹太隔都，在此之前，是我所有祖辈生活过的地方。酒店住满了以色列游客。显然，华沙是很受欢迎的购物胜地。随着以色列年轻人被挤出本地房地产市场，他们开始在祖先故国投资。我行走在城市的街道上，经过弗鲁姆卡·普沃特尼卡等人的纪念碑和齐维亚故事中的下水道，来到新建的波兰犹太人历史博物馆，这里令人印象深刻，不仅有大屠杀相关展览，还有此前1000年的犹太人丰富多彩的生活，以及后面几十年的事。

这时候的克拉科夫，充斥着旅游巴士、意大利冰淇淋商店和扒手警告牌。我总是误以为来到了威尼斯，只不过这里的咖啡馆文化似乎更时髦。克拉科夫的犹太社区中心如今建设完善，为犹太人后代开设了一家幼儿园。[园长是美国人乔纳森·奥恩斯坦（Jonathan Ornstein），他把克拉科夫犹太主题餐厅称为"犹太经典公园"。]无数城市都有犹太机构为老年人和年轻的"新犹太人"提供服务。

我在克拉科夫参加了第二十八届年度犹太文化节，创始人和主理人本身不是犹太人。节日在卡齐米日举行，那里有七座能追溯到1407年的犹太会堂。节日聚集了世界各地的犹太人和非犹太人。除了克莱兹默①（klezmer）音乐和艺术，节庆期间还有讲座、旅行和探讨当代波兰犹太人关系的研讨会，并且发问波兰为何需要、想要、思念她的犹太人。

我和一群年纪相仿的地道波兰人共进午餐，很惊讶他们对我的工作非常感兴趣。当他们发现，我的四位祖辈都来自波兰时，他们开玩笑说我是比他们所有人都更地道的波兰人。有一次，在繁忙的十字路口，我停下来张望：我和周围每个人都长得很像。我拿到了

---

① 流行于东欧的传统犹太音乐。由希伯来语中的"kley"（乐器）和"zemer"（歌）所组成，意思是"犹太音乐家"。——译者注

优惠的旅行门票,因为根据长相,他们以为我是本地人。自从我在伦敦生活过,我就认为自己长得明显是犹太人,但现在更难分辨了……或许因为波兰有太多犹太人了。

一方面,我有种回到家的奇怪感觉。另一方面,波兰人处于全新的民族主义阶段。他们在第二次世界大战中的受害者的地位非常重要。波兰地下组织大受欢迎,它的标志涂满了华沙的建筑。人们穿着T恤衫,袖子上有模仿波兰地下组织臂章的装饰。在克拉科夫,隔都中犹太战斗组织的长期展览,被更广阔的非犹太人的战争故事所取代。波兰人想展现面对强大敌人时他们英雄的一面。

我就在这里,研究这个问题。我感受到联系,以及全新的疏远和恐惧。正如许多女性在回忆录中形容的那样。

我也理解,波兰人觉得遭到了误解。华沙曾被摧毁,纳粹政权奴役、恐吓、投放炸弹、杀死了许多波兰基督徒——雷尼亚毕竟是以波兰人的身份被囚禁、折磨的,而不是犹太人。要波兰政府为大屠杀负责似乎不公平,特别是波兰政府并不与纳粹合作,还试图经营抵抗派——尽管它只是对犹太人略微友好。当然,这种说法对那些冒着生命危险帮助犹太人的人来说亦是不公正的——他们的人数可能比我们知道的还要多。那些波兰人缄默不语,但历史学家贡纳尔·保尔松(Gunnar Paulsson)认为,仅仅在华沙,就有7万名到9万名波兰人帮助藏匿犹太人,也就是每个躲藏的犹太人背后都有三四个波兰人。有些学者注意到,犹太人尤其觉得被波兰邻居伤害、背叛,所以他们在证词中强调波兰人的反犹行为。许多波兰人无动于衷;更糟的是,许多人揭发、告发犹太人,把他们卖给盖世太保,以换取几分钱或一点糖;这些波兰人还敲诈勒索,牟取暴利,乐此不疲地偷窃财产。许多人是反犹主义者,他们自己也是行凶者。我试图在不粉饰反犹主义的情况下,在不玩"谁受的苦更多"的游戏的情况下,理解波兰人的受害者情绪。

在这些女性抵抗者的回忆录的启发下,我开始认识到铺陈多层故事的重要性,这些故事并非非黑即白,在矛盾中令人心痛。必须考虑历史的复杂性,我们必须诚实地面对自己的过去,面对我们既是受害者又是侵略者的情况。否则,没有人会相信讲故事的人,我们将把自己置于任何真实的对话之外。理解并不一定意味着宽恕,但这是培养自制力和成长的必要步骤。

"小心!"我对司机说,尽量不显得太粗鲁——不用说,我的波兰话有点蹩脚——看上去卡车正迎面朝我们开来,很快。

在为本书做调研的过程中,我发现自己在周游世界,历经无数不寻常的情况,就像作家的常态。在加利利的基布兹工作区的厨房里,与隔都战士的女儿们一起吃"布勒卡"①(burekas);在纽约崩得派纪念聚会上,众人像唱国歌一样起身齐唱"游击队之歌";在蒙特利尔的一家法式咖啡馆里,翻阅森林中的"战壕"照片,确保照片不被摸过黄油牛角包的手弄脏;在克拉科夫酒店凌晨5点的火警和尖利的波兰语指令中,抱着昏昏欲睡的三岁孩子冲下楼。

现在是这样:在波兰的最后几天,我去朝圣,寻找雷尼亚的出生地。我坐在一辆烟雾弥漫的几十年前生产的斯柯达汽车的后座上,晕头转向,这辆车没有电动车窗、动力转向系统和空调。后来,我们在本津的犹太咖啡馆吃了点东西,里面摆满了犹太工艺品,据说还有一种由甜奶酪、橙皮、糖浆和葡萄干制成的犹太甜点——但我从未听说过。(这家餐厅声誉良好,是当地约会的好去处。)我们还停下来参观了一座翻新的战前私人祈祷室,金光闪闪的墙壁还装饰着犹太部落的壁画,这是几年前由玩耍的儿童偶然发现的——几十年来,这间房一直被用来储藏煤炭。现在,司机在路中间停了车。荒无人烟。那天开车开了五小时,当我追踪雷尼亚故事的发生

---

① 流行于塞法尔迪犹太人中的一种带馅点心。——译者注

地点时,还有更多路要走。我的司机用波兰语对着手机尖叫。我的导游来自立陶宛,坐在副驾驶位,还没等上一支烟抽完,她就点燃了下一支烟。

万幸,卡车愤怒的鸣笛声说服我的司机靠边停车。她立即关闭发动机,走到车外,踱步、抽烟,对着手机大喊大叫。

"是离婚的事,"我的导游转身向后座的我解释,"她女儿跟着她前夫,她非常不安。很抱歉耽搁了。"

身为有女儿的母亲,我不能抱怨,特别是当面临强度这么大的一整天的跋涉,司机和导游却只收了我微薄的费用时——她们也对雷尼亚和女性抵抗者的故事感兴趣,希望参与到旅行中来。我坐在后座上喝健怡可乐,希望缓解我的恶心,思索着研究女性的女研究者面临的问题。身为母亲,我自己的工作也受到过无数次影响。我曾获得一个有资助的研究实习机会,但不得不拒绝。我不能举家搬迁到另一个城市待几个月。我倒是参加过很多短期旅行,接受的基本是行政类的款待,对方会组织托儿所并提供接送服务,为我的女儿们准备小礼物,让她们可以在我离开的每一天做个记号。我的冰箱门镶嵌着接送、打包午餐和照相日的日程表,计划到分钟。我甚至不得不把孩子们带到波兰去几天(所以才有了火警的情节)。在其他日子里,我走了太多的路,以至于我怀孕时落下的坐骨神经痛发作了,我晚上不得不在酒店的浴缸里度过。

当然总有安全方面的问题。每当研究到深夜,我想在一个初来乍到的城市吃晚饭时,我每走一步都很焦虑,要环顾四周,侦察是否有危险。谨慎,是我的犹太过去和作为女性的现实的产物。我不能听着音乐漫步,我的眼必须张大,我的耳必须竖起。而那时我就在那里,在波兰乡村,在卡车路线上,几乎杳无人烟,没人知晓我确切的位置,信号微弱。我做了什么?至少,我和女性待在一起。我用这位心烦意乱的母亲一根接一根抽烟、来回踱步的声音安慰自己。碰巧，我雇了一位当地女导游，她又雇了这名女司机。

三名女性身处无人之地。我想起女性的历史，那些也陷在无人之境的故事，就此湮没。终于，我的司机挂断电话，上了车，迅速发动，像往常一样，我所有的研究材料都飞到了斯柯达车湿漉漉的地板上。"不好意思，"她转头对我说，"我要饿死了。"

虽然我脆弱的内脏还没完全准备好，但我同意停下来在下一家餐馆早点吃饭。她们提醒我，乡路上的小餐馆很少，而且相距很远。这些地区没有高速公路干道，所以150英里的路开了5小时。我不断想象，那些乔装改扮的交通员在1943年要花多久。路旁的咖啡馆位于一片瑰丽开阔的田野上，在阳光下闪耀着橙色和金色的光芒。在这片荒无人烟的田园美景中，曾有犹太人，也曾有一个运转良好的隔都和谋杀系统来杀害他们。纳粹的攻击无处不在。犹太人无路可逃。

我在车里等待我的队友抽完烟，补涂上口红。然后，当我挑着盘子里堆满的几十个蘑菇馅波兰饺子（仅有的素食）、她们快速吃着炖牛肉和炸猪排时，我问起她们的友谊。这两位女性是最近才认识的，和我年纪相仿。她们都自称女性主义者，并且骄傲而倔强地带着这一标签。她们在一次女性主义集会上相遇。"为了什么？"我问道。

"为了一切。"

我的两位同伴对各种厌女行为气愤不已，对不公正地对待妇女感到恼火。我当然理解。

"听上去我写作的那个波兰，19世纪三四十年代的波兰，比现在更具女性主义。"

"在某些方面，的确如此！"她们赞同，用拳头捶打木桌。

我们终于来到此行的最后一站，延杰尤夫，来到利娅给我的雷尼亚童年的住址——1924年那个星期五她出生的宅邸，一切的开端。修道院街很好找，但16号似乎不复存在。不过，我们计算地块，以树龄超过100年的树木为界，最终来到了一栋有三角屋顶的小小的灰色石头建筑。几间相衬的房屋围着一个郁郁葱葱的院子，有只狗在里面狂吠。我的导游走在前面，找到了一位居民。我听不懂连珠炮似的波兰话，但我明白那女人正在表示否定。"她说地址变了，"我的导游告诉我，"16号应该是一间木屋，已经被焚毁了。她说她从未听说过这家人，她问他们是不是犹太人。"

"你告诉她了吗？"

"我尽量回避这个问题。"我的导演说，试图把事情解决。"他们在这里很害怕，"她小声说，"担心犹太人会回来夺回财产。"

我没有受到邀请到里面去。

我在外面拍了几张照片，然后我们回到斯柯达车上，在暮色中穿过凯尔采地区。残阳如血，原野肥沃，华沙与克拉科夫之间的这个美丽且神秘的小世界风采依旧。一切都与我想象中灰蒙蒙的波兰完全不同。事物来来去去，但我们就在这里，背景迥异的三位女性——一个波兰人，一个立陶宛人，一个犹太人——因为雷尼亚和女性抵抗者而聚在一起，我们都做好准备去呼吁、去奋斗，我们都感受到了那股强大的力量和短暂的安全。

致　谢

因着无数人的慷慨支持，才有了这本书。在此献上我深深的谢意。

感谢阿莉娅·汉娜·哈比布（Alia Hanna Habib）首先看到了这个项目蕴含的可能。感谢瑞秋·卡汉（Rachel Kahan）投入智慧、慷慨、耐心和激情，促成了这样的可能。再没有比她们更加聪颖专注的指导者了。感谢威廉·莫罗（William Morrow）团队的热情、创新与同情：安德烈娅·莫利托（Andrea Molitor）、帕梅拉·里克洛（Pamela Barricklow）、沙琳·罗森布鲁姆（Sharyn Rosenblum）、凯利·鲁道夫（Kelly Rudolph）、凯莉·乔治（Kayleigh George）、本杰明·斯坦伯格（Benjamin Steinberg）、普洛伊·希里潘（Ploy Siripant）、阿利维亚·洛佩兹（Alivia Lopez）和菲利普·巴舍（Philip Bashe）。感谢加拿大哈珀柯林斯团队（Harper Collins Canada）的杰克琳·霍德森（Jaclyn Hodson）、桑德拉·利夫（Sandra Leef）和劳伦·摩洛哥（Lauren Morocco）。

感谢丽贝卡·加德纳（Rebecca Gardner）和安娜·沃罗尔（Anna Worrall）的无限智慧与鼓励。感谢威尔·罗伯茨（Will Roberts）、埃伦·古德森·科特里（Ellen Goodson Coughtrey）以及戈纳特团队（Gernert team）的其他成员。感谢莱妮·古丁斯（Lennie Goodings）、米歇尔·韦纳（Michelle Weiner）、霍利·巴里奥（Holly Barrio）、彼得·塞波尔（Peter Sample）、

苏珊·所罗门-夏皮罗（Susan Solomon-Shapiro）和妮可·杜威（Nicole Dewey）的慷慨支持与热情帮助。

感谢哈达萨-布兰迪斯研究所（Hadassah-Brandeis Institute）的工作人员，包括舒拉米特·莱恩哈兹（Shulamit Reinharz）、乔安娜·米歇利克（Joanna Michlic）和黛比·奥林斯（Debby Olins），在初始阶段对于翻译《隔都女性》的资助，并从一开始就相信这些材料的重要性。感谢安东尼·波隆斯基（Antony Polonsky）首先将我介绍给了哈达萨-布兰迪斯研究所，还有另外无数的引荐。

感谢所有抵抗者的亲人们，他们慷慨地分享了自己的回忆与印象。其中有几位是这一主题的专家：瑞芙卡·奥根费尔德（Rivka Augenfeld）、拉尔夫·伯杰（Ralph Berger）、桑迪·费纳（Sandy Fainer）、约拉姆·克莱曼（Yoram Kleinman）、迈克尔·科夫纳（Michael Kovner）、雅各布·哈雷尔（Jacob Harel）、埃利奥特·帕莱夫斯基（Elliott Palevsky）、约纳特·罗特班（Yonat Rotbain）、阿维胡·罗南、莉莲·罗森塔尔（Lilian Rosenthal）、伊莱恩·谢卢布（Elaine Shelub）、霍莉·斯塔尔（Holly Starr）、利娅·瓦尔德曼（Leah Waldman）、梅拉夫·瓦尔德曼、约尔·亚里、拉谢利·雅哈夫（Racheli Yahav）和埃亚勒·楚克曼。

感谢所有付出时间与我会面，并分享其学识的学者们：哈维·德雷弗斯（Havi Dreifuss）、芭芭拉·哈夏夫（Barbara Harshav）、埃米尔·凯伦吉（Emil Kerenji）、阿吉·勒古特科（Agi Legutko）、丹妮拉·奥扎基-斯特恩（Daniela Ozaky-Stern）、卡塔日娜·佩尔松（Katarzyna Person）、罗谢尔·赛德尔（Rochelle Saidel）、大卫·西尔伯克朗（David Silberklang）、安娜·施特恩什尼斯（Anna Shternshis）和米哈尔·特伦巴茨（Michał Trębacz）。感谢莎伦·格瓦（Sharon Geva）、贝拉·古

特曼（Bella Gutterman）、塞缪尔·卡索（Samuel Kassow）、尤斯蒂娜·马耶夫斯卡（Justyna Majewska）、迪娜·波拉特（Dina Porat）、埃迪·波特诺伊（Eddy Portnoy），以及众多回复我的邮件，并指导我寻找资源的专家和学者们。

感谢所有图书管理员、档案管理员和照片档案管理员不可或缺的帮助。感谢阿兹瑞利基金会（the Azrieli foundation）的阿里埃尔·伯杰（Arielle Berger），感谢隔都战士之家博物馆的阿纳特·布拉特曼-埃哈勒尔（Anat Bratman-Elhalel）及其同事们，感谢JDC档案馆的米沙·米策尔（Misha Mitsel）和迈克尔·盖勒（Michael Geller），感谢蒙特利尔犹太公共图书馆（the Montreal Jewish Public Library）的埃迪·保罗（Eddie Paul）、彭妮·弗兰斯布洛（Penny Fransblow）及其同事们，感谢亚历克斯·德沃尔金加拿大犹太档案馆（the Alex Dworkin Canadian Jewish Archive）的珍妮丝·罗森（Janice Rosen）。感谢YIVO/犹太历史中心（YIVO/Center for Jewish History）、美国大屠杀纪念馆（US Holocaust Memorial Museum）、以色列大屠杀纪念馆（Yad Vashem）、犹太游击队教育基金会（Jewish Partisan Education Foundation）、伊曼纽尔·林格布卢姆犹太历史研究所、波兰犹太人历史博物馆、达夫纳基布兹、蒙特利尔大屠杀纪念馆（Montreal Holocaust Museum）以及其他众多机构图书馆和档案馆的工作人员。感谢克拉科夫犹太社区中心的乔纳森·奥恩斯坦，以及在波兰帮助过我的所有导游们。感谢犹太图书委员会（the Jewish Book Council）的娜奥米·法斯通-蒂特（Naomi Firestone-Teeter）。

感谢我的助研、译者和协调者。感谢埃莉莎·巴斯金（Elisha Baskin）的热情和敏锐，她的才智与恩惠特别重要。感谢伊娃·科恩-耶德里科夫斯卡（Ewa Kern-Jedrychowska）和拉娜·达杜（Lana Dadu）超出期望的帮助。感谢保利娜·布拉什奇科维奇（Paulina Blaszczykiewicz）、库巴·韦索洛夫斯基（Kuba Wesołowski）、埃亚尔·所罗门（Eyal Solomon）和伊沙伊·哈穆多特（Yishai Chamudot）。

感谢莎拉·巴塔利昂（Sara Batalion）、妮可·博卡特（Nicole Bokat）、艾米·克莱因（Amy Klein）和利·麦克穆兰·阿布拉姆森（Leigh McMullan Abramson）认真细致地阅读了这些章节。

感谢埃莉诺·约翰（Eleanor John）、米尼翁·尼克松（Mignon Nixon）、苏珊·夏皮罗（Susan Shapiro）和我的众多导师们，训练我仔细核对每一个细节，构建新颖的女性历史，写出合格的内容。

感谢羽翼的"同事们"，感谢照顾我孩子们的护理员，使我在每一个工作日都能愉快地工作。

感谢所有分享其家庭故事、向我发送犹太抵抗运动文章和歌曲链接的人们。感谢在过去十多年中倾听我讲述关于犹太女性如何智取盖世太保的人们。感谢所有那些因为记忆的偏差，在此被我遗漏的人们，我相信有很多这样的人。

感谢泽尔达和比莉，为我带来灵感与希望。感谢布拉姆（Bram），出现在刚刚好的时刻。

感谢乔恩（Jon），感谢所有。

最后，感谢查耶勒·帕列夫斯基（Chayele Palevsky），她是维尔纳的游击队成员，在2019年与我进行了一场交流，并恳请我传达她的信息："我们绝不能让这样的事情再次发生。仇恨是我们最凶悍的敌人。我们要追求和平、心中有爱，努力创造一个幸福的世界。"